Lilly Bernstein

Sturmmädchen

W0392098

Lilly Bernstein

STURM MÄDCHEN

Freundinnen in dunkler Zeit

Roman

Ullstein

Besuchen Sie uns im Internet:
www.ullstein.de

Wir verpflichten uns zu Nachhaltigkeit
- Papiere aus nachhaltiger Waldwirtschaft und anderen kontrollierten Quellen
- Druckfarben auf pflanzlicher Basis
- ullstein.de/nachhaltigkeit

MIX
Papier
FSC FSC® C083411

Originalausgabe im Ullstein Taschenbuch
1. Auflage Februar 2024
© für die deutsche Ausgabe Ullstein Buchverlage GmbH, Berlin 2024
Wir behalten uns die Nutzung unserer Inhalte für Text und Data Mining im Sinne von § 44b UrhG ausdrücklich vor.
Umschlaggestaltung: bürosüd° GmbH, München
Titelabbildung: © Arcangel / Matilda Delves
Gesetzt aus der Quadraat Pro powered by *pepyrus*
Druck und Bindearbeiten: CPI books GmbH, Leck
ISBN 978-3-86493-232-8

Für L. und S.
In Liebe, immer

Prolog

Sonntag, 14. Mai 1933

»Zrib, Zrib«, zwitscherte die Wasseramsel. »Zip, zip, zrib.« Elli lag ganz still und spitzte die Ohren. Sie liebte es, den Geräuschen der Natur zu lauschen. Und was gab es alles zu hören in diesem stillen, grünen Tal! Zu ihren Füßen plätscherte das Wasser des Perlenbachs so munter, als könne der Bach sich gar nicht genug darüber freuen, das Eis des langen Winters endlich los zu sein. Der Wind, den sie auf ihren Wangen spürte, so sanft, als wolle er sie streicheln, entlockte dem hohen Gras, in dem sie lagen, ein verheißungsvolles Flüstern. Und aus dem nahen Wald drangen einzelne Vogelstimmen bis zu ihnen herüber. Das waren ganz unverkennbar die Bettelrufe aus dem Nest eines Buntspechtes und das Pfeifen der Weidenmeise.

Elli hielt die Augen fest geschlossen. Sie genoss die Wärme der Sonnenstrahlen auf ihrem Gesicht, die tanzenden Lichtkringel hinter ihren Lidern. Wie hatte sie den Frühling herbeigesehnt! Und nun war er endlich da.

Von fern war jetzt noch ein Geräusch zu hören, eins, wie Elli es oft gehört hatte in den letzten Wochen, eine Art Grölen. Aber das konnte nicht sein, nicht in diesem stillen Tal. Oder etwa doch? Sie richtete sich auf, ließ den Blick schweifen.

Das Perlenbachtal lag so ruhig und friedlich da, wie Elli es seit ihrer frühesten Kindheit kannte. Sanft abfallende Hänge, oben, auf den Bergkuppen, dichter Wald und dort, wo das Tal am tiefsten war, der frisch gurgelnde Bach. An seinen Ufern blühten noch die letzten wilden Narzissen, die jedes Jahr zu Ostern den Frühling mit ihren gelben Köpfchen herbeilockten. Nun, im Mai, stand der Schlangenknöterich in voller Blüte und verwandelte das Tal in ein rosa wogendes Blütenmeer.

Elli spitzte die Ohren. Kein Grölen, nirgends. Sie atmete erleichtert auf und ließ sich seufzend zurücksinken.

Links von ihr lag ihre Freundin Käthe und schien, kaum dass sie ihren Lieblingsplatz erreicht hatten, in einen tiefen Schlaf gefallen, rechts von ihr summte Margot leise vor sich hin. Behutsam strich Elli mit der Spitze ihres Zeigefingers über die wollene Decke, die Margot für sie drei im Gras ausgebreitet hatte. Herrlich weich und warm fühlte sie sich an, viel zu gut, fand Elli, um sie auf eine Wiese zu legen.

»Ach was!«, hatte Margot gelacht. »Die schütteln wir später einfach aus, und fertig!«

So, wie Elli Käthe für ihre Verlässlichkeit liebte, so liebte sie Margot für ihre Unbekümmertheit. Kaum eine Minute verging, in der die Freundin nicht ein Lied auf den Lippen trug, so wie jetzt. Da machte es auch gar nichts, dass Margot niemals einen Ton traf.

Elli rekelte sich, blinzelte gegen das Sonnenlicht. Und hielt im nächsten Moment die Luft an.

Ein winzig kleiner Schmetterling flatterte direkt vor ihrer Nase. Er war gerade einmal so groß wie der Daumennagel eines erwachsenen Mannes. Doch seine Flügel leuchteten so farbenfroh, dass man meinen konnte, sie seien mit fein gemahlenem Pulver aus lauter Edelsteinen bestäubt.

»Ein blau schillernder Feuerfalter«, flüsterte sie, sorgsam darauf bedacht, bloß nicht Käthe zu wecken. Die Freundin war ständig müde, seit sie in der Fabrik in Monschau arbeitete. »Ein Männchen. Siehst du?« Vorsichtig stupste sie Margot in die Seite. »Seine Flügel sind oben tief violett und unten fast vollkommen orange mit kleinen schwarzen Punkten und weißen Halbmonden!«

»Hübsch, wirklich«, erklärte Käthe. Sie hatte wohl doch noch nicht tief geschlafen, jetzt streckte sie alle viere von sich und warf sich auf die Seite. Der Schmetterling trudelte durch die Luft und ließ sich auf einer der rosafarbenen Blüten nieder.

»Der blau schillernde Feuerfalter«, fuhr Elli noch leiser fort, »ist ein Relikt aus der Eiszeit. Das weiß ich von meiner Mutter. Kann man sich das vorstellen? Die Weibchen legen ihre Eier an den Blättern des Schlangenknöterichs ab. Wenn die Raupen geschlüpft sind, fressen sie sich satt, verpuppen sich, lassen sich einfach ins Gras fallen und verbringen dort den ganzen Winter. Es ist phänomenal: Kälte, Schnee und Eis machen ihnen nicht das Geringste aus! Sie warten einfach ab, bis es warm genug ist, um zu schlüpfen.«

»Wirklich phänomenal«, murmelte Margot, »sich verpuppen und abwarten, bis das Leben wieder leicht ist. Ich wünschte, ich könnte das auch.« Aus ihren Worten meinte Elli etwas herauszuhören, was sie nie zuvor an Margot wahrgenommen hatte, eine Art Schmerz, der gar nicht zu ihr passte, und einen Moment lang fragte sie sich, wie Margot das wohl meinte. Dann aber hörte sie sie sogleich wieder vor sich hin summen, sie musste sich getäuscht haben. Käthe begann leise zu schnarchen, der blau schillernde Feuerfalter schwebte davon. Elli schloss die Augen, und ihre Gedanken wanderten zurück zu dem Tag, an dem ihre Freundschaft begann.

Vor genau acht Jahren, Käthe und Elli waren gerade eingeschult worden, hielt an einem frühen Samstagnachmittag ein Auto auf der einzigen Straße des Dorfes. Was nicht nur deshalb außergewöhnlich war, weil es damals genau ein Auto gab, das man ab und zu im Dorf sah, nämlich das des Arztes aus Monschau, sondern auch, weil dieses Auto sehr viel vornehmer wirkte als das von Doktor Jung, mit seinen schwarz glänzenden Kotflügeln und dem offenen Verdeck. Hinter dem Steuer saß ein vornehm gekleideter Herr, eine ebenso vornehme Dame daneben, und auf dem Rücksitz ein Mädchen mit blasser Haut und dunklen Zöpfen. Als es Elli und Margot erblickte, die gerade mit ihren wenn schon nicht neuen, so doch von ihren Müttern sorgfältig ausgebesserten Schulranzen auf den Rücken nach Hause kamen, kletterte es aus dem Auto, trat geradewegs auf sie zu und streckte ihnen seine kleine, nach teurer Seife duftende Hand entgegen.

»Ich bin Margot. Wir haben ab heute hier ein Ferienhaus. Wollen wir Freundinnen sein?«

Elli und Käthe blieb gar nichts anderes übrig, als die Hand dieses erstaunlichen Mädchens zu schütteln und verblüfft zu nicken.

Seither waren sie unzertrennlich.

Margot kam mit ihren Eltern jedes Wochenende ins Dorf, zumindest im Sommer, sowie immer in den Schulferien. Ihr Ferienhaus entpuppte sich als ein alter Heuschober ein ganzes Stück außerhalb, den der Bauer Janssen für ein Heidengeld, wie Ellis Mutter es ausdrückte, an die Schiffmanns verkauft hatte. Die freilich verpassten dem Schober einen neuen Anstrich, neue Böden und ein Badezimmer, sie stellten sogar ein Klavier hinein, auf dem Frau Schiffmann stundenlang spielte, während ihr Mann den Mädchen zu Ellis und Käthes großem Erstaunen eiskalte Limonade servierte.

Das Erstaunlichste jedoch war Margot selbst. Sie hatte ein so sonniges Gemüt, dass Elli und Käthe ihrer niemals überdrüssig wurden. Da war es auch egal, dass Margot mit den praktischen Dingen des Alltags heillos überfordert war, dass sie nicht einmal wusste, was ein *Hoal* war und erst recht nicht, wie man diesen eisernen Haken, der in jedem Haus über dem Herd hing, nach oben und unten verstellte, um Kessel und Töpfe daran zu befestigen. Für Käthe und Elli, die von Kindesbeinen an daran gewöhnt waren, an der Seite der Erwachsenen mitzuarbeiten, waren die Zeiten mit Margot, in denen sie sich dem süßen Nichtstun hingaben, ein kostbares Vergnügen.

So wie jetzt, dachte Elli und rekelte sich noch einmal genießerisch.

Keinen Ort weit und breit liebte sie so sehr wie das Perlenbachtal, und sie wusste, dass es Margot und Käthe ebenso erging. Wie ein silbernes Band wand sich der Bach durch dieses sanft geschwungene Tal, wo es ab dem zeitigen Frühjahr stets ein bisschen wärmer war als in den Nachbartälern. Dafür sorgten die Bauern. Sie stauten das Wasser des Perlenbachs alle paar Hundert Meter auf und leiteten es um in Gräben, die sie parallel zum Bach in die Hänge gruben, sie nannten sie Flüxgräben. Auf diese Weise düngten sie mit den Mineralien des Bachwassers die Wiesen, außerdem schmolz der Schnee schneller, und das Gras begann früher zu wachsen als überall sonst. Im Herbst fuhr man hier die reichste Heuernte ein.

Die Mädchen schafften es selten ins Perlenbachtal, es war einfach zu abgelegen. Doch heute, an diesem ersten warmen Tag des Jahres, wollten Margot und Käthe baden, und dafür gab es nun wirklich keinen geeigneteren Ort als das Perlenbachtal, eben weil es so abgelegen war. Für Elli war der Fußweg eine Tortur, doch das, beschloss sie, war es wert gewesen. Himmel, sie hatte einen blau schillernden Feuerfalter entdeckt!

»So, genug geträumt!« Käthe setzte sich auf. »Wer ist als Erste drin?« Sie begann, energisch ihre Schnürsenkel zu lösen, und sofort tat Margot es ihr nach. Im Nu landeten zwei Paar Schuhe im Gras – Käthes waren ihr reichlich zu groß und ursprünglich von ihrem Vater, Margots Stiefel aus ganz weichem Leder –, Käthe zog sich mit einem einzigen Ruck das schwere Baumwollkleid über den Kopf, Margot streifte blitzschnell Strümpfe, Hose und Bluse ab, und schon wateten beide schnurstracks in den kleinen Bach.

»Herrlich!«, kreischte Käthe.

»Es ist weniger kalt, als es aussieht!«, rief Margot. »Komm auch, Elli!«

»Gleich.«

Einen Moment lang war Elli, als hörte sie wieder dieses beunruhigende Geräusch, dieses Grölen. Unwillkürlich schob sie ihr rechtes Bein unter den weiten Rock, lauschte. Nein, ein Glück, da war nichts. Nur das Plappern der Freundinnen, die im knietiefen Wasser auf und ab hüpften.

Was für ein seltsames Paar die beiden doch abgaben! Käthe in ihrem über und über geflickten Leibchen und den knielangen, ausgebeulten Unterhosen. Noch nie hatte Elli Käthe in Anziehsachen gesehen, die ihr passten, stets trug sie die ihrer älteren Geschwister auf. Margot hingegen war immer so fein gekleidet, dass Elli und Käthe jedes Mal, wenn sie einander wiedersahen, die Luft anhielten. Noch dazu trug sie jetzt Hosen und hatte ihr Haar so kurz geschnitten, als wäre sie ein echtes Mannequin! Nicht, dass Elli und Käthe jemals eins getroffen hätten, sie bestaunten sie in den Modezeitschriften von Margots Mutter. Und selbstverständlich war Margots Unterwäsche immer blütenweiß und von erlesener Qualität, an den Beinen der Unterhose sah Elli sogar ein wenig Spitze.

Elli beobachtete ihre Freundinnen, die mit großer Lust begannen, sich gegenseitig nass zu spritzen, und merkte, wie sich ein seliges Lächeln auf ihrem Gesicht ausbreitete. Vielleicht, dachte sie, bade ich heute auch.

Sie stand auf, zog Rock und Bluse aus, legte beides fein säuberlich gefaltet auf die Decke und widmete sich dann den Schuhen. Ein letzter Blick, ob sie auch wirklich allein waren, dann erhob sie sich und kletterte vorsichtig über die großen Steine, die das Bachbett säumten.

»Warte, ich helfe dir!«

Schon hatte Margot die Hand nach ihr ausgestreckt, auf der anderen Seite fasste Käthe sie unter.

»Es ist ein bisschen glitschig, aber keine Angst, wir halten dich.«

Ein Schritt, noch einer. Eiskalt war es. Und absolut wundervoll.

»Na also«, raunte Margot und knuffte sie zärtlich in die Seite.

Elli wagte sich noch ein bisschen tiefer hinein. Wie das Wasser um ihre Beine sprudelte! Als heiße es sie willkommen. Unter dem linken Fuß spürte sie das steinige Flussbett, sie musste sich ein wenig verrenken, um rechts Tritt zu fassen. Schon reichte ihr das Wasser bis an die Knie. Hatte sie sich jemals so weit in den Bach gewagt? Nein, nie. Meist blieb sie am Rand sitzen.

Heute, dachte sie, ist es anders.

Und mit Margot, die ihre Hand hielt, und Käthe, die sie fest untergehakt hatte, wagte sie sich direkt noch ein bisschen weiter hinein.

Später hockten sie dicht am Ufer auf einem flachen Felsbrocken.

Sie hatten sich wieder angezogen, nur Schuhe und Strümpfe lagen ein Stück hinter ihnen neben der Decke.

»Das wird ein Sommer!«, begann Käthe und hob, auf der Suche nach Krebsen, vorsichtig einen Stein an. »Eins sage ich euch: Die Tage, in denen ich meinen Fuß in die verdammte Fabrik in Monschau setze, die sind gezählt. Seht auch meine Hände an! Ganz gelb sind sie von der Salpetersäure, mit der wir die Lumpen aufweichen, bevor wir sie zerrupfen. Aber nicht mehr lange. Bald gehe ich in die Stadt und suche mir eine bessere Arbeit. Ich werde nämlich etwas aus mir machen, dass ihr es nur wisst!«

Elli sandte ihr einen verstohlenen Blick. Käthe hatte nicht nur gelbe Finger, seit sie in der Fabrik in Monschau war. Ihre Füße schienen in den wenigen Wochen, in denen die Freundin morgens den Berg hinab zur Arbeit lief und abends wieder hinauf, krumm geworden. Ganz abgesehen von den verhornten Stellen und denen, wo es geblutet hatte. Was wiederum kein Wunder war, wo ihr doch die alten, ausgetretenen Schuhe ihres Vaters kein bisschen passten.

Und doch. Wie gerne wäre Elli mit ihr zur Fabrik gelaufen! Zu Ostern waren sie beide aus der kleinen Dorfschule entlassen worden. Nie wieder mussten sie diesen dunklen, muffigen Ort aufsuchen, wo der Lehrer schon morgens nach Branntwein stank und sein Rohrstock schneller durch die Luft sauste, als ein Mädchen von fünfzehn Jahren gucken konnte. Elli war das einzige Mädchen gewesen, das solcherlei Züchtigungen über sich ergehen lassen musste, normalerweise prügelte der Lehrer nur die Jungen. Bei Elli jedoch machte er eine Ausnahme, und ein jeder wusste, warum.

Allein die Erinnerung sorgte dafür, dass es Elli kalt über den Rücken lief, unwillkürlich zog sie ihren Rock ein wenig tiefer.

»Du wirst auch etwas aus dir machen, Elli«, sagte Margot und strich ihr so zärtlich über das rechte Bein, als sei nichts dabei.

»Klar!« Käthe hatte tatsächlich einen Krebs entdeckt, doch er flutschte ihr aus den Fingern. »Du wirst Hebamme wie deine Mutter, du bist geboren dafür.«

»Aber ich werde niemals –«

»Die weiten Wege zu den Wöchnerinnen zurücklegen können?«, beendete Margot ihren Satz. »Das wirst du. Kommt Zeit, kommt Rat. Und wisst ihr, was ich machen werde? Ich werde –«

»Heiraten!«, riefen Käthe und Elli wie aus einem Munde. Margot hatte schon von ihrer Hochzeit geschwärmt, als sie alle drei noch kleine Mädchen waren.

»Selbstverständlich!«, lachte sie jetzt. »Ich will einen feschen Mann, einen, der was hermacht. Und Kinder, drei oder vier. Zusammen werden wir um die Welt reisen, ich werde Gedichte schreiben –«

»Und lange Hosen tragen!«, fiel Elli ihr ins Wort.

»Selbstverständlich! Das tue ich ja heute schon! Und wisst ihr, was? Ich werde auch kurze Hosen tragen! Und kurze Röcke!«

»Kurze Röcke!« Käthe kringelte sich vor Lachen, Elli und Margot fielen darin ein. Sie lachten so sehr, dass der Krebs, den Käthe gerade wieder erwischt hatte, ihr aus der Hand fiel, dass Margot vor lauter Lachen Schluckauf bekam und dass Elli merkte, wie ihr die Tränen in die Augen traten. Kurze Röcke! Das war wieder einmal typisch Margot.

Sie hörten die Jungen nicht, die in ihrem Rücken aus dem Schatten des Waldes traten und leise den Hang hinabschlichen. Sie hörten sie erst, als sie schon direkt hinter ihnen standen, nicht einmal einen Schritt entfernt. Und noch bevor sie sie hörten, spürte Elli den Luftzug in ihrem Nacken. Gut ein Dutzend Arme und Hände, die mit einem Ruck in die Höhe schnellten.

Münder, die aufgerissen wurden. Ein Ruf, der die Stille des Tals zerschnitt.

»Heil Hitler!«

Elli glaubte, ihr Herz müsse stehen bleiben. Nicht nur, dass die Fremden, sie trugen ausnahmslos die Uniform der Hitler-Jugend, sie zu Tode erschreckt hatten. Nein, viel schlimmer war, dass sie sich vollkommen unbeobachtet gefühlt hatte. Dass ihre Beine, beide, nackt und bloß in der Sonne lagen. So, wie niemand sie je gesehen hatte, ausgenommen Käthe, Margot und ihre Mutter. Schon ahnte sie den Spott, der im nächsten Augenblick auf sie niederprasseln würde. Sie duckte sich, zog den Kopf ein in Erwartung von Schlimmerem als bösen Worten. Hätte sie doch bloß nach dem Baden gleich wieder Schuhe und Strümpfe angezogen! Jetzt blühte ihr Böses.

Da erklang neben ihr ein Quieken wie von einem Schwein, dem der Schlachter das Messer in die Kehle stößt.

»Ein Krebs!«, quiekte Käthe und sprang wie von der Tarantel gestochen auf. »Er ist mir in den Ausschnitt gerutscht! Ih, wie eklig!« Sie hüpfte von einem Fuß auf den anderen, verrenkte sich in der unmöglichsten Weise. Die jungen Männer brachen in dröhnendes Lachen aus. Keiner achtete mehr auf die anderen Mädchen. Elli nutzte diesen Augenblick und ließ ihre Beine hastig unter ihrem weiten Rock verschwinden. Margot rückte ganz dicht an sie heran.

»Ach, ich glaube, er ist weg.« Käthe stellte sich wieder normal hin, hob den Arm.

»Heil Hitler!«

»Heil Hitler!«, riefen die Jungen noch einmal und machten, dass sie weiterkamen. Ihr Lachen und ihr Grölen waren noch lange zu hören.

»Oh, wie schrecklich!« Elli spürte, wie sie jetzt, wo die Gefahr vorüber war, zu zittern begann. »Ich habe sie vorhin schon gehört, ich dachte, ich hätte mich getäuscht. Dabei hätte ich darauf kommen können, dass an einem Tag wie diesem hier noch mehr Ausflügler unterwegs sind. Um ein Haar …«

»Pscht!« Margot strich ihr eine blonde Strähne aus dem Gesicht, wann hatten sich ihre Zöpfe gelöst? »Keine Sorge, Elli, sie haben nichts gesehen. Dank dir, Käthe. Ich glaube, du solltest Schauspielerin werden.« Sie rang sich ein Lächeln ab, doch Elli sah genau, wie blass Margot geworden war.

»Ach, das habe ich doch nur gemacht, weil Elli sich so schämt wegen ihrem Bein.« Käthe sah den Jungen nach, bis sie oben auf der Bergkuppe im Wald verschwunden waren. Auf ihr Gesicht hatte sich ein ganz eigentümlicher Schimmer gelegt. »Nächste Woche in Rurberg«, sagte sie vor sich hin, als spräche sie mehr zu sich selbst als zu den Freundinnen, »beim *Deutschen Tag*, bin ich dabei. Die SA fährt uns hin, also, alle aus Monschau und Umgebung.« Sie räusperte sich. »Also, ich meine, alle, die gerne hinwollen, zum *Deutschen Tag*. Es gibt Kirmesbuden und Tanz, und überall sollen Hakenkreuz-Flaggen wehen –«

Durch Margot ging ein Zucken. Käthe verstummte, hockte sich wieder ans Ufer des Bachs, drehte noch ein paar Steine um. Auf ihren Wangen zeichneten sich plötzlich rote Kreise ab, und ihre Suche nach Krebsen wirkte nur noch halbherzig.

Der Bach gurgelte so munter wie zuvor, und doch war es, als sei der Wind ein wenig leiser geworden und die Sonne weniger strahlend. Von fern ertönte jetzt wieder ein Grölen.

Zwischen den Freundinnen war es eigentümlich still geworden. Zeit verging. Und als Elli meinte, die Schwere, die sie mit einem Mal in ihrem Herzen fühlte, wolle gar nicht mehr weichen, reckte sie das Kinn und richtete sich auf.

»Danke«, flüsterte sie in die Stille hinein. »Danke, dass ihr immer an meiner Seite seid.«

»Ist doch klar!« Käthe räusperte sich, als habe sie etwas im Hals. Dann ergriff sie Ellis rechte Hand. »Eine für alle und alle für eine, nicht wahr?« Ein vorsichtiger Blick zu Margot.

»So ist es.« Margot zögerte keine Sekunde und legte ihre Hand auf die der beiden. »Eine für alle und alle für eine.«

Und so verharrten sie, die nackten Beine nebeneinander ausgestreckt. Links Käthes geschundene Füße, rechts Margots, die Haut fein wie Marzipan, in der Mitte Ellis. Der linke Fuß vollkommen normal, der rechte verkrüppelt und gerade einmal so groß wie der eines Kindes, das rechte Bein ein ganzes Stück kürzer. Bloß dass das hier, am Ufer des Perlenbachs, zwischen Margot und Käthe, überhaupt keine Rolle spielte.

Ein frischer Wind kam auf. Die Blüten des Schlangenknöterichs wiegten sich wie in einem Tanz. Die Sonne leuchtete, als sei schon beinahe Sommer. Käthe und Margot wackelten vergnügt mit den Zehen. Und Elli war, als laufe ihr Herz jetzt, in diesem Moment, über vor lauter Glück.

Was, dachte sie, kann schon Schlimmes passieren, solange wir einander haben?

TEIL I

Oktober 1938 – Dezember 1938

1. Kapitel

Mittwoch, 26. Oktober 1938

Da war es wieder. Ein Klopfen, so leise, als schlage der dünne Ast eines Baumes gegen das Fenster. Und zugleich von einer solchen Beharrlichkeit, dass Elli sich den Schlaf aus den Augen rieb und horchte. Nein, sie hatte sich nicht getäuscht. Draußen war jemand, und offensichtlich führte dieser Jemand eine Laterne mit sich. Ein Lichtstrahl fiel durch die Ritzen der geschlossenen Läden, tastete sich über den uralten Steinboden aus Grauwacke, geisterte vorbei an Tisch und Stühlen, flackerte über die blank gescheuerte Feuerstelle bis zu ihr in den Alkoven. Zu ihren Füßen öffnete sich ein Paar gelber Augen, die Pupillen zu schmalen Schlitzen verzogen. Die Katze hatte es auch bemerkt.

»Schon gut!« Mit der einen Hand strich Elli dem Tier über den Kopf, mit der anderen befühlte sie neben sich die mit Stroh gefüllte Matratze. Dabei hatte sie schon im Aufwachen gespürt, dass dort niemand lag. Die Mutter war immer noch nicht zurück.

Das Klopfen wurde drängender.

Elli war es gewohnt, dass mitten in der Nacht Menschen kamen und Einlass verlangten. Und doch. Wenn die Mutter nicht da war, so wie jetzt, spürte sie jedes Mal eine bange Furcht in sich aufsteigen. Erst recht, seit so viele Fremde ins Dorf gekommen waren. Man wusste nicht mehr, mit wem man es zu tun hatte.

Keine Sorge, redete sie sich selbst gut zu, während sie erst das eine und dann das andere Bein aus der Bettnische schob, es wird jemand sein, der Hilfe benötigt. Und dann wäre sie die Letzte, die nicht öffnen würde.

Sie entzündete die Petroleumlampe, griff nach ihrem Schultertuch, wickelte sich darin ein, zog die Schuhe über ihre nackten Füße und hinkte die wenigen Schritte bis zur Tür.

»Wer ist da?«

»Elli, ich bin's. Mach auf!«

Beinahe hätte sie die Stimme nicht erkannt, so gehetzt klang sie. Doch nachdem sie den Hebel, der den oberen Teil der Tür verschloss, zurückgeschoben und einen vorsichtigen Blick hinausgeworfen hatte, entriegelte sie sogleich die ganze Tür.

»Schwester Gertrud!«

»Na endlich!«

Die Gestalt, die über die steinerne Schwelle hineinstürzte, sah aus, als habe sie eine weite, beschwerliche Reise hinter sich. Der Saum ihres langen dunklen Gewandes war voller Schmutz, der weiße Schleier zerknittert. Dabei lebte die junge Ordensfrau nur wenige Häuser entfernt. Elli rückte sofort einen Stuhl für sie zurecht, so aufgelöst hatte sie sie noch nie gesehen.

»Geht es Ihnen gut? Darf ich Ihnen etwas bringen –«

»Wo ist Alma?«, fiel die Schwester ihr ins Wort.

»Bei einer Geburt in Monschau, schon seit gestern Abend.«

»Oh nein, das hat mir gerade noch gefehlt!« Die Besucherin wischte sich über das vor Anstrengung gerötete Gesicht. »Ich war die ganze Nacht auf den Beinen. Du weißt nicht zufällig, wann deine Mutter zurückkommt, oder?«

»Nein.« Elli goß Wasser aus dem Krug, der immer auf der

Kannenbank bereitstand, in einen irdenen Becher, reichte ihn ihr. »Das weiß man nie.«

»Nein, nein, natürlich nicht.« Schwester Gertrud stürzte das Wasser in einem Zug hinunter, sprang von ihrem Stuhl auf und begann, in dem kleinen Raum, der ihnen zum Schlafen und zum Leben diente, hin und her zu rennen. »Du musst wissen, unser Kloster wird in ein paar Tagen geräumt. Die Waisenkinder, um die wir uns kümmern, werden auf andere Häuser verteilt. Sie brauchen noch mehr Unterkünfte für die Arbeiter, die die Verteidigungslinie bauen. Die Herren von der Organisation Todt sind schon da, es muss jetzt alles ganz schnell gehen.«

»Von der Organisation Tod?«, flüsterte Elli und hielt sich die Hand vor den Mund. Was mochte das zu bedeuten haben? Letzte Woche erst war eins von den Waisenkindern, die die Nonnen bei sich aufgenommen hatten, ganz unerwartet gestorben. Sollte etwa ...

»Nicht erschrecken«, unterbrach die Schwester sie. »Fritz Todt heißt der Trottel, der sich diesen Blödsinn mit der Verteidigungslinie ausgedacht hat. Bei uns sind alle wohlauf. Noch.« Um ihren Mund legte sich ein harter Zug.

Elli nickte schnell. Sie kam sich furchtbar dumm vor. Schwester Gertrud, die ja noch eine Novizin war, schien ihr in ihrem Alter, womöglich nicht einmal zwanzig, aber sie war so viel gescheiter! Sie kannte sich mit Politik aus, hatte zu allem eine Meinung und war immer auf Achse. Während Elli nichts weiter tat, als Haus und Hof in Ordnung zu halten, und ihre Mutter sich ganz allein abrackerte, Tag und Nacht zu den Schwangeren, den Wöchnerinnen, aber auch zu den Alten und den Kranken eilte, die alle ihre Hilfe brauchten und nur allzu oft kaum etwas dafür zahlen konnten.

»Pass gut auf!«, riss Schwester Gertrud sie aus ihren Gedanken. »Was ich dir jetzt gebe, wirst du niemand anderem als deiner Mutter aushändigen, und du wirst nie im Leben auch nur ein Wort darüber verlieren. Versprichst du mir das?«

»Ja, klar.« Elli nickte schnell. Der Mutter wurde so manches im Geheimen anvertraut, nicht selten schnappte Elli etwas davon auf, und immer bewahrte sie Stillschweigen. Das war doch selbstredend. Doch sie spürte den Blick der Schwester so prüfend auf sich ruhen, dass ihr war, als klettere eine Grille ihren Rücken hinauf.

»Ich verspreche es«, fügte sie deshalb hinzu.

»Gut.« Die Schwester nestelte aus ihrem Gewand ein Päckchen hervor. Es war in graues Tuch eingeschlagen, mit Kordel verschnürt und gerade einmal so groß wie ein Stück Brikett. Aber es war sehr viel leichter, das spürte Elli, als Schwester Gertrud es ihr reichte.

»Versteck es«, flüsterte die.

Elli sah sich prüfend um. Wohin damit? Vielleicht unter die Matratze? Sie machte einen Schritt auf den Alkoven zu, als die Schwester sie am Arm packte.

»Warte! Warte, bis ich weg bin. Ich will nicht wissen, wo es ist, für den Fall, dass sie mich ergreifen.«

»Ergreifen? Wie meinen Sie das?«

Doch Elli bekam keine Antwort mehr. Die Schwester war schon zur Tür hinaus, die Katze huschte ihr hinterher.

Unschlüssig stand Elli in der Mitte des Raumes. Viel schwerer fühlte sich das Päckchen mit einem Mal an. Was mochte darin sein, dass Schwester Gertrud so ein Aufheben darum machte? Sie war versucht, die Kordel zu lösen und einen Blick hineinzuwerfen, aber sie beherrschte sich. Das war eine Sache zwischen Schwester Gertrud und ihrer Mutter, das ging sie nichts an.

Und so schob sie das Päckchen unter die Matratze im Alkoven.

Ein besonders gutes Versteck schien ihr das nicht, aber die Mutter würde ganz bestimmt ein besseres wissen. Wo sie bloß blieb?

Elli trat noch einmal an die Tür, öffnete den oberen Teil einen Spaltbreit.

Der Hof lag in tiefer Dunkelheit, es musste lange nach Mitternacht sein. Nicht einmal der Mond war zu sehen, kein Stern, der Himmel schwarz. Im Haupthaus gegenüber, wo der reiche Bauer Janssen mit Frau, ältestem Sohn und dem Gesinde lebte, war es mucksmäuschenstill, ebenso im großen Stall. Kein Pferd, das leise schnaubte, keine Kuh, die ihre Stirn am Gatter rieb, kein Schwein, das grunzte. Der Hund wiederum, uralt und vollkommen taub, regte sich eh so gut wie nie, egal, ob er wach war oder schlief. Der Bauer hatte ihn bereits vor langer Zeit von der Kette gelassen, doch meist döste er in dem Verschlag, der ihm als Unterschlupf diente, vor sich hin. Lina, die Magd, kippte ihm ab und an ein paar Essensreste vor die Schnauze, und nur um sein Geschäft zu verrichten, schleppte er sich hinter den Misthaufen.

Das einzige Geräusch weit und breit war der Wind. Er strich durch die dichte Buchenhecke, die den Hof auf drei Seiten umgab – auf der vierten reichte er bis an die Rur – und entlockte ihr ein leises Wispern. Die Hecke maß gut fünf Meter in der Höhe und einen Meter in der Breite, sie schützte die gesamte Hofschaft und ihre Bewohner vor Sturm, Regen und Schnee. Zur Straße war ein Durchgang hineingeschnitten, so hoch und weit, dass ein vollbeladener Heuwagen hindurchpasste. Elli kannte das Wispern der Hecke, sie war damit aufgewachsen. Solange sie denken konnte, lebte sie mit der Mutter in dem winzigen Häuschen, das einst als Backes gedient hatte, bevor der Bauer Janssen neben dem Wohnhaus ein größeres, moderneres Backhaus errichten ließ.

Sie zog das Schultertuch enger, lehnte sich ein wenig in die empfindlich kühle Nacht hinaus, lauschte. Nein, die Mutter ließ noch auf sich warten.

Eben wollte sie die obere Klappe der Klöntür schließen, als sie es hörte. Ein Geräusch, das das Wispern der Hecke übertönte. Das nicht zur Stille des Hofes passte, zur nächtlichen Stunde. Schritte. Auf der anderen Seite der Hecke lief jemand.

Einen Moment lang hoffte sie, die Mutter käme endlich heim. Aber der Schritt der Mutter war leicht, selbst wenn sie vollkommen erschöpft war. Dieser Schritt indessen war schwer, es war der Schritt eines großen, müden Mannes.

Ein werdender Vater, dessen Frau in den Wehen lag? Wohl kaum. Die Männer, die die Mutter ans Bett einer Gebärenden holten, liefen schneller.

Oder war es vielleicht einer der Westwallarbeiter? Ein gutes Dutzend schlief im Nachbarort im eigens dafür leer geräumten Dorfsaal. Aber was sollten sie hier zu suchen haben, noch dazu mitten in der Nacht?

Und was hatte Schwester Gertrud gemeint, als sie sagte, man würde sie womöglich ergreifen? War jemand hinter ihr her? Oder hinter dem mysteriösen Päckchen?

Elli merkte, wie die bange Angst, mit der sie erwacht war, wieder aufflackerte. Sie löschte das Licht und machte sich daran, die Tür fest von innen zu verrammeln.

Da erklang ein Keuchen, so gespenstisch, dass es unmöglich von einem Menschen stammen konnte. Im gleichen Moment gaben die Wolken den Mond frei, und in seinem silbrigen Schein erblickte Elli ein Wesen, das sich mitten über den Hof Richtung Eingang schleppte. Es war der Hund. Das Atmen fiel ihm sichtlich schwer, die Beine hatte er so sehr eingeknickt, dass er beinahe mit den Knien über den Boden schrammte. Doch seine graue Schnauze hielt er so hoch, wie es eben ging, als erschnuppere er einen köstlichen Duft. Und sein Schwanz, nahezu kahl, ragte senkrecht in die Höhe und wedelte wie irre.

Die Schritte jenseits der Hecke waren verstummt. In der Hofdurchfahrt stand ein Mann, groß gewachsen, die Haare soldatisch kurz geschnitten. Er trug die Uniform eines Militärs, über der Schulter einen Rucksack.

»Räuber!«, rief der Mann. Da rannte der Hund, so gut es seine krummen Beine zuließen, die letzten Meter. Der Mann aber fiel auf die Knie, streichelte das zottelige Tier und rief immer wieder seinen Namen.

»Räuber, alter Kumpel, dass es dich noch gibt!«

Im großen Wohnhaus ging ein Licht an. In der offenen Tür sah Elli den Bauern Janssen stehen, eine derbe Jacke über den Schlafanzug geworfen.

»Vater.« Der Mann erhob sich, ging schnellen Schrittes über den Hof und reichte dem Bauern die Hand, den keuchenden Hund im Schlepptau. »Es tut gut, endlich nach Hause zu kommen.«

»Mmh«, grummelte Janssen, »untersteh dich, Hans, und bring den Köter mit rein.«

Mit einem Blick auf den Hund verzog Janssen das Gesicht zu einer angeekelten Grimasse, doch obwohl der ganze weite Hof zwischen ihnen lag, konnte Elli genau erkennen, wie die Augen des Bauern, den sie nur grob und unwirsch kannte, vor Freude funkelten.

Elli blieb der Mund offen stehen. Wann, um Himmels willen, war aus Hans Janssen ein erwachsener Mann geworden?

Erst spät schlief sie ein.

Als der Morgen dämmerte, stand sie auf, gab das restliche Wasser aus dem Krug in eine große Emailleschüssel, wusch sich und steckte sich vor dem kleinen Spiegel, der mit dem schlichten Holzkreuz und dem Abreißkalender den einzigen Wandschmuck darstellte, die Haare hoch. Sie brauchte nicht weniger als vierzehn Nadeln, um das dichte hellblonde Haar zu bändigen. Dann stocherte sie das Feuer an und fütterte als Erstes die Tiere, die sie gemeinsam mit ihrer Mutter ihr Eigen nannte. Die Hühner saßen noch auf ihrer Stange im Dach des kleinen Stalles direkt neben dem alten Backes und blinkerten mit den Augen. Zu ihren Füßen döste die Sau. Elli streute ein paar Körner und Kartoffelschalen vom Vortag aus, kehrte den Mist vor die Tür und holte frisches Wasser vom Brunnen. Aus den Augenwinkeln beobachtete sie, was wohl im großen Haus vor sich gehen mochte. Doch dort schien alles wie an jedem anderen Tag. Lina, die Magd, schüttelte die Federbetten aus, Alfred, der Knecht, schirrte das Pferd an, und im großen Stall muhten die Kühe, während sie das erste Mal gemolken wurden. Elli sah den Bauern und seine Frau ihrem Tagwerk nachgehen, auch den ältesten Sohn Erwin, der noch auf dem Hof lebte und ihn eines Tages übernehmen sollte. Nur von Hans war nichts zu entdecken. Hatte sie die nächtliche Szene womöglich nur geträumt?

Sie brannte darauf, mit der Mutter zu sprechen, doch die kam erst gegen Mittag nach Hause, sichtlich erschöpft, das Haar, hellblond wie Ellis, halb gelöst.

Da hatte Elli zum Glück schon eine Handvoll Kartoffeln aus der Erdmiete ausgegraben und sie über dem offenen Feuer gekocht. Jetzt nahm sie geschwind den Topf vom Hoal, dem Haken über der Feuerstelle, dessen Längsseite aussah wie ein Sägeblatt: Hängte man den Kessel tief in einen der unteren Zacken, hing er direkt über dem Feuer, hängte man ihn weiter oben auf, blieb die Mahlzeit warm, ohne zu verbrennen. Die Kartoffeln dampften noch, als Elli sie aus dem Kessel in eine flache Schüssel kippte, sie auf dem einfachen Holztisch platzierte und das Töpfchen mit dem Gänsefett dazustellte.

»Danke dir, mein Kind.«

Alma gab einen kleinen Löffel Fett über die Kartoffeln, sie sprachen ein kurzes Gebet und fingen sogleich an zu essen – eine jede mit ihrer Gabel direkt aus der Schüssel, wie es überall in den Küchen der einfachen Leute Brauch war.

Wie müde die Mutter aussah! Elli musterte sie verstohlen, ihr schmales Gesicht, das Schlüsselbein, das sich spitz unter ihrem Kleid abzeichnete, die rissigen Hände. Hunderte Kinder hatten diese Hände auf die Welt geholt. Sie hatten werdende Mütter und Wöchnerinnen behütet und gepflegt, in den elendsten Katen ebenso wie in den herrschaftlichen Häusern der Monschauer Tuchhändler. So manches Mal aber hatten sie auch die Lider einer Frau schließen müssen, die unter der Geburt gestorben war. Elli wusste immer gleich, wenn sie Alma erblickte, wie es diesmal gegangen war. Und auch wenn die durchwachte Nacht an diesem Mittag tiefe Schatten in Almas Antlitz gezeichnet hatte, so entdeckte Elli doch in ihren Augen den vertrauten Glanz.

»Wie war es?«, fragte sie leise, nachdem sie ihr einfaches Mahl beendet hatten.

»Ein strammer Junge von gut acht Pfund. Eine schwere Geburt, aber er ist kerngesund. Und auch die Kindbetterin wird sich, so Gott will, erholen. Ich schaue später noch einmal nach ihr. Aber was höre ich: Hans ist zurück?«

»Du weißt es schon?«, staunte Elli.

»Ich traf Lina, sie war auf dem Weg nach Monschau. Der alte Janssen hat sie wohl angewiesen, den Schneider zu holen, damit er Hans einen neuen Anzug anpasst.«

»Wo er sonst so knauserig ist.« Elli konnte sich ein Schmunzeln nicht verkneifen. »Aber Hans war immer der Liebling des Alten.«

»Und Lina sagt, er sei ordentlich gewachsen, ein sehr ansehnlicher junger Mann sei er geworden! Habt ihr euch schon gesehen?«

»Ja, nein, das heißt, nicht wirklich.« Elli senkte den Kopf und begann, den Tisch abzuräumen. Sie fühlte eine heiße Röte ihren Hals hinaufkriechen, während ihre Gedanken zurückwanderten in die vergangene Nacht. Es war ja beinahe stockdunkel gewesen. Aber wahrscheinlich stimmte, was die Magd der Mutter berichtet hatte. Aus Hans war ein ansehnlicher junger Mann geworden.

Plötzlich hatte sie gar keine Lust mehr, über ihn zu reden.

»Er war immer so reizend zur dir, als ihr noch Kinder wart«, fuhr die Mutter fort. »Er war ja ein bisschen älter und fast wie ein großer Bruder für dich. Er hat dir das Angeln beigebracht, und im Winter hat er dich mit dem Schlitten zur Schule gezogen. Und weißt du noch? Als dich einmal ein paar der Dorfkinder verfolgt und böse Sachen gerufen haben, da hat er sich so groß gemacht, wie es ging, und sie mit einem dicken Knüppel in die Flucht geschlagen.«

Elli nickte. Sie erinnerte sich genau. Aber sie erinnerte sich auch daran, dass Hans lange Zeit zu klein für sein Alter gewesen war, dass er stark gestottert hatte und dass sein Gesicht voller roter, eitrig entzündeter Pickel gewesen war, selbst dann noch, als die anderen Jungen anfingen, sich dünne Schnauzbärte stehen zu lassen. Auch Hans war damals nicht gefeit gewesen vor Hohn und Spott. Sogar seine älteren Geschwister beteiligten sich daran, sobald der alte Bauer einmal nicht hinsah.

Hans war eines der Kinder gewesen, die nicht dazugehörten.

So wie sie.

»Und stell dir vor«, sagte die Mutter jetzt, »Lina hat mir erzählt, er stottert auch gar nicht mehr.« Sie erhob sich, trat zu ihr an den Spülstein. »Ach, Elli, ihr beide habt euch immer so gut verstanden! Sag mir nicht, du brennst nicht darauf, ihn zu begrüßen!«

Elli biss sich auf die Unterlippe. Bis gerade eben hatte sie tatsächlich darauf gebrannt, Hans wiederzusehen.

Jetzt nicht mehr.

Ein sehr ansehnlicher junger Mann, der in den drei Jahren, die er fort war, einen ganzen Kopf gewachsen war, der kein bisschen mehr stotterte und der ganz bestimmt auch nicht mehr von Pickeln entstellt war. So einer würde mit einer wie ihr ganz bestimmt nichts mehr zu tun haben wollen.

Unwillkürlich verschränkte sie das rechte Bein hinter dem linken.

Die Mutter betrachtete sie prüfend. Elli spürte, sie las ihre Gedanken, wie so oft.

»Was damals nicht wichtig war«, sagte Alma leise, »wird auch heute nicht wichtig sein. Ich kenne doch unseren Hans!«

Doch Elli schüttelte nur den Kopf. Das konnte sie sich beim besten Willen nicht vorstellen.

»Wie du meinst.« Die Mutter berührte sie leicht am Arm. »Da ist noch etwas. Als ich mit Lina zusammenstand, kam der Postomnibus vorbei. Der Fahrer gab mir den hier für dich mit.«

Alma griff nach ihrer Hebammentasche, die aus echtem Leder war und ihr kostbarster Besitz. Zwischen dem Hörrohr, Mulltüchern und Tiegeln mit Salben steckte ein Briefumschlag. Er war aus ganz feinem Papier, und Elli erkannte die Schrift darauf sofort, es war die von Margot. Seit Monaten hatten die Schiffmanns sich nicht mehr in der Eifel blicken lassen. Stattdessen kamen ab und an Briefe. Anfangs war es je einer für Elli und für Käthe, doch seit Käthe diese Briefe nicht mehr beantwortete, kamen nur noch welche für Elli. Die Zeiten seien schwierig, vermerkte Margot jedes Mal recht knapp, der Vater könne das Geschäft nicht allein lassen, um dann sehr ausführlich von einem jungen Mann namens Rudolph zu berichten. Elli wusste mittlerweile, dass dieser Rudolph einst als Lehrling im Herrenausstattungsladen von Margots Vater angefangen und sich zu dessen rechter Hand hochgearbeitet hatte, dass er sehr fleißig war und vorzügliche Manieren besaß, dass sein Haar samten schimmerte und dass er Margot schon zweimal ausgeführt hatte.

Tatsächlich überflog Elli diese Zeilen zumeist, mit solcherlei Liebesdingen wollte sie nichts zu tun haben. Worauf sie stattdessen achtete, war der Ton, in dem Margot ihre Briefe verfasste. Denn zwischen all der Schwärmerei blitzte in letzter Zeit eine leise Wehmut auf. Als trauere die Freundin einer Sache hinterher, von der Elli nichts wusste. Außerdem achtete Elli darauf, wie Margot ihre Briefe beendete. Ob sie herzliche Grüße an Käthe ausrichtete, womit sie allerdings schon vor einer ganzen Weile aufgehört hatte.

Was wiederum daran liegen konnte, dass Käthe auch diese Grüße nie erwidert hatte.

Elli wischte sich die Hände an der Kittelschürze ab, griff zum Küchenmesser, schlitzte den Brief der Länge nach auf und begann zu lesen.

Liebste Elli, schrieb Margot. *Was ich sehnlichst erhofft habe, ist Wirklichkeit geworden. Rudolph hat um meine Hand angehalten! Mama und Paps sind ganz aus dem Häuschen, und sie haben beschlossen, dass wir die Verlobung überspringen und direkt heiraten, wegen der schweren Zeit. Und so habe ich das große Vergnügen, Dich zu meiner kleinen Hochzeitsfeier einzuladen, am kommenden Samstag, den 29. Oktober, ab zwei Uhr am Nachmittag bei uns im Ferienhaus. Wir sind dann schon getraut, im ganz engen Kreis. Aber danach fahren wir extra zu Euch hinaus, weil wir dort, wie Mama sagt, so glücklich waren wie nirgendwo sonst. Und es ist ganz bestimmt das letzte Mal vor dem Winter, dass wir dort sein werden. Kommst Du? Bitte, Elli, komm! 1000 glückliche Küsse, Deine Margot*

Elli las den Brief gleich noch einmal, dann reichte sie ihn weiter an die Mutter. Margot würde heiraten, wie sie es sich immer erträumt hatte. Und doch.

»Eine kleine Feier?«, fragte die Mutter und gab ihr den Brief zurück. »Im Ferienhaus? Hat Margot nicht immer von einem rauschenden Fest geträumt?«

Elli nickte. Etwas stimmte nicht.

»Und Käthe?«, fragte die Mutter weiter. »Ist sie etwa nicht eingeladen?«

Elli wog den Kopf. »Das kommt mir alles nicht richtig vor«, flüsterte sie.

Die Mutter schien etwas sagen zu wollen, schwieg aber dann doch, richtete ihre Frisur und griff nach ihrem Umhang.

»Ich muss nach meiner Wöchnerin sehen, bis später.«

Schon war sie zur Tür hinaus.

Elli blieb mitten in dem niedrigen Raum stehen, tief in Gedanken versunken.

Irgendetwas stimmte hier ganz und gar nicht.

Das Päckchen, das Schwester Gertrud vorbeigebracht hatte, und das sie mehr schlecht als recht unter der Matratze versteckt hatte, war ihr vollkommen entfallen.

2. Kapitel

Samstag, 29. Oktober 1938

Oje, oje, wenn das nur nicht schiefging!

Elli stand über den Tisch gebeugt, in der einen Hand das schwere Bügeleisen, mit der anderen zupfte sie an dem Kleid, das sie auf einem dicken Baumwolltuch ausgebreitet hatte. Das Bügeleisen war glühend heiß, dafür sorgten die winzigen Kohlestückchen, die sie aus der Glut des Herdfeuers geholt und in seinen Bauch gefüllt hatte. Auf diese Weise bügelte sie immer, egal, ob es nun ihr Kleid war oder das der Mutter oder ihre Kittelschürzen, allesamt aus dicht gewebtem Leinen. Dieses Kleid jedoch war aus blau schimmernder Krawattenseide, und es war auch nicht ihres. Was, wenn das Bügeleisen den feinen Stoff versengte? Elli merkte, wie ihr der Schweiß auf die Stirn trat. Vorsichtig breitete sie ein weiteres dickes Tuch – es war eine Baumwollwindel, wie die Mutter sie immer griffbereit hatte – über den Saum des Kleides, setzte das Bügeleisen ganz kurz darauf. Es zischte, aber es funktionierte: Das Kleid wurde herrlich glatt, ohne anzusengen.

Elli biss sich auf die Unterlippe, verschob die Windel ein Stückchen, plättete das nächste Stückchen Saum. Ja, so könnte es klappen.

Wenig später stand sie mitten im Raum, drehte sich, betastete vorsichtig den Stoff. Nie zuvor hatte sie solch ein elegantes Kleid getragen. Es besaß einen kleinen runden Kragen, war hinten am Rücken geknöpft und etwas mehr als knielang. Allerdings war es ihr ein ganzes Stück zu weit, es schlackerte an den Hüften. Aber wie hübsch der Rock um ihre Beine schwang! Da machte es fast gar nichts, dass sie keine passenden Schuhe dazu hatte, nur die, die sie immer trug, aus derbem Leder, knöchelhoch und mit einem erhöhten Absatz rechts.

Die Wöchnerin, die die Mutter gerade entbunden hatte, eine reiche Monschauer Tuchmachertochter, hatte das Kleid für diesen einen Tag verliehen, und Elli hegte den leisen Verdacht, dass sie damit den Lohn der Mutter drücken wollte. Das ist mal wieder typisch, dachte Elli und merkte, wie dieser Gedanke ihr die Freude an dem hübschen Kleid ein wenig vergällte. Die Armen geben ihr letztes Hemd, und die Reichen zieren sich, unsereins auch nur anständig zu entlohnen.

Aber in ihrer Alltagskleidung auf Margots Hochzeit zu erscheinen, nein, das wäre nicht gegangen. Jetzt musste sie nur höllisch aufpassen, dass nichts an dieses Kleid kam.

Wenn Elli an den bevorstehenden Nachmittag dachte, fühlte sie ein Ziehen in ihrer Brust. Wie sehr sie sich darauf freute, Margot wiederzusehen! Zugleich waren ihr die Umstände dieser Hochzeit nicht ganz geheuer. Und dann war da noch die Sache mit Käthe.

Von der nahen Kirchturmuhr schlug es eins. Gestern hatte sie vergeblich bei Käthe vorbeigeschaut, mit ein bisschen Glück war sie nun zu Hause. Elli legte sich das warme Schultertuch um, nahm das sorgfältig eingewickelte Geschenk an sich, öffnete den oberen Teil der Tür und lugte hinaus.

Auf der Bank vor dem Backes lag die Katze und döste in der Mittagssonne, ansonsten schien der Hof öd und leer. Nur der

Hund kauerte vor seinem Verschlag, die krummen Beine unter sich geklappt, die blinden Augen geschlossen. Samstags um diese Zeit war der Bauer längst in der Schenke. Doch drüben, im Haupthaus, erhob man sich wahrscheinlich gerade vom gemeinsamen Mittagsmahl. Noch aber war niemand zu sehen.

Elli hatte in den vergangenen beiden Tagen immer wieder Ausschau nach Hans gehalten, obwohl sie das eigentlich gar nicht wollte. Einmal hatte sie ihn tatsächlich über den Hof hasten sehen, den Kopf gesenkt, anscheinend tief in Gedanken versunken. Dem Backes hatte er keinerlei Aufmerksamkeit geschenkt.

Dann halt nicht, hatte Elli gedacht und den oberen Teil der Klöntür sachte von innen geschlossen.

Jetzt drückte sie das Geschenk für Margot ein bisschen fester an ihr Herz und machte, dass sie loskam.

Ein empfindlich kalter Wind fuhr ihr an die Beine, als sie den Hof überquert hatte und aus dem Schutz der Buchenhecke trat. Für einen Tag Ende Oktober war das Kleid nicht gemacht. Aber egal, es würde schon gehen.

Der Hohlweg aus dem Dorf hinaus führte geradewegs zum Ferienhaus der Schiffmanns, Elli aber lief mitten ins Dorf hinein. Ein paar Hühner stolzierten gackernd neben ihr her, die Luft war erfüllt vom Duft der Holzfeuer in den niedrigen Katen aus einfachem Fachwerk. Sie schmiegten sich links und rechts des Weges in die Hänge der hinter ihnen aufragenden Berge, zu ihren Füßen, parallel zur einzigen Straße, plätscherte die Rur. Bald schon würde die Zeit anbrechen, in der kein Sonnenstrahl das Dorf in der Senke mehr erreichte. Doch was den Bewohnern im Winter zwei dunkle Monate bescherte, schenkte ihnen zugleich ein weitaus milderes Klima als den Dörfern auf den Bergrücken, über die tagein, tagaus ein strenger Wind strich. Auf diese Weise war es im Sommer deutlich milder als anderswo in der Eifel, und in den

Obst- und Gemüsegärten, von denen selbst das armseligste Häuschen einen besaß, wuchsen Äpfel, Birnen, Wirsing, Grünkohl, Bohnen und sogar Tomaten.

Vor dem Wohnhaus der Familie Werner saß deren einzige Tochter Therese, wie immer eine kalte Pfeife zwischen den Lippen. Elli trat zu ihr und legte ihr die Decke, die zu Boden gefallen war, um die Beine. Die junge Frau galt als wunderlich und merkte nicht, wenn sie sich verkühlte.

Therese zog schmatzend an ihrer Pfeife, dann bückte sie sich blitzschnell, griff nach etwas, das zu ihren Füßen lag, und drückte es Elli in die Hand. Es war eine Kastanie, schon ganz verschrumpelt und ein wenig schwarz.

»Danke, meine Liebe!« Elli steckte die Kastanie in die kleine Tasche des geliehenen Kleides, zog die Decke noch einmal fest, lief weiter.

In der Schmiede wurde gearbeitet, der Lehrling hielt einen Ochsen am kurzen Strick, während Johann, der Schmied, ihm ein neues Kuheisen anpasste. Beide trugen lange lederne Schürzen, ihr schwerer Atem stand wie eine Wolke in der eiskalten Luft. Zum Duft der Holzfeuer gesellte sich der Geruch von verbranntem Horn. Vor dem Kloster direkt neben der Kirche parkte ein dunkler Wagen mit Aachener Kennzeichen, und in der Wirtschaft gleich gegenüber waren die Fenster schon jetzt beschlagen vom Dunst der Gäste. Elli hörte Gläserklirren und dröhnendes Männerlachen und mühte sich, so schnell es ging, voranzukommen. An diesem Ort war ihr schon manch unflätiger Spruch hinterhergerufen worden.

Trotz allem, sie liebte das kleine Dorf, in dem sie ihr ganzes Leben verbracht hatte. Vor allem die mächtige Linde, die ihr Blätterdach weit über den Kirchplatz und die angrenzenden Häuser spannte. Man sagte ihr nach, sie beschütze den Ort seit beinahe zweihundert Jahren.

Erst ganz am Ende des Dorfes blieb Elli stehen. Die Buchenhecke, die dieses kleine Gehöft umgrenzte, war lange nicht geschnitten worden, sie wucherte wild bis an die Straße. Der Hof selbst war von Unrat übersät, das Häuschen dahinter duckte sich unter seinem schadhaften Dach. Das Greinen eines Kindes war zu hören, das Klappern von Töpfen, das Summen einer Frau, die sich mühte, das Kind zu beruhigen.

Elli klopfte nicht an, das tat sie hier selten, sie ging schnurstracks in das Häuschen hinein und nahm Käthe das Kind ab, das sie in ihrem rechten Arm hielt, während sie mit links einen Kessel auf dem heißen Herd balancierte.

»Dich schickt der Himmel!«, rief Käthe. »Ich hab's gleich, die Milch muss nur noch ein bisschen abkühlen –«

»Schon gut, ich halte ihn solange.« Elli ließ sich auf einem Stuhl nieder, legte das Kind in ihren Schoß und steckte ihm den kleinen Finger in den Mund. Augenblicklich hörte es auf zu schreien und begann, daran zu nuckeln. Wie niedlich der Kleine aussah! Die Ähnlichkeit mit Käthes Schwester war unübersehbar, und wenn man genau hinschaute, erkannte man auf seiner linken Wange das Grübchen, das auch der Kindsvater hatte. Nur dass der steif und fest behauptete, mit dem Bankert nichts zu tun zu haben.

»Hast du etwas von Erna gehört?«, fragte Elli.

»Nein, nichts.« Käthe nahm ihr gegenüber Platz und begann, den Kleinen zu füttern. »Ich hoffe, sie hat in Aachen einen Dienstherrn gefunden, der es gut mit ihr meint. Und dass sie eines Tages nach Hause kommt. Was sollen wir dem Stöpsel bloß sagen, wenn er älter wird und nach seiner Mutter fragt?«

»Kommt Zeit, kommt Rat«, versuchte Elli die Freundin zu beruhigen. Sie kannte einige Schicksale wie das des Säuglings in ihren Armen. Von den Vätern nicht anerkannt, von den Müttern verlassen. Die meisten landeten in kirchlichen Heimen. Kaum eins hatte eine so tüchtige Tante, wie Käthe es war. Die, das wusste Elli genau, mit ihrem kargen Fabriklohn den Vater und die Geschwister mehr schlecht als recht über Wasser hielt.

»Mensch, Elli!«, unterbrach Käthe ihre Gedanken. »Was ist das für ein hübsches Kleid, dass du da anhast! Sag nicht, du triffst dich mit einem Verehrer!«

»Nein, nein«, wehrte Elli ab und merkte, wie sie rot wurde. Kein einziger Junge hatte sie jemals angeguckt. »Ich bin eingeladen, auf eine Hochzeit –«

»Eine Hochzeit! Warum weiß ich nichts davon?« Käthe sprang auf und begann, sich in den Hüften zu wiegen. »Da wird bestimmt getanzt! Da komme ich mit!«

»Genau deshalb bin ich hier.« Elli rutschte auf ihrem Stuhl hin und her. »Um dich mitzunehmen. Es ist Margot, die heiratet. Sie freut sich bestimmt, dich zu sehen!«

Käthe hörte auf, sich zu wiegen. Setzte sich wieder hin, fütterte weiter das Kind.

»Margot«, sagte sie. »Nein, da komme ich nicht mit.«

»Aber, Käthe!«, flehte Elli. »Es ist ihre Hochzeit! Du weißt, wie lange sie davon geträumt hat! Und nun gibt es nicht einmal eine große Feier, sie halten es hier im Ferienhaus ab, im ganz kleinen Kreis –«

»Moment!« Käthe sah auf. »Sie sind hier? Und diese Feier findet heute statt?«

»Jetzt gleich«, flüsterte Elli. Käthe hatte einen ganz komischen Gesichtsausdruck bekommen. »Wie gesagt, ich wollte dich abholen.«

»Du gehst nicht hin, auf gar keinen Fall!«

»Was redest du da? Selbstverständlich gehe ich hin! Und auch du könntest über deinen Schatten springen und –«

»Elli!« Käthe hatte ihren Arm ergriffen. »Geh nicht hin! Versprich mir das!«

»Du hast sie doch nicht mehr alle!« Jetzt war es Elli, die aufsprang, das Kind an sich gedrückt. »Wir drei sind beste Freundinnen, seit Kindertagen! Und auch wenn deine, deine«, sie suchte nach Worten, »deine politische Meinung nun mal so ist, wie sie ist, dann muss das an einem Tag wie heute einfach mal hintenanstehen!«

»Darum geht es doch gar nicht!«, brüllte Käthe. Sie schien Elli plötzlich furchtbar wütend zu sein. »Ich verbiete dir, da hinzugehen, hörst du? Ich verbiete es dir!«

»Du hast sie wirklich nicht mehr alle.« Elli reichte der Freundin den Säugling. Satt und zufrieden sah er aus, ganz so, als kümmere ihn das Geschrei kein bisschen. »Ich gehe jetzt los. Und wenn du dich beruhigt hast, kommst du nach. So kann das ja nicht weitergehen.«

Sie bemühte sich, ihre Stimme fest klingen zu lassen, doch sie zitterte von Kopf bis Fuß.

Sie zitterte immer noch, als sie wieder am Gasthaus vorbeikam. Noch lauter ging es da mittlerweile zu, und durch die beschlagenen Fenster meinte sie, Käthes Vater und ihre beiden älteren Brüder zu erkennen. Elli hatte sich schon oft gefragt, ob Käthes unversöhnliche Haltung mit dem Geist zusammenhing, der seit einiger Zeit in ihrer Familie herrschte. Aber das war doch kein Grund, sie so anzuschreien!

Sie schüttelte sich, ging weiter. Heute durfte all das keine Rolle spielen. Himmel, es war Margots Hochzeitstag!

Aber dass Käthe nachkommen würde, daran glaubte sie keine Minute.

Der Hohlweg aus dem Dorf hinaus war glitschig vom Regen, Elli machte nur ganz kleine, vorsichtige Schritte. Nicht auszudenken, wenn sie mit dem geliehenen Kleid im Matsch landete! Vor dem Wegkreuz hielt sie inne, bekreuzigte sich und sprach ein schnelles *Vaterunser*. Als Nächstes kam ein Stück Landstraße, links und rechts offenes Weideland. Elli merkte, wie ihr Bein zu schmerzen begann, so langes Gehen war sie nicht gewohnt. Aber nun war es nicht mehr weit, schon konnte sie hinter einer Anhöhe das Ferienhaus der Schiffmanns erahnen.

Da hörte sie hinter sich Motorengeräusch, und im nächsten Moment hielt neben ihr ein dunkelblau glänzender Wagen. Elli kannte sich mit Autos kein bisschen aus, doch dieses hier sah ziemlich vornehm aus, wenn auch nicht so vornehm wie das von Margots Vater.

»Zum Ferienhaus der Schiffmanns!« Aus dem heruntergekurbelten Seitenfenster schaute eine Frau mit onduliertem Haar. »Sind wir hier richtig?«

»Oh ja!« Elli beugte sich zu der Dame hinab. »Es ist gleich dort vorne rechts! Wenn Sie möchten, lotse ich Sie –«

»Danke, nicht nötig.« Die Frau kurbelte das Fenster wieder hoch, das Auto stob davon. Kleine Steine wirbelten durch die Luft. Elli trat schnell einen Schritt beiseite, nicht, dass das Kleid Schaden nahm!

Das letzte Stück Weg. Ellis Bein schmerzte nun sehr, und sie merkte, wie sie stärker zu humpeln begann als gewöhnlich. Doch sie biss die Zähne zusammen, erst recht, als sie endlich ankam und das blaue Auto so nachlässig mitten auf der Auffahrt geparkt vorfand, dass sie ein Stück durch ein abgeerntetes Kartoffelfeld musste, um zur Haustür zu gelangen.

Oje, dachte sie im Stillen, diese unhöflichen Leute hätten zumindest ordentlich parken können.

Dann hob sie verwundert den Kopf. Nicht weit hinter dem Haus der Schiffmanns, halb davon verdeckt, stand eine Baracke, die sie nie zuvor gesehen hatte. Eine im Wind hin und her schwingende Tür gab den Blick frei auf eiserne Stockbetten.

Wer hatte sie errichtet? Und für wen? Westwallarbeiter, schoss es ihr durch den Kopf. Ganz bestimmt hatte der alte Bauer Janssen, dem hier das meiste Land gehörte und der sich eh eine goldene Nase mit den Arbeiten an der Verteidigungslinie verdiente, hier auch noch welche untergebracht. Direkt neben dem Ferienhaus der Schiffmanns.

Elli merkte, wie ihr noch ein bisschen kälter wurde. Den Westwallarbeitern sagte man so einiges nach, und auch die Mutter hatte Elli ermahnt, ihnen möglichst aus dem Weg zu gehen.

Sie atmete einmal tief durch, ging die letzten Meter bis zum Haus, strich ihr Kleid glatt und zog an der Glocke, die neben der Tür befestigt war.

Stimmen drangen zu ihr hinaus, der Duft von frisch aufgebrühtem Kaffee. Jemand öffnete die Tür. Auf den ersten Blick kam Elli die junge Frau, die ihr gegenüberstand, vollkommen fremd vor. Sie trug ein elfenbeinfarbenes Brautkleid mit Ärmeln aus Spitze, ihr Haar war verborgen unter einem weißen Schleier, und ihr Gesicht so blass, als hätte sie niemals im Leben die Sonne gesehen. Dann jedoch stieß sie einen spitzen Schrei aus, hüpfte mitsamt Brautkleid und Schleier in die Luft und fiel Elli um den Hals.

»Juchhu!«, jubelte Margot. »Du bist gekommen!«

Elli fühlte Margots sehnige Arme, sie roch ihr Parfüm, sie spürte sogar ihr Herz an ihrer Brust schlagen.

»Herzlichen Glückwunsch zur Hochzeit«, flüsterte sie an Margots Hals. »Ich freue mich so sehr für dich!«

»Ich danke dir!« Margot hielt sie nun auf Armeslänge, beäugte sie genau. »Was für ein Kleid, Elli! Formidabel, wirklich! Ich muss mir noch überlegen, ob ich dir meinen Ehemann vorstelle. Nicht, dass du ihn mir abspenstig machst!«

Dabei zwinkerte sie und lachte, und auch wenn sie wirklich sehr blass aussah, fiel Elli in dieses Lachen ein.

»Bitte schön.« Sie reichte ihr das Geschenk, ein schmales Paket.

»Du hättest mir doch nichts schenken müssen!«, rief Margot, löste das Band, mit dem das Paket verschnürt war, und wickelte das Seidenpapier ab, das Alma einst von irgendwoher bekommen und lange für solch einen besonderen Anlass aufbewahrt hatte. »Allein, dass du hier bist, ist Geschenk genug«, erklärte Margot weiter und verstummte. Unter dem Seidenpapier war ein Dreieckstuch zum Vorschein gekommen, ganz weich, cremeweiß und mit aufgestickten Rosen. Margots Finger glitten über den Stoff, streichelten ihn, als sei er lebendig.

»Oh, Elli, das ist wunderschön! Legst du es mir um?«

»Gerne.«

Elli merkte, wie ihre Ohren zu glühen begannen. Die beiden letzten Abende hatte sie damit verbracht, die Strampler, die sie selbst als Säugling getragen hatte und die die Mutter ganz unten in der Kleidertruhe verwahrte, aufzuriffeln und das Dreieckstuch daraus zu häkeln. Der Faden für die Rosen stammte von einem Fäustling, von dem das Gegenstück verloren gegangen war.

»Bist du dir sicher?«, hatte Alma gefragt und die Stirn in Falten gelegt, und Elli hatte genickt. Wozu die Strampler länger aufbewahren? In diesem Haushalt würden keine Kinder mehr geboren werden. Und Margot würde die Farbe ganz fabelhaft stehen.

Jetzt konnte sie sich mit eigenen Augen davon überzeugen, wie recht sie mit dieser Annahme gehabt hatte. Margot in ihrem Hochzeitskleid mit dem Tuch um die Schultern sah aus wie eine Prinzessin.

»Darf ich stören?« Hinter Margot war ein junger Mann im Türrahmen aufgetaucht. »Sie müssen Fräulein Elli sein.« Er reichte ihr eine Hand, verbeugte sich leicht. »Es ist mir eine außerordentliche Freude, Sie kennenzulernen!«

Elli musste den Kopf etwas in den Nacken legen, um dem Bräutigam in die Augen sehen zu können. Er trug einen sehr feinen Anzug, sein dunkles Haar schimmerte so samten, wie Margot es beschrieben hatte, und gute Manieren besaß er offensichtlich auch. Vor allem aber meinte Elli in seinem Blick etwas ganz und gar Verlässliches auszumachen.

»Guten Tag«, antwortete sie und schüttelte seine Hand. »Ich freue mich auch, sehr!«

Sie streifte sich ein letztes Mal die Schuhe ab, ein bisschen Dreck vom Kartoffelacker hing immer noch dran, und folgte dem jungen Brautpaar ins Haus.

»Danke«, flüsterte Margot noch einmal, bevor sie den großen Raum betraten, den sie Salon nannte, und nahm Ellis Arm. »Dieses Tuch wird mich warm halten. Und wenn wir einander verlieren, wird es mich an dich erinnern.«

»So ein Quatsch«, gab Elli zurück, »das passiert nicht, niemals!«

Aber Margot schwieg, und sie war immer noch schrecklich blass.

3. Kapitel

Im Salon war die große Tafel festlich eingedeckt, wenn auch nur für acht Personen. Eine Frau in den Vierzigern saß daran, die Margot als ihre Tante Golda vorstellte, sowie die Dame mit den ondulierten Locken und ihr Begleiter, ein untersetzter Mann mit eckigem Schnauzer. Elli versuchte ein Lächeln und gab jedem die Hand. Margots Worte hallten in ihr nach. Warum sollten sie einander verlieren?

Suchend schaute sie sich um, doch es gab keine weiteren Gäste. Nein, dies hier war ganz und gar nicht das rauschende Fest, von dem Margot immer geträumt hatte.

Und dann stellte sich auch noch heraus, dass es sich bei dem recht missmutig dreinschauenden Paar aus dem blauen Auto um Margots Schwiegereltern handelte.

Sie sind bestimmt umgänglicher, als es auf den ersten Blick erscheinen mag, redete Elli sich selbst gut zu, schließlich macht der Bräutigam einen ganz passablen Eindruck.

Tatsächlich hellten sich in diesem Moment die Mienen der Schwiegereltern, Frechen hießen sie mit Nachnamen, deutlich auf. Elli blickte sich um – Margots Vater trug eine mit reichlich Schlagsahne verzierte Buttercremetorte herein.

»Um Gottes willen, wer soll das alles essen?«, stöhnte Golda, die Tante.

Elli aber sah, wie auch Margots Augen aufleuchteten, und drückte schnell ihre Hand. Dies mochte ein kleines Fest sein, doch sie war sich sicher, dass Margots Eltern alles unternehmen würden, um ihrem einzigen Kind einen unvergesslichen Hochzeitstag zu bereiten.

Und so war es. Zur Torte tranken sie echten Bohnenkaffee und hinterher, vor dem Abendessen, sogar eine Flasche Perlwein.

Margots Blässe verschwand, bald glänzten ihre Wangen karmesinrot. Das, erkannte Elli, lag allerdings nicht am Perlwein und nicht am Bohnenkaffee und auch nicht an der Torte, die die kleine Hochzeitsgesellschaft beinahe restlos vertilgt hatte, nein, es lag an Rudolph, der Margot unverwandt anschaute und dessen Wangen die gleiche Farbe angenommen hatten.

Elli senkte den Blick. Ihr war, als sei sie Zeugin einer Innigkeit, die außer diesen beiden niemand etwas anging.

Das Abendessen übertraf Ellis kühnste Erwartungen. Es gab etwas, das Margots Mutter schwedische Vorspeise nannte und das aus eingelegtem Hering, geräuchertem Lachs und Stockfischhappen bestand. Danach servierte sie Ochsenschwanzsuppe mit Petersiliensträußchen und schließlich Lammfilet mit Herzoginkartoffeln. Frau Schiffmann, von der Elli wusste, dass sie lange auf ihr einziges Kind gewartet hatte und schon beinahe fünfzig Jahre alt war, hatte alles selbst gekocht, und während sie eine silberne Platte voller Köstlichkeiten nach der anderen hereintrug, immer abgekämpfter wirkte und zugleich jede Hilfe vehement ausschlug, fragte Elli sich, wo das Mädchen geblieben war, das ihr früher zur Hand ging. Jetzt fiel ihr auch auf, dass Margots Eltern beide stark abgenommen hatten und dass ihre Kleidung, der Vater war im Frack, die Mutter im langen Kleid, manch schadhafte Stelle aufwies.

Ist das, fragte sie sich still, den schlechten Zeiten geschuldet, die Margot in ihren Briefen stets andeutet, ohne näher darauf einzugehen?

Golda, die Tante, sah aus, als sei ihr nicht ganz wohl. Obwohl sie einen weißen Fuchs um die Schultern trug, schien sie sehr zu frieren. Sie aß wie ein Vögelchen und sagte kein einziges Wort. Herr und Frau Frechen immerhin langten kräftig zu, guckten dabei aber auch, als wären sie nicht allzu guter Dinge.

Nur Margots Vater lächelte in einem fort, lobte die Kochkünste seiner Ehefrau in den höchsten Tönen und brachte vor jedem einzelnen Gang einen Toast auf das junge Brautpaar aus.

Elli kaute mit halb geschlossenen Augen das letzte Stückchen Lammfilet, ganz zart war es, es zerfiel beinahe im Mund. Nie zuvor hatte sie etwas so Feines gegessen, am liebsten hätte sie vor Entzücken laut geseufzt. Was immer auch Einzelnen an diesem Tisch über die Leber gelaufen sein mochte, sie würde sich den Abend nicht verderben lassen, auf keinen Fall. Ein schneller Seitenblick bestätigte ihr, dass Margots Wangen immer noch herrlich glühten. Gerade beugte Rudolph sich zu ihr herüber und flüsterte ihr etwas ins Ohr, was dazu führte, dass das Glühen sich auf Margots gesamtem Gesicht verteilte und sogar auf ihrem Hals. Elli lächelte still in sich hinein. Wenn Margot glücklich war, war auch ihr Herz ganz leicht.

»Dann ist es also abgemacht.« Herr Frechen, der, wie Elli inzwischen erfahren hatte, gar nicht Rudolphs richtiger Vater war, er hatte Rudolphs Mutter erst kürzlich geheiratet und war etliche Jahre jünger, räusperte sich vernehmlich. »Sie übergeben das Geschäft an unseren Sohn.«

»Wie wir es besprochen haben.« Margots Vater betupfte sich den Mund mit einer Serviette. »Zum 1. Januar. Ich wüsste keinen besseren Nachfolger für unser alteingesessenes Unternehmen!«

Rudolphs Wangen näherten sich farblich denen seiner Braut.

»Sie wird tüchtig mit anpacken«, warf Rudolphs Mutter ein und bedachte Margot mit einem langen Blick.

Elli horchte auf. Wie, bitte schön, fragte sie sich im Geheimen, sollte das denn gehen? Margot hatte ihres Wissens in ihrem ganzen Leben noch keinen Handschlag getan. Sie konnte herrlich schief singen und leidlich gut tanzen und sehr lustige Gedichte schreiben, aber arbeiten …

»Selbstverständlich«, hörte sie da Margots Vater murmeln. »Sie wird mitarbeiten. Genauso wie meine Frau und ich. Sie können sich ganz sicher sein, dass wir Rudolph den Rücken frei halten.«

»Na ja«, schnaubte Frau Frechen. »Wer da wem den Rücken frei hält, sei mal dahingestellt!«

Elli zuckte zusammen. Was sollte das denn jetzt?

Sie sah, wie die Schiffmanns erstarrten, wie die Röte auf den Gesichtern des Brautpaares sich in Lila wandelte, wie die Tante nach Luft schnappte.

Margots Vater legte sehr langsam die Serviette neben seinen Teller und schob den Stuhl zurück.

»Ich hole mal den Nachtisch.«

Nachdem auch der, eine Mokkacreme, schweigend verzehrt worden war, lud der Brautvater Herrn Frechen mit einer stummen Geste zu Cognac und Zigarren in die Kaminecke. Frau Frechen ließ sich stöhnend auf der Chaiselongue nieder. Es schien, als bereite ihr das senffarbene Kleid, das ihren Körper straff umspannte, nach dem opulenten Mahl Probleme. Das Brautpaar verschwand auf die Terrasse.

Elli räumte die Dessertschalen zusammen und folgte Margots Mutter in die Küche.

»Danke, dass du mir hilfst, Elli. Meinst du, alle sind zufrieden und satt?«

»Aber ja doch!« Elli zog einen Hocker unter der Anrichte hervor. »Sie sind eine hervorragende Gastgeberin. Aber jetzt setzen Sie sich und lassen mich den Abwasch machen. Und keine Widerworte!«

Längst war vor den großen Fenstern, die bei Tag den Blick freigaben auf Felder und Wald, die Dämmerung aufgezogen. In der nahen Baracke sah Elli das Flackern von Laternen. Die Männer, die den Westwall bauten, hatten Feierabend.

Frau Schiffmann gab ein leises Stöhnen von sich. Kein Wunder, dachte Elli, sie musste vollkommen erschlagen sein. Und dann noch diese seltsame Stimmung bei Tisch! Mittlerweile war Elli, als liege auf dieser Hochzeit ein Schatten, von dem sie ahnte, woher er stammen könnte – aber wahrhaben wollte sie es nicht. Sie reichte Margots Mutter gerade ein Glas Wasser, als die Küchentür aufflog.

»Endlich!« Golda fischte in einer einzigen geschmeidigen Bewegung eine Packung Zigaretten aus ihrer Handtasche, zündete sich eine an, knallte die Tür hinter sich zu, inhalierte tief und ließ einen kreisrunden Rauchkringel zur Küchendecke aufsteigen. »Keine Minute länger hätte ich das ausgehalten! Ist dir bewusst, Jalda, dass du deine Tochter an diese Gojim verkaufst? Und das für ein Versprechen, das sie nie und nimmer einzuhalten gedenken?«

»Golda, ich bitte dich!«, fuhr Margots Mutter hoch. »So darfst du nicht reden!«

»Im Gegenteil, meine liebe Schwester, ich muss! Dein Mann hat mir verraten, wie hoch die Mitgift ist. Eure letzten Reserven habt ihr dafür aufgebraucht. Und obendrauf gibt's das Geschäft! Seid ihr noch bei Trost? Ein Goldeselchen ist meine Nichte für diese Leute, das ist ganz offensichtlich, da kann dieser Rudolph noch so verliebte Augen machen. Wer weiß«, sie pustete einen weiteren perfekten Rauchkringel zur Küchendecke, »vielleicht glaubt dieser junge Mann ja sogar, sie zu lieben. Aber kann er sie schützen, so, wie ihr es erhofft? Ich fürchte, nein. Und diese Eltern, vor allem diese Schickse, die hätten der Hochzeit nie und nimmer zugestimmt, würde nicht so schrecklich viel Geld fließen. Geld, das ihr für anderes dringend bräuchtet!«

Elli hielt die Luft an. Sie hatte Wasser aufgesetzt und war dabei, es in eine Schüssel mit Seifenpulver zu gießen, aber vor allem war sie damit beschäftigt, die Ohren zu spitzen. Die düstere Ahnung, die sich ihrer bemächtigt hatte, schien zur Gewissheit zu werden.

»Hör auf, Golda!«, schimpfte Margots Mutter, während sie die Schuhe abstreifte und ihre Füße zu massieren begann, ganz geschwollen waren sie. »Du bist überspannt, wie so häufig. Über diese Dinge haben wir nun schon so oft gesprochen. Wann wirst du endlich Ruhe geben?«

»Ruhe? Ich?«, rief Golda. »Da kannst du lange drauf warten! Margot ist meine Lieblingsnichte, vergiss das nicht, und wenn ihre Eltern nicht willens oder in der Lage sind, die richtigen Maßnahmen zu ergreifen, werde ich –«

In diesem Augenblick passierte zweierlei: Die Küchentür schwang ein weiteres Mal auf, Margots Vater steckte seinen Kopf herein, und gleichzeitig erklang draußen hinter dem Haus ein so höllischer Lärm, als würden zwanzig brünftige Katzen auf einmal schreien.

»Hüte einmal im Leben deine Zunge, Golda!«, zischte Herr Schiffmann. »Herrgott, sie haben alles gehört! Ich glaube, sie gehen, sie haben sich nicht einmal verabschiedet …«

»Bitte, was?« Margots Mutter versuchte, im Laufen ihre

Schuhe wieder anzuziehen, was ihr misslang, und so stolperte sie auf Strümpfen in den Salon, wo niemand mehr saß, lief weiter hinaus auf die Terrasse, wo Margot und Rudolph in einer Ecke standen, kreidebleich, beide. Elli, die ihr gefolgt war, sah gerade noch den dunkelblauen Wagen wenden und mit Karacho davondüsen. Er bretterte einige Meter mitten durchs Kartoffelfeld, und in seinem Scheinwerferlicht flog der Lehm, durch den früher an diesem Tag Elli gestakst war, in dicken Brocken durch die Luft.

»Was, um Himmels willen, ist passiert?«, schrie Margots Mutter über den Lärm hinweg, der hier draußen noch viel lauter war. Doch Margot und Rudolph gaben keine Antwort. Schlimmer noch, Margot fing an zu weinen, und Rudolph hielt den Kopf gesenkt, als sei er ein kleiner Junge, der bei einem bösen Streich erwischt worden war.

»Erst mal rein mit euch«, brummte Herr Schiffmann und fasste seine Frau unter.

Elli nahm Margots Arm, die Freundin zitterte so sehr, dass Elli fürchtete, sie könnte ihr umfallen.

»Was«, schluchzte Margot, »ist das für ein infernalischer Lärm?«

»Ach, nichts«, antwortete Elli, die längst einen bangen Blick auf die Horde Männer geworfen hatte, die sich gleich nebenan vor der Baracke versammelt hatten. »Ich glaube, sie jagen das Tier.«

»Sie tun was?«

»Gar nichts. Komm, lass uns hineingehen.«

Der Tisch war abgeräumt, nur ein paar Krümel sowie Flecken von Ochsenschwanzsuppe und Mokkacreme auf dem weißen Damasttuch erinnerten an das opulente Mahl, das an diesem Abend hier verzehrt worden war. Der Geruch von Zigarren lag noch in der Luft und mischte sich mit dem der Zigaretten, deren Rauch

Margots Tante Golda, auf und ab rennend, tief inhalierte, bevor sie am glimmenden Stängel der einen die nächste anzündete.

»Ich bin nicht schuld«, sagte sie in einem fort vor sich hin. »Ich bin nicht schuld. Ich habe nur ausgesprochen, was ausgesprochen werden musste.«

»Ach, hast du das?«, dröhnte Margots Vater und vertrat ihr den Weg. Er überragte sie um gut einen Kopf, und Elli stellte fest, dass sie ihn noch nie so wütend gesehen hatte. Tatsächlich konnte sie sich nicht erinnern, ihn überhaupt jemals wütend erlebt zu haben. Nun aber bebte er von Kopf bis Fuß. »Diese Familie«, brüllte er, »kommt nur deshalb einigermaßen durch diese vermaledeiten Zeiten, weil wir uns umsichtig verhalten! Weil wir Schlupflöcher suchen, wo es nur geht! Und wo es keine gibt, da machen wir uns welche. Hast du eine Ahnung, wie überaus schwierig es war, diese Hochzeit bei unseren belgischen Nachbarn einzufädeln? Zum Glück sitzen auf dem Amt in Eupen gutherzige Menschen, und der Standesbeamte ließ sich mit Großmutters Meißner Porzellan bestechen. Niemals hätte unsere Margot ihren Rudolph hierzulande heiraten können, das verbietet dieses fürchterliche Gesetz zum Schutz des deutschen Blutes. Verstehst du das, Golda? Ich mache das Unmögliche möglich! Und dann wirfst du mir vor, meine Tochter zu verkaufen? Lass dir eins gesagt sein: Ich tue alles für meine Margot, hörst du? Alles! Und wenn Jalda und ich dafür unser letztes Hemd hergeben müssen –«

»Dann bring sie außer Landes!«, unterbrach Golda ihn. »Die Schulmanns sind letzte Woche weg, die Dahls sitzen auf gepackten Koffern. Ich bemühe mich auch um eine Schiffspassage, und ihr solltet –«

»Ist das wahr?« Nun war es Frau Schiffmann, die ihrer Schwester ins Wort fiel. »Du gehst? Du machst es wirklich wahr?«

»Ja.« Golda zerdrückte ihre Zigarette, dabei war sie nicht einmal halb aufgeraucht, fuhr sich mit einer hektischen Geste über das Gesicht. »Ich hätte es euch schon noch gesagt.«

Stille trat ein. Margots Mutter ließ sich wie in Zeitlupe auf der Chaiselongue nieder. Ihr Mann trat ans Fenster. Elli saß neben Margot und Rudolph am Tisch, alle drei starrten auf die verschmutzte Decke.

Hinter dem Haus ertönte immer noch ein entsetzlicher Lärm, ein Klappern, Kreischen und Johlen.

»Niemals«, sagte Margots Vater schließlich, und seine Stimme klang so dunkel, als sei er in den letzten Minuten um Jahre gealtert, »werde ich dieses Land verlassen, das Land meiner Väter. Die Zeiten sind stürmisch, aber noch lange kein Grund, sich davonzustehlen.«

Wieder trat Stille ein, unterbrochen nur vom Klicken eines Feuerzeugs. Golda steckte sich eine weitere Zigarette an.

Und dann räusperte sich jemand. Jemand, der den ganzen Abend über kaum etwas gesagt hatte. Und der sich jetzt aufrichtete, die Schultern durchgedrückt, das Kinn erhoben.

»Niemand«, sagte Rudolph, »muss das Land verlassen. Niemand muss sich sorgen. Ich liebe meine Ehefrau, und ich werde alles tun, um sie glücklich zu machen. Verzeihen Sie das ungebührliche Benehmen meiner Mutter, sie steht unter keinem guten Einfluss. Und Ihr Geschäft, verehrter Herr Schiffmann, ist bei mir in den besten Händen. Sorgen Sie sich nicht!«

»Mein Junge!«, rief Margots Vater, machte ein paar schnelle Schritte zu Rudolph und drückte ihm die Hand. »Von dem Tag an, an dem du bei mir angefangen hast, ein kleiner Stift damals noch, wusste ich, was in dir steckt. Ein Mann, ein Wort!«

Elli sah Golda theatralisch die Augen verdrehen, sah, wie Frau

Schiffmann sich ans Herz fasste und wie Margot sich den Schleier richtete, ans Grammofon trat und eine Schellackplatte auflegte.

»Ich habe«, verkündete Margot, und ihre Stimme zitterte nur ganz leicht, »heute noch gar nicht getanzt. Der erste Tanz gehört meinem frisch angetrauten Ehemann, der zweite dir, Paps!«

Und dann wurde getanzt. Der Brautvater zauberte eine weitere Flasche Perlwein hervor. Frau Schiffmann und ihre Schwester Golda reichten sich die Hände und teilten sich eine Zigarette. Margots Wangen begannen erneut zu glühen, und Rudolph, der seine Braut in einem fort übers Stäbchenparkett wirbelte, strahlte übers ganze Gesicht.

Elli saß still dabei und staunte. Sie kannte Margots Eigenart, von jetzt auf gleich ein vergnügtes Gesicht aufzusetzen und alles, was hässlich war und unangenehm, zu vergessen. Offensichtlich lag diese besondere Fähigkeit in der Familie, und auch ihr frischgebackener Ehemann schien sie zu beherrschen. Elli liebte Margot für ihr fröhliches, immer noch ein wenig kindliches Gemüt, für ihre Unbekümmertheit. Und doch. An diesem Tag hatte sie zu viel gehört, was ihr nicht gefiel. Und dann war da noch dieser Lärm hinter dem Haus, der ihr Sorgen bereitete.

»Was hast du gesagt, machen sie da draußen?«, japste Margot und fasste Elli von hinten um die Schultern.

»Sie jagen das Tier«, antwortete Elli.

»Und was bedeutet das?«

»Es ist ein uralter Brauch. Wenn jemand etwas gemacht hat, was den anderen Dorfbewohnern nicht gefällt, rotten sie sich zusammen, ziehen vor das Haus des Missetäters und veranstalten einen grässlichen Lärm. Sie schlagen auf Töpfe, drehen einen Pflug um und halten Sägen an die Metallreifen. Manchmal decken sie auch das Dach ab oder stehlen die Tür.«

»Himmelherrgott«, lachte Margots Vater und zog sich einen

Stuhl heran. »Und was muss man verbrochen haben, um auf solch eine Art gepeinigt zu werden?«

»Jemand hat seinen Ehepartner betrogen«, antwortete Elli. »So etwas in der Art.«

»Und die Westwallarbeiter?«, fragte Margot. »Was können sie schon angestellt haben?«

»Ich glaube«, sagte Elli leise, »sie mögen sie einfach nicht. Das ist alles.«

»Meine Güte, schaut euch das an!«, rief Rudolph, er stand am Fenster, die Fliege um seinen Hals hing ihm fast bis auf die Brust. »Mir scheint, das halbe Dorf hat sich vor der Baracke versammelt!«

Margots Vater und Mutter gesellten sich zu ihm, ebenso die Tante.

Elli und Margot blieben sitzen, blickten sich stumm an. Längst hatte Elli die Stimmen einzelner Männer, die draußen den Radau veranstalteten, erkannt. Sie sah Margot an, dass es ihr ebenso erging.

»Schau«, sagte sie und ergriff die Hand der Freundin. »Rudolphs Eltern haben sich heute nicht gut benommen. Aber dafür kann doch Rudolph nichts!«

»Ich weiß, worauf du hinauswillst.« Margot entzog ihr die Hand. »Aber das ist nicht dasselbe.«

»Ist es wohl.«

»Nein, und das weißt du genau.« Margot verschloss ihr Gesicht, jede Unbekümmertheit war daraus verschwunden.

»Jetzt ist es aber mal gut!« Rudolph hatte das Fenster geöffnet und lehnte sich weit hinaus. Er sah sehr glücklich aus, fand Elli, wenn auch reichlich beschwipst. »Wir feiern heute Hochzeit! Könnt ihr bald mal aufhören mit dem Gedröhn?«

Ganz kurz verstummten die Männer. Dann jedoch erhob einer

von ihnen die Stimme und rief etwas, das Elli das Herz stocken ließ. Margots Hand krampfte sich in die Tischdecke, ein Glas, halb voll mit Perlwein, fiel klirrend zu Boden.

»Wirst du jetzt Ruhe geben«, zischte Margot, »oder willst du immer noch, dass Käthe und ich wieder Freundinnen sind?«

Da ertönte die Stimme ein zweites Mal.

»Stopf deinem dämlichen Schwiegersohn das Maul, Schiffmann«, brüllte Käthes Vater. »Das nächste Mal kommen wir zu dir, du Saujud!«

4. Kapitel

Montag, 31. Oktober 1938

»Ich hatte dir gesagt, geh nicht hin«, murmelte Käthe und griff beherzt in die Brennnesseln. »Hättest du mal auf mich gehört.«

»Du wusstest also tatsächlich Bescheid.« Elli hockte sich neben die Freundin, reichte ihr den flachen Korb. Eigentlich war es schon viel zu spät im Jahr, um Brennnesseln zu ernten. Aber Käthe wäre nicht Käthe, hätte sie nicht hier am Rand eines der abgemähten Felder vom Bauer Janssen eine Stelle entdeckt, wo sie frisch austrieben, die Spitzen beinahe so zart wie im Frühjahr. »Du wusstest, dass sie vorgestern Abend das Tier jagen würden, bei den Westwallarbeitern. Und du konntest dir denken, dass dann womöglich mehr passiert, wenn direkt nebenan die Schiffmanns Hochzeit feiern.«

»Sagen wir mal so«, Käthe hielt den Kopf tief gesenkt. »Ich habe es befürchtet. Und ich hatte Sorge, dass du dazwischengerätst. Aber zum Glück ist dir nichts geschehen.«

»Nein, das nicht«, gab Elli zurück. »Aber die Feier war vollkommen ruiniert. Ich brauche dir nicht zu sagen, was für schlimme Worte da gebrüllt wurden. Margot hat sich so erschrocken, alle haben das! Und was meinst du, wie ich mich gefürchtet habe, als ich mich auf den Heimweg machte. Diese, diese …«, sie biss sich auf die Zunge, suchte nach einem Wort für die Unruhestifter, unter denen sich schließlich auch Käthes Vater und ihre Brüder befunden hatten, » … diese Männer waren ja immer noch am Krakeelen!«

»Das darf doch wohl nicht wahr sein!« Käthe richtete sich auf. »Sag bloß, sie haben dich allein nach Hause gehen lassen! Niemand hat dich begleitet?«

»Nein«, antwortete Elli. »Sie hatten doch genug mit sich selbst zu tun. Ich meine, es war Margots Hochzeit, und vorher gab es schon diesen Zwischenfall mit den Schwiegereltern, und da hat einfach keiner mehr …« Oje, oje, je länger Elli redete, desto steiler wurde die Zornesfalte auf Käthes Stirn, die sie so gut kannte.

»Sie haben sogar ein Auto!«, stieß Käthe hervor. »Es hätte sie nur wenige Minuten gekostet. Aber dich allein losschicken, im Dunkeln, der weite Weg, mit deinem wehen Bein …«

»Ach, hör doch auf!«, unterbrach Elli sie. »Du willst nur ablenken!«

»Will ich nicht. Du machst hier so ein Theater wegen ein bisschen Geschrei …«

»Wegen ein bisschen Geschrei? Das ist nicht dein Ernst!«

»Aber letzten Endes war es nur ein bisschen Geschrei, oder etwa nicht?«

»Du weißt schon, was sie gerufen haben, oder?«

»Ich kann es mir denken.« Käthe senkte wieder den Kopf, rupfte weiter Brennnesseln aus. Elli sah trotzdem, wie ihre Wangen sich röteten.

»Saujud, haben sie gerufen«, sagte Elli leise. »Und dass sie das nächste Mal zu den Schiffmanns kommen. Sag mir, dass du das nicht gutheißt.«

»Nein, natürlich nicht. Aber …«

»Aber was?«

»Das sind doch nur Auswüchse! Und du weißt, wie sie sind, wenn sie was getrunken haben.«

Elli wich Käthes Blick aus, jetzt war sie es, die die Augen niederschlug. Nur zu gut kannte sie die blauen Flecken, die sich auf Käthes magerem Körper abzeichneten, wenn der Vater es im Wirtshaus wieder einmal übertrieben hatte. Längst taten es ihm die Brüder gleich. Und das alles war schon lange Alltag gewesen, bevor sie alle begannen, braune Hemden zu tragen.

Ich darf, dachte Elli, Käthe nicht für etwas verurteilen, was ihr Vater und ihre Brüder anrichten. Aber dass die Freundin deren Ideen teilte, das wollte ihr einfach nicht in den Kopf. Hatte die Mutter nicht erst letztens gesagt, die Nazis würden sie noch alle zugrunde richten?

»Vieles von dem, was Herr Hitler sagt«, betonte Käthe, als habe sie Ellis Gedanken gelesen. »ist im Grunde richtig. Bloß dass manche vielleicht ab und zu über die Stränge schlagen. Aber dass die Vorherrschaft des Judentums gebrochen gehört, daran besteht ja wohl kein Zweifel!«

»Spinnst du? Wovon redest du? Doch nicht von unserer Freundin Margot!«

»Na ja, nicht von Margot direkt, aber irgendwie gehört sie schon dazu. Sag mir nur eins: Was gab es am Samstag zu essen?«

»Zu essen?« Elli schwirrte der Kopf. Wie kam Käthe denn jetzt darauf? »Kuchen«, begann sie. »Genauer gesagt, Buttercremetorte. Ganz und gar köstlich. Später dann eine Fisch-Vorspeise, Ochsenschwanzsuppe und Lammfilet. Und zum Nachtisch Mokkacreme. Aber was tut das zur Sache?«

»Hm«, antwortete Käthe und suchte Ellis Blick. »Buttercremetorte, Fisch, Suppe, Lammfilet, Mokkacreme. Und was tun wir hier gerade? Also, ich«, verbesserte sie sich. »Du guckst ja nur zu und regst dich über ein bisschen Geschrei auf.«

Elli war, als bohre sich ein Pfeil mitten in ihr Herz. Sie und Alma lebten immer schon vom Nötigsten. Gäbe es nicht einen geheimen Wohltäter, der ihnen ab und an nachts Brennholz und an Weihnachten einen Schinken auf die Bank vor dem Backes legte, sie müssten so manches Mal bittere Not leiden. Käthe hingegen litt bittere Not seit dem Tag, an dem ihre Mutter am Husten gestorben war und der Vater mit dem Trinken nicht mehr aufgehört hatte. Und auch das lag nun schon viele Jahre zurück.

Ohne ein weiteres Wort kniete Elli neben Käthe nieder und verbrannte sich sogleich die Finger, vor lauter Beschämung hatte sie die Brennnesseln von oben ergriffen anstatt von unten.

»Und das große Vermögen, das Margots Familie besitzt«, fuhr Käthe fort. »Woher haben sie das?«

»Von ihrer Hände Arbeit!«, gab Elli zurück. »Margots Vater steht von früh bis spät tagein, tagaus in seinem Laden und verkauft Anzüge …«

»Aber er hat doch seine Leute!«, fiel Käthe ihr ins Wort. »Die Angestellten verkaufen die Anzüge. Sie rennen hin und her, nehmen Maß, schleppen die schweren Stoffballen heran, sitzen bis spät in den Abend über den Nähtischen. Herr Schiffmann zählt nur das Geld!«

»Das ist doch gar nicht wahr!«, rief Elli. »Er arbeitet mindestens genauso hart, im Gegenteil, er gibt diesen Leuten Arbeit, ein Auskommen …« Kurz überlegte sie, Käthe von ihrem Eindruck zu erzählen, dass die Schiffmanns gar keine Angestellten mehr hatten, zumindest kein Dienstmädchen. Aber die Freundin sprach schon weiter.

»Das Geschäft selbst hat Herr Schiffmann von seinem Vater geerbt, und der hatte es von seinem Vater und so weiter und so fort. Du verstehst, worauf ich hinauswill?«

Elli schwieg. Der Korb war nicht voll, nur der Boden einigermaßen bedeckt. Sie hatten alle Brennnesselspitzen gepflückt. Gut möglich, dass Käthe schon morgen wieder hier hocken und die restlichen Pflanzenteile ausrupfen würde, auch wenn die holzig waren und überhaupt nicht schmeckten.

Und trotzdem.

Selbst wenn es stimmen sollte und die Familie Schiffmann einen Großteil ihres Vermögens geerbt hat, dachte Elli bei sich, na und? Der reiche Bauer Janssen hatte seinen Hof auch von den Vorfahren seiner Frau übernommen und die wiederum von ihren Vorfahren. Das war noch lange kein Grund, Margots Familie so unflätig zu beschimpfen und ihnen darüber hinaus auch noch zu drohen. Diese ganze Nazi-Ideologie, wonach an allem die Juden schuld sein sollten, erschien ihr reichlich suspekt. Das musste Käthe doch auch einsehen!

Doch sie brachte es nicht fertig, der Freundin weitere Widerworte zu geben.

Und so rappelte Elli sich auf und reichte Käthe die Hand.

»Komm, ich begleite dich noch ein Stück.«

Immerhin, an diesem Abend würde es in Käthes Familie nicht nur einen Teller Lagerkartoffeln geben, sondern dazu frisches Brennnesselgemüse.

Als Elli sich auf den Heimweg machte, dunkelte es bereits. Eine Amsel beendete ihr Abendlied, in einer der zahlreichen Buchenhecken hörte sie das Rascheln eines Hasen. Die Zweige der Dorflinde ragten nackt und kahl in den Himmel. Vor dem Kloster, in dem bis vor Kurzem Schwester Gertrud gelebt hatte, standen wieder einmal dunkle Wagen mit Aachener Kennzeichen. Direkt daneben glich der kleine Friedhof gleich neben der Kirche einem Lichtermeer. Vor beinahe jedem Grabstein leuchtete eine Laterne. Morgen war Allerheiligen, übermorgen Allerseelen, die

Dorfbewohner ehrten ihre Toten. Auch vor dem Heldendenkmal am Eingang zuckten die Lichter der Kerzen im Abendwind. Elli verlangsamte ihren Schritt, blieb stehen.

Sie wusste genau, die Mutter hatte hier keine Kerze entzündet, sie legte nicht einmal Blumen ab. Es war der Spruch auf dem hoch aufragenden Stein, der sie so sehr erzürnte.

»Dein Vater«, sagte Alma stets, »ist nicht gefallen für Volk und Vaterland. Er wurde dahingemetzelt in einem Krieg, der so sinnlos war wie alle Kriege. Er war auch kein Held, wie es auf dieser dummen Inschrift steht. Er war ein fleißiger Korbmacher, der den ganzen Sommer über mit seinen Waren über Land zog und die lustigsten Geschichten mit nach Hause brachte über all die Menschen, denen er begegnet war. Ein jeder mochte ihn. Sein Name müsste, wenn überhaupt, auf einem richtigen Grab stehen. Aber nicht einmal das war ihm vergönnt. Man hat ihn irgendwo in Frankreich verscharrt.«

Elli sah sich um, die Dorfstraße schien menschenleer. Also machte sie ein paar schnelle Schritte, achtete darauf, bloß keine der zahlreichen Laternen umzustoßen, und fuhr mit dem Finger über diesen einen Namen unter den vielen. *Jakob Breuer*, der zweite von oben.

Ein altbekanntes Gefühl meldete sich zurück, ein Ziehen in ihrem Bauch, das hochstieg bis in ihre Kehle. Wie, fragte sie sich, konnte man jemanden so sehr vermissen, den man niemals gekannt hatte?

Zu Hause kniete sie vor dem Herd nieder, einem einfachen Podest aus Bruchsteinen, und entfachte das Feuer neu. Innerhalb kürzester Zeit begannen die dicken Buchenscheite zu glühen, und ihr würziger Duft erfüllte den kleinen Raum. Elli streifte Schuhe und Strümpfe ab, griff nach dem Korb mit den Nähsachen und streckte sich für einen Moment im Alkoven aus. Wenn die Mutter da war, versuchte sie immer, so zu tun, als täten ihr der zu kleine Fuß und das kurze Bein kein bisschen weh. Alma sorgte sich sowieso schon viel zu sehr um sie. Aber jetzt, wo die Mutter noch unterwegs war, konnte sie während der Arbeit das Bein kurz ausstrecken.

Im Korb lag eines der beiden Kleider der Mutter. Es war am Saum ganz zerrissen. Das kam von den weiten Wegen, die Alma zu Fuß zu ihren Wöchnerinnen zurücklegte, durch Wald und über Wiesen, vorbei an dornigen Sträuchern, so manches Mal musste sie auch über Weidezäune klettern, um schneller einer Gebärenden zu Hilfe zu eilen. Eigentlich, dachte Elli und befühlte den abgewetzten Stoff, bräuchte Alma dringend ein neues Kleid. Aber woher das Geld dafür nehmen? Die halbe Zeit wurde Alma für ihre Dienste mit Naturalien bezahlt, wenn überhaupt. Nun ja, mit ein bisschen Geschick konnte Elli das Kleid ein weiteres Mal ausbessern. Sie griff zu Nadel und Faden und machte sich an die Arbeit.

Während sie nähte, wanderten ihre Gedanken zurück zu dem Gespräch mit Käthe. Elli verstand die Freundin nicht mehr. Käthe war im Grunde doch so klug! Aber dass man den bösen Parolen, wie sie diese schreckliche Zeitung verbreitete, die in einem Kasten neben dem Wirtshaus aushing, *Stürmer* hieß sie wohl, keinen Glauben schenken durfte, das schien sie nicht zu verstehen. Elli selbst blieb nur selten vor dem Zeitungskasten stehen. Allein die fett gedruckten Überschriften stießen sie ab, und die scheußlichen Zeichnungen riefen bei ihr Übelkeit hervor. Himmel, auch wenn Käthes Vater und ihre Brüder wie so viele andere im Dorf stramme Nationalsozialisten waren, so musste sie selbst doch Argumenten gegenüber aufgeschlossen sein!

Nur dass sie, Elli, diese Argumente nicht besaß.

Ich bin zwanzig Jahre alt, dachte sie, und verstehe so gut wie nichts von der Welt. In der Schule hat mir der prügelnde Lehrer nicht allzu viel beigebracht, und außer ein paar geflickten Anziehsachen bringe ich kaum etwas zustande. Ich helfe beim Bauern aus, wann immer er nach mir rufen lässt, ich hüte unser Zuhause, koche, wecke ein, versorge die Tiere und bestelle den kleinen Garten hinter dem Backes. Ich weiß von klein auf allerlei Heilkräuter zu unterscheiden, ich präge mir alles ein, wenn Mutter Salben anrührt und Teedrogen mischt, aber mit zu den Wöchnerinnen nimmt sie mich nie. Sie packt mich so sehr in Watte, als wäre ich noch ein Kind. Der einzige Mensch, der offen mit mir spricht, so, als sei ich tatsächlich eine erwachsene Frau, ist Käthe.

Und wer weiß? Vielleicht hat sie ja auch ein bisschen recht, und das, was mich an diesem Nazi-Gehabe so abschreckt, sind nur schlimme Auswüchse? Vielleicht muss man nicht alles in Bausch und Bogen verteufeln?

Elli stöhnte. Sie wendete das Kleid auf ihrem Schoß. Wenn sie den Saum ein bisschen kürzte, hätte sie genügend Stoff, um ein Loch auf der Vorderseite zu flicken. Sie griff gerade nach der alten Schere, als es an die Tür klopfte.

»Frau Breuer?«, rief eine männliche Stimme. »Sind Sie zu Hause?«

Elli erstarrte. Sie hatte die Stimme sogleich erkannt. Auch wenn sie Hans immer noch nicht von Angesicht zu Angesicht begegnet war, so hatte sie ihn doch heimlich beobachtet. Morgens, wenn er aus dem großen Haus kam und dem Knecht beim Anspannen des Pferdes half, das Fuhrwerk transportierte den lieben langen Tag Baumaterial zum Westwall. Sie hatte ihn lachen gehört, wenn er mit dem Hund Schabernack trieb, der neuerdings über den Hof scharwenzelte, als sei er in einen Jungbrunnen gefallen. Ihr war Hans' schneller, sicherer Gang aufgefallen, seine breiten Schultern, seine Geschicklichkeit, wenn er dem alten Bauern und seinem älteren Bruder Erwin zur Hand ging. Aus ihrem Spielkameraden war tatsächlich ein sehr ansehnlicher junger Mann geworden, mit einer tiefen, vollen Stimme.

Elli hatte nicht das geringste Bedürfnis verspürt, ihm unter die Augen zu treten.

»Entschuldigen Sie bitte die Störung, Frau Breuer!«, rief Hans jetzt. »Hier ist ein Junge, der zu Ihnen will!«

Elli hielt die Luft an und beschloss, mucksmäuschenstill liegen zu bleiben. Was konnte sie dafür, dass die Mutter wieder einmal unterwegs war?

Oh nein! Das Päckchen, das Schwester Gertrud gebracht hatte, als die Mutter letztens auch nicht zu Hause gewesen war! Siedend heiß fiel es ihr ein. Sie hatte vollkommen vergessen, es Alma zu geben! Mit bebenden Fingern legte sie das Nähzeug beiseite und fasste unter die Matratze. Sie kam nicht weit, schließlich lag sie darauf. Also rutschte sie leise aus dem Bett, kniete sich vor den Alkoven. Ertastete etwas, ja, das musste es sein.

In diesem Moment gesellte sich zu dem ersten Klopfen ein weiteres, sehr viel drängenderes. Als trommelten zwei nicht allzu große Fäuste von außen gegen die Tür.

»Sie müssen kommen!«, schrie ein Kind. »Meine Mutter stirbt!«

Elli hätte sich am liebsten die Ohren zugehalten. Wie oft schon waren Menschen in größter Not zum Backes gekommen, und jedes Mal, wenn die Mutter nicht da war, hatte es ihr das Herz gebrochen, sie wieder wegschicken zu müssen. Sie fingerte weiter nach dem Päckchen, als sie einen Luftzug im Rücken spürte, gefolgt von einem empörten Ruf und polternden Schritten auf dem Steinboden.

Elli fuhr herum. Das Kind, das so verzweifelt gegen die Tür

gehämmert hatte, ein Junge von vielleicht sieben, acht Jahren in einer zu großen, löchrigen Jacke, hatte die Tür, die selten verriegelt war, einfach aufgerissen. Er stand mitten im Raum, die Wangen weiß mit kreisrunden roten Flecken.

»Warum machen Sie denn nicht auf? Ich habe doch gemerkt, dass Sie da sind!«, brüllte er, während sich eine Hand von hinten auf seine Schulter legte.

»Das gehört sich nicht«, sagte Hans. »Entschuldige bitte, Elli.«

Er war so groß, er schien beinahe mit dem Kopf gegen die rußgeschwärzten Dachbalken zu stoßen. Sein Haar hatte den soldatisch kurzen Schnitt, der Elli schon am Abend seiner Heimkehr aufgefallen war, er trug den Arbeitskittel der Eifeler Bauern, an seinen Stiefeln klebte Mist. Beinahe kam er Elli nun, wo sie sich so dicht gegenüberstanden, wie ein ganz fremder Mann vor. Doch in seinen Augen, dunkel wie frisch geröstete Maronen, lag der altvertraute Blick, und allein die Art, wie er ihren Namen aussprach, machte, dass sie sich fühlte, als seien seit ihrer letzten Begegnung nur drei Tage vergangen und nicht drei Jahre.

»Hans«, stammelte sie und rappelte sich auf. »Du bist zurück.«

»Ja, schon seit einer Weile. Ich habe immer nach dir Ausschau gehalten, ich wollte nicht einfach so hereinplatzen –«

»Sie sind nicht die Frau, die ich suche!«, rief da der Junge. »Sie sind viel jünger. Und sowieso können Sie ja gar nicht mit mir mitkommen, mit dem«, er wies auf Ellis nackte Füße, »mit dem da.«

Elli erschrak so sehr, sie stolperte rückwärts gegen den Alkoven, konnte sich gerade noch fangen. Sie sah, wie Hans schamvoll den Blick abwandte, wie dem Jungen die Tränen über die Wangen liefen.

»Wer soll mir denn nun helfen?«, flennte er. »Ich bin den ganzen weiten Weg gelaufen, und die Einzige, die ich antreffe, ist das Hinkemädchen. Ich –«

»Halt ein!« Als Elli sah, wie Hans die Hand zum Schlag erhob, trat sie schnell zwischen ihn und den Jungen. »Was«, sagte sie und mühte sich, das Zittern ihrer Stimme zu verbergen, »hat deine Mutter denn?«

»Fieber«, weinte der Junge. »Ganz schlimmes Fieber. Sie stirbt!«

»Ich komme«, antwortete Elli und begann, Socken und Schuhe überzustreifen, nahm wahr, wie Hans immer noch angestrengt in die andere Ecke des Raumes blickte.

»Ich komme mit dir«, sagte sie noch einmal, wie um sich selbst zu überzeugen, richtete sich auf, suchte hastig ein paar von den Arzneien zusammen, die die Mutter stets griffbereit hatte, Lindenblütentee, getrocknete Schafgarbe, ein kleines Glas Honig. Nahm den *Hott* aus der Ecke, einen hohen Weidenkorb, den man wie einen Rucksack mit zwei Schnüren schulterte und von dem sie wusste, dass der Vater ihn einst geflochten hatte, legte Leintücher hinein. »Kannst du das tragen?«

Der Junge nickte stumm.

»Wo wohnst du?«, wollte Hans von ihm wissen.

»Ein Stück hinter Kalterherberg«, murmelte das Kind und schlug die Augen nieder. »Wir sind Köhler.«

»Das ist viel zu weit! Ich begleite euch! Ach was, ich hole mein Fahrrad –«

»Lass.« Elli warf sich das Schultertuch um, trat aus dem Backes. »Ich gehe allein.«

Und damit stapfte sie los, dem Kind hinterher. Sie hatte keine Ahnung, wie sie der Mutter des Jungen helfen konnte. Aber sie musste dorthin, zu irgendetwas musste sie doch einmal nütze sein!

5. Kapitel

Der Weg war lang und beschwerlich. Immer wieder musste der Junge auf Elli warten.

»Nun machen Sie schon!«, rief er ein ums andere Mal. »Beeilen Sie sich!«

Elli lief, so schnell sie konnte. Doch es war dunkel, der Pfad führte mitten durch den Wald, sie sah nicht, wohin sie trat, stolperte. Und sie humpelte, so wie immer.

Wie konnte ich nur, verfluchte sie sich selbst im Stillen. Wir hätten auf Mutter warten sollen! Nichts werde ich ausrichten können, gar nichts. Und wäre ich nicht so langsam, der Kleine wäre längst zu Hause.

Nach einer Weile öffnete sich der Wald in eine Ebene. Über abgemähte Wiesen ging es bergab bis zu einem im Mondlicht sanft plätschernden Bach, eine schmale Brücke führte hinüber. Der Perlenbach! Sofort musste Elli an die unbekümmerten Stunden denken, die sie mit Käthe und Margot in diesem Tal verbracht hatte. Als sie dem Jungen weiterfolgte, den nächsten Berg hinauf, war ihr, als wiege ihr Herz zentnerschwer.

Endlich, Elli hatte längst das Gefühl, keinen Schritt mehr weiterzukönnen, tauchten vor ihnen die Umrisse einer Köhlerhütte auf. Gespenstisch still war es hier, die Geräusche der Nacht, die sie den ganzen langen Weg über begleitet hatten, das Wispern der Bäume, das Rufen des Käuzchens, das Rascheln der Mäuse im Unterholz, waren verstummt. Der Junge rannte die letzten Meter, riss die Eingangstür auf und prallte zurück.

Am liebsten hätte Elli sich auf den feuchten Waldboden sinken lassen und wäre nie wieder aufgestanden. Sie war vollkommen erschöpft. Vor allem aber ahnte sie, was sie erwartete, schon bevor sie leise an dem erstarrten Jungen vorbei in die Hütte trat.

Die Mutter des Jungen lag regungslos und bleich auf einer einfachen Bettstatt. Elli zwang sich, die wenigen Schritte bis zu ihr zu gehen, tastete vorsichtig nach dem Puls. Doch ihre schlimme Ahnung bestätigte sich, sie kam zu spät. Die Haut des Arms, der dünn war wie der eines Kindes, schimmerte bereits wächsern, die Gelenke ließen sich kaum noch beugen. Die Leiche war beinahe steif. Elli wurde so elend zumute, ihr war, als krieche die Kälte des Leichnams in sie hinein. Sie konnte ihren Blick kaum abwenden von den weit aufgerissenen Augen, von den wie zu einem letzten Schrei geöffneten Lippen. Wie musste diese Frau gelitten haben! Und sie, Elli, war zu spät und vollkommen unnütz.

Mit fest aufeinandergepressten Lippen, jetzt bloß nicht weinen, faltete sie das Tuch, das zerknüllt zu den Füßen der Frau lag, auseinander, und deckte den Leichnam damit zu. Sie schlug die Augen nieder und sprach ein stilles Gebet. Ich muss, dachte sie, nach dem Jungen sehen! Da hörte sie in ihrem Rücken ein trockenes Husten.

Es kam von einem Mann, er hockte auf dem gestampften Lehmboden, das Gesicht in den Händen vergraben. Elli wandte sich ihm zu, blickte sich scheu um. Der ganze kleine Raum war über und über verschmutzt, hier hatte schon lange niemand mehr für Ordnung sorgen können. Auch der Mann war vollkommen abgemagert, seine Kleidung ärmlich und zerrissen. Er hustete noch einmal, sah aber nicht auf. Und da war noch ein Geräusch, so leise, als stamme es von einer ziellos umhersurrenden Fliege. Srrr, machte jemand, srrr. Elli fasste sich ans Herz. Sie wusste sofort, welch kleine Wesen solch ein Geräusch verursachten. Himmel, das durfte doch wohl nicht wahr sein!

Doch auch diese böse Ahnung bestätigte sich. Gleich neben dem hockenden Mann, in einer Art Schublade, entdeckte sie einen wenige Tage alten Säugling. Die Augen tief in den Höhlen, zwischen den zarten, verkrusteten Lippen den Zipfel eines Lappens, schien das Kind dem Tod näher als dem Leben. Elli zog vorsichtig den Lappen aus dem kleinen Mund, roch daran. Branntwein. Das Greinen des Kindes wurde unmerklich lauter. Srrrr. Srrrr.

»Ihr Verlust tut mir schrecklich leid«, flüsterte sie, an den Mann gewandt. »Aber ihr Kleines hat Hunger. Haben Sie vielleicht etwas Milch?«

Doch der Mann schüttelte stumm den Kopf.

Elli war versucht, das Kind an sich zu reißen und mit ihm durch den Wald den langen Weg bis nach Hause zu laufen. Doch da hob der Mann den Blick, und in seinen Augen sah sie eine solch tiefe Verzweiflung, dass sie den Gedanken sofort verwarf.

»Ich schicke meine Mutter«, sagte sie deshalb schnell. »Sie wird Ihnen zeigen, wie Sie das Kleine am besten versorgen, auch damit es an Gewicht zulegt.«

Der Mann schüttelte abermals den Kopf.

»Wir haben kein Geld, um sie zu bezahlen.« Eine Stimme wie aus einem Grab.

»Sie wird trotzdem kommen«, gab Elli zurück. Von Kopf bis Fuß bebend, bettete sie den Säugling in der Schublade, so gut es eben ging. Mutter wird helfen, sagte sie sich still, sie wird wissen, was zu tun ist. Doch tief in sich spürte sie nichts als Hilflosigkeit und Kummer.

Sie machte sich auf den Heimweg. Der Junge stand immer noch in der Tür, die Wangen kreideweiß. Als sie zu ihm treten wollte, rannte er davon.

Sie brauchte lange. Die Scham, die sie dazu gebracht hatte, mit dem Jungen mitzugehen, verdoppelte und verdreifachte sich mit jedem ihrer Schritte.

Ich bin nichts wert, hallte es in Ellis Kopf, ich kann nichts. Selbst wenn wir schneller gewesen wären, hätte ich der armen Frau nicht helfen können. Und das Kind ist womöglich morgen schon tot.

Als sie endlich zu Hause ankam, spürte sie ihre Beine kaum noch. Die Nacht war weit fortgeschritten, das Backes erwartete sie leer und kalt. Unter der Strohmatratze schaute das Päckchen hervor, das Schwester Gertrud gebracht hatte.

Ich Idiot, schimpfte Elli lautlos vor sich hin, ich habe mir noch nicht einmal die Mühe gemacht, es wieder ins Versteck zu schieben! Und Mutter weiß immer noch nichts davon!

Sie war wirklich zu gar nichts nütze.

Die Bilder aus der Köhlerhütte verfolgten sie die ganze Nacht.

»Ich hab's schon gehört!«, raunte Käthe, als sie mittags aus der Kirche kamen. Sie hatte Elli, als sie sah, dass diese noch mehr humpelte als sonst, direkt untergehakt. »Hans war bei euch zu Hause, und du warst ganz allein mit ihm!«

»Woher weißt du das schon wieder?«

Käthe verdrehte die Augen, und Elli fragte nicht weiter nach. In diesem Dorf mochten die Buchenhecken um die einzelnen Gehöfte noch so hoch sein, irgendjemand bekam immer etwas mit.

»Erzähl schon, wie ist er so?«

»Groß«, antwortete Elli. »Ganz anders als früher. Aber dann

doch wieder so, als wäre er gar nicht weg gewesen. Ach, ich weiß nicht. Aber ich muss dir etwas erzählen ...«

Und damit brach es aus ihr heraus, die vergangene Nacht, die tote Frau in der Köhlerhütte, das neugeborene Kind.

»Auch wenn es mir von Herzen wehtut, dass du das erleben musstest«, meinte Käthe. »Jetzt hast du mal gesehen, wie es den Leuten geht. Aber eins sage ich dir: Solche Zustände gehören ganz bald der Vergangenheit an!«

»Wie das?«

»Ja, du hast schon richtig gehört. Jetzt geht es aufwärts! In unseren Mütterkursen lernen die Frauen, wie wichtig Hygiene ist. Und ich sage dir, das ist das A und O bei der Geburt: die Hygiene. Nur weil das viel zu wenig bekannt ist, vor allem hier bei uns auf den Dörfern, sterben so viele Frauen am Kindbettfieber, und deshalb ist auch die Säuglingssterblichkeit so hoch. Aber wir ändern das gerade, mit all unserer Kraft!«

»Wovon«, fragte Elli und blieb stehen, »sprichst du, bitte schön?«

»Na, von der Frauenschaft!«, raunte Käthe und hob ihren Umhang ein Stückchen an. Darunter hatte sie einen schwarzen Dreieckswimpel befestigt mit einem weißen Kreuz in der Mitte. NAT.SOZ.FRAUENSCHAFT stand darauf. »Wollte ich dir schon gestern zeigen, aber du hast dich ja so sehr echauffiert, egal, Schwamm drüber. Und ich will auch nicht in der Kirche vor allen Leuten damit angeben, weil ich ja erst in zwei Monaten einundzwanzig werde und weil ja eigentlich Aufnahmestopp ist. Aber Papa hat da was gedreht.«

Elli staunte mit offenem Mund. Sie hatte noch nie erlebt, dass Käthe ihren Vater Papa nannte, meist vermied sie es, überhaupt von ihm zu sprechen. Und sie hatte Käthe noch nie so stolz gesehen.

Jetzt allerdings schob die Freundin den Umhang blitzschnell wieder über den Wimpel. Der Pfarrer ging vorbei und nickte grüßend in ihre Richtung.

Vielleicht, dachte Elli, verbirgt sie das Abzeichen ja auch seinetwegen. Pfarrer Freising war bekannt für seine kritische Haltung, und das Wort des Pfarrers hatte Gewicht im Dorf.

»Und Alma?«, fragte Käthe, sichtlich bemüht, rasch das Thema zu wechseln. »Ist sie mittlerweile zurück?«

»Ja, aber sie ist gleich wieder los zur Köhlerhütte.«

»Und was hat sie dazu gesagt, dass du so lange unterwegs warst?«

»Ach«, antwortete Elli, »sie war in Sorge meinetwegen.«

»Lass mich raten.« Käthe schürzte die Lippen. »Sie hat furchtbar ernst geguckt und dir erklärt, dass du so etwas nie wieder machen sollst und dass sie sich um alles kümmert.«

»Hm, so in etwa.« Käthes Worte klangen in Ellis Ohren ein wenig herablassend, und sie merkte, wie ihr unbehaglich wurde. Elli liebte ihre Mutter über alles, und niemand hatte ein Recht, so über sie zu sprechen, nicht einmal Käthe. Und doch war da dieser Stachel in ihrem Herzen, der so furchtbar wehtat.

Das nächste Stück des Weges gingen sie schweigend. Vor dem Haus der Werners saß Therese und zog schmatzend an ihrer Pfeife. Elli war, als legte sich Käthes Stirn bei ihrem Anblick in Falten, aber dafür gab es doch gar keinen Grund, oder?

»Du kannst dir gar nicht vorstellen«, flüsterte sie schließlich, »wie elend ich mich fühle. Ich bin das Hinkemädchen, zu nichts zu gebrauchen.«

Käthe griff Ellis Arm ein bisschen fester, und Elli merkte, wie ihr die Tränen in die Augen traten. So ein verdammter Mist!

»Du bist nicht unnütz«, sagte Käthe nach einer Weile und räusperte sich. »Im Gegenteil, du bist vollkommen in Ordnung.

Und du kannst eine Menge tun und sehr viel erreichen. Du musst dich nur trauen. Aber keine Sorge, ich helfe dir dabei.«

»Wobei?«, fragte Elli und blinzelte die Tränen weg.

»Ich sorge dafür, dass sie dich auch in die Frauenschaft aufnehmen.«

»Du spinnst doch wohl!« Elli ließ Käthes Arm los. »Das sind dieselben Leute, die Familien wie die Schiffmanns verhöhnen und bedrohen!«

»Eben nicht!«, rief Käthe. »Ich sagte dir doch schon, das sind nur Auswüchse! Nennen wir es Geburtswehen. Die tote Frau letzte Nacht wäre womöglich noch am Leben, hätte sie besser Bescheid gewusst über all die Dinge, die mit der Geburt zusammenhängen. Und ja, ich weiß, deine Mutter tut für die Wöchnerinnen, was sie kann, aber sie ist ganz alleine. Und wir sind viele! Du machst dir keine Vorstellungen, was wir gemeinsam erreichen können, nicht nur in der Frauenschaft. Siehst du denn nicht, wie unser Vaterland sich verändert? Wie unser Volk erstarkt, wie es sich aufrichtet? Wie unsere Männer von der Straße wegkommen? Meine Brüder bringen jede Woche eine volle Lohntüte nach Hause, seit sie an der Westbefestigung mitarbeiten! Und auch du kannst was aus dir machen! Du kannst was werden! Und dabei so viel Gutes tun!«

Elli starrte die Freundin an. Meinte Käthe das wirklich ernst? Konnte es so einfach sein?

»Ich, ich glaube«, stammelte sie, »das ist trotzdem nichts für mich.« Ohne einen Abschiedsgruß wandte sie sich ab und humpelte nach Hause.

Doch der Stachel in ihrem Herzen wuchs.

Liebste Elli, schrieb Margot, *nun ist es aber wirklich einmal an der Zeit, dass ich Dir von meinem Eheleben berichte. Rudolph und ich sind in die Man-*

sarde gezogen. Minna ist ja schon eine ganze Weile nicht mehr bei uns, sodass ihr Zimmer leer stand. Wir haben meinen Kleiderschrank heraufgetragen sowie Mutters Kommode, es war eine schöne Plackerei, und ich fürchtete schon, Paps und Rudolph würden damit die Treppe hinabstürzen, aber letztendlich ist dann doch alles gut gegangen. Hätten wir noch die beiden Lehrlinge im Geschäft, sie hätten uns helfen können, aber der alte Franz, der uns als Letzter geblieben ist, ist wahrlich eine gute Seele, aber keine große Hilfe. Einen ganz wundervollen Teppich haben wir hier oben auch sowie, das wirst Du Dir denken können, ein Bett. Es ist kein richtiges Ehebett, dafür ist es zu schmal, aber ich kann Dir versichern, es ist vollkommen ausreichend. Ach, Elli, ich kann Dir gar nicht sagen, wie himmlisch das Eheleben ist! Den ganzen Tag verzehre ich mich nach Rudolph, der von früh bis spät neben Paps im Laden steht. Zum Glück gibt es im Haushalt genügend zu tun, sodass ich mich halbwegs ablenken kann. Und wenn es endlich Nacht wird, der Abendbrottisch abgedeckt und das Geschirr gespült ist, wenn wir dann noch ein Stündchen mit Mama und Paps geplaudert haben und wir endlich – endlich! – nach oben dürfen, dann, ja dann – ach, Elli, dafür habe ich keine Worte. Ich rate Dir allerdings eins: Such Dir schleunigst einen Ehemann!

Elli schluckte, irgendwie waren ihre Ohren gerade ganz heiß geworden. Himmel, was schrieb Margot da?

»Geht es Margot gut?« Alma stand am Herd und rührte in einem Topf mit gesüßter Milch.

»Ja, ja«, antwortete Elli und beugte sich wieder über den Brief. »Es geht ihr ausgezeichnet.«

Sehr erschrocken, schrieb Margot weiter, *bin ich allerdings, als ich erfuhr, dass die Wolkenfelds während unserer Eifel-Reise verhaftet wurden. Sie waren seit vielen Jahren hier in Aachen unsere Nachbarn und haben sich nie etwas zuschulden kommen lassen! Paps meint, das sei noch lange kein Grund, sich Gedanken zu machen, die Wolkenfelds seien ja schließlich Ostjuden, und wenn sie nun zurück nach Polen geschickt würden, habe das mit unsereins nichts zu tun. Paps hält sich eh für unantastbar, weil er im Krieg Offizier war, und ich will ihm gerne Glauben schenken, vor allem, um Mama nicht zu beunruhigen. Sie hatte es in den letzten Tagen mit den Nerven, woran Tante Golda schuld ist, sie hat ihr allerlei Flausen in den Kopf gesetzt. Golda spricht nämlich von nichts anderem mehr als von der Politik, und Paps ist nahe daran, ihr den Zutritt zum Haus zu untersagen.*

Liebste Elli, wollen wir nicht einfach darauf hoffen, dass dieser ganze Spuk bald vorüber ist? Und haben wir nicht alle das Recht auf ein bisschen Glück?

Ach, was schreibe ich – riesengroß ist mein Glück! Über Politik möchte ich nicht mehr nachdenken, keine Sekunde lang. Ich widme mich jetzt voll und ganz meinem Eheleben. Und ich sage es Dir noch einmal: Such Dir schleunigst einen Ehemann! Von Herzen grüßt Dich Deine Freundin Margot

Elli ließ den Brief sinken. Alma war dabei, die Milch in einen Henkelmann zu füllen, den sie wiederum in ein dickes Tuch wickelte. Das Ganze ließ sie vorsichtig in den Hott gleiten.

»Ich muss noch einmal zu dem Kleinen in der Köhlerhütte, er trinkt nicht gut. Du kommst klar, nicht wahr?«

»Natürlich.«

»Bis später, mein Mädchen.«

Alma eilte hinaus, Elli blieb zurück, den Kopf voller verwirrender Gedanken. Und in ihrem Herzen ein Gefühl, das sie lange schon überwunden geglaubt hatte.

Sie hatte es als junges Mädchen empfunden, wenn im Dorf eine Hochzeit gefeiert wurde und jedermann eingeladen war, auch Elli und Alma. Es hatte sie innerlich frieren lassen, und während alle anderen fröhlich tranken und tanzten, hatte Elli sich zu einem Lächeln zwingen müssen. Zu groß war die Sehnsucht, irgendwann im Leben auch einmal eine strahlende Braut zu sein.

Eine Sehnsucht, die stets in Begleitung der bitteren Erkenntnis kam, dass dieser Tag für sie niemals kommen würde. Wer würde sie schon heiraten wollen?

Elli strich über den Brief, betrachtete Margots wie immer ein wenig exzentrisch geschwungene Handschrift. Sie liebte Margot für ihre Unbekümmertheit. Sie freute sich, dass sie glücklich war. Aber ausgerechnet ihr zu raten, sich einen Ehemann zu suchen? Das schien ihr doch reichlich gefühllos.

Sowieso schien mit Margot eine seltsame Verwandlung vor sich gegangen zu sein. Elli konnte sich beim besten Willen nicht vorstellen, wie sie sich um den Haushalt kümmerte, abends das Geschirr abwusch. Aber anscheinend war genau dies der Fall.

Und dass sie sich nicht mehr mit dem beschäftigen wollte, was direkt vor ihrer Nase passierte! Nun gut, auch Elli hatte keine Ahnung von Politik, aber dass letzte Woche Tausende Juden frühmorgens in ihren Wohnungen verhaftet und an die polnische Grenze gekarrt worden waren, wo sie jetzt im Niemandsland ausharrten, das hatte sogar Elli in dem Kasten, in dem der *Stürmer* aushing, gelesen. Die dicken Zeitungslettern hatten diese »Polenaktion« genannte Ausweisung bejubelt, und Elli hatte sich bestürzt abgewandt. Was, hatte sie sich gefragt, waren das für Leute, die zu so etwas fähig waren?

Und Margot, deren Nachbarn zu diesen bemitleidenswerten Menschen zählten, schrieb, sie wolle sich jetzt ihrem Eheleben widmen.

Zum ersten Mal, seit sie sich kannten, hatte Elli das Gefühl, dass ihr Margots Unbekümmertheit ein wenig zu weit ging. Ja, wenn sie genau überlegte, sogar deutlich zu weit. Aber vielleicht, überlegte sie im nächsten Augenblick, führte dieses sogenannte Eheleben auch dazu, dass sie ein wenig wirr im Kopf war.

Sofort musste Elli an Käthe denken, die immer so klar und

geradeaus war. Und die seit Allerheiligen kein Wort mehr mit ihr gewechselt hatte. Elli wusste genau, dass sie Käthe sehr gekränkt hatte, als sie auf ihr Angebot, mit ihr zur Frauenschaft zu gehen, so brüsk reagierte. Aber das war nun wirklich eine vollkommen bescheuerte Idee!

Oder?

Elli strich noch einmal den Brief glatt. Selbst Margot machte sich keine Gedanken über Politik.

Ich muss, dachte sie, das Schwein füttern. Und die Hühner. Außerdem wird es Zeit, in der Erdmiete nach den Kartoffeln zu sehen. Und frisches Wasser vom Brunnen brauchen wir auch.

Und so stand sie auf, zog das Band der Kittelschürze fester und machte sich an die Arbeit. Ein wenig Ablenkung würde ihr guttun.

Die Sau lag tief eingegraben im Stroh und wollte partout nicht essen. Elli legte ihr die Hand auf die Stirn, sie schien nicht zu fiebern, und auch ihre Haut wies keinerlei Flecken auf. Der gefährliche Rotlauf war es hoffentlich nicht, aber was dann? Sie kniete sich neben das Tier, kraulte ihm den Nacken. Das schien ihm zu gefallen, aber essen wollte es nach wic vor nicht.

Aus der Erdmiete schlug ihr ein beißender Geruch entgegen. Elli wusste sofort, was das zu bedeuten hatte, und als sie sich tiefer darüberbeugte, drehte sich ihr der Magen um. Direkt neben dem kümmerlichen Rest Kartoffeln, die vom Vorjahr noch übrig waren, hatte eine Mäusefamilie ihr Nest gebaut. Sechs wurstförmige Jungtiere krabbelten durch ein Knäuel aus Stroh und Tierhaaren. Elli merkte, wie ihr der kalte Schweiß auf die Stirn trat. Sie richtete sich auf, sah sich suchend nach der Katze um.

»Miez, Miez! Nun komm schon!«

Aber die Katze ließ sich, wie so häufig, wenn man nach ihr rief, nicht blicken.

Jetzt lief Elli der kalte Schweiß auch den Rücken hinab.

In einer Ecke des Stalls stand der Spaten, ein langer Stiel, beinahe so lang wie Elli, mit einem mächtigen Spatenblatt. Im zeitigen Frühjahr würde sie damit den Garten hinter dem Haus bestellen. Nun aber musste sie damit eine andere Arbeit verrichten.

Sie stellte den Spaten bereit, beugte sich erneut tief über das Nest, griff mit beiden Händen danach. Natürlich begannen die kleinen Tiere sogleich angsterfüllt zu quieken. Elli befahl ihren Händen, nicht zu zittern. Wenn ihr bloß keins der Würmchen hinausfiel, direkt in die Kartoffeln! Mit etwas Mühe brachte sie alle aus der Miete heraus, legte das Nest vor sich auf den Boden. Sah sich noch einmal nach der Katze um. Dass sie aber auch nie da war, wenn man sie brauchte! Dann griff sie nach dem Spaten und schlug die Mäuse der Reihe nach tot, eine nach der anderen. Sie bemühte sich, gut zu zielen, damit ein einzelner Hieb genügte, doch das Quieken und das sich Winden der Kleinen gingen ihr durch Mark und Bein.

Nicht nachdenken, befahl sie sich, wenn sie unsere Vorräte auffressen, hungern wir.

Doch als sie den Spaten zurück in den Stall brachte, notdürftig abgewischt am dürren Gras, und immer noch Blut daran entdeckte, da wünschte sie sich inniglich, sie hätte das Mäusenest nie entdeckt.

Es wurde spät, bis sie das Gitter, das die Miete bedeckte, ausgebessert und vom Brunnen Wasser geholt hatte. Das Schwein wollte nach wie vor nicht fressen, dafür pickten ihm die Hühner das frische Gras, das Elli für es ausgerupft hatte, vor der Nase weg.

Elli befühlte noch einmal seine Stirn.

Bitte, flüsterte sie lautlos, bitte werde wieder gesund.

Von Weitem sah sie Hans, er kam mit dem Fuhrwerk auf den

Hof gefahren und winkte ihr zu. Elli winkte zurück, bevor sie sich schnell abwandte. Die Scham, dass er ihr krankes Bein gesehen hatte, trieb ihr immer noch die Röte auf die Wangen.

Es wurde dunkel, durch die geschlossenen Läden des Backes drang Licht nach draußen. Wann war die Mutter heimgekommen, wann hatte sie die Läden geschlossen? Jetzt wurde es aber Zeit, dass sie ihr mit dem Nachtmahl half!

Drinnen saß Alma am Tisch, neben ihr Schwester Gertrud. Als Elli eintrat, schraken beide hoch, blitzschnell ließ die Mutter etwas in ihrer Kittelschürze verschwinden. Elli erkannte trotzdem das Päckchen, das Schwester Gertrud vorbeigebracht und das sie vollkommen vergessen hatte.

»Oh, du bist es«, sagte Alma. »Ich fürchtete schon ...«

»Es, es tut mir so leid!«, stotterte Elli. »Das Päckchen, ich wollte, ich hatte –«

»Schon gut, das macht doch nichts.« Die Mutter legte beschwichtigend eine Hand auf den Arm von Schwester Gertrud, aber Elli sah den bitterbösen Blick, den diese ihr zuwarf. Und sie hörte auch genau, was die Mutter ihr zuflüsterte, als sie sich an der Klöntür voneinander verabschiedeten: »Nehmen Sie es ihr nicht übel«, raunte Alma, »sie weiß doch nichts von der Welt.«

Da war er wieder, der Stachel. Am liebsten hätte Elli sich in der Ecke hinter dem Alkoven verkrochen. Aber dann sah sie die Schatten unter den Augen der Mutter, ihre fahlen Wangen. Sie ahnte augenblicklich, was das zu bedeuten hatte. Und so schalt sie sich im Stillen eine empfindliche Liese, wickelte sich aus ihrem Umhang und fachte das glimmende Feuer an. Nach wenigen Minuten war es erstickt, als habe jemand ein nasses Tuch darübergeworfen. Nebliger Qualm breitete sich aus, und durch den niedrigen Raum zog ein eiskalter Hauch.

Elli fröstelte, dabei hatte sie Ähnliches schon viele Male erlebt. Wenn der Mutter jemand gestorben war, eine Wöchnerin, ein Säugling, kam es ihr oft so vor, als hefteten die Seelen der Toten sich an sie, als brächte sie sie mit zu ihnen nach Hause.

»Das Neugeborene aus der Köhlerhütte, nicht wahr?«, fragte sie leise.

»Ja, mein Mädchen.«

»Ich mache uns *Brockezupp*, die wird dir guttun.«

»Ich danke dir.«

Elli fachte das Feuer ein weiteres Mal an, brachte Milch zum Kochen, brockte die Reste eines Brotes, das schon alt und trocken war, hinein, fügte ein wenig Zucker hinzu. Bald schon zog ein ganz und gar köstlicher Duft durch das Backes, und als sie sich zu Tisch setzten, ein kurzes Gebet sprachen und zu essen begannen, fühlte Elli, wie die Last des Tages von ihr wich und sich in ihr ein warmes, wohliges Gefühl ausbreitete. Ellis gesamte Kindheit hindurch hatte es Brockezupp gegeben. Und auch wenn seither viel Zeit vergangen war, so fühlte sie sich doch jedes Mal, wenn sie sie aß, wie damals als kleines Mädchen – als würde sie von innen gestreichelt.

Auch die Mutter schien ihr bald weniger bleich.

»Das Päckchen«, sagte sie, als sie sich fertig machten zur Nacht, »hattest du schon ganz gut versteckt, ich habe es nur durch Zufall gefunden. Schwester Gertrud hat mir erklärt, was es damit auf sich hat. Besser, du weißt nichts davon, auch nicht, wo es jetzt ist. Verstanden?«

»Mmh«, murmelte Elli. Die Sache mit dem Päckchen war ihr immer noch unangenehm. Aber etwas anderes brannte ihr auf der Seele. Und so stellte sie die Frage, die sie schon viele Male gestellt hatte, ohne je die Antwort zu erhalten, die sie sich erhoffte.

»Wann nimmst du mich mit zu deinen Wöchnerinnen?«

»Ach, Elli«, stöhnte Alma, und die zarte Röte, die die Brockezupp auf ihre Wangen gezaubert hatte, verschwand. »Ich verstehe dich ja. Und ich verspreche dir, der Tag wird kommen. Noch aber ist es nicht so weit.«

»Das sagst du schon seit Jahren!«

»Das stimmt, aber die Zeiten sind schwierig ...«

»Die Zeiten sind immer schwierig!«, fiel Elli ihr ins Wort. »Und ich will endlich etwas aus mir machen! Jemand darstellen!«

»Das wirst du, ganz bestimmt, ich werde dich rechtzeitig in alles einweisen.«

»Und was ist, wenn dir etwas zustößt? Ich muss doch für mich sorgen können!«

»Mir stößt schon nichts zu«, antwortete Alma und nahm Ellis Hände in ihre. »Und du wirst gut für dich sorgen können sowie für viele andere, sei ganz unbesorgt!«

»Wie meinst du das?«, bohrte Elli nach.

Doch Alma sprach ein Nachtgebet, strich ihr zärtlich über die Wange und drehte sich von ihr weg.

Elli lag ganz still, auf den Lippen all die Fragen, die die Mutter ihr nicht beantwortete. Sollte das ewig so weitergehen? Sie lauschte auf den Wind, der heulend ums Backes fuhr, auf das Knistern des Feuers. Seit Jahr und Tag vertröstete Alma sie auf diese Weise. Sie vertraute der Mutter und war sich sicher, irgendwann würde Alma ihr Versprechen einlösen. Aber wann? Und wie lange noch sollte sie sich hinhalten lassen?

Neben ihr fiel die Mutter beinahe sofort in einen tiefen, unruhigen Schlaf. Kurz dachte Elli an Margot und wie sehr die sich gewundert hatte, als sie zum allerersten Mal den Alkoven sah, in dem Elli und Alma nebeneinander schliefen. Dabei hielt man das überall im Dorf so, immerhin hatten sie eine Schlafstatt nur für sich allein. Anderswo teilten sich ganze Familien einen Alkoven, viele Kinder schliefen auf den Küchenbänken und manche sogar auf dem Fußboden.

Sofort standen ihr wieder die Bilder aus der Köhlerhütte vor Augen, die Ärmlichkeit, das Elend. Am liebsten hätte sie Alma wach gerüttelt. Sie wollte etwas Sinnvolles mit ihrem Leben anfangen, anderen Menschen helfen! Und sie war es unendlich leid, sich immer wieder abspeisen zu lassen.

Draußen gab der Hund ein heiseres Jaulen von sich, Alma stieß einen erstickten Schrei aus.

Das tote Kind, dachte Elli, es verfolgt sie bis in ihre Träume.

Behutsam zog sie die Decke ein wenig mehr über sie. Sie konnte der Mutter nicht lange böse sein, das hatte sie noch nie gekonnt.

Elli drehte sich auf die andere Seite, das Stroh in der Matratze raschelte und duftete nach heißen Sommertagen. Normalerweise musste sie nur einmal tief einatmen, um in einen seligen Schlaf zu gleiten, doch nicht in dieser Nacht.

Wie es wohl wäre, mit einem Mann das Bett zu teilen, so wie Margot es so schwärmerisch beschrieben hatte?

Oje, darüber wollte sie lieber nicht nachdenken.

»Räuber!«, ertönte es da auf dem Hof. »Schau, was ich dir mitgebracht habe! Schmeckt es dir? Oh ja, du kleiner Genießer!«

Ein leises Lachen. Hans. Elli erkannte seine Stimme wieder einmal sofort. Und hier, im Dunkel des Alkoven, geschützt vor seinem Blick, löste der Klang seiner Stimme beinahe das Gleiche in ihr aus wie der Genuss der Brockezupp. Es war, als würde sie von innen gestreichelt, nur aufregender.

Elli lag ganz still, atmete ein und aus.

»Schlaf gut, Mutter«, flüsterte sie schließlich. »Und sei mir nicht böse, aber es wird Zeit, dass ich mein Leben in die Hand nehme. Wenn Käthe mir dabei hilft, bitte schön.«

6. Kapitel

Dienstag, 8. November 1938

Am nächsten Morgen war die Sau wieder munter und aß mit gutem Appetit. Vor lauter Erleichterung fütterte Elli ihr gleich drei Handvoll Kastanien aus dem Wintervorrat. Eigentlich gab es die nur als besondere Leckerei, aber nicht auszudenken, wenn ihnen das Tier ernsthaft krank geworden wäre! Die Ferkel, die im Frühjahr kommen sollten, brachten ihnen stets gutes Geld ein.

Elli kraulte die Sau hinter den Ohren, bis sie vor Vergnügen quiekte, dann machte sie sich auf den Weg zu Käthe.

»Ich tue, was ich kann«, sagte Käthe, und auf ihrem Gesicht erschien ein so frohes Lächeln, dass Elli der Stimme in ihrem Innern, die sie fragte, ob sie noch bei Trost sei, sich für die Frauenschaft zu bewerben, eisern ignorierte.

Sie ignorierte auch das Stirnrunzeln Almas, als sie ihr am Abend von diesem Vorhaben erzählte, und als Käthe am darauffolgenden Tag endlich vom Frauenschaftstreffen in Monschau nach Hause kam, humpelte Elli schon eine ganze Weile vor deren Haus auf und ab.

Dafür, dass es schon November war, war es ungewöhnlich mild. Doch die Dunkelheit hatte sich längst über das Dorf gesenkt. Außer Elli schien an diesem Abend niemand mehr unterwegs zu sein. Aus dem nahen Wirtshaus drangen erregte Rufe, was für einen Tag mitten in der Woche doch recht ungewöhnlich war. Ansonsten war es still. Hinter den kleinen, bleiverglasten Fenstern der einzelnen Häuser flackerten Öllampen, auch aus Käthes Elternhaus fiel ein dünner Lichtschein in den unaufgeräumten Hof. Doch Elli vermied es hineinzugehen. Das tat sie nie, wenn Käthe nicht da war.

Als die Freundin endlich kam, war ihr Gesicht verschlossen. Sie machte Elli ein Zeichen, ihr zu folgen. Drinnen sprang Käthes jüngster Bruder, der allem Anschein nach auf ihre Rückkehr gewartet hatte, sofort auf.

»Na endlich! Alle anderen sind längst im Wirtshaus!«

»Was macht ihr da?«, rief Käthe und hob das Kind ihrer Schwester aus der Wiege. »Hat er gegessen?« Doch sie bekam keine Antwort, der Bruder, ein Junge von sechzehn Jahren, war schon zur Tür hinaus.

Gemeinsam wickelten sie das Kind, machten Wasser warm und wuschen den Kleinen in der *Bütt* aus Zinkblech. Er riss die Augen auf und sandte ihnen ein so entzückendes zahnloses Lächeln, dass Elli ganz warm ums Herz wurde. Doch zugleich merkte sie, wie Käthe es immer noch vermied, ihr in die Augen zu schauen.

»Das musst du verstehen«, sagte Käthe schließlich. »Ich habe es wirklich versucht, aber du kannst nicht Mitglied werden, allein schon wegen des Aufnahmestopps und wegen, du weißt schon.«

Elli biss sich auf die Zunge. Sie wusste genau, was Käthe nicht auszusprechen vermochte. Man wollte sie nicht. Wieder einmal. Nicht einmal in den BDM, den Bund Deutscher Mädel, war sie damals aufgenommen worden, dabei war die Mitgliedschaft dort quasi Pflicht – nur nicht für eine wie sie.

Einen Moment lang hoffte Elli, Erleichterung zu verspüren.

Sie wollte doch letztlich gar nichts mit den Nazis zu tun haben! Sie wollte doch nur zu irgendetwas nütze sein! Und wenn es nun nicht klappte – ach herrje, sie würde schon etwas anderes finden. Aber sie fühlte keine Erleichterung. Im Gegenteil, in ihr stieg die Bitterkeit hoch wie Galle.

»Nun schmoll mal nicht«, hörte sie Käthe neben sich sagen. »Die Gemeindeschwester in Monschau braucht jede helfende Hand. Ich habe mit ihr gesprochen, sie erwartet dich morgen früh.«

»Und da soll ich ...?«

»Mithelfen, was denn sonst?«

»Aber ich kann doch gar nichts ...«

»So ein Unsinn! Und du wirst sehen, es wird dir großen Spaß machen!«

»Mh«, murmelte Elli, »und wie komme ich nach Monschau?«

»Mit mir, wenn ich zur Frühschicht laufe.«

»Aber ...«

»Kein Aber. Ich hole dich ab. Bis morgen!«

In der Nacht hatte es geregnet, und die beiden jungen Frauen hatten kaum den Hohlweg hinter sich gebracht, als ihre Schuhe und Strümpfe bereits vollkommen durchnässt waren.

»Das ist normal«, meinte Käthe und rieb sich den Schlaf aus den Augen. »Ich habe oft den ganzen Tag auf der Arbeit nasse Füße, man gewöhnt sich dran.«

Elli nickte und mühte sich, mit der Freundin Schritt zu halten. Zum Glück hielt Käthe sie die ganze Zeit fest untergehakt, so ging es gleich viel besser.

Sie erreichten das nächste Dorf, wo sich ihnen zwei Frauen, Fabrikarbeiterinnen wie Käthe, anschlossen. Im übernächsten

Dorf war es genauso. Als sie bergauf in den dichten Monschauer Wald eintauchten, waren sie bereits zu siebt.

Elli humpelte still neben den anderen her. Sie war es gewohnt, dass man sie anstarrte, hinter ihrem Rücken böse zischelte. Doch die Frauen, die sie an diesem frühen Morgen traf, halbe Nacht war es noch, schienen viel zu müde, um überhaupt zu sprechen. Noch dazu war es so dunkel, dass eine jede vollauf damit beschäftigt war, auf den Weg zu achten und nicht zu straucheln.

Elli spürte Käthes festen Griff, und je weiter sie liefen, desto sicherer fühlte sie sich an ihrer Seite. Vorsichtig hob sie den Blick, schnupperte. Sie hatte nicht gewusst, wie betörend es im Wald duften konnte zu so früher Stunde. Es duftete nach Moos und Flechten und nach Fichtennadeln, so frisch und würzig, dass sie gleich ein wenig wacher wurde. Und huschte dort vorne ein Reh durchs Unterholz? Ja, Käthe drückte ihren Arm, sie hatte es auch gesehen.

Elli biss die Zähne zusammen, ignorierte den Schmerz in ihrem Bein und sog die Luft des Waldes tief ein. Lange nicht hatte sie sich so lebendig gefühlt.

Die Frauen hatten Monschau beinahe erreicht und waren bereits auf der mit Kopfstein gepflasterten Straße, als sie vor sich Motorengeräusch hörten. In der anbrechenden Morgendämmerung sahen sie einen Kastenwagen aus der Innenstadt herausschießen. Es bremste abrupt vor einem schmalen, eng an den Berg geklatschten Haus. Zwei junge Burschen kletterten heraus, reckten zum Abschied die Arme in die Höhe.

»Heil Hitler!«

Das Auto brauste davon, so dicht an den Frauen vorbei, dass sie erschrocken zurückwichen. Für einen Augenblick konnte Elli die Uniformen der Männer erkennen, die vorne saßen, die braunen Hemden, die roten Armbinden mit dem Hakenkreuz. Das Mädchen hinter ihr hatte es auch gesehen.

»SA«, flüsterte es.

Elli merkte, wie ihr ein kalter Schauer den Rücken hinunterlief. Die Braunhemden waren bekannt dafür, Angst und Schrecken zu verbreiten. Was, um Himmels willen, hatten sie zu so früher Stunde hier zu suchen? Der Mühlenberg, auf den sie gerade zuliefen, galt als Armeleuteviertel. Dass SA-Männer Bewohner dieser Gegend nach Hause chauffierten, schien ihr mehr als verdächtig.

Mit gesenkten Köpfen lief die kleine Gruppe weiter, schnell vorbei an den Burschen, die nun auf der Straße herumlümmelten. Sie stanken, das war ganz unverkennbar, nach Rauch.

Elli wurde noch kälter. Irgendwo hatte es in dieser Nacht gebrannt, und die SA hatte etwas damit zu tun.

Käthe neben ihr schaute starr geradeaus. Wusste sie mehr?

Doch die Freundin hielt die Lippen fest aufeinandergepresst.

Sie tauchten ein in die verwinkelten Gassen der Monschauer Altstadt, kaum ein Haus, das nicht mindestens hundert oder zweihundert Jahre alt war oder sogar noch älter. Dicht an dicht drängten sie sich um die schmalen Straßen und Plätze, das Fachwerk an manchen Stellen so schadhaft, dass man es mit Blech und Holzlatten geflickt hatte. Bei einigen Häusern waren die oberen Stockwerke breiter als die unteren, um für die Bewohner ein bisschen mehr Platz zu schaffen. Mitten hindurch, direkt an den Kellerwänden entlang, plätscherte, das Wasser dunkel von den Schatten der eng stehenden Gebäude, die Rur. Einst, das wusste Elli von Alma, hatte dieser schmale Fluss der kleinen Stadt großen Wohlstand beschert. Tuchmacher hatten mit dem Wasser der Rur ihre Mühlen angetrieben, Wolle gewaschen und gefärbt. Von dieser glanzvollen Ära zeugten immer noch Wasserräder und eine ganze Reihe hochherrschaftlicher Häuser. Bis nach Amerika hatte man die feinen Stoffe aus Monschau verkauft. Doch diese Zeit der Blüte war lange vorbei, die Wasserräder standen still. Um überhaupt ein Auskommen zu haben, auch das wusste Elli von Alma, arbeiteten viele Monschauer die Woche über in Fabriken in Aachen, mieteten sich dort armselige Schlaflager und kehrten erst samstags heim. Eine der letzten größeren Arbeitsstätten im kleinen Monschau war die Reißwollfabrik, in der auch Käthe ihr Geld verdiente.

»Wir müssen nach rechts«, erklärte die, als sie die Stadtbrücke erreicht hatten. »Die Gemeindeschwester findest du links runter in der Adolf-Hitler-Straße, du kannst es gar nicht verfehlen.«

Elli zuckte zusammen. Sie konnte sich einfach nicht daran gewöhnen, dass die Stadtstraße nicht mehr Stadtstraße hieß. Am liebsten hätte sie doch noch kehrtgemacht, aber Käthe stupste sie aufmunternd in die Seite.

»Nun lauf schon, los mit dir!«

Das Haus war tatsächlich nicht zu verfehlen. Eine große Hakenkreuzflagge wehte über dem Eingang. Auf zwei Messingschildern las Elli, dass hier auch die Kreisleitung der NSDAP und die NS-Frauenschaft ihren Sitz hatten.

Ich muss vollkommen übergeschnappt sein, dachte sie bei sich. Was habe ich hier zu suchen?

Aber dann stieg sie doch die beiden Stufen zur doppelflügeligen, mit aufwendigen Schnitzereien verzierten Tür hinauf und drückte die glänzend polierte Klinke hinunter.

Ich mach's einen Tag lang, sagte sie sich, ich möchte Käthe nicht enttäuschen.

Die Gemeindeschwester war eine rundliche, schon etwas ältere Frau, die zu ihrem weißen Kittel eine ebensolche Haube trug. Das graue Haar darunter stand ihr schon jetzt, am frühen Morgen, wirr vom Kopf ab. Auf der Nase trug sie eine kleine runde Brille, durch die sie, wie Elli vermutete, kaum etwas sehen konnte, denn sie war vollkommen beschlagen. Was Elli sich wiederum damit erklärte, dass die Frau so stark schwitzte. Sie war nämlich dabei, einen hölzernen Aktenschrank einmal quer durch den Raum im Erdgeschoss zu wuchten.

»Dich schickt der Himmel!«, rief sie, als sie Elli erblickte. »Komm, hilf mir! Kannst du dort vorne ein bisschen drücken? Und jetzt schieben? Ah, gut, so geht es!«

Gemeinsam verfrachteten sie den Schrank in ein angrenzendes Zimmer, in dem sich außer einem über und über mit Papieren beladenen Schreibtisch und einer Vitrine mit Medizinfläschchen sowie allerlei Gerätschaften eine Untersuchungsliege befand.

»Geschafft!«, stöhnte die Frau. »Du bist Elisabeth, die Freundin von Käthe, nicht wahr?«

Bevor Elli antworten konnte, hatte die Frau sie blitzschnell gemustert, einen winzigen Moment lang blieb ihr Blick an Ellis rechtem Schuh mit der Erhöhung hängen. Sie bestand nur aus einem Stück Holz und war jetzt, nach dem langen Fußweg, dunkel von Feuchtigkeit.

»Klar, du bist es. Und Alma Breuer ist deine Mutter.«

Elli nickte.

»Und sie lässt dich hierherkommen?«

Elli nickte noch einmal. Die Mutter war nicht begeistert gewesen, aber was ging das die Gemeindeschwester an?

»Na gut. Deine Aufgabe wird es sein, dich um die Kinder zu kümmern. Also um die, die nicht gerade untersucht werden. Die Mütter bringen sie nämlich alle mit, wo sollten sie auch sonst hin mit ihnen? Wie dem auch sei, mich macht es kirre. Ich muss meine Patienten abhören, wiegen, messen, befragen, Notizen machen. Wenn dann im gleichen Raum fünf, sechs Kinder krakeelen, das ist nicht zum Aushalten. Deshalb wirst du sie so lange beschäftigen.«

»Beschäftigen?«, fragte Elli und kam sich reichlich dumm dabei vor. »Womit denn?«

»Was weiß ich? Lass dir etwas einfallen!«

Und Elli fiel etwas ein. In dem vorderen Raum, in dem sie mit den Kindern wartete, während ihre Mütter oder die Geschwister untersucht wurden, stand nichts außer einem großen Tisch und drei Stühlen. Doch der Tisch hatte eine Schublade, und darin fanden sich neben einem Kugelschreiber und ein wenig Klebstoff alte Ausgaben des *Monschauer Volksblatts*. Im Nu hatte Elli ein paar Papierhüte gefaltet, und die Kinder, denen sie sie aufsetzte, strahlten vor Vergnügen. Als Nächstes bastelten sie Schiffe aus Zeitungspapier, die wilde Abenteuer auf dem zum Meer umfunktionierten Fußboden zu bestehen hatten. Ein Junge, er konnte gerade laufen, weinte wegen eines Gummiballs, der ein dickes Loch hatte. Elli schnitt den Ball unter dem skeptischen Blick des Kleinen mitten entzwei und befestigte auf dem oberen Rand der unversehrten Hälfte einen Papierkegel. Jetzt noch ein Gesicht, Haare und eine Latzhose aufgemalt, fertig war das Stehaufmännchen. Der Kleine juchzte begeistert und gab sein neues Spielzeug nicht wieder her.

Es war ein Kommen und ein Gehen. Von den Untersuchungen bekam Elli nichts mit, die Tür war immer fest verschlossen.

Als sie sich am Abend auf den Heimweg machte, saß Frau Lang, wie die Gemeindeschwester hieß, noch über einem hohen Stapel Akten.

»Bis morgen, Elli«, sagte sie knapp.

»Ja, bis morgen!«, rief Elli, noch bevor sie sich über sich selbst wundern konnte.

Dann trat sie auf die Straße, duckte sich unter der Hakenkreuz-Fahne und machte sich auf den Heimweg. Und obwohl sie müde war und ihr Bein noch vom Hinweg wehtat, spürte sie, wie ihr mit jedem Schritt leichter ums Herz wurde.

Ich werde gebraucht, dachte sie, endlich bin ich nicht mehr unnütz. Und was kann schon schlecht daran sein, den Kindern die Wartezeit etwas zu versüßen? Gar nichts, gab sie sich selbst zur Antwort. Mit der Sache der Nazis hat das schließlich nichts zu tun.

Elli ging auch am nächsten Tag nach Monschau. Käthe wechselte in die Spätschicht und konnte sie nicht begleiten, aber Elli traf andere Fabrikarbeiterinnen, denen sie sich anschließen konnte. Sie merkte, dass die Frauen und Mädchen einander regelrecht abpassten, um nicht alleine unterwegs zu sein. Und ohne großes Aufsehen darum zu machen, gab es jedes Mal eine, die Ellis Arm hielt, als sei es das Selbstverständlichste auf der Welt.

Am Abend war es Anneliese Werner, die Mutter von Therese, die Elli freundlich unterhakte. Sie arbeitete, wie Elli wusste, schon lange in der Reißwollfabrik, von dem kargen Lohn ihres Mannes, eines Tagelöhners, konnte die Familie nicht leben. Frau Werner schien sehr erschöpft, und Elli war es ein bisschen peinlich, ausgerechnet von ihr, die schon bald sechzig Jahre alt war, gestützt zu werden. Aber die Nachbarin ließ sich nicht davon abbringen.

»Wir haben doch eh den gleichen Weg«, sagte sie in ihrem weichen Tonfall, der Elli seit Kindesbeinen vertraut war. »Lass mich dir helfen.«

Elli nickte. Frau und Herr Werner zählten zu jenen im Dorf,

die nie ein abfälliges Wort zu ihr gesagt hatten, ganz zu schweigen von ihrer Tochter Therese, die jedermann mit Freundlichkeit begegnete.

Wie es wohl ist, ein Kind zu haben, das niemals erwachsen sein wird?, fragte Elli sich still. Und während sie ihre Begleiterin verstohlen musterte, das gebeugte Haupt, das vorzeitig ergraute Haar, war ihr, als ahne sie die Antwort.

Im Gegensatz zu den anderen Frauen, die alle munter durcheinanderredeten, war Frau Werner sehr still, was Elli durchaus entgegenkam. Der Tag im Büro der Gemeindeschwester war anstrengend gewesen, aber voller glückseliger Momente. Wie die Kinder strahlten, wenn sie ganz einfache Spiele mit ihnen spielte oder ihnen leise etwas vorsang! Vor ihrem inneren Auge sah Elli immer noch die lachenden Gesichter, und sie merkte, wie auch an diesem Tag ihr Herz ganz leicht war. Dafür nahm sie die Schmerzen im Bein gerne in Kauf.

»Wisst ihr es schon?«, fragte da eine der Frauen. »In Euskirchen hat letzte Nacht die Synagoge gebrannt, meine Tante hat es mir erzählt. Angeblich waren es Westwall-Arbeiter, die mehrere Kübel Benzin darin ausgekippt und angezündet haben.«

»Ja, davon habe ich auch gehört!«, rief eine andere. »Mein Cousin geht gleich nebenan zur Schule, er und seine Kameraden haben noch allerhand herausgeholt, Schriftstücke und so ein Rabbinergewand, und sind damit auf dem Schulhof herumspaziert. Was Jungs halt so machen! Aber einer der Lehrer hat verlangt, dass sie es zurückbringen.«

»Nicht nur gebrannt hat es«, kicherte eine dritte. »Beim Fuhrunternehmer haben sie die Scheiben eingeschlagen, im Gemischtwarenladen, im Möbelhaus auch. Und meine Schwester hat jetzt einen neuen Hut. Vor dem Laden der Putzmacherin lag nämlich die gesamte Ware auf der Straße, und man konnte sich frei bedienen.«

»In Euskirchen war auch so viel los?«, rief eine andere. »In der Nacht davor hat es in Aachen gebrannt, auch die Synagoge! Mein Vater bekommt aus Belgien das *Grenz-Echo*, da steht drin, dass am nächsten Tag immer noch die Flammen aus den Restmauern loderten und dass die Feuerwehr nur danebenstand und zugeguckt hat. Und die jüdischen Geschäfte haben sie dort auch kaputt gemacht, überall die Fenster eingeschlagen! Es heißt, manche Schulen hätten den Kindern extra freigegeben zum Plündern!«

»Was«, stotterte Elli, alle Freude wich schlagartig aus ihrem Herzen, »was erzählt ihr da?«

»Geschieht dem Judenpack ganz recht«, tönte da eine junge Frau, die ganz vorne ging, eine lange, hagere, sie hieß wohl Irmgard. »Jetzt bekommen sie endlich mal den deutschen Volkszorn zu spüren.«

Es war, als fahre ein kalter Windstoß durch die Gruppe. Mit einem Mal verschlossen sich die Münder der Frauen und Mädchen, eine jede schaute starr vor sich hin. Elli spürte, wie ihr abwechselnd heiß und kalt wurde. Was waren das für Schreckensnachrichten? Und wie konnte man so schlimme Dinge sagen? Am liebsten hätte sie die bösen Worte aus der Hageren herausgeschüttelt. Alles in ihr drängte darauf, dieser Person die Meinung zu sagen. Doch zugleich merkte sie, wie die Finger von Frau Werner sich nachdrücklich in ihren Unterarm gruben. Als wollte sie sie davon abhalten, etwas Unüberlegtes zu tun. Da schwieg auch Elli und senkte den Kopf. Doch in ihrem Innern tobten Wut, Erschrecken und Angst. Margot und ihre Familie lebten in Aachen. Himmel, hoffentlich war ihnen nichts zugestoßen!

Zu Hause tauchte der Mond den Hof vor dem Backes in einen hellen Schein. Von gegenüber, aus dem großen Bauernhaus, schallten erregte Stimmen herüber. Elli wollte gerade die Klöntür hinter sich verrammeln, was dort drüben geschah, ging sie nichts an, als sie unwillkürlich genauer hinhörte. Es war wie so oft der alte Bauer, der herumpolterte, doch die andere Stimme, beinahe ebenso laut, war die von Hans. Elli konnte sich erinnern, dass irgendwann einmal, vor Jahren, die Mutter mit dem Alten aneinandergeraten war. Aber sie hatte niemals mitbekommen, dass jemand anders die Stimme gegen ihn erhoben hätte. Die Ehefrau vom Bauern Janssen, der älteste Sohn Erwin und erst recht das Gesinde ertrugen seine Launen, ohne jemals aufzubegehren. Ganz anders offensichtlich Hans. Er brüllte so laut, dass Elli, obwohl ihr Herz schwer war vor Sorge um Margot, noch mehr die Ohren spitzte. Sie hörte Wörter wie »Partei« und »Uniform«, dann ertönte ein ganz und gar unheilvolles Poltern, gefolgt von einem Schrei. Die Vordertür des Bauernhauses flog auf, eine Gestalt taumelte hinaus. Hans. Quer über seine Stirn zog sich ein breiter feuerroter Striemen. Elli stieß vor Schreck einen Schrei aus, da hob er den Kopf, und in dem Moment, in dem sich ihre Blicke trafen, sah sie in seinen Augen etwas, was ihr bitter vertraut war. Scham. Hans schämte sich, dass sie ihn so sah, gezüchtigt von der Hand des eigenen Vaters.

In der nächsten Sekunde wandte er sich ab und lief um das Haus herum Richtung Rurufer. Elli wäre ihm am liebsten hinterhergelaufen. Doch dann schloss sie leise die Klöntür und lehnte sich von innen dagegen. Das Blut pochte ihr in den Schläfen. Mitleid, das wusste sie genau, verschlimmerte die Sache nur.

Und so setzte sie sich, angezogen, wie sie war, an den Tisch, machte kein Feuer, entfachte nur die Öllampe und schrieb mit fliegenden Fingern einen kurzen Brief.

Margot, wie geht es Dir und Deiner Familie? Bitte, gib kurz Nachricht!

Wenn sie gleich wieder loslief, könnte es ihr gelingen, auf halbem Weg den Postomnibus abzupassen, der jetzt, am Abend, Richtung Aachen fuhr.

Später kam Alma heim und berichtete, was sie auf ihren Hausbesuchen erfahren hatte. Überall in Deutschland hatten in der Nacht von Mittwoch auf Donnerstag Synagogen gebrannt, waren jüdische Geschäfte und Wohnungen zerstört und geplündert worden.

»Die Nazis sprechen von einem Vergeltungsakt«, sagte Alma mit hochrotem Kopf und vollem Mund, dabei redeten sie eigentlich nie während des Essens. »Ein junger Jude hat wohl in Paris einen deutschen Botschaftsangestellten erschossen. Aber das ist natürlich vorgeschoben. Sie haben nur auf eine Gelegenheit gewartet, um loszuschlagen.«

Elli bekam vor Entsetzen keinen Bissen herunter. In was für einer Welt lebten sie?

»In Aachen muss es furchtbar zugegangen sein«, fuhr Alma fort, »hoffentlich hören wir bald etwas von Margot!«

»Ja«, fügte Elli hinzu und brütete eine ganze Weile still vor sich hin. Ihr Herz begann vor lauter Sorge zu rasen.

»Warum«, fragte sie schließlich, »haben wir von alldem hier nichts mitbekommen?«

»Weil bei uns nichts passiert ist, hier leben keine Juden, im ganzen Monschauer Landkreis nicht. Auch die Schiffmanns haben ja nur ein Ferienhaus, das übrigens, soweit ich weiß, unversehrt ist. Eine einzige jüdische Familie wohnte nicht weit von hier, aber die sind schon weg.«

»Das wusste ich nicht«, sagte Elli leise. In ihrem Kopf tobten die Gedanken.

»Und auch Nachrichten brauchen länger, bis sie hier sind«, sprach die Mutter weiter. »Wir sind hier ganz am Rande, in vielfacher Hinsicht. Seit Eupen und Malmedy nicht mehr zu uns gehören, beginnt direkt hinter Monschau Belgien, da ist Deutschland zu Ende. Und selbst in den weiter westlich gelegenen Städtchen wie Euskirchen hat der Mob erst eine Nacht später zugeschlagen, allerdings nicht minder verheerend. Aber dass keiner unserer Nachbarn sich die Hände schmutzig gemacht hat, das kann man leider nicht mit Bestimmtheit sagen.«

»Wie meinst du das?«

Alma schwieg einen Moment, und in diesem Schweigen lag etwas, das machte, dass Ellis Herz noch schneller schlug. Als die Mutter weiterredete, dehnte sie jedes Wort, so, als wäge sie es noch, während sie es aussprach.

»Es gibt Gerüchte. Angeblich haben SA-Leute Männer von hier abgeholt und nach Aachen und anderswo gefahren, damit sie sich an den Ausschreitungen beteiligten.«

»Ich glaube«, Elli drückte sich vor Schreck die Hand auf den Mund, »ich habe sie gesehen! Am Mühlenberg in Monschau ...«

»Damit könntest du recht haben.« Wieder schwieg die Mutter einen Moment lang. »Aus unserem Dorf sollen auch einige dabei gewesen sein. Sie hatten sich wohl zuvor im Gasthaus zusammengerottet.«

Alma verstummte, doch sie brauchte nichts weiter zu sagen. Sofort musste Elli an den Abend denken, an dem sie mit Käthe das Kind ihrer Schwester gebadet hatte. In der Gastwirtschaft war es hoch hergegangen, und Käthes jüngster Bruder hatte es kaum abwarten können, zu den anderen zu stoßen.

Hatte Käthe das gewusst?

Elli sah Alma an, dass sie sich die gleiche Frage stellte.

Schweigend beendeten sie ihr Mahl und gingen bald darauf zu Bett, doch Elli fand lange keinen Schlaf.

Zum Büro der Gemeindeschwester ging Elli weiterhin.

Was ich hier mache, sagte sie sich, hat nichts mit dem zu tun, was letztens passiert ist.

Sie sagte es sich immer wieder.

Obwohl es immer noch zu warm war für Mitte November, im Wald sah Elli vereinzelt Veilchen blühen, ließ das nasse Wetter die Menschen krank werden. Viele Kinder husteten ganz fürchterlich. Es kamen auch Erwachsene, Männer, die sich bei Baumfällarbeiten übel verletzt hatten, Frauen, die sich verbrüht hatten oder schlimm gefallen waren. So mancher Westwallarbeiter erschien mit blutenden Wunden, allem Anschein nach wurde an den Befestigungsanlagen Richtung Belgien mit schwerem Gerät und in einem geradezu mörderischen Tempo gearbeitet.

Frau Lang rief alle Patienten mit der gleichen kühlen Routine ins Sprechzimmer, die meisten kamen schnell wieder heraus. Nur manche verweilten deutlich länger. Das waren die, wie Elli bald aufging, die nicht aus eigenem Antrieb kamen, sondern herbestellt worden waren. Sie zeigten ein amtlich aussehendes Schreiben vor und traten verlegen von einem Fuß auf den anderen. Elli empfing sie alle freundlich, rückte die Stühle für sie zurecht und stellte zu ihrem Entzücken fest, dass auch so mancher erwachsene Patient großen Spaß hatte an Hüten und Schiffen aus Zeitungspapier.

Käthe begleitete Elli auf dem Hin- oder dem Rückweg, sooft es ging. Sie sprachen miteinander über die alltäglichen Dinge, Käthe stützte Elli fürsorglich wie stets. Doch die Geschehnisse vom neunten und zehnten November erwähnte keine von beiden mit nur einem einzigen Wort, und Elli spürte, wie die Fremdheit zwischen ihnen wuchs.

Elli schrieb zwei weitere Briefe an Margot und erhielt keine Antwort. Wann immer sie an die Freundin dachte, schnürte sich ihr vor Angst die Kehle zu. Wenn nicht bald eine neue Nachricht kam, so hatte sie es mit der Mutter besprochen, wollten sie gemeinsam nach Aachen fahren und nach dem Rechten sehen. Sie besaßen kein Geld, um Fahrkarten für die Vennbahn oder für den Postomnibus zu kaufen, aber irgendwie würden sie es schon hinbekommen.

Der November schritt voran. An einem Abend, es war längst dunkel, aus dem Wald stieg der würzige Duft von Reisig und feuchter Erde auf, und die Gespräche der aus Monschau heimkehrenden Frauen drehten sich um das bevorstehende Weihnachtsfest, schob sich von hinten eine Hand an Ellis Ellbogen.

»Darf ich dich etwas fragen?«

Es war Frau Werner, die Mutter von Therese.

»Selbstverständlich!«

»Es ist so …« Frau Werner schien Käthe, die an Ellis Seite lief, einen Blick zuzuwerfen, aber sicher auszumachen war das nicht. »Wir haben eine Vorladung bekommen.«

»Eine Vorladung?«

»Ja. Ich soll mit Therese ins Büro der Gemeindeschwester kommen. Das ist doch da, wo du aushilfst, nicht wahr?«

»Ja, das stimmt.«

»Ich fühle mich nicht wohl dabei«, flüsterte Frau Werner, den Kopf so tief gesenkt, dass sie kaum zu verstehen war. »Man hört so viel …«

»Wie meinen Sie das?«, fiel Käthe ihr ins Wort. »Wollen Sie damit etwa andeuten, dass man unseren Obrigkeiten nicht trauen kann?«

»Nein, nein!«, sagte Frau Werner schnell. »Das habe ich auf keinen Fall so gemeint! Therese ist bei der Gemeindeschwester bestimmt in den besten Händen.«

»Das will ich wohl sagen«, erklärte Käthe. »Nicht wahr, Elli?«

Elli schaute verwirrt von einer zur anderen, doch es war viel zu dunkel, um in ihren Mienen zu lesen. Sie hatte sich schon so manches Mal gefragt, was es mit den Patienten auf sich hatte, die einbestellt wurden. Und sie verstand nicht, warum Käthe sich so vehement einmischte. Vor allem aber rührte sie die Sorge, die aus der Frage von Frau Werner sprach.

»Ja, ja«, sagte sie deshalb schnell, »das hat schon alles seine Richtigkeit.«

»Bist du dir sicher?«

»Aber ja doch!«

»Ich danke dir.«

Thereses Mutter schien zu nicken, dann fiel sie ein paar Schritte zurück.

»Das wäre geklärt«, murmelte Käthe.

Elli aber spürte, wie eine Unruhe in ihr aufstieg, die sie sich nicht erklären konnte.

7. Kapitel

Dienstag, 6. Dezember 1938

Die Männer kamen früh am Morgen. Elli beugte sich gerade tief über den Brunnen in der Mitte des Hofes, als sie von jenseits der Hecke einen Lichtschein wahrnahm sowie das Brummen eines motorisierten Wagens. Im nächsten Augenblick war er an der Tordurchfahrt vorbeigebrettert, so schnell, dass sie nur einen Schemen wahrnahm.

Elli fühlte eine Beklemmung, die ihr die Luft nahm. Was hast du denn nur?, sagte sie sich selbst. Wie kann dir ein Auto einen solchen Schrecken einjagen? Seit die Herren von der Organisation Todt im früheren Kloster logieren, brausen doch ständig Fremde durchs Dorf. Ganz abgesehen von den Fahrern der Lastkraftwagen, die Baumaterial zum Westwall transportieren und die so rücksichtslos aufs Gas drücken, dass man sie nicht umsonst Wildwest-Fahrer nennt.

Und so zwang sie sich, ruhig weiterzuatmen, hielt mit der einen Hand die Laterne fest und kurbelte mit der anderen die Winde. In ihrem Rücken hörte sie den Bauern das Gesinde mit harschen Worten zur Arbeit antreiben, instinktiv duckte sie sich. Was für ein ungehobelter Kerl der alte Janssen doch war! Aber immerhin gab er ihr und Alma ein Obdach.

So, nur noch ein kurzes Stück. Elli konnte den Eimer schon aus dem Dunkel des Brunnens auftauchen sehen.

Wenn ich mich beeile, dachte sie und kurbelte schneller, kann ich mit den Tannenzweigen und den Nüssen, die ich extra für heute gesammelt habe, noch schnell den Tisch hübsch dekorieren, bevor Mutter aufwacht.

Sie hörte Autotüren zuschlagen und merkte, wie sich ihre Nackenhaare aufstellten. Der Wagen hatte ganz in der Nähe gehalten.

Das ungute Gefühl wuchs.

Ich mache, dass ich zurück ins Backes komme, dachte Elli, was geht es mich an!

Im nächsten Moment verhakte sich die Seilwinde, etwas löste sich, der Eimer fiel mit einem dumpfen Poltern in die Tiefe.

So ein Mist! Elli holte die lange Stange mit dem Haken, die für solche Fälle an der Scheune lehnte, erntete einen missbilligenden Blick vom alten Janssen, der in Kittel und Arbeitsstiefeln über den Hof schlurfte, und angelte im Dunkel des Brunnens nach dem verloren gegangenen Eimer. Wenn sie bloß etwas sehen könnte! Aber der Tag war ja noch gar nicht richtig angebrochen. Vielleicht könnte sie die Laterne noch etwas tiefer halten, und in ihrem Lichtschein weitersuchen?

Da ertönte ein Schrei, so laut, so verzweifelt, dass Elli vor Schreck die Stange fallen ließ.

»Nein!«, schrie eine Frau. »Nein!«

Elli zögerte keine Sekunde mehr. Sie ließ die Stange, wo sie war, raffte mit der einen Hand den Rock, in der anderen hielt sie nach wie vor die Laterne, und rannte los.

Auf der Straße lag ein totes Huhn. So, wie es aussah, war es gerade eben erst überfahren worden.

Elli rannte schneller.

Sie standen vor dem Haus der Werners. Der Wagen, ganz zweifellos der, der gerade eben am Bauernhof vorbeigebraust war, daneben zwei Männer. Die Männer waren Polizisten, sie trugen Uniform. In ihrer Mitte hielten sie Therese. Therese war noch im Nachthemd, hatte nur ein Tuch übergeworfen. Ihre Mutter hing am Arm des einen Polizisten und schrie herzzerreißend.

»Nein!«, schrie sie. »Bitte nicht! Sie hat doch nichts getan! Sie wird auch niemals etwas anstellen, dafür bürge ich! Ich bitte Sie, lassen Sie mir mein Kind!«

Doch der Polizist schüttelte sie ab, als sei sie ein lästiges Insekt. Zu zweit schubsten sie Therese auf den Rücksitz des Wagens, dabei leistete sie gar keinen Widerstand, nein, im Gegenteil. Sie schaute so arglos und so freundlich wie immer.

Noch bevor Elli verstehen konnte, was hier gerade geschah, war das Auto davongerast, so schnell, wie es gekommen war. Thereses Mutter kauerte mitten auf der Straße, wie von Sinnen griff sie sich ins ungekämmte Haar.

»Nein«, schluchzte sie, »nein! Sie tun ein Unrecht!«

Elli sah sich um. Hinter den kleinen Fenstern der umliegenden Häuser ahnte sie so manches Gesicht, aber niemand trat zu ihr auf die Straße. Da lief sie zu Frau Werner, half ihr auf und führte sie zu ihrem Haus. Sie zitterte so sehr, dass Elli befürchtete, sie würde ein zweites Mal stürzen. Drinnen saß Thereses Vater am Tisch, er schien vollkommen erstarrt, in der rechten Hand hielt er die Pfeife seiner Tochter.

»Bitte«, flüsterte Elli und rückte einen Stuhl für Frau Werner zurecht, »setzen Sie sich erst einmal, ich ...«

Ihre Worte gingen unter im Schluchzen der Nachbarin.

»Es ist meine Schuld«, brachte Frau Werner schließlich heraus. »Mein Mann wollte Therese außer Landes bringen, zu meiner Schwägerin nach Belgien, nachdem man beschlossen hatte, dass man sie – oh, ich kann dieses Wort nicht aussprechen! Aber ich wollte sie bei mir behalten. Sie ist doch immer mein kleines Mädchen geblieben! Und hast du nicht gesagt, Elli, dass alles seine Richtigkeit hat? Dass ich sie ruhig zur Gemeindeschwester bringen soll? Das hast du doch gesagt, nicht wahr?«

Die Nachbarin bedachte Elli mit einem flehentlichen Blick, und Elli merkte, wie ihr glühend heiß und gleich darauf eiskalt wurde. Was war hier geschehen?

»Ich, ich«, stotterte sie, »ich weiß auch nicht. Es tut mir so leid!«

Eine Weile noch blieb sie neben Thereses Mutter, die in einem fort schluchzte, strich ihr besänftigend über den Rücken. Doch die Frau schien sie gar nicht wahrzunehmen.

Thereses Vater saß immer noch wie zu Stein erstarrt, in der Rechten die Pfeife seines Kindes.

Und so verabschiedete Elli sich und schlich leise hinaus.

Auf der Straße stand Lina, die Magd des Bauern, mit einer Nachbarin. Die Frauen steckten die Köpfe zusammen. Elli hörte ihr Tuscheln und wich ihren Blicken aus.

Mit glühenden Wangen lief sie zurück zum Backes.

Wie hängt das alles zusammen?, hämmerte es in ihrem Kopf. Habe ich Schuld auf mich geladen?

Käthe hielt wie an so vielen anderen Morgen Ellis Arm, während sie durch den Wald nach Monschau liefen, doch Elli fühlte sich kein bisschen sicher oder gar gestützt. Im Gegenteil, ihr war, als brenne sich der Abdruck von Käthes Fingern in ihre Haut.

Immer wieder rekapitulierte sie in Gedanken das Gespräch, das sie vor wenigen Tagen erst mit Frau Werner und Käthe auf diesem Weg geführt hatte. Hatte die Tatsache, dass man Therese abgeholt hatte, tatsächlich etwas damit zu tun, dass sie sich kürzlich bei der Gemeindeschwester vorgestellt hatte?

»Geht es dir gut?«, fragte Käthe. »Du bist so still.«

»Danke«, murmelte Elli. »Alles bestens.«

Sie wusste, Käthe merkte, wenn sie log. Doch mit Käthe über Therese zu sprechen, das konnte sie sich beim besten Willen nicht vorstellen.

Und mit dem Schweigen wuchs die Fremdheit zwischen ihnen.

Im Büro der Gemeindeschwester ging an diesem Tag alles seinen gewohnten Gang. Elli bastelte und sang mit den Kindern, obwohl sie immer wieder die Tränen niederringen musste. Sie rückte den Alten und den Gebrechlichen die Stühle zurecht, redete ihnen freundlich zu. Doch in ihrem Innern fühlte sie blankes Entsetzen.

Und wenn die Männer der Partei, die im ersten Stock ihre Zentrale hatten, mit ihren dröhnenden Absätzen die Treppe hinauf- und hinabliefen, wurde ihr jedes Mal speiübel.

An diesem Tag sah sie auch den Bauern Janssen, wie er, im Straßenanzug, am Arm die Hakenkreuzbinde, im oberen Stockwerk verschwand. Elli schüttelte es innerlich. Dass der Bauer, der zugleich Ortsvorsteher war, sich mit dem Bau der Westbefestigung eine goldene Nase verdiente, wusste im Dorf jedes Kind. Dass er auch hier ein und aus ging, wunderte sie nicht.

Keine Sekunde ließ sie die Tür zum Sprechzimmer aus den Augen, sie spitzte die Ohren. Doch von dem, was darin vor sich ging, bekam sie nichts mit. Wenn sie doch bloß einmal einen Blick in den Aktenschrank werfen könnte, den sie am ersten Tag mit der Schwester dort hineingeschoben hatte! Vielleicht ließ sich auf diese Weise dem Rätsel um Thereses Verschwinden auf die Spur kommen. Doch jedes Mal, wenn Frau Lang das Zimmer auch nur kurz verließ, schloss sie hinter sich zu und steckte den Schlüssel in die Tasche ihres Kittels.

»Du hast nichts Böses getan«, versuchte die Mutter sie zu trösten. »Ich kenne dich doch, mein Kind, du meinst es gut mit jedermann. Manchmal weiß man es eben nicht besser.«

Und da war er wieder, der Stachel.

Ich kann nichts, dachte Elli, ich bin nichts wert, und womöglich habe ich durch meine Dummheit jetzt auch noch Therese in große Gefahr gebracht.

Denn seit dem Tag, an dem man sie im Polizeiauto davonfuhr, hatte niemand mehr etwas von ihr gehört.

Von Margot kam, endlich, Antwort.

Liebste Elli, mach Dir keine Sorgen. Wir sind alle wohlauf.

Es besteht auch keinerlei Notwendigkeit, uns in Aachen zu besuchen – wenn ich Deine Worte richtig verstehe, tragt ihr Euch mit diesem Gedanken. Das ist wirklich nicht nötig. Noch dazu sieht es so aus, als würden wir in nächster Zeit umziehen. Ich melde mich wieder, wenn etwas Ruhe eingekehrt ist. Beste Grüße, Deine Freundin Margot

Elli las die Worte auf dem dünnen Papier, betrachtete Margots Handschrift. Die Buchstaben, exzentrisch geschwungen wie eh, waren deutlich abgeflacht, so, als huschten sie atemlos über den Bogen. Nie zuvor hatte Elli einen so kurzen Brief von Margot erhalten. Normalerweise fand die Freundin kein Ende. Elli wendete das Papier, schaute, ob vielleicht auf der Rückseite noch etwas stand. Nein, nichts.

»Was«, fragte sie und zeigte Alma den Brief, »soll das denn heißen?«

»Ich weiß es nicht«, antwortete die Mutter.

»Glaubst du, sie verlassen das Land, so, wie Margots Tante Golda es ihnen schon lange anrät?«

»Ich weiß es wirklich nicht.«

Elli merkte, wie ein ganz und gar ungutes Gefühl sich ihrer bemächtigte, und sie sah der Mutter an, dass es ihr genauso ging.

Am Sonntag vor Weihnachten wurde es mit einem Mal bitterkalt. In der Nacht fiel das Thermometer auf minus zwanzig Grad. Die Katze, die sich in den letzten Wochen immer nur kurz hatte blicken lassen, verzog sich maunzend unter den Alkoven. Elli erwachte zeitiger als sonst und sah im Backes ihren Atem in der Luft. Und obwohl die ganze Nacht über ein dick in Zeitungspapier gewickelter Holzstamm in der Feuerstelle geglüht hatte, war das Wasser in der Waschschüssel gefroren. Bibbernd warf Elli sich das Schultertuch um, griff nach der Laterne und beschloss, als Erstes nach den Tieren zu sehen.

Kaum hatte sie die Klöntür geöffnet, schnitt ihr die Kälte wie tausend Nadeln in Gesicht und Hände. Der Wind wehte von Osten her und fuhr ihr mit einer solchen Unerbittlichkeit unter die Kleider, dass es ihr den Atem nahm. Der ganze Hof lag wie erstarrt, nirgendwo brannte bereits ein Licht. Elli zog den Kopf ein und humpelte die wenigen Schritte bis zum kleinen Stall. Mit Mühe nur bekam sie die Tür auf, sie war zur Hälfte zugefroren.

Die Hühner schienen guter Dinge, sie hatten sogar schon ein Loch in das Eis auf ihrer Wasserschale gepickt. Das Schwein aber lag nicht wie sonst auf der Seite, sondern hockte bibbernd auf allen vieren.

Oje, dachte Elli, es versucht, den Kontakt mit dem gefrorenen Boden zu vermeiden. Lange geht das nicht gut.

Kurz entschlossen steckte sie dem Tier ein dickes Seil ins

Maul und fixierte es zwischen den Augen. Wenn es ihr gelänge, die Sau zu den Schweinen des Bauern zu führen, könnten sie sich gegenseitig wärmen. Der alte Janssen würde, sobald er erwachte, toben, wie man es von ihm gewohnt war, aber irgendwann hoffentlich Ruhe geben.

Gesagt, getan. Die Sau lief hinter Elli her, als sei sie es gewohnt, an der Leine spazieren zu gehen. Der Ostwind zerrte an Ellis Kleidern, fuhr ihr in die ungekämmten Haare und biss ihr in die Waden. Sie erwischte sich bei dem Wunsch, einmal im Leben ein Paar warmer Winterstiefel ihr Eigen zu nennen statt der einfachen Schuhe mit der hölzernen Erhöhung rechts, und schalt sich sogleich für diesen törichten Wunsch. Von Therese gab es nach wie vor keine Nachricht, und die Sorge um Margot schnitt ihr das Herz ab. Wie lächerlich war da der Wunsch nach einem Paar warmer Stiefel!

Die Tür zum großen Stall ließ sich ebenfalls kaum öffnen, so sehr presste der Wind von außen dagegen, aber als Elli endlich eintreten konnte, hob das Schwein nur kurz den Rüssel, um zu schnuppern und sich umzuschauen, dann biss es mit einer einzigen entschiedenen Bewegung seines mächtigen Kiefers das Seil in seinem Maul mitten entzwei und wetzte vergnügt hopsend zu seinen Artgenossen. Die Zuchtsauen des Bauern lagen nämlich bereits über- und untereinander im Kobel, ein kleiner Berg aus großen Schweinen, die sich gegenseitig Wärme spendeten. Dabei grunzten sie, als hätten sie sich viel zu erzählen.

Elli wandte sich zum Gehen und hatte den Riegel der Stalltür schon wieder in der Hand, als sie es hörte. Neben all dem Lärm, den die Schweine veranstalteten, gab es hier noch ein anderes Geräusch. Jemand weinte.

Sie wusste sofort, wer es war.

Ihr erster Impuls war, sich leise hinauszuschleichen. Die

letzte Begegnung mit Hans stand ihr noch deutlich vor Augen. Wie hatte er sich geschämt, als sie die Verletzung gesehen hatte, die der alte Bauer ihm zugefügt hatte! Nein, sie würde Hans kein zweites Mal in Verlegenheit bringen. Und so wandte sie sich erneut zum Gehen und stemmte sich gegen die Stalltür, aber die gab keinen Deut nach. Der Wind hatte an Stärke zugenommen. Der Riegel, den sie vorsichtig angehoben hatte, fiel klirrend zurück.

Das Weinen verstummte. Hans hatte sie gehört.

Mit aller Kraft rüttelte Elli an der Tür, aber die ließ sich immer noch nicht auch nur einen Fußbreit öffnen.

Die Schweine grunzten so laut wie zuvor, doch unter diesem Grunzen lag nun eine beklemmende Stille.

Elli zögerte noch eine Sekunde. Dann gab sie sich einen Ruck, stellte die Laterne ab, legte das zerrissene Seil daneben und ging langsam um den Schweinetrog herum.

Hans hockte in der hintersten Ecke des Stalls, das Gesicht in den Händen vergraben. Er sagte kein einziges Wort, und doch spürte Elli in jeder Faser ihres Körpers, wie er ihr stumm zurief, sie möge sich entfernen, ihn allein lassen. Ihr hektisch schlagendes Herz bedeutete ihr das Gleiche, doch sie zwang sich weiterzugehen.

Noch zwei Schritte, noch einer.

Sie standen sich so dicht gegenüber wie zuletzt im Backes, als der Köhlerjunge, dessen Mutter im Sterben lag, einfach hereingestürmt war. An diesem Abend hatte Hans Ellis verkrüppelten Fuß gesehen und sich schamvoll abgewandt.

Ich wende mich nicht ab, sagte Elli sich und ging in die Hocke.

Vorsichtig legte sie ihre rechte Hand auf seine Schulter.

Ihr Herz klopfte jetzt bis zum Zerbersten.

Durch Hans ging ein Zucken. Kurz glaubte Elli, er wolle sich unter ihrer Berührung wegducken. Doch dann hielt er still, und ihr war, als falle eine zentnerschwere Last von ihm ab. Seine Schultern sackten nach unten, und seinem Mund, immer noch hinter den Händen verborgen, entfuhr ein tiefer Seufzer.

Elli hatte nie zuvor einen Mann berührt. Zu ihrem Erstaunen fühlte er sich ganz anders an, als sie es von Alma, Margot und Käthe und auch von den Kindern, mit denen sie im Wartezimmer der Gemeindeschwester spielte, sie auch einmal hochnahm, kannte. Viel fester, muskulöser. Und noch etwas war anders, wenngleich sie es nicht zu benennen wusste. Aber es führte dazu, dass ihre Hand, immer noch federleicht, ein wenig hinaufwanderte, auf Hans' Kopf, ihm durch das dunkle Haar strich, das nicht mehr so militärisch kurz geschnitten war wie bei seiner Rückkehr, sondern ein wenig verstrubbelt, und das am Hinterkopf einen deutlichen Wirbel aufwies, der sich wie von selbst um ihre Fingerspitzen kringelte.

Oje, jetzt war sie zu weit gegangen. Elli zuckte zurück, da schnellte Hans' Hand hoch und hielt sie fest. Für die Dauer eines Wimpernschlags legte er seine Wange in ihre Hand und schaute ihr direkt in die Augen.

Und in diesem Blick war alles. Elli sah den Jungen, mit dem sie einst gespielt hatte. Sie sah den Schmerz, von dem sie nicht wusste, woher er rührte. Und sie sah den erwachsenen Mann, der ihren Blick still erwiderte.

Ihr Herz setzte drei lange Schläge aus.

Dann schnappte sie nach Luft, riss sich los, rannte Richtung Ausgang, stolperte über die Laterne, die erlosch. Mit aller Gewalt drückte sie gegen die Tür und flog der Länge nach hin. Denn jetzt schwang die störrische Stalltür ganz leicht auf, wie von Zauberhand geführt. Elli richtete sich auf, strich sich das Stroh vom

Kleid, blieb noch einen Moment lang in der Tür stehen, lauschte. Die Schweine grunzten wie zuvor, doch die beklemmende Stille, die sie dazu verführt hatte, um den Koben herumzugehen, war verflogen.

Und so trat sie hinaus ins Freie. Und der Hof lag nicht mehr zu Eis erstarrt, nein, er funkelte. Der Mond stand hoch am Himmel, und in seinem silbernen Schein schimmerten die Eiskristalle, die die vergangene Nacht überall hingemalt hatte, an die Wände des Bauernhauses und des Backes, an die Regentraufen, an die Türstürze und sogar an die Seilwinde des Brunnens. Die hohe Buchenhecke funkelte, die Pflastersteine funkelten, und vom Ende des Grundstücks, dort, wo die Rur floss, funkelten ganze Eisschollen bis zu ihr herüber.

Elli machte noch einen Schritt, einen großen, und staunte. Der Wind war genauso eisig wie zuvor, doch ihre rechte Hand, in die Hans seine Wange geschmiegt hatte, prickelte wie tausend Feuer.

8. Kapitel

Freitag, 23. Dezember 1938

Eine ganze Woche lang konnte Elli ihre Hand prickeln fühlen, sobald sie nur daran dachte, was sich im Stall bei den Schweinen ereignet hatte. Und jedes Mal war ihr, als setze ihr Herz erneut für drei lange Schläge aus.

Die Kälte hielt an, und überall in den Eifeldörfern verlagerte sich das Leben mehr und mehr an den heimischen Herd. Doch Elli schaute morgens und abends, wenn sie zurück war aus Monschau, ob sie nicht irgendwo Hans erblickte. Sie guckte öfter nach den Tieren, als nötig gewesen wäre, ging einmal mehr zum Brunnen, humpelte sogar ganz ohne Grund bis ans Ende des Grundstücks, wo die Rur unter dicken Eisschollen dunkel und still dahinfloss.

Hans bekam sie nie zu Gesicht.

Doch das Prickeln blieb.

Am Freitag, einen Tag vor Heiligabend, waren die engen Gassen Monschaus plötzlich voller Männer, die mit Koffern und Taschen zum Bahnhof eilten. Die Westwallarbeiter gingen auf Heimaturlaub.

Im Büro der Gemeindeschwester wies Frau Lang Elli als Erstes an, ein Schild an die Tür zum Wartezimmer zu hängen.

Heute ab 11 Uhr geschlossen.

»Du kannst dann auch gehen«, erklärte sie. »Die Kreisleitung lädt zum Weihnachtskaffee, da hast du nichts zu suchen.«

Elli nickte und wiegte den Säugling, dessen Mutter gerade mit einem blauen Auge und verweintem Gesicht im Untersuchungszimmer verschwunden war, auf ihren Knien.

»Ja, selbstverständlich.«

Doch als Mutter und Kind gegangen waren, die Gemeindeschwester hatte sie schnell abgefertigt, da tat sie nur so, als ginge sie nach Hause. Denn sie hatte genau beobachtet, wie Frau Lang Haube und Kittel an einen Haken im Warteraum hängte, ihr Haar richtete und dann mit kleinen, schnellen Schritten die Treppe hinauflief.

Elli aber wartete dicht an die Wand gedrückt neben der reich verzierten Eingangstür, bis die Gemeindeschwester im ersten Stock verschwunden war.

Die Sorge um Therese lag ihr nun schon seit dem Nikolaustag wie ein Schatten auf der Seele. Frau Werner schien mehrere Kilo an Gewicht verloren zu haben. Wenn sie gemeinsam mit den anderen Frauen durch den Wald liefen, sprach sie kein einziges Wort. Von Thereses Vater hieß es, er habe das Haus nicht mehr verlassen, seit man seine Tochter geholt hatte. Elli wachte nachts schweißgebadet auf und fragte sich ein ums andere Mal, wie Thereses Verschwinden mit dem Termin bei der Gemeindeschwester zusammenhängen könnte.

Ob sie Schuld auf sich geladen hatte.

Sie holte tief Luft. Schalt sich selbst eine Angsthäsin, weil ihr Herz so schnell schlug, und im selben Moment ein dummes Huhn, weil sie etwas vollkommen Törichtes versuchen wollte.

Dann befahl sie ihrem Herzen, ruhig zu sein, und schlich leise zurück.

Die Tür zum Wartezimmer war nur angelehnt, die zum Untersuchungszimmer wie immer verschlossen. Doch der Schlüssel steckte dort, wo die Gemeindeschwester ihn stets verwahrte – in ihrem Kittel.

Als Elli ihn gerade ins Schloss stecken wollte, hörte sie, wie die Eingangstür aufgerissen wurde und eine Horde Männer lärmend ins Haus kam. Sie erschrak so sehr, dass ihr der Schlüssel aus der Hand glitt und klirrend zu Boden fiel. Wie unter einem Schlag duckte sie sich und verharrte so, ihr Herz das eines Vögelchens, das die Pfote der Katze bereits im Nacken spürt.

Doch die Männer liefen am Wartezimmer vorbei, Elli konnte hören, wie sie ein Stockwerk höher lautstark willkommen geheißen wurden.

Ich mache, dass ich nach Hause komme, sagte sie sich. Nicht auszudenken, wenn sie mich erwischen!

Dann aber sah sie wieder Thereses Mutter vor sich, ihre gebeugte Gestalt, den Schmerz in ihren Augen. Und so hob Elli den Schlüssel vom Boden und öffnete die Tür.

Das Untersuchungszimmer roch ein wenig ungelüftet, aber es war penibel aufgeräumt. Die Papierstapel, die Elli so oft auf dem Schreibtisch der Gemeindeschwester gesehen hatte, waren verschwunden, nur ein paar Bleistifte lagen darauf. Schnell humpelte sie zum Aktenschrank. Er war von außen ordentlich beschriftet, auf dem obersten Schubfach stand *Aderhold bis Krings*, auf dem untersten *Schneider bis Zimmermann*. Entschlossen zerrte Elli daran, doch das Schubfach gab kein bisschen nach.

So ein Mist! Offensichtlich gab es einen Extraschlüssel für den Aktenschrank. Aber wo konnte der stecken?

Suchend sah sie sich um. Der Schreibtisch besaß vier Schubladen, alle waren abgesperrt.

Elli fragte sich kurz, wozu das gut war, wo doch schon das Zimmer verschlossen war, doch dann begriff sie. Was hier aufbewahrt wurde, sollte unter allen Umständen unter Verschluss bleiben.

Ah, warte, dachte sie, griff sich ins Haar und zog eine der vierzehn Nadeln heraus, mit denen sie es morgens hochsteckte.

So eine Schublade musste doch aufzukriegen sein.

Vor lauter Konzentration klemmte sie die Zunge zwischen die Zähne, steckte die Nadel ins Schloss der obersten Schublade, zog sie wieder heraus, bog sie ein wenig, steckte sie noch einmal hinein. Ruckelte vorsichtig.

Zack, die Schublade ging auf. Bedruckte Papierbögen lagen darin, ein ganzer Stapel, viele Male mit Schreibmaschine auf Durchschlagpapier getippt. Elli griff danach.

Heimatort, las sie, *zu welchem Lande gehörig, Hauptstadt von Deutschland, Hauptstadt von Frankreich, Wer war Bismarck, Welche Staatsform haben wir jetzt, Wer hat Amerika entdeckt.*

Was, fragte Elli sich, war das denn?

Wann ist Weihnachten, ging es weiter, *Was bedeutet Weihnachten, Wie viele Wochentage, Wochentage vorwärts und rückwärts, dito Monate.*

Elli wog die Papiere in der Hand, betrachtete die leeren Zeilen hinter den Fragen, die Bleistifte auf dem Schreibtisch. Wurden diese Fragebögen etwa den Menschen, die hierher einbestellt worden waren, vorgelegt? War auch Therese auf diese Weise einer Art Prüfung unterzogen worden? Wie, um Himmels willen, war das wohl ausgegangen? Wo sie nicht einmal sprach!

Elli wurde heiß und kalt. Der Fragebogen war noch um einiges länger, als Nächstes folgte eine Rechenaufgabe.

6 Arbeiter brauchen zu einer Arbeit 3 ½ Std, wie lange 3 Arbeiter?

Oh nein. War das ihr Puls, der mit einem Mal so raste, dass ihr schwarz vor Augen wurde? In Ellis Kopf überschlugen sich die Gedanken. Dinge, die sie gehört hatte. Die geflüstert wurden hinter vorgehaltener Hand, auch an dem Morgen, an dem man Therese holte.

Leute, die man für schwachsinnig oder erbkrank hielt, wurden unfruchtbar gemacht. Damit sie keine Kinder bekamen.

Wurden hier, im Büro der Gemeindeschwester, die Menschen verstörenden Tests unterworfen, bevor man beschloss, sie zu operieren?

War das Therese passiert?

Es gab ein Wort dafür, so hässlich, so unverständlich. Bis jetzt.

Die Leute nannten es *Hitlerschnitt*.

Elli merkte, wir ihre Knie nachgaben. Die Fragebögen glitten ihr aus der Hand. Ihr wurde so schwindelig, sie musste sich am Schreibtisch festhalten.

»Es«, flüsterte sie vor sich hin, »es tut mir so leid, ich ...«

»Aber nicht doch!«, rief eine muntere Stimme. Sie gehörte zu einem jungen Mann, er trug die Uniform der SA. Elli hatte ihn nicht hereinkommen gehört.

»Ich«, stammelte sie, »ich –«

»Ach«, meinte er, »das kann doch jedem mal passieren, dass einem etwas durcheinandergerät. Warten Sie, junges Fräulein, ich helfe Ihnen!«

Er kniete nieder und begann, die Fragebögen aufzusammeln, die sich auf dem Boden verteilt hatten.

»Sehen Sie!« Er legte den Stapel ordentlich auf den Schreibtisch. »Was habe ich für ein Glück, dass ich mich offensichtlich in der Tür geirrt habe! Wann trifft man schon mal ein so hübsches junges Mädel alleine an! Begleiten Sie mich zur Weihnachtsfeier?«

Elli starrte ihn an. Er hatte ein offenes, freundliches Gesicht. Jung war er, kaum älter als sie.

»Vielen Dank«, sagte sie leise. »Aber ich habe leider schon etwas vor.«

»Aber Sie arbeiten doch hier, nicht wahr?«

»Ja«, antwortete Elli und merkte, wie die Röte der Scham ihr in die Wangen schoss. »Ich arbeite hier.«

Und dann, als er gegangen war, setzte sie leise in Gedanken hinzu: Ab heute nicht mehr.

TEIL II

Januar 1939 – Februar 1940

9. Kapitel

Januar 1939

Der Jahreswechsel kam mit Regen und Sturm. Elli und Alma hatten ein bescheidenes Weihnachtsfest gefeiert mit einem neuen, hübsch gemusterten Umschlagtuch für Elli, das Alma sich vom Munde abgespart hatte, und einem Paar Fäustlinge für die Mutter, die Elli aus aufgeriffelten alten Strümpfen gestrickt hatte. Am Morgen des ersten Weihnachtstages lag wie in den Vorjahren ein saftig glänzender Schinken auf der Bank vor dem Backes. Der geheime Wohltäter, von dem Elli sich seit Langem fragte, wer er wohl war, hatte sie auch dieses Mal nicht vergessen. Sie holten den Schinken herein, bevor die Katze sich darüber hermachen konnte, und eilten zur Kirche.

Pfarrer Freising stand mit rot leuchtenden Wangen auf der Kanzel und beschwor seine kleine Gemeinde, guten Mutes in das neue Jahr zu gehen und auf friedliche Zeiten zu hoffen. Die Menschen in den Kirchenbänken hingen an seinen Lippen und sangen voller Inbrunst die alten Lieder, doch Elli war, als könne sie die Angst, die selbst am Weihnachtstag die Gemüter bewegte, mit Händen greifen. Es war die Angst vor einem erneuten Krieg, von dem man munkelte, er stehe bald bevor.

Auf dem Nachhauseweg kamen sie am Kriegerdenkmal vorbei, an dem die Mutter wieder keine Kerze entzündet hatte, und Elli sandte dem toten Vater im Vorbeigehen einen stillen Gruß. Der Gedanke, dass aus Männern wieder Soldaten wurden, die Frauen und Kinder zurücklassen mussten, jagte ihr einen kalten Schauer über den Rücken.

Da spürte sie eine Hand an ihrem Arm, die flüchtige Berührung einer Wange an der ihren.

»Frohe Weihnachten, Elli«, flüsterte Käthe und drückte ihr etwas Rundes, Kühles in die Hand. Es war ein karmesinrot glänzender Apfel.

»Danke!«, rief Elli Käthe hinterher. »Dir auch frohe Weihnachten!«

Doch sie war schon im Pulk der Kirchgänger verschwunden.

Jetzt war Januar, und es würde mindestens noch vier Wochen dauern, bis die ersten Sonnenstrahlen wieder vordrangen bis ins tief in der Senke gelegene Dorf. Elli war, als habe die Dunkelheit sich auch der Menschen bemächtigt, die mit gebeugten Rücken ihren täglichen Verrichtungen nachgingen. Niemand schien noch an die hoffnungsfrohen Worte des Pfarrers zu denken. Sogar die Tiere waren stiller als sonst. Die Hühner pickten lustlos im Staub, und das Schwein fraß, seit es wieder allein im Stall hockte, die bitter aufgesparten Essensreste nur zögerlich. Selbst der Hund, der seit Hans' Rückkehr oftmals so lebensfroh über den Hof gewatschelt war, kam aus seinem Verschlag kaum noch heraus.

Seit Elli nicht mehr der Gemeindeschwester zur Hand ging, hatte sie kaum noch Umgang mit Käthe. Sie liefen nicht mehr gemeinsam durch den Wald nach Monschau, und sie suchten auch sonst nicht die Nähe der anderen. Wenn sie sich begegneten, wechselten sie ein paar belanglose Worte, und Elli merkte, wie sie es beide vermieden, einander in die Augen zu sehen. Mittlerweile trug Käthe das Abzeichen der NS-Frauenschaft voller Selbstbewusstsein, und das Band, das beide seit Kindertagen miteinander verband, schien zu reißen.

Elli quälte sich mit Vorwürfen. Tag für Tag war sie unter der wehenden Hakenkreuz-Flagge in der Adolf-Hitler-Straße ein und aus gegangen und hatte sich eingebildet, mit der Sache der Nazis nichts zu tun zu haben. Wie schrecklich sie sich getäuscht hatte!

»Ich dachte, ich betreue nur ein paar Kinder und rücke Stühle für die Wartenden zurecht«, sagte sie eines Abends zu Alma, während sie im Licht der Öllampe Strümpfe stopften. »Doch tatsächlich habe ich mit dafür gesorgt, dass die niederträchtigen Vorgänge im Untersuchungszimmer reibungslos ablaufen konnten.«

»Mein Mädchen, gräme dich nicht.« Die Mutter strich ihr eine Strähne ihres blonden Haars aus der Stirn. »Die meiste Zeit wird die Gemeindeschwester ganz normal Kranke versorgt haben. Und wir wissen nicht mit Sicherheit, welchem Zweck die Fragebögen dienen, die du gefunden hast. So, wie wir auch nicht wissen, ob die Tatsache, dass man Therese abgeholt hat, etwas damit zu tun hat. Eins aber weiß ich ganz gewiss, nämlich, dass du es mit jedermann gut meinst.«

Elli nickte. Aber in Gedanken widersprach sie der Mutter. Es reichte nicht, es gut zu meinen. Man musste das Richtige tun. Das war ihr nun mit brutaler Deutlichkeit klar geworden.

»Wie geht es deinem Bein?« Die Mutter ließ die Hände in den Schoß sinken und betrachtete sie prüfend.

»Gut, gut«, murmelte Elli und beugte sich tiefer über ihre Arbeit. »Es tut kaum noch weh.«

Sie merkte, wie eine heiße Röte ihren Hals hinaufkroch, und sie ahnte den besorgten Blick der Mutter. Tatsächlich schmerzte ihr Bein nach all den Wochen, in denen sie täglich nach Monschau gelaufen war, ganz entsetzlich. Schlimmer noch, es knickte unversehens weg, und Elli musste aufpassen, nicht zu stürzen. Noch dazu war die hölzerne Erhöhung unter dem Schuh so abgewetzt, dass sie dringend eine neue benötigt hätte. Aber mit alldem würde sie die Mutter nicht behelligen.

»Wenn du einverstanden bist«, sagte Alma in diesem Moment, »werde ich Hans bitten, dass er sich deine Schuhe einmal anschaut.«

»Hans?«, rief Elli lauter, als sie wollte, und spürte, wie die heiße Röte ihr nun auch ins Gesicht schoss. »Warum das denn?«

»Lina, die Magd, hat mir erzählt, er habe beim Militärdienst einen guten Freund gehabt, der Schuster war, und der hat ihm wohl allerhand beigebracht. Im großen Haus repariert Hans gerade das Schuhwerk von allen, er scheint ein wahrer Meister darin zu sein.«

»Bitte«, stammelte Elli. Sie musste daran denken, wie Hans ihren verkrüppelten Fuß gesehen hatte und wie er schnell weggeguckt hatte. »Bitte, frag ihn nicht. Es geht auch so. Sogar eine ganze Weile noch!«

»Aber, Elli! Ihr kennt euch beide schon so lange, und es gibt nichts, weswegen du dich schämen müsstest!«

»Ich habe Nein gesagt!«

»Wie du meinst.« Die Mutter nahm ihre Stopfarbeit wieder auf. Doch dann legte sie sie noch einmal in ihren Schoß, streckte beide Arme aus und drückte Elli an ihr Herz. »Natürlich«, flüsterte sie, »wir reparieren es selbst, wie wir es auch sonst machen. Wir beide kriegen immer alles hin, nicht wahr, mein Mädchen?«

Tagein, tagaus ging Elli all den Arbeiten nach, die im Backes und auf dem Hof anfielen. Während Alma von Wöchnerin zu Wöchnerin eilte und Elli das Gefühl hatte, dass noch nie so viele Kinder gleichzeitig geboren wurden, wusch sie ihre und die Kleider der Mutter im eiskalten Wasser der Rur, sie buk, wenn der Bauer das neue, größere Backhaus einheizte, zwei Laibe Brot, die eine ganze Woche reichen mussten, manchmal länger. Sie schrubbte das Backes und versorgte die Tiere, sie nähte und stopfte, kochte und überwachte die Vorräte, die in der Erdmiete und in einem niedrigen Kriechkeller unter dem Backes lagerten und die mit dem Fortschreiten des Winters mehr und mehr zur Neige gingen. An manchem Abend legten Elli und Alma sich mit knurrenden Mägen zu Bett.

Eine Weile fürchtete Elli, dass ihr Einbruch ins Untersuchungszimmer der Gemeindeschwester Folgen haben könnte. Hatte sie die Fragebögen auch wieder ordentlich in die Schublade gelegt und diese mit der Haarnadel verriegelt? Sie war furchtbar hektisch gewesen! Und hatte sie den Schlüssel zum Untersuchungszimmer auch in die richtige Tasche des Kittels zurückgelegt? Und, vor allem, hatte die Gemeindeschwester ihre dürftige Notiz, sie könne wegen des Winterwetters nicht mehr kommen, einfach so hingenommen? Oder würde sie womöglich nach ihr rufen lassen und verlangen, dass sie die Arbeit wieder aufnahm?

Doch nichts dergleichen geschah.

Elli atmete auf, wenn auch nur ein bisschen. Denn die Sorge um Therese und um das, was ihr zugestoßen sein könnte, blieb.

Ein häufiger Gast im Backes war in dieser Zeit Schwester Gertrud. Sie kam, wie Elli fand, zu den unmöglichsten Zeiten, manchmal sogar spät am Abend. Dann klopfte sie so leise an die Klöntür, dass Elli oft nur im Halbschlaf mitbekam, wie die Mutter aufstand und ihr öffnete. Manches Mal erwachte sie jählings und sah Alma und die junge Ordensfrau im Halbdunkel am Tisch sitzen, die Köpfe eng zusammengesteckt.

»Was besprecht ihr so spät noch miteinander?«, fragte Elli die Mutter.

»Sie betreut doch in dem Kloster in Aachen, in dem sie jetzt lebt, auch Waisenkinder«, antwortete Alma. »Da gibt es eine Vielzahl von Krankheiten, bei denen sie meine Hilfe benötigt.«

Elli nickte. Sie hatte durchaus mitbekommen, dass Schwester Gertrud, wenn sie ging, manchmal einen ganzen Korb voller Salben und Tinkturen mitnahm. Und doch hatte sie das Gefühl, dass Alma ihr nicht die ganze Wahrheit sagte. Und das war, soweit sie sich erinnern konnte, noch nie vorgekommen.

Jeden Sonntag schrieb Elli einen Brief an Margot, den sie montags zum Postomnibus brachte, und fast immer kam gegen Ende der Woche ein kurzer Brief zurück.

Es geht uns gut, schrieb Margot stets, *bitte mache Dir keine Gedanken. Und bitte sieh von einem Besuch ab, das lässt sich im Moment leider nicht einrichten.*

»Da stimmt doch etwas nicht!«, sagte Elli zu Alma. »Kann Schwester Gertrud nicht bei den Schiffmanns nach dem Rechten sehen? Sie lebt doch in Aachen!«

»Wenn das möglich sein sollte«, gab die Mutter ausweichend zurück, »wird sie es sicherlich tun.«

Elli bedachte die Mutter mit einem skeptischen Blick. Wieder hatte sie das Gefühl, dass Alma nicht offen mit ihr sprach. Und obwohl sie genau wusste, dass sich das nun wirklich nicht gehörte, erst recht nicht bei einer Ordensfrau, verfluchte sie im Stillen Schwester Gertrud, die ganz offensichtlich die Mutter zu solcher Heimlichtuerei anstiftete.

Elli wäre in diesen dunklen Winterwochen ganz und gar verzweifelt, wären nicht zwei Dinge eingetreten, die ihr Leben von Grund auf veränderten.

Beides begann ganz langsam.

An einem Tag Ende Januar bat die Mutter sie, sie zu einer Wöchnerin zu begleiten. Elli glaubte zuerst, sie habe sich verhört, doch als Alma ohne ein weiteres Wort vorausging, machte sie, dass sie hinterherkam.

Sie durfte kein Wort an die Wöchnerin richten und auch das Kind nicht halten, sie durfte nur still dabeistehen. Und doch. Elli spitzte die Ohren und prägte sich jedes Wort, das die Mutter sprach, jeden Handgriff ein. Und sie merkte, wie ihre Ohren vor lauter Eifer zu glühen begannen.

Als sie heimkehrten, stand Hans mitten auf dem Hof und schirrte das Pferd ab. Sie waren sich seit jener Winternacht im Schweinestall nicht mehr von Angesicht zu Angesicht begegnet, Elli hatte ihn nur von ferne beobachtet, bei der Arbeit im Hof, in der Kirche. Jetzt, wo sie beinahe auf Armeslänge an ihm vorbeilief, genügte der Anblick seiner Silhouette in der anbrechenden Nacht, dass Ellis rechte Hand sofort wieder zu prickeln begann. Da drehte er sich zu ihr herum, und obwohl es doch schon dunkel war, meinte sie in seinem Blick etwas zu sehen, das ihre Hand gleich noch mehr prickeln ließ.

»Guten Abend, Elli«, sagte er leise.

»Guten Abend, Hans«, antwortete die Mutter und lief weiter zum Backes.

Elli aber brachte kein Wort heraus. Wie auch, wo ihr Herz doch drei lange Schläge aussetzte.

In der Nacht tobte wieder einmal ein schwerer Sturm über das Tal und rüttelte so heftig an der Klöntür des alten Backhauses, als wolle er sie aus den Angeln reißen. Elli lag lange wach, eine Hand auf ihrer Brust, im Ohr Hans' Stimme. Wie konnte ein einfacher Abendgruß ein solches Herzklopfen bei ihr auslösen?

Ein paar Tage später nahm Alma sie wieder mit zu einer Wöchnerin. Und Hans begann, sie jedes Mal, wenn sie sich über den Weg liefen – auch wenn das nach wie vor äußerst selten geschah -, auf eine Art zu grüßen, die Ellis Herz kurz zum Stocken brachte.

An einem Tag Mitte Februar stand Elli vor dem Haus der Werners und rang mit sich. Wie oft schon war sie in letzter Zeit hier vorbeigelaufen und hatte aus den Augenwinkeln die leere Bank gesehen, und wie oft hatte sie den Blick gesenkt und gemacht, dass sie weiterkam. Seit sie denken konnte, hatte Therese vor dem Haus gesessen, bei Wind und Wetter, mit einem freundlichen Lächeln für jedermann. Lange schon wollte Elli einmal zu den Werners hineingehen und sich erkundigen, ob es etwas Neues über den Verbleib ihrer Tochter gab, doch sie hatte es nicht gewagt. Da war das schlechte Gewissen, mitschuldig zu sein am Verschwinden Thereses. Aber noch etwas anderes machte ihr diesen Gang schwer. Etwas, für das Elli sich fast noch mehr schämte.

Die Werners wurden nämlich von fast allen anderen im Dorf gemieden. Solange Therese auf ihrer Bank gesessen hatte, mit der kalten Pfeife im Mund, hatte man hinter vorgehaltener Hand über sie hergezogen. Jetzt, nachdem sie abgeholt worden war, tat man beinahe so, als sei die ganze Familie mit einer ekligen Krankheit infiziert.

Elli hatte das genau beobachtet und sich schlicht nicht dazu durchringen können, Thereses Eltern zu besuchen. Denn sie konnte sich genau vorstellen, wie man spotten würde, wenn ausgerechnet das Hinkemädchen zu den Werners ging. Und sie hatte sich von klein auf angewöhnt, jeder Art der Kränkung möglichst aus dem Weg zu gehen.

Nun aber trat sie mitten auf der Dorfstraße von einem Fuß auf den anderen. In ihrem Rücken ahnte sie die verschwommenen Gesichter hinter den kleinen Fenstern der Nachbarkaten, auf der Stirn fühlte sie kalten Schweiß. Sie rieb die Hände aneinander, die trotz des kalten Februarwetters auch ganz feucht waren. Das schlechte Gewissen und die Scham brachten sie beinahe dazu, auch diesmal das Weite zu suchen. Dann aber reckte sie das Kinn, humpelte die wenigen Schritte bis zur Tür und klopfte fest dagegen. Mit dem Wegducken musste irgendwann einmal Schluss sein.

Es war Herr Werner, der ihr öffnete.

»Elli!«, rief er und verzog sein von Wind und Wetter gegerbtes Gesicht zu einem freudigen Lächeln. Er war so klein, er ging Elli gerade einmal bis zur Schulter. »Das ist aber schön, dass du uns besuchst!«

»Natürlich, gerne«, murmelte Elli und trat ein. Sie hatte mit vielem gerechnet, aber nicht damit, dass Thereses Vater sie so herzlich willkommen heißen würde. Frau Werner allerdings, die gerade im Holzfach der Küchenmaschine stocherte, einem gusseisernen Herd, auf dem ein Topf leise vor sich hin blubberte, nickte ihr nur verhalten zu. Sie schien in den letzten Wochen noch magerer geworden zu sein.

»Ich wollte sehen, wie es Ihnen geht«, sagte Elli und nahm auf dem Stuhl Platz, den Herr Werner für sie zurechtrückte. »Und ob Sie etwas von Therese gehört haben.«

»Das haben wir«, antwortete Thereses Vater zu ihrer Überraschung. »Ein Herr Doktor Zurwendel hat uns geschrieben, dass er Therese in der Heilanstalt Düren betreut. Sie macht sich wohl recht ordentlich.«

Elli traute ihren Ohren kaum.

»Das«, sagte sie schließlich, »das klingt gut, oder?«

»Wir hoffen es!« Frau Werner setzte sich zu ihr, reichte ihr einen Teller mit Kartoffelsuppe. »Und natürlich sind wir dankbar, dass unsere Therese endlich einmal in die richtigen Hände kommt. Wir beide haben für sie getan, was wir konnten, aber ...«

»So ein Herr Doktor«, fiel ihr Mann ihr ins Wort, »der hat ja ganz andere Möglichkeiten! Und wer weiß!« Er strich seiner Frau zärtlich über den Arm. »Vielleicht kommt unsere Therese ja nach Hause und ist ein ganz neuer Mensch?«

»Ja«, gab seine Frau zurück, »wer weiß.«

Elli schaute verblüfft von einem zum anderen. Sollten all ihre Sorgen unnötig gewesen sein? Hatte man Therese tatsächlich nur deshalb abgeholt, damit sie in der Heilanstalt Düren in ärztliche Hände kam? Und was war mit dem schlimmen Verdacht, der sie seit Wochen quälte – dass man Therese unfruchtbar machen würde?

Es war, als habe Frau Werner ihre unausgesprochene Frage gehört.

»Man hat uns auch geschrieben«, sagte sie leise und schaute dabei vor sich hin, »dass vor dem Hitlerschnitt noch weitere Untersuchungen gemacht werden.«

Die Kartoffelsuppe in Ellis Mund verwandelte sich in einen zähen Brei. Sie würgte beinahe daran.

»Das ist doch kein Thema, was man mit einem jungen Mädchen bespricht!«, rief da Herr Werner. »Frau, ich bitte dich! Gib Elli lieber noch etwas mehr Suppe, sie ist ja ganz blass um die Nase geworden.«

Elli schüttelte den Kopf, murmelte, sie sei bereits satt, und bekam dennoch einen weiteren Schlag Suppe. Sie kaute auf den Kartoffelstückchen herum, schämte sich, dass sie den Werners das Essen wegaß, schämte sich noch mehr, weil sie es kaum schlucken konnte. Sollte es also doch wahr sein? Würde man Therese dieser barbarischen Prozedur unterziehen? Und hätte sie, Elli, es verhindern können? Wenn sie doch bloß früher nachgeforscht hätte, was im Untersuchungszimmer der Gemeindeschwester vor sich ging!

Und wieder schien es, als läse Thereses Mutter ihre Gedanken.

»Du hättest nichts ändern können, Elli«, sagte sie und schaute dabei immer noch vor sich hin. »Niemand kann das.«

Elli nickte, doch im Stillen fragte sie sich, ob das wirklich so war.

Wenig später stand sie wieder auf der Dorfstraße. Erneut spürte sie Blicke, es war, als krieche eine kalte Hand ihren Rücken hinauf. Unwillkürlich schüttelte sie sich. Wie so oft fuhr ihr der eiskalte Wind schneidend unter die Kleider. Und dann dieses ewige Dämmerlicht! Offenbar wollte es gar nicht mehr hell werden.

Elli wickelte sich enger in das Schultertuch und humpelte zurück zum Backes. Was, fragte sie sich bang, war von dem, was sie bei den Werners erfahren hatte, zu halten?

Auf halbem Weg kam ihr der alte Bauer Janssen entgegen und zog wie immer ein mürrisches Gesicht. Ansonsten schien jedoch eine große Veränderung mit ihm vorgegangen zu sein. Statt seines Arbeitskittels trug er einen dunklen Mantel und darunter offensichtlich einen ebenso dunklen Anzug. Er schritt weit ausholend voran, als habe er etwas Dringliches zu erledigen. Ein paar Schritte hinter ihm lief Hans, und auch er war in Mantel und Anzug gekleidet. Elli kam nicht umhin, die Ähnlichkeit zwischen beiden festzustellen. Sie waren beide groß und stattlich, und auch das Haar des Alten, immer noch voll, wenn auch mit einigem Grau dazwischen, stand am Hinterkopf unordentlich ab. Vor allem aber trugen beide den gleichen Gesichtsausdruck zur Schau: Auch Hans' Miene war so düster, als liege ihm etwas schwer auf der Seele.

»Um Himmels willen«, entfuhr es Elli, als sie aneinander vorbeikamen. »Es ist doch hoffentlich niemand gestorben?«

»So in etwa«, stieß Hans hervor und rannte weiter.

Elli aber blieb verwirrt zurück. Sie hatte es doch tatsächlich gewagt, Hans anzusprechen. Ihr Herz hatte nicht ausgesetzt. Und seine Antwort war mehr als wunderlich.

Immer noch vollkommen in Gedanken versunken, betrat sie bald darauf das Backes und erschrak im selben Moment so sehr, dass ihr ein kleiner Schrei entfuhr.

Im Alkoven lag jemand! Eine Frau, allem Anschein nach. Sie schien so dünn, ihr Körper zeichnete sich kaum ab unter der einfachen Decke. Um den Kopf hatte sie ein grob gewirktes Tuch gewickelt, nur eine spitze Nase schaute daraus hervor und ein wenig dunkles Haar.

Moment! Elli trat näher, betrachtete das blasse Gesicht, die verschorfte Haut an Kinn und Wangen, die tief eingefallenen Augenhöhlen. Das durfte doch wohl nicht wahr sein!

»Um Himmels willen«, flüsterte sie und griff nach dem Handgelenk der Frau, so schmal wie das eines Kindes. »Was ist bloß mit dir geschehen?«

»Oh, Elli, bitte entschuldige, dass ich mich einfach in euer Bett gelegt habe«, murmelte Margot. »Aber ich bin so furchtbar erschöpft!«

»Das sehe ich.« Elli spürte, wie ihr die Tränen in die Augen traten. »Himmel, das sehe ich!«

10. Kapitel

Donnerstag, 16. Februar 1939

Tausend Fragen stürmten durch Ellis Kopf, doch sie brachte keine einzige davon heraus. Alles, was sie tat, war, Margot fest in die Arme zu schließen. Und Margots Schluchzen war ihr Antwort genug.

»Ich mache dir etwas Milch warm«, flüsterte Elli nach einer Weile. »Du musst hungrig sein.«

»Bitte nicht«, gab Margot zurück, »ich weiß doch, wie wenig ihr habt!« Doch ihre Augen sagten etwas anderes.

Und so machte Elli Brockezupp, und weil Margots Hände so sehr zitterten und weil es ihr offensichtlich schwerfiel aufzustehen, fütterte Elli sie im Alkoven. Und tatsächlich, die Brockezupp tat ihre Wirkung. Margots Wangen bekamen ein bisschen Farbe.

»Ich werde nicht in dich dringen«, sagte Elli und trug das Geschirr zum Spülstein. »Ich habe mir ja die ganze Zeit gedacht, dass du mir in deinen Briefen etwas vorschwindelst. Zugegeben, ich wüsste schon gerne, warum, denn ich dachte, wir hätten keine Geheimnisse voreinander. Aber eines sage ich dir.« Sie merkte, wie ihre Stimme zu beben begann. »Wenn Rudolph dir das angetan hat, dann werde ich ihm eigenhändig das Genick brechen. Ich habe keine Ahnung, wie, aber ich werde es tun.«

»Rudolph?« Margot klang vollkommen entgeistert. »Was soll er mir denn getan haben?«

»Sieh dich doch an!«, rief Elli, die plötzlich eine heiße Wut in sich fühlte. »Du bist nur noch ein Schatten deiner selbst! Vollkommen abgemagert! Und diese schorfigen Wunden in deinem Gesicht, die wirst du dir ja kaum selbst zugefügt haben. Ebenso wenig wie die blauen Flecken, die du versuchst, unter deinen langen Ärmeln zu verbergen. Und dein Haar sieht aus, als habe man dir ganze Büschel davon ausgerissen.« Elli stockte, ballte die Fäuste. »Ich muss zugeben, er wirkte auf mich durchaus einnehmend, dein Ehemann, und auch dein erster Brief nach eurer Hochzeit klang ja sehr begeistert, aber glaub mir, wenn er ein solcher Gewaltmensch ist, wie ich nun befürchten muss, dann gnade ihm Gott!«

»So beruhige dich doch!« Margot mühte sich, aus dem Alkoven herauszukommen, es fiel ihr sichtlich schwer. »Rudolph hat damit nichts zu tun! Ganz im Gegenteil, er ist der beste Ehemann, den ich mir nur wünschen kann!«

»Wer war es dann?«, zischte Elli, doch noch während sie die Frage stellte, war ihr, als wisse sie die Antwort bereits. Auch merkte sie es an der Art, wie Margot zusammenzuckte.

Und plötzlich sah sie es glasklar vor sich. Die bösen Rufe der Männer, die am Abend von Margots Hochzeitsfeier bei den Westwallarbeitern das Tier gejagt hatten. Die schlimmen Artikel im *Stürmer*-Kasten. Die Nächte, in denen in Aachen und in Euskirchen die Synagogen gebrannt hatten, angezündet vielleicht auch von Männern aus ihrer Nachbarschaft, womöglich sogar von Käthes Brüdern und ihrem Vater. All die schlimmen Dinge, die ein jeder ungestraft sagen durfte über Menschen wie Margot und ihre Familie.

»Hängt es damit zusammen, dass ...?«

»Ich Jüdin bin? Ja«, beendete Margot Ellis Satz. »Du vermutest richtig, ich wurde verprügelt, und das nicht zum ersten Mal. Letzte Woche war es ein Trupp von Hitlerjungen, es geschah auf offener Straße, und niemand ist mir zu Hilfe gekommen. Damit muss unsereins rechnen, wenn wir uns aus dem Haus wagen.«

»Oh nein, oh nein!« Elli bugsierte Margot zurück in den Alkoven. »Verzeih, dass ich deinen Mann verdächtigt habe!«, jammerte sie. »Dabei hätte ich es besser wissen müssen! Denn ich habe befürchtet, dass es dir und deiner Familie nicht gut geht, die ganze Zeit. Warum bloß hast du mir nicht die Wahrheit geschrieben? Ich wäre zu dir gekommen ...«

»Aber ich wollte dich nicht beunruhigen!«, fiel Margot ihr ins Wort. »Und außerdem fiel es mir einfach zu schwer, zu schreiben, was passiert ist. Ich will, ehrlich gesagt, immer noch nicht darüber reden.« Ihre Schultern sackten nach unten, ihre Knochen stachen unter dem zerschlissenen Kleid so scharf hervor, als könnte man sich daran schneiden.

»Das musst du auch nicht.« Elli strich ihr das Haar aus der Stirn. Es war tatsächlich an manchen Stellen ausgerissen, und sie merkte, wie sie wieder vor Wut zu beben begann. »Sag mir nur, warum du heute hier bist.«

»Wegen Alma«, antwortete Margot. »Sie muss mich untersuchen.«

»Wegen deiner Verletzungen?«

»Ja. Deswegen auch.«

Es dauerte, bis Alma kam. Margot fiel in eine Art Starre, aus der sie ein ums andere Mal stöhnend auffuhr. Elli saß bei ihr und hielt ihre Hand. Immer wieder wischte sie sich die stummen Tränen aus dem Gesicht. Dass man ihrer Freundin so etwas antun konnte!

Dann, endlich, das Klappen der Tür. Ein Luftzug in ihrem Rücken, eine Hand auf ihrer Schulter.

»Seit wann ist sie hier?«, flüsterte Alma.

»Seit zwei, drei Stunden. Sie sagt, du musst sie untersuchen.«

»Das mache ich sofort. Magst du so lange hinausgehen, mein Mädchen?«

»Wenn du meinst ...?«

»Ja, bitte.«

Elli wunderte sich. Alma schickte sie sonst nie weg. Sie wusste doch, dass alle Sorgen und Nöte, alle seelischen und körperlichen Krankheiten, die die Frauen ihr offenbarten, bei Elli gut aufgehoben waren! Aber wenn die Mutter es sagte ... Sie warf sich das Schultertuch über und beschloss, in der Zwischenzeit die Tiere zu versorgen.

Vor dem großen Stall gegenüber sah sie Hans das Pferd striegeln und in seinen Verschlag führen. Irgendetwas an seinen Bewegungen wirkte, als sei er furchtbar aufgebracht. Sogar das Pferd schien das zu spüren, und obwohl es ein altes, sanftes Kaltblut war, scheute es zweimal.

Hinter einem hell erleuchteten Fenster des großen Bauernhauses sah sie die Magd, wie sie sich einen Strohhut mit lauter Papierblumen darauf als Schmuck aufsetzte, sie hörte, was selten genug vorkam, das dröhnende Lachen des alten Bauern. Himmel, heute war ja Weiberfastnacht! Gleich würde ein wildes Treiben in der Gastwirtschaft einsetzen.

Egal, dachte Elli. Es ist mir vollkommen egal, alles, sogar, welche Laus Hans über die Leber gelaufen ist. Wenn es nur Margot bald wieder besser geht! Und so machte sie sich an die Arbeit.

»Kommst du?«

Die Mutter rief sie wieder hinein.

Margot lag im Alkoven wie zuvor. Und doch spürte Elli sofort, dass in ihrer Abwesenheit etwas Entscheidendes geschehen war. Denn Margots Wangen, die doch eben noch weiß wie frisch gefallener Schnee gewesen waren, glühten nun dunkelviolett. Und ihre Augen glänzten, als würde sie fiebern.

Elli trat schnell zu Alma, die am Spülstein ihre Instrumente säuberte.

»Sag nicht, die Verletzungen sind noch schlimmer, als sie aussehen? Margot wird doch wieder ganz gesund?«

»Aber ja!« Alma strich ihr beruhigend über den Arm. Dann bedachte sie Margot mit einem langen Blick. »Magst du es ihr sagen?«

»Sehr gerne«, krächzte Margot, auch ihre Stimme hatte sich in der kurzen Zeit, die Elli draußen gewesen war, verändert. »Komm, setz dich zu mir.«

Elli ließ sich auf dem Rand des Alkovens nieder, und als sie nun in Margots Augen sah, entdeckte sie darin ein freudiges Funkeln, wie sie es nie zuvor in ihren Augen gesehen hatte, nicht einmal in den glücklichen Tagen ihrer Kindheit. Und noch bevor Margot zu sprechen begann, wusste Elli, was sie sagen würde.

»Ich bin guter Hoffnung«, flüsterte Margot und legte eine Hand auf ihren Bauch. »Elli, ich werde Mama!«

Und Elli, die stets einen Stich gespürt hatte, wenn andere Frauen ihres Alters Kinder bekamen, merkte, wie ihr Herz vor lauter Glück zu hüpfen begann. Margot erwartete ein Kind! Und zugleich spürte sie, wie die blanke Angst ihr die Luft abschnürte. Wenn Margot auf offener Straße verprügelt wurde, wie, um Himmels willen, sollte sie diese Schwangerschaft überstehen?

Alma säuberte Margots Wunden und bestrich sie mit Ringelblumensalbe, während Elli die Brockezupp noch einmal aufwärmte und für Margot einen ganzen Löffel voll Honig hineinrührte, normalerweise aßen sie nur sonntags ein bisschen davon.

»Verrate mir eins«, fragte Alma, während Margot die Brockezupp so hastig löffelte, als hätte sie nicht vorhin erst reichlich davon gehabt. »Wie ist es dir gelungen, den ganzen weiten Weg bis hierher zu uns zu kommen?«

»Mit dem Postomnibus«, antwortete Margot, während sie den letzten Rest vom Teller kratzte. »Der Fahrer kennt mich noch von früher. Er hat oft an unserem Ferienhaus haltgemacht und mit Paps einen Schnaps getrunken. Ich habe gehofft, dass er ein Auge zudrückt, und zum Glück hat er das tatsächlich.«

»Warum sollte er ein Auge zudrücken?«, rief Elli, doch die Mutter redete schon weiter.

»Wollen wir hoffen, dass er das auch auf der Rückfahrt macht. Wenn nicht, kommt ihr zurück, und ich überlege mir was. Auf jeden Fall müsst ihr jetzt los. Elli, begleitest du Margot?«

»Selbstverständlich!«

»Gut. Schau, Margot, ich habe dir einen Tee gemischt, davon trinkst du morgens und mittags eine Tasse. Das ist gut gegen die Übelkeit. Und spätestens in zwei Wochen lässt du dich noch einmal untersuchen, hörst du? Gibt es einen Arzt, zu dem du gehen kannst?«

»Bestimmt.« Margot stand auf und strich sich über das fadenscheinige Kleid. »Ich werde schon jemanden finden.«

Elli merkte sofort, dass Margot wieder schwindelte. Und auch Alma war es offensichtlich nicht verborgen geblieben.

»Gott segne dich«, murmelte sie.

Bis zur Haltestelle des Postomnibusses war es nicht weit, er stoppte immer direkt vor der Kirche. Auf dem Weg kamen sie am Wirtshaus vorbei, wo es hoch herging. Durch die beschlagenen Fenster konnte man nur erahnen, wie voll es dort drinnen war, aber das Gelächter, das Gläserklirren und der Gesang waren bis hier draußen zu hören. Elli kannte alle Karnevalslieder, Käthe hatte sie ihr beigebracht, so, wie sie ihr auch, als sie noch klein waren, aus ganz einfachen Sachen, einem Stück Karton, einem Strumpf und einer Kordel, lustige Kostüme gebastelt hatte. Die bastelte sie eh für ihre älteren Geschwister, und so fiel auch immer etwas für Elli ab. Sie verkleideten sich damals als Hasen, als Eskimos oder als Schornsteinfeger, zogen gemeinsam um die Häuser und trieben Schabernack. Später, als sie älter wurden, lief Käthe dann am Altweibertag mit ihrer Schwester und den Nachbarinnen von Dorf zu Dorf, von Gastwirtschaft zu Gastwirtschaft. Dieser feuchtfröhliche Spaziergang endete stets im heimischen Wirtshaus, wo sie mit großem Hallo empfangen wurden. Alle Frauen des Dorfes gingen mit – alle außer Elli. Das Hinkemädchen wollten die anderen nicht dabeihaben.

»Die sollen sich mal nicht so anstellen«, hatte Käthe geknurrt, und Elli hatte sie beschwichtigt: »Geh du nur, der Weg wäre für mich eh zu anstrengend.«

Aber so manches Mal hatte sie sich im Schatten der Dorflinde vor dem Wirtshaus herumgedrückt und versucht, einen Blick hinein zu erhaschen. Sie erlaubte sich nicht, von einem Leben, wie die anderen jungen Frauen es führten, zu träumen. Aber ein einziges Mal zu tanzen, mit einem Bein, das tat, was es sollte – das wäre was!

Ob Käthe jetzt im Wirtshaus tanzte?, fragte Elli sich, als sie Arm in Arm mit Margot daran vorbeilief. Ob sie zufällig zu ihnen heraussah? Ihr war, als könnte sie die dröhnende Stimme des alten Bauern hören, und kurz reckte sie den Hals, um vielleicht doch einen Blick ins Innere zu erhaschen. Vielleicht war Hans ja auch da? Wobei, so wütend, wie sie ihn vorhin erst auf dem Hof gesehen hatte ... Elli spürte, wie Margot sich unter dem Gejohle der Feiernden zu ducken schien, und zog sie schnell weiter zur Haltestelle. Das, was dort drinnen vor sich ging, konnte ihr egal sein. Himmel, Margot erwartete ein Kind! Schnell drückte sie die Hand der Freundin. Sie würde für sie da sein, komme, was wolle.

Ein einfaches Schild mit der Aufschrift *Kraftpost* stand auf dem kleinen Dorfplatz, direkt vor der Kirche und dem früheren Waisenhaus, wo jetzt immer die Autos mit den Aachener Kennzeichen parkten.

»Komm, setz dich.« Elli fegte ein paar welke Blätter von der Bank, die seit Jahr und Tag hier unter der alten Linde stand.

»Ich bleibe lieber stehen.«

»Im Ernst? Ich sehe doch, wie du wankst. Du scheinst mir vollkommen erschöpft. Nun komm schon, du solltest dich so viel ausruhen, wie es eben nur geht!«

Margot ließ sich neben Elli nieder, wenn auch nur auf dem äußersten Rand der Sitzfläche, als wolle sie jeden Moment wieder aufspringen.

Elli betrachtete die Freundin von der Seite. Es war längst dunkel, und im schwachen Lichtschein, der vom Wirtshaus bis zu ihnen drang, wirkte Margot noch blasser, die Schatten unter ihren Augen tiefer, ihre Nase noch spitzer. Aber es war nicht allein die äußerliche Veränderung, die mit Margot vor sich gegangen war, die Ellis Herz schwer werden ließ. Nein, schlimmer noch. Margot war ihr fremd geworden.

»Ich bin vorhin nicht weiter in dich gedrungen«, sagte sie leise. »Aber, bitte, sag mir, habe ich in der Vergangenheit etwas falsch gemacht? Diese kurzen Briefe, die du mir geschrieben hast und in denen im Grunde nichts stand – war das wirklich nur, um mich zu schonen? Oder gibt es da noch etwas anderes? Du musst wissen, ich sorge mich nämlich um dich, und jetzt, wo du schwanger bist, erst recht!«

»Ach, Elli«, begann Margot, doch weiter kam sie nicht. Hinter ihrem Rücken ertönte ein Zischen. »Das ist doch eine von den Schiffmanns«, hörte Elli jemanden raunen, »die mit dem Ferienhaus.«

Und dann flog ein Stein direkt an ihren Köpfen vorbei und landete auf dem staubigen Platz zu ihren Füßen. Gleich darauf folgte ein zweiter, ein dritter. Dieser verfehlte Margots Stirn nur um Haaresbreite.

»Was, zum Teufel!«, brüllte Elli und sprang auf. Das konnten ja nur ein paar dumme Jungen sein, denen sie ordentlich die Meinung sagen würde!

Aber es waren keine Jungen. Es waren sechs, sieben Frauen. Sie hatten das Wirtshaus im Rücken, und im Gegenlicht konnte Elli keine von ihnen erkennen. Sie schienen verkleidet, trugen Hüte mit Papierblumen, wie auch Lina, die Magd, sich einen aufgesetzt hatte. War sie dabei? Elli blinzelte, doch die Gesichter blieben im Dunkeln. Nur eine der Frauen stach aus den anderen hervor, sie war lang und hager.

»Drecksjuden«, rief sie und bückte sich nach einem weiteren Stein. Da erkannte Elli ihre Stimme. Es war die gleiche Frau, die im November, als die Synagogen brannten, auf dem Heimweg von Monschau so schlimm über Juden gesprochen hatte.

»Raus aus unserem Dorf!«, keifte die Hagere und hob den Arm, in ihrer rechten Hand ein Stein, faustgroß.

»Bitte, bitte nicht!«

Elli hörte ein Wehklagen, sah Margot, wie sie sich auf der Bank zusammenkrümmte, die Arme vor ihren Bauch gepresst. Sie sah in die Augen der Hageren, und obwohl es viel zu dunkel dafür war, meinte sie darin einen Hass zu erkennen, der sie bis ins

Mark erschaudern ließ. Ehe sie auch nur einen klaren Gedanken fassen konnte, hatte sie sich auf die Frau gestürzt. Zwei Schritte, drei, noch einer. Oh, dieses vermaledeite Bein! Schon so sah sie die Frau ausholen, den Arm von hinten nach vorn schwingen. Elli strauchelte, fiel. Alles, was sie zu fassen bekam, war ein Paar dünner Beine in faltigen Strumpfhosen. Sie fühlten sich fremd und kratzig an, aber Elli ließ die Beine nicht los, und als sie spürte, dass die Frau dabei war, den Stein zu werfen, biss sie fest hinein.

Ein derber Fluch, die Frau geriet nun ebenfalls ins Straucheln, fing sich, erhob erneut den Arm. Elli hielt ihre Beine weiterhin fest umklammert, versuchte, sich an ihr hochzuziehen. Sie keuchte vor Anstrengung. Dass ihr aber auch niemand half! Die anderen Frauen, von denen sie im Halbdunkel nur schemenhaft die Füße sah, standen vollkommen unbeweglich.

»Ah, warte!«, zischte die Frau. Elli, liegend, im Staub, spürte einen ganz und gar unheilvollen Luftzug. Offensichtlich holte die Frau ein weiteres Mal aus. Wenn diese fürchterliche Person Margot doch bloß verfehlte! Elli schrie, so laut sie konnte, bäumte sich auf. Die Frau zielte mit dem Stein nicht mehr in Margots Richtung, nein, jetzt zielte sie direkt auf Ellis Gesicht.

Die Zeit blieb stehen. Elli spürte, wie jede Kraft aus ihr wich, wie ihr Schrei erstarb. Es gab nichts mehr, was sie noch tun konnte. Und so riss sie schützend die Arme hoch und kniff die Augen fest zusammen. Gleich, hämmerte es in ihrem Kopf, schlägt sie mich tot.

Da sprang eine der Frauen, die ganz hinten gestanden hatte, nach vorn. Elli hielt die Augen immer noch fest geschlossen, aber sie konnte hören, wie diese andere zur Hageren aufschoss. Sie ahnte, wie sie ihr in den Arm fiel. Und sie spürte, wie die Hand, die den faustgroßen Stein hielt und die bereits hinabschoss, im letzten Moment abgelenkt wurde. Der Stein traf Elli an der Schulter. Es war ein so entsetzlicher Schmerz, dass sie nach vorn sackte und laut aufstöhnte. In ihrem Rücken hörte sie Margot leise schluchzen.

»Spinnst du?«, rief die Frau, die den Schlag abgewehrt hatte. »Du kannst doch nicht einfach so auf sie losgehen!«

Die Hagere schien widersprechen zu wollen, doch nun mischten sich auch die anderen Frauen ein.

»Es ist Karneval, ich will tanzen!«, rief eine. »Was geht uns das Hinkemädchen an?«, eine zweite. »Lasst uns endlich reingehen!«

Gleich darauf marschierten sie munter schwatzend Richtung Wirtshaus.

Elli blinzelte. Sie wagte es kaum, den Kopf zu heben. Und so sah sie von der Frau, die sie gerettet hatte, nicht viel mehr als die Füße. Sie steckten in Männerschuhen, ein ganzes Stück zu groß und sehr abgetragen.

Der Postomnibus kam.

»Fräulein Schiffmann!«, rief der Fahrer, ein Bär von einem Mann mit dichtem, dunklem Bart. »Kommen Sie, setzen Sie sich zu mir nach vorne!«

Elli rappelte sich auf und half Margot in den Bus. Sie zitterte am ganzen Körper, und sie merkte, dass es Margot genauso ging.

»Schreib mir!«, raunte sie ihr zu, und an der Art, wie Margot nickte, totenbleich, konnte sie ablesen, dass die Zeit, in der sie ihr nichtssagende Briefe schickte, vorüber war.

Der Fahrer verriegelte die Tür, der Bus setzte sich in Bewegung.

Elli blieb zurück. Sie spürte das Blut, das unter ihrem Kleid aus der verletzten Schulter lief. Sie beachtete es nicht. Ihr Blick folgte dem Postomnibus, bis seine Lichter nicht mehr zu sehen waren. Dann wandte sie sich zum Wirtshaus. Ihr schien, als wäre die Musik schriller geworden, genauso wie das Gelächter. Einen Moment lang glaubte sie, die Gestalt der Hageren am Fenster vorbeiwirbeln zu sehen. Und da, tatsächlich, inmitten der Feiernden, war das Gesicht der Frau, die immer schon die alten Schuhe ihres Vaters auftragen musste. Die der Hageren in allerletzter Sekunde in den Arm gefallen war. Ein Gesicht, so vertraut, so fremd.

Elli spürte einen Schmerz, der viel schlimmer war als der in ihrer Schulter.

Käthe war hinter den anderen hergelaufen, ohne sich noch einmal umzusehen.

11. Kapitel

Dienstag, 14. März 1939

»Bitte«, flehte Elli und trat von einem Bein auf das andere. »Es gibt doch bestimmt eine Arbeit, die ich für Sie übernehmen kann!«

»Mmh«, brummte der Bauer und machte seiner Frau ein Zeichen, seinen Teller noch einmal aufzufüllen. Wie überall in diesem Teil der Eifel stand auch hier mittags eine flache Schüssel voller Kartoffeln auf dem Tisch. Bloß dass man bei Janssens nicht direkt daraus aß und dass es darüber hinaus an einem ganz normalen Wochentag und mitten in der Fastenzeit kross gebratene Blutwurst dazu gab mit fein geschnittenen Zwiebelringen und reichlich Apfelspalten. Die Wurst schwamm so sehr im Fett, dass sie glänzte, und der Duft, der von der übervoll beladenen Servierplatte aus echtem Porzellan aufstieg, ließ Elli schwindeln.

Sie und Alma waren es gewohnt, dass ihre Vorräte spätestens im März zur Neige gingen und dass sie sich niemals satt aßen, bevor der kleine Gemüsegarten hinter dem Backes nicht die ersten zarten Blätter von Bärlauch und Brunnenkresse, Lauch und Postelein hervorbrachte. Doch so sehr gehungert wie in diesem Frühjahr hatten sie noch nie. Das lag an Margots Brief, der Aschermittwoch eingetroffen war, viele Seiten lang. Margot hatte ihr stummes Versprechen, nicht mehr zu schwindeln, was ihre Situation und die ihrer Familie anging, eingelöst. Doch das, was sie beschrieb, hatte Ellis schlimmste Befürchtungen übertroffen. Alle paar Tage gaben sie nun dem Fahrer des Postomnibusses einen Korb mit Lebensmitteln mit nach Aachen, die sie sich vom Mund absparten. Es war bitterlich wenig.

Viel zu wenig, dachte Elli und schluckte. Unwillkürlich war ihr der Speichel im Mund zusammengelaufen. Konzentrier dich, schalt sie sich im Stillen. Das hier darf nicht schiefgehen!

»Du weißt schon«, polterte der Bauer mit vollem Mund, ein kleines Rinnsal Fett lief ihm aus dem Mundwinkel, »dass ich dich und deine Mutter hier kostfrei wohnen lasse? Und das seit, hm, wie alt bist du jetzt?«

»Einundzwanzig«, antwortete Elli schnell. »Also, beinahe.«

»Fast zwanzig Jahre also!«, brummte der Alte, und sein Gesichtsausdruck veränderte sich plötzlich auf eine Weise, die Elli noch mehr ängstigte, als wenn er schimpfen und poltern würde, wie sie es von ihm gewohnt war. Der Bauer schaute einen Moment lang so milde, als könne er keiner Fliege etwas zuleide tun. »Ich weiß noch genau, wie ich sie geholt habe«, fuhr er fort. »Der Mann im Krieg geblieben, das Haus hatte sie wegen der Geldentwertung verloren. Allein mit einem Kind. Natürlich dachte ich, dass in dir eine vollwertige Arbeitskraft heranwächst. Man kann ja nie genug helfende Hände haben. Und damals bist du ja auch wie ein junges Lämmchen über den Hof gewetzt. Du warst gerade einmal ein gutes Jahr alt und konntest so schnell rennen, deine Mutter kam kaum hinterher.« Er steckte sich ein weiteres Stück Wurst in den Mund, kaute, ließ seinen Blick ihre Beine hinabwandern. »Na ja, damit war es dann ja bald vorbei.«

Elli merkte, wie ihr das Blut in den Kopf schoss. Aus den Augenwinkeln sah sie, wie Hans, der natürlich mit am Tisch saß, sich tiefer über seinen Teller beugte. Sein ältester Bruder Erwin hingegen, die Mutter, die Magd und der Knecht starrten sie unverhohlen an. Keiner von ihnen hatte bislang auch nur ein Wort gesprochen, was Elli nicht verwunderte. Hier sprach der Bauer und sonst niemand.

Wie sie sich an ihrer Scham weideten! Lina, die Magd, eine runde Person von bald vierzig Jahren, schürzte spöttisch die Lippen. Erwin, der Hoferbe, groß gewachsen wie der Vater, aber mit einem so verschlagenen Gesichtsausdruck, dass Elli ihm seit Kindertagen aus dem Weg ging, taxierte sie, als wäre sie ein Stück Vieh. Und selbst die Bäuerin, verhärmt und abgezehrt, hob, was selten vorkam, den Blick und kniff die Augen abschätzig zusammen.

Elli wäre am liebsten im Erdboden versunken. Dass Hans, der sich mittlerweile so tief über seinen Teller beugte, dass er beinahe mit der Nase in den Kartoffeln hing, so tat, als sei er gar nicht da, machte die Sache nicht besser, im Gegenteil.

Himmel, warum auch hatte sie den Zeitpunkt so schlecht gewählt und war ausgerechnet zum Mittagessen hier hereingeplatzt, wo alle beisammensaßen?

Wie kam sie hier wieder raus? Raus aus der guten Stube, wo von echtem Porzellan gegessen wurde und wo man sogar wochentags eine Tischdecke auflegte. Wo eine Wanduhr vornehm tickte und das Geschirr nicht in einer schlichten Kannenbank aufbewahrt wurde, sondern in einer wuchtigen Anrichte. Wo sogar die Eingangstür, eine Klöntür wie im Backes, so kunstvoll mit Eisen beschlagen war, dass jedermann, der dagegenklopfte, gleich wusste, dass hier das Geld zu Hause war. Wie ärmlich war dagegen das Backes! Und doch. Das Backes war für Elli ein Ort, in dem die Liebe und die Fürsorge zu Hause waren, hier hingegen herrschte die pure Niedertracht. Um nichts in der Welt hätte sie mit den Menschen, die um den reich gedeckten Tisch saßen, tauschen mögen.

Ich finde eine andere Möglichkeit, Geld zu verdienen, das ich Margot schicken kann, dachte sie und ballte still die Fäuste.

»Also«, sagte der Bauer jetzt und legte Löffel und Gabel nieder, was für alle anderen das Zeichen war, das Mahl zu beenden, »damit ist die Sache ja wohl klar.« Er sah sich um, während er sich den Mund abwischte. Die Magd, der Knecht, die Ehefrau, der älteste Sohn, alle nickten bestätigend mit dem Kopf. »Es stimmt, du mühst dich. Aber Krüppel bleibt Krüppel. Bevor ich dich einstelle, spanne ich lieber den alten Köter vor den Pflug!«

Er brach in dröhnendes Lachen aus, und da er sein Essen offensichtlich noch nicht vollständig heruntergeschluckt hatte, flogen kleine Stückchen Kartoffeln und Blutwurst aus seinem Mund.

»Der Köter zieht den Pflug!«, japste er und hielt sich den Bauch vor Lachen. Erwin, die Bäuerin, die Magd, der Knecht, alle fielen darin ein. Hoch und schrill klang ihr Lachen, so, als seien sie es nicht gewohnt. Nur einer lachte nicht, Hans.

Elli senkte den Kopf. Er fühlte sich inzwischen so heiß an, als würde man ein glühendes Eisen auf ihre Wangen pressen. Sie hatte damit gerechnet, dass man sie demütigen würde. Und doch. Das gehörte sich einfach nicht!

»Ich wünsche noch einen guten Tag«, presste sie heraus und wandte sich zum Gehen.

»Ich begleite dich!«

Hans schob mit einem Ruck seinen Stuhl nach hinten, rannte die wenigen Schritte bis zur Klöntür, riss sie für sie auf und schloss sie, nachdem sie beide hindurchgegangen waren, so fest, dass es ordentlich rumste.

»Es tut mir so leid, Elli«, rief er, während sie draußen über den

Hof liefen. »Mein Vater hat sich benommen wie ein Scheusal. Hör nicht auf das, was er gesagt hat.«

»Hm«, antwortete Elli und wrang ihre Hände. Eiskalt waren sie und schweißnass.

»Er hat sich nur großgetan vor Erwin und dem Gesinde, darin gefällt er sich. Wärst du doch vorher bloß zu mir gekommen!«

»Und dann?«, fragte Elli. Ihre Scheu, mit Hans zu sprechen, war plötzlich wie weggeflogen. Wovor sollte sie sich noch genieren, nachdem er dieser beschämenden Szene beigewohnt hatte?

»Dann hätte ich etwas eingefädelt.«

»Ja, klar.«

»Natürlich! Man kann nämlich durchaus mit ihm reden. Also, meistens.« Hans hielt kurz inne, als prüfe er seine eigenen Worte. »Und weißt du was?«, rief er dann, sichtlich darum bemüht, überzeugend zu klingen. »Ich warte, bis er einen guten Moment hat, und dann spreche ich mit ihm. Er wird dir ganz bestimmt eine gute Arbeit geben!«

»Ach, das ist doch aussichtslos!«

»Eben nicht! Vater ist nicht immer so rüpelhaft. Er mag dich, und er schätzt deine Mutter sehr. Er wird ...«

»Er schätzt meine Mutter?«, fiel Elli ihm ins Wort. »Da täuschst du dich aber gewaltig! Die beiden wechseln selten mehr als zwei Wörter miteinander.«

»Eben«, sagte Hans. Er schien tief Luft zu holen und fixierte irgendetwas am Ufer der Rur, zu weit weg, als dass Elli es hätte ausmachen können. »Manchmal«, flüsterte er schließlich, die Stimme mit einem Mal rau, »ist einem die, der man am eifrigsten aus dem Weg geht, die Liebste.«

Elli war, als fahre ein Blitz mitten in sie hinein. Dabei war es ein ganz normaler Tag Anfang März, auch dieser Monat war zu warm für die Jahreszeit, noch dazu regnete es ununterbrochen, und der Himmel schien niemals richtig hell zu werden. Nirgendwo war ein Gewitter zu sehen oder auch nur zu erahnen. Und doch. Mit einem Mal brannten nicht nur ihre Wangen, nein, sie glühte von Kopf bis Fuß. Und ihr Herz setzte drei lange Schläge aus.

»Ich«, sagte sie schnell, »ich muss, ganz dringend, das Mittagessen ...«

Und damit lief sie ins Backes und schlug die Klöntür fest hinter sich zu.

Es wurde ein ganz und gar schrecklicher Tag. Beim Abwasch zerbrach Elli einen der irdenen Becher, aus denen sie immer tranken, dabei hatten sie davon nur noch drei. In den Strohsäcken, auf denen sie schliefen, raschelte es verdächtig, und als Elli den Geräuschen auf den Grund ging, entdeckte sie zu ihrem Entsetzen mitten im Alkoven kleine braune Kötel. Allem Anschein nach waren dort nun auch die Mäuse eingezogen. Und die Katze ließ sich wieder einmal nicht blicken. So leerte sie die Säcke, verteilte das Stroh auf dem gesamten Boden und erschlug eine flüchtende Maus nach der anderen mit dem Besen. Anschließend musste sie das ganze Backes schrubben, blieb wie so oft mit dem Putzlappen an einer überstehenden Stelle der Grauwackenplatten hängen und riss sich den Finger auf. Als sie damit endlich fertig war und die Säcke frisch gestopft hatte, war sie so erschöpft, dass sie im kleinen Stall aus Versehen der Sau auf die Klaue trat; die stob quiekend davon. So ein Mist! Die Sau war frisch gedeckt, geriet sie in Panik, könnte sie den Wurf verlieren.

Wie ungeschickt sie doch war, und wie dumm! Denn dumm war es, diese verwirrenden Worte, die Hans gesagt hatte, auf sich zu beziehen. Auf die durchaus verwunderliche Tatsache, dass sie einander fast nie begegneten, und das, wo sie doch auf demselben Hof lebten. Nein, das musste andere Gründe haben. Wahrscheinlich lag es schlicht daran, dass Hans sie kein bisschen beachtete.

Draußen wich das Dämmerlicht des Tages dem Dunkel der heraufziehenden Nacht. Elli bereitete das Abendessen vor, es gab Kartoffeln, die schon lange grün waren und gekeimt hatten, dazu ein wenig Birnenmus. Sie würden auch heute nicht satt werden, egal. Hauptsache, sie sparten etwas für Margot und ihre Familie auf.

Wenn sie doch nur mehr tun könnten!

Mit einem stillen Seufzer holte Elli Margots Brief hervor. Es war gar kein richtiger Brief, es waren lauter kleine Fetzen, die Rückseite eines Fahrplans, ein Stück dünne Pappe. Margots Handschrift war kein bisschen exzentrisch geschwungen mehr, im Gegenteil, sie kritzelte winzige Buchstaben, um möglichst viel Text auf dem wenigen Papier unterzubringen. Elli kannte all diese Zettel längst auswendig, sie waren schon ganz gewellt von den vielen Malen, die sie sie in der Hand gehalten hatte, und an manchen Stellen war die Schrift fleckig von den Tränen, die sie darüber vergossen hatte. Aber sie konnte nicht aufhören, den Brief immer und immer wieder zu lesen.

Liebste Elli, ich schreibe Dir aus dem Postomnibus. Ich zittere immer noch, ich kann kaum den Bleistift halten. Ob das Kind, das ich unter dem Herzen trage, die Angst seiner Mutter spürt? Hoffentlich nicht!

Ein Kind unter meinem Herzen. Wie von selbst fließen diese Worte aus mir heraus. Auch wenn ich heute zu Euch gekommen bin, um Gewissheit zu haben – ich wusste es die ganze Zeit. Und doch habe ich es Rudolph noch nicht gesagt, ebenso wenig Paps und Mutter. Denn da ist zu viel Angst in unserer Familie, viel zu viel Angst.

Dieser Moment, in dem der Stein Dich traf! Ich sehe ihn immer noch vor mir. Der Stein, der für mich bestimmt war. Oh, Elli, ich schäme mich so! Monatelang bin ich Deinen drängenden Fragen ausgewichen, habe meinen Mund und mein Herz vor Dir verschlossen, um mich Dir nicht offenbaren zu müssen. Du aber nimmst es mit einer ganzen Horde bösartiger Frauen auf, um mich zu beschützen. Bitte, bitte verzeih mein dummes Benehmen! Ich hoffe inständig, Du bist nicht ernsthaft verletzt!

Über K. werde ich, auch wenn sie, wenn schon nicht mir, so doch immerhin Dir im letzten Moment geholfen hat, kein Wort mehr verlieren.

...

Weitere Fahrgäste sind zugestiegen. Oh, wie ich mich fürchte! Herr Peters, der den Bus fährt, gibt mir mit einem kaum merklichen Nicken zu verstehen, dass er auf mich aufpasst. Auch diesmal hat er mich nicht nach einer Fahrkarte gefragt. Gäbe es doch nur mehr Menschen wie ihn! In Aachen bin ich auf offener Straße Freiwild. Ein jeder darf mich beschimpfen, bespucken, schlagen.

...

Ich habe nicht mehr gewagt weiterzuschreiben. Die anderen Fahrgäste waren kostümiert und auf dem Weg zu einem Maskenball, neben ihnen fiel ich eh schon viel zu sehr auf. Eine dünne Frau in ärmlicher Kleidung, da liegt der Verdacht, dass sie Jüdin ist, nicht fern. Bin nun zu Hause. Habe Rudolph noch nichts gesagt.

...

Paps, Mutter und Rudolph sind aus dem Haus, ich liege im Bett und betaste unentwegt meinen Bauch. Guten Tag, mein Kleines, flüstere ich, willkommen.

Doch noch behalte ich dieses Geheimnis für mich. Sie glauben, ich hätte gestern Tante Golda besucht. Aber Golda ist weg, niemand darf es wissen. Ich werde auch darüber vorerst schweigen, bis ich eine Nachricht erhalte, dass sie in Sicherheit ist.

Liebste Elli, Du verdienst eine Antwort auf deine Fragen. Ich habe das Zimmer für mich allein und ein bisschen Papier. Wo anfangen?

Mit der Scham. Ich schäme mich so sehr für das, was uns widerfährt. Wir sind nicht mehr die, die wir einst waren. Wir hungern, und wir darben. Und mir war, als schließe ich das letzte Türchen zu der Welt, in der all dies unvorstellbar war, wenn ich Dir davon berichte.

Das ist die ungeschönte Wahrheit. Ich habe Dich nicht belogen, um Dich zu schonen, zumindest nicht nur. Und da ich weiß, was Du jetzt sagst, nämlich dass es zwischen uns keine Scham gibt, werde ich Dir endlich alles erzählen.

Weißt Du, warum ich mich nicht auf die Bank setzen wollte an der Haltestelle des Postomnibusses? Hier in Aachen sind lange schon Schilder an jeder Parkbank: »Für Hunde und Juden verboten«. Solche Schilder stehen auch an den Eingängen zu öffentlichen Grünanlagen, vor den Kinos, den Badeanstalten, und, was am schlimmsten ist, vor den Lebensmittelgeschäften. Kannst du dir das vorstellen? Die Namen von Händlern, die heimlich an unsereins verkaufen, werden von Familie zu Familie geflüstert. Nachts machen wir uns auf, um in Hinterhöfen und dunklen Gassen das Notwendigste zu erstehen. Wir Juden tauschen unsere letzten Wertgegenstände gegen etwas Nahrung ein, viel ist es nicht mehr.

Frag mich nicht, wie Paps die Zutaten für unser Hochzeitsessen beschafft hat, es ist mir ein Rätsel.

...

Mir war, als hörte ich jemanden die Treppe hinaufkommen, aber ich habe mich wohl getäuscht.

Weiter, ich will Dir nichts mehr verschweigen.

Lange schon dürfen wir kein Radio mehr besitzen und kein Telefon, sie haben es einfach aus der Wand gerissen. Paps musste seinen Führerschein abgeben. In unsere Pässe wurde ein rotes »J« gestempelt, jeder bekam einen zweiten Vornamen, »Israel« oder »Sara«. Zwangsweise! Ach, ich könnte ewig weiter aufzählen, wie sie uns drangsalieren. Aber das ist nicht das Schlimmste.

Unser Zuhause, um zum Schlimmsten zu kommen, wurde »arisiert«.

Was für ein fürchterliches Wort! Weißt Du, was das heißt, liebste Elli? Es bedeutet, dass wir das Haus zu einem lächerlich geringen Preis verkaufen mussten. Einer unserer früheren Kunden lebt nun darin, er hat auch gleich das Geschäft übernommen. Seine Frau trägt Mutters Schmuck und ihre Pelze. Wir hören sie unter uns herumlaufen, laut sprechen und lachen, denn alles, was man uns ließ, ist die Mansarde. Du weißt schon, das frühere Dienstmädchenzimmer direkt unter dem Dach, in dem Rudolph und ich uns eingerichtet hatten. Nun leben wir zu viert hier. Ach, was heißt leben! Es ist mehr ein Vegetieren. Paps und Mutter schlafen in dem schmalen Bett, Rudolph und ich auf dem Boden. Immerhin gibt es einen Abort und fließend Wasser auf dem Flur, dort hat Rudolph auch eine kleine Kochstelle eingerichtet. Doch das Gas ist rationiert, oft reicht es nicht einmal für eine einzige Mahlzeit.

Es gibt keinen anderen Ort, an den wir gehen könnten. Überall in Aachen leben Juden in den armseligsten Unterkünften. Selbst das wenige Geld, das für unser Haus angeblich gezahlt wurde, haben wir nicht gesehen. Das geht allen so. Die Regierung sagt, es würde in Volkswagen-Aktien angelegt.

Kaum jemand hat noch Arbeit.

Rudolphs Mutter möchte uns gerne helfen, doch der Mann, den sie geheiratet hat, ist ein strammer Parteigänger. Ab und an bringt sie uns heimlich eine Flasche Milch oder einen kleinen Beutel Mehl, doch viel ist es nicht.

Oh, Elli, nun, wo ich einmal zu schreiben begonnen habe, ist mir, als müsste alles heraus.

In der Nacht, in der die Synagoge brannte, wurde unser Geschäft, damals war es noch unseres, vollständig ausgeräubert. Sie schlugen die Fensterscheiben ein und stahlen die Ware. Paps stand mit bebendem Kinn in der Tür, am Revers sein eisernes Kreuz erster Klasse. Hätte Rudolph ihn nicht dort weggezerrt, sie hätten ihn zusammengeschlagen wie so viele andere auch. Ganz zu schweigen von den Männern, die sie verhaftet und am nächsten Morgen in ein Konzentrationslager gebracht haben. Hast du davon schon einmal gehört, Elli? Ich nicht! Und ich mag es mir auch nicht vorstellen. Denn Onkel Paul, der von dort zurückkam, ist dünn wie ein Skelett, die Haare geschoren, sein Körper, sagt Tante Johanne, voller Wunden. Immerhin kam er zurück, auch wenn er nicht mehr er selbst zu sein scheint. Man sagt, viele seien nicht mehr heimgekehrt.

Ach, Elli, wenn ich mir vor Augen führe, wie es anderen ergeht, will ich nicht zu sehr klagen. Uns geht es vergleichsweise gut, auch, weil Rudolph für uns sorgt. Er ist ja kein Jude, und er hat bei dem Kerl, der nun unser Haus besitzt und Vaters Laden betreibt, eine Anstellung bekommen. Dieser schreckliche Mann hat keine Ahnung vom Geschäft, und ohne Rudolph sowie unseren alten Franz wäre er aufgeschmissen. Mein Liebster sagt, er muss jeden Tag an sich halten, damit er diesem Verbrecher nicht den Hals umdreht. Ich rede ihm dann gut zu und versuche, ihn zu beruhigen.

Es ist so bitter, dass Paps Rudolph das Geschäft noch nicht überschrieben hatte, als sie kamen, um es uns zu nehmen! Womöglich wäre es dann noch unser.

Nun leben wir alle vier von dem wenigen, das Rudolph unten im Laden verdient. Nur dass er samstags immer öfter ohne Lohntüte die Treppe heraufkommt. Er ist dann so herzbrechend traurig, ich höre es schon an seinem Schritt. Dass dieser abscheuliche Ladenbesitzer ihn so schamlos ausnutzen darf!

Ach, Elli, wie lange haben wir geglaubt, uns, der stolzen Kaufmannsfamilie, würde schon nichts Schlimmes geschehen! Weißt Du, wer alles bei uns ein und aus gegangen ist? Die halbe Aachener Hautevolee! Heute spucken sie vor uns aus, wenn sie uns auf der Straße begegnen.

…

Rudolph kam nach Hause, und ich habe es ihm gesagt. Er ist außer sich vor Freude.

…

Mutter und Paps wissen es jetzt auch. Mutter weint seit gestern Abend an einem Stück, sie kann sich gar nicht mehr beruhigen. Paps aber ist verstummt. Ich glaube, er hat keine Worte für das, was er empfindet. Dabei *weiß ich es sowieso. Die Angst um mich und das Ungeborene schnürt ihm das Herz ab.*

Liebste Elli, ich mache Schluss für heute. Rudolph sagt, er kennt einen Arzt, der mich untersucht. Wir dürfen ja nur noch zu jüdischen Ärzten, aber Doktor Maier hat Deutschland verlassen, und Doktor Jeschke gehört zu jenen, die seit der fürchterlichen Nacht im November nicht wieder nach Hause gekommen sind. Ich denke ja, ich brauche keinen Arzt, es geht mir bestens. Aber Rudolph ist so aufgeregt – ich weiß, er wird ein wundervoller Vater!
Wir werden es schon schaffen, wir alle.
Sei herzlichst umarmt, Deine Freundin Margot

Elli legte all die Papierstücke, die Margot beschrieben hatte, vor sich auf den Tisch, strich sie vorsichtig glatt. Beinahe drei Wochen war es nun her, dass der Brief angekommen war, und seither gab es keine neue Nachricht von Margot. Allein Herr Peters, der Fahrer des Postomnibusses, versicherte, er sehe sie regelmäßig in der Nähe des Bahnhofs, wo er ihr die Lebensmittel übergebe, die Alma und Elli für sie aufsparten. Aber ob man dem Mann wirklich trauen konnte? Elli wusste es nicht.

Ohne dass sie viel dagegen tun konnte, rann eine Träne ihre Wange hinab. So etwas Dummes aber auch! Sie wollte nicht hier sitzen und flennen, sie wollte Geld verdienen, damit Margot und ihre Familie sich etwas zu essen kaufen konnten! Aber ihr Plan, beim Bauern Janssen zu arbeiten, war gründlich schiefgegangen.

Wie aufs Stichwort erklang von draußen eine Art dröhnendes Brummen, und als Elli zum Fenster schlich und vorsichtig hinauslugte, sah sie einen Lastkraftwagen auf den Hof fahren. Gegenüber im großen Haus trat der Bauer im Licht einer Laterne vor die Tür, der Fahrer des Lkw lief zu ihm, drückte ihm etwas in die Hand, bekam im Gegenzug einen dick gefüllten Briefumschlag ausgehändigt und verschwand zu Fuß im Dunkel der Nacht.

Offensichtlich war da gerade ein Handel über die Bühne gegangen, dachte Elli und beobachtete, wie Hans herauskam, in den Lkw kletterte, ihn startete, einmal zurücksetzte und mitten im Misthaufen landete. Der Bauer begann lauthals zu schimpfen, Hans legte krachend einen anderen Gang ein, das Fahrzeug machte einen gewaltigen Satz nach vorn, und im nächsten Moment krachte es scheppernd gegen den Brunnen.

Oje! Elli hielt sich vor Schreck die Hand vor den Mund. Im Licht der Laternen, mit denen nun auch der Knecht und die Magd angerannt kamen, war vorn am Lkw eine riesengroße Beule zu sehen. Dafür, da war Elli sich ganz sicher, würde der Bauer Hans ganz gewiss halb tot schlagen. Tatsächlich begann der Alte nun so übel zu toben, dass sie sich schnell abwandte. Auf keinen Fall wollte sie mit ansehen, was nun geschah.

Später kam Alma nach Hause, und wie immer kannte sie den neuesten Tratsch.

»Der Bauer, der alte Schlawiner«, erzählte sie, »verdient sich wirklich dumm und dusselig mit der Westbefestigung. Ich meine – ein eigener Lkw! Damit ist er weit und breit der Einzige, der ein solches Gefährt sein Eigen nennt. Ich habe gehört, die Regierung zahlt ihm sehr viel Geld, wenn er damit Sand und Kies transportiert. Das rechnet sich für den Alten doppelt und dreifach. Nur dass Hans offensichtlich der Einzige ist, der einen Führerschein besitzt, er hat ihn wohl beim Militär gemacht. Und dass der Alte ihn noch mal fahren lässt, das bezweifle ich.«

Allerdings, dachte Elli, das bezweifle ich auch.

Am nächsten Morgen jedoch beobachtete Elli, während sie die Hühner und das Schwein versorgte, wie Hans aus dem großen Haus kam, gemeinsam mit dem Knecht Alfred die Plane entfernte, die über die Ladefläche des Lastwagens gespannt war, und offenbar bester Dinge schien. Er pfiff sogar ein Lied vor sich hin. Als Nächstes schirrten die beiden Männer das Pferd an, Alfred setzte sich auf den Kutschbock, schnalzte mit der Zunge und fuhr davon.

Oje, dachte Elli, Hans fährt doch den Lkw. Ich will lieber nicht mit ansehen, wie er ihn diesmal womöglich ganz kaputt macht. Und so hastete sie zurück ins Backes und wusch sich gerade am Spülstein, als jemand von außen gegen die Klöntür klopfte.

»Guten Morgen, Elli«, rief Hans und klang dabei so fröhlich, dass Elli trotz der Sorgen um Margot gleich ein wenig leichter zumute wurde. Schnell steckte sie sich die Haare auf, biss sich zu ihrer eigenen Verwunderung auf die Lippen, das hatte Käthe ihr mal gezeigt, angeblich wurden sie davon hübsch rot, und öffnete den oberen Teil der Klöntür.

»Hast du schon gesehen?«, fragte Hans und strahlte dabei übers ganze Gesicht. »Wir haben seit gestern einen Lastkraftwagen!«

»Ja, ja«, antwortete Elli und legte schnell eine Hand auf ihr Herz, nicht, dass es schon wieder aussetzte.

»Ich bin der Einzige, der ihn fahren kann«, erklärte Hans mit einem ganz und gar verwirrenden Funkeln in den Augen. »Aber so ein großes Gefährt ist schwer zu navigieren. Einen Moment nicht aufgepasst, und schon fährt man irgendwo gegen.«

»Ich hab's gesehen«, meinte Elli und biss sich sofort ein zweites Mal auf die Lippen. Himmel, was fiel ihr ein, ihm das unter die Nase zu reiben?

»Ganz genau!«, rief Hans und schien kein bisschen betrübt, im Gegenteil, seine Augen funkelten noch mehr. »Deswegen engagieren wir einen Beifahrer. Jemanden, der immer dann, wenn es eng wird, aussteigt, genau guckt und mir sagt, wie viel Platz vorne und hinten noch ist. Das ist eine sehr verantwortungsvolle Tätigkeit, denn der Lkw war wirklich teuer. Sie wird nicht ganz so gut bezahlt, wie ich es für richtig halte, aber immerhin einigermaßen. Und da die Männer im Dorf alle schon schwer beschäftigt sind mit den Arbeiten an der Westbefestigung, gibt es eigentlich nur eine Person, die dafür infrage kommt.«

Er machte eine Pause, und Ellis Herz setzte jetzt doch drei Schläge aus.

»Kommst du, Elli?«

»Sofort.« Sie warf sich das Schultertuch um und flitzte zu ihm hinaus. »Bin schon da.«

12. Kapitel

Mittwoch, 15. März 1939

»Noch ein Stückchen!«, brüllte Elli. »Ja, noch etwa einen halben Meter. Nein! Nicht so weit! Stopp!«

Ihr brach der kalte Schweiß aus. Um ein Haar wäre Hans wieder gegen den Brunnen gekracht. Sie konnte sich ja vorstellen, dass ein so großes Gefährt wie dieser Lastkraftwagen schwer zu fahren war, aber wenn das so weiterging, hatte Hans es vollkommen demoliert, noch bevor sie überhaupt vom Hof waren.

»Jetzt nach rechts!«, rief sie. »Nein, nicht nach links! Rechts habe ich gesagt! Ja, genau, so!«

In ihrem Rücken spürte sie die Blicke des alten Bauern, und obwohl sie sich sehr anstrengte, nicht hinzuhören, so vernahm sie doch die Sticheleien von Hans' ältestem Bruder.

»Zu nichts nütze, dieser Tuppes«, höhnte Erwin. »Gut, dass der bald weg ist!«

Ohne es zu wollen, beäugte Elli Erwin nun doch von der Seite. Wie meinte er das denn?

Hans' Bruder guckte, als habe er ihre Reaktion erwartet.

»Heiraten wird er, unser Hans«, brummte er und spuckte einen schmierigen Klumpen Kautabak direkt vor Ellis Füße. »Erntedank bringt er die Irmgard unter die Haube.«

Der kalte Schweiß, der bis gerade auf Ellis Rücken geklebt hatte, verwandelte sich in einen kleinen Bach. Schlimmer noch, sie merkte, wie nun auch ihre Wangen und ihr Hals schweißnass wurden. Das, das durfte doch nicht ...

»Kommst du, Elli?« rief Hans. Er stand mit tuckerndem Motor vor der Durchfahrt in der Hecke, wie auch immer er das nun geschafft hatte. Elli sah zu ihm hoch, sah sein vertrautes und zugleich so fremdes Gesicht hinter der halb heruntergekurbelten Seitenscheibe, und am liebsten hätte sie auf dem Absatz kehrtgemacht und sich im Backes verkrochen. Aber das ging nicht. Sie brauchte das Geld, das sie mit dieser Arbeit verdienen würde, für Margot. Und so lief sie zur Beifahrerseite, wo Hans, weit vorgebeugt, jetzt die Tür für sie aufhielt, und kletterte die beiden Trittbretter zu ihm hoch.

»Bereit?« Er funkelte sie vergnügt an.

Elli nickte schnell.

»Dann mal los!«

Er trat auf irgendwelche Pedale zu seinen Füßen, ruckelte an einem Hebel zu seiner Rechten, der Motor heulte auf, der Lkw machte einen Satz nach vorn und blieb quasi in der gleichen Sekunde so abrupt stehen, dass Elli mit dem Kopf gegen die Frontscheibe knallte.

»Entschuldige!«, rief Hans. »Das wollte ich nicht! Hast du dir wehgetan?«

»Nein, nein.« Elli befühlte ihre Stirn. Das würde eine dicke Beule geben, mehr aber auch nicht. Heiraten würde er also. Und Lkw fahren konnte er auch nicht.

»Bist du dir sicher, dass du das hinbekommst?«, fragte sie spitz.

»Selbstverständlich! Es tut mir so leid! Ist dir auch wirklich nichts passiert?«

»Nein«, murmelte Elli noch einmal. Dieser Name, Irmgard, irgendwo hatte sie ihn schon einmal gehört. Aber wo?

Draußen auf dem Hof stieß der Bauer eine ganze Tirade an Flüchen aus. Als Nächstes riss er die Fahrertür auf.

»Raus da!«, brüllte der alte Janssen. »Du machst den teuren Wagen noch ganz kaputt! Ich finde jemand anders, der ihn fährt!«

»Nicht nötig!«, schrie Hans über das Brüllen des Vaters hinweg. Er zog und zerrte nun seinerseits so fest an der Tür, bis er sie zugeschlagen bekam, betätigte noch einmal die ominösen Pedale und den Hebel, und prompt setzte der Wagen sich so geschmeidig in Bewegung, als gleite ein Schwan auf einem See dahin.

Elli atmete auf.

Wer, fragte sie sich noch einmal, war diese ominöse Irmgard? Sie merkte, wie sie noch mehr zu schwitzen begann, und das, obwohl es hier in der Fahrerkabine doch eigentlich ziemlich kalt war.

Hans steuerte den Lkw so langsam durch das Dorf, dass selbst Elli hätte nebenherlaufen können. Sie bemerkte die neugierigen Blicke der Nachbarn, der Frauen, die zum Dorfbrunnen liefen, der Kinder, die einzelne Kühe zur Tränke führten, der Männer, die sich aufmachten zu ihrer Arbeit als Tagelöhner oder an der Westbefestigung. Unwillkürlich rutschte sie auf der Sitzbank ein wenig tiefer. Das würde ein Gerede geben!

Sie passierten gerade den Platz mit der alten Linde, als ihnen Käthe entgegenkam, an der Hand den Kleinen ihrer Schwester. Himmel, Elli hatte gar nicht mitbekommen, dass er schon lief! Im Gegensatz zu den anderen hatte Käthe keine Augen für den Lkw, sie schien vollauf damit beschäftigt, das greinende Kind hinter sich herzuziehen. Das Weinen des kleinen Jungen und Käthes verhärmter Gesichtsausdruck berührten einen Teil in Ellis Herz, der sich offensichtlich noch genauso mit Käthe verbunden fühlte wie früher, und von dem sie nicht gewusst hatte, dass es ihn noch gab. Das durfte doch wohl nicht wahr sein! Genau hier hatten diese grässlichen Frauen an Weiberfastnacht Margot mit Steinen traktiert, und Käthe hatte nichts getan, um ihr zu helfen!

Elli zwang sich, Käthe nicht länger hinterherzusehen, und reckte das Kinn in die Höhe.

»Was machen wir eigentlich?«

»Transporte«, antwortete Hans. »Sand und Kies. Und damit fahren wir hin und her, bis Sonnenuntergang. Ich habe Stullen dabei und Kaffee, wir haben also satt zu essen. Und einen ganzen langen Tag vor uns.«

Er zwinkerte ihr zu, und Elli fragte sich, was das nun wieder sollte. Nicht drüber nachdenken, sie tat hier nur ihre Arbeit.

Und doch. Je länger sie fuhren, es ging auf einem holprigen Weg mitten durch den Wald, desto wohliger wurde ihr zumute. Offensichtlich hatte der Bauer den Lkw aus zweiter Hand erworben. Die Sitzbank vorne im Fahrerhaus war ganz schön durchgesessen, an einer Stelle quoll sogar der Schaumstoff aus dem abgewetzten Bezug heraus, aber man wurde in den Kurven sehr behaglich darauf hin- und hergeschaukelt. Je schneller Hans fuhr, und er drückte mittlerweile ordentlich aufs Gas, je mehr Hubbel und Löcher auf dem Weg waren, desto besser. Noch dazu schaukelte Hans' Oberkörper genauso hin und her, und Elli merkte, wie sie ein wenig in die Kuhle rutschte, die er rechts hinterließ, während er selbst nach links schaukelte.

Sie hatte vor Jahren zuletzt in einem Auto gesessen, damals hatte Herr Schiffmann sie und Käthe manchmal vom Ferienhaus zurück ins Dorf gefahren. Etwa, wenn es regnete oder wenn eine von ihnen sich beim Spielen ein Knie aufgeschlagen hatte, was Elli andauernd passierte. Wie stolz waren sie gewesen, wenn sie im Fond des vornehmen Wagens über die Dorfstraße geglitten waren! Wie Prinzessinnen hatten sie sich gefühlt.

Dies hier war etwas ganz anderes. Es fühlte sich kein bisschen glamourös an, dafür aber sehr aufregend. Sie erledigte eine Arbeit, für die sie bezahlt wurde, zum allerersten Mal in ihrem Leben. Und sie würde jeden einzelnen Pfennig den Schiffmanns geben.

Oje, Hans war durch ein tiefes Schlagloch gekracht, diesmal flog Elli beinahe mit dem Kopf gegen die Decke.

»Entschuldigung!«, brüllte er über den Motorenlärm hinweg. »Ich muss wirklich besser aufpassen!«

»Nichts passiert!« Sie winkte ab und wich seinem Blick aus. Denn diese Augen, dunkel wie geröstete Maronen, machten etwas mit ihr, was unbedingt unterbunden gehörte.

Wenn da bloß nicht dieser Duft wäre! Jedes Mal, wenn er ihr in die Nase fuhr, schloss Elli kurz die Augen. Was war das bloß? Es roch ein wenig nach geronnener Milch und nach Pfefferminze und nach noch etwas anderem, von dem sie nicht zu sagen wusste, was es war. Aber es führte dazu, dass sie sich, wenn der Lkw sie nach links schaukelte, ganz ohne es zu wollen, noch ein wenig mehr zur Seite fallen ließ. Denn von dorther, von links, kam der Duft, von Hans.

Sie verließen den Wald, und nun tauchte zu ihrer Rechten etwas auf, wovon Elli schon viele Male gehört, was sie aber nie zuvor mit eigenen Augen gesehen hatte.

Inmitten einer Senke, die jetzt, im März, noch kahl war, standen riesige Betonmischmaschinen, nebeneinander aufgereiht, einem gigantischen Tausendfüßler gleich. Dutzende Arbeiter waren nämlich damit beschäftigt, die Trommeln dieser Betonmischer mit Sand und Kies zu befüllen. Unentwegt drehten sich die eisernen Kessel, unentwegt wurden sie mit Schaufeln weiter befüllt. Auf der anderen Seite spuckten sie eine zähe graue Masse aus. Reißend wie Kuchenteig fiel sie in Loren, hüfthohe Waggons, die von anderen Arbeitern auf Schienen fortgeschoben wurden.

Staub und Dreck lagen in der Luft, es war ein Gewusel wie in einem Ameisenhaufen. Und doch schien dies alles mit großer Präzision vor sich zu gehen.

»Hier bauen sie also die Westbefestigung«, murmelte Elli.

»Hier und hundertdreißig Kilometer nach Norden sowie beinahe fünfhundert Kilometer nach Süden«, antwortete Hans. »Es heißt, es sei das größte Bauwerk, das je auf deutschem Boden errichtet wurde. Guck, da hinten gießen sie mit dem frischen Beton die Panzersperren.«

Elli reckte den Hals. Tatsächlich, die Schienen, auf denen die Loren voller flüssigem Zement geschoben wurden, endeten an einer an ein Gräberfeld erinnernden Fläche, auf der eine niedrige Holzform neben der nächsten auf dem lehmigen Boden lag. So, als reihe sich hier Sarg an Sarg, bloß dass diese Holzverschläge nicht länglich, sondern dreieckig waren. Auch hier wurde ununterbrochen gearbeitet, kippten Arbeiter den flüssigen Zement aus den Loren in die hölzernen Formen. Nur wenige Meter weiter waren andere Arbeiter dabei, die so entstandenen massiven Dreiecke aus Beton mithilfe von Stangen und Seilen aufzurichten. Sie waren so groß, einige reichten den Männern bis an die Brust. Noch ein Stückchen weiter war die Westbefestigung bereits fertig. Wie das Gebiss eines Drachen standen die grauen Dreiecke in der Eifeler Erde, eins neben dem anderen, vier, fünf Reihen hintereinander.

Das Ganze wirkte so bedrohlich, dass Elli sich unwillkürlich schüttelte.

»Das hier ist nur das, was jedermann sieht«, erklärte Hans

mit gedämpfter Stimme, er schien ihr Unbehagen bemerkt zu haben. »Hinter den Panzersperren bauen sie überall Bunker. Aber die sind gut getarnt mit Bretterzäunen und allerlei Buschwerk, das sie dafür extra woanders ausgegraben haben.«

»Und all das, damit wir sicher sind vor den Franzosen?«

»So sagt man.«

»Und, glaubst du das?«, rutschte es Elli heraus. In der nächsten Sekunde hätte sie sich am liebsten auf die Zunge gebissen. Sie wusste nicht viel über Politik, aber sie wusste sehr wohl, dass man solche Fragen nicht stellte. Nicht, wenn man seinem Gegenüber nicht voll und ganz vertrauen konnte. Für Hans, den Jungen von einst, hätte sie jederzeit die Hand ins Feuer gelegt. Aber was wusste sie schon über Hans, den erwachsenen Mann? Himmel, immerhin arbeitete er mit dem neuen Lkw mit am Westwall!

Dass sie seinen Blick auf sich ruhen spürte, machte die Sache nicht besser. Oje. Schon wieder brach ihr der kalte Schweiß aus.

Es dauerte, bis Hans erneut zu sprechen begann.

»Das ist eine vollkommen berechtigte Frage«, sagte er so leise, dass er wegen des Motorenlärms kaum zu hören war. »Sie behaupten, es ist ein Schutzwall, falls wir aus dem Westen überfallen werden. Und ja, wir sind hier direkt an der Grenze, gleich dort drüben, links von uns, beginnt Belgien. Aber warum sollte das geschehen? Die Einzigen, die sich immer mehr Land einverleiben, sind doch wir. In den nächsten Tagen wahrscheinlich die Tschechoslowakei. Und dann …«

Er brach mitten im Satz ab, so, als hätte er bereits zu viel gesagt, räusperte sich.

»Elli?«

»Ja?«

»Wir beide, wir können doch immer offen miteinander sprechen?«

»Selbstverständlich.«

»Und wir können uns aufeinander verlassen?«

»Was denkst du denn?«

»Und wir haben keine Geheimnisse voreinander?«

Außer dem, dass du demnächst heiratest, dachte Elli. Laut sagte sie: »Nein, keine Geheimnisse.«

»Gut, so sehe ich es auch.«

Hans schaute wieder geradeaus und begann, ein Lied zu summen. Der Lkw röhrte wie ein alter Hirsch. Elli überließ sich dem sanften Schaukeln auf der alten Sitzbank. Irgendetwas an dem, was Hans gesagt hatte, verstörte sie. Doch darüber wollte sie lieber ein andermal nachdenken, genau wie über die Sache mit der Hochzeit.

Es ging bergab, der Lkw gewann ordentlich an Fahrt, und dann erreichten sie Walheim. Einen Ort, von dem Elli nie zuvor gehört hatte und der, wie Hans ihr erklärte, beinahe schon in Aachen lag. All der Sand und der Kies, die man für den Westwall in diesem Teil der Eifel brauchte, wurden hier mit der Eisenbahn angeliefert. Eine ganze Weile mussten sie sich in eine lange Kolonne von Lastwagen einreihen, bevor ein mürrischer Mann in einem Pförtnerhaus eine Menge Papiere von ihnen verlangte.

»Endlich«, ächzte Hans, als sich vor ihnen eine Schranke öffnete und man sie aufs Bahnhofsgelände ließ. »Mein Vater, der alte Fuchs, ist der erste Bauer weit und breit, der einen eigenen Lkw hat. Bislang haben auswärtige Unternehmer den Transport zu den Zwischenlagern unter sich aufgeteilt, dabei wird das am allerbesten bezahlt. Das hat ihn ganz schön gejuckt. Jetzt ist er dabei und verdient einen hübschen Batzen Geld damit!«

Als sie sich der Laderampe näherten, von der Männer mit aufgekrempelten Ärmeln und schweißglänzenden Gesichtern Kies auf die Ladeflächen der haltenden Lkw schippten, wollte Elli aussteigen, um Hans Zeichen zu geben, wie dicht er ranfahren konnte, aber er hielt sie zurück.

»Nicht nötig, hier habe ich zu allen Seiten gute Sicht.«

Elli hoffte inständig, dass er sich da nicht überschätzte, aber es ging alles gut. Hans ließ den Lkw nahezu geschmeidig neben die Laderampe gleiten, stoppte und startete ihn wieder, nachdem die Ladefläche mannshoch beladen war, ohne dass der Motor auch nur einmal stotterte. Anschließend lenkte er das Gefährt über den vollen Bahnhofsplatz zurück auf die Straße, als habe er jahrelange Übung darin.

Elli beschlich ein Verdacht. Nein, das konnte nicht sein, bestimmt täuschte sie sich.

Es ging bergauf, zurück auf die Höhen der Eifel. Elli konnte hören, wie der Motor lauter dröhnte als zuvor, er schien tüchtig arbeiten zu müssen. Andere Lkw kamen ihnen auf der schmalen Straße entgegen, die Fahrer so wild hupend und gestikulierend, dass Hans rechts ranfahren und sie vorbeilassen musste. Einmal war es sogar nötig, dass er ein ganzes Stück zurücksetzte. Elli wollte aussteigen und aufpassen, dass sie nicht im Graben landeten, aber wieder bedeutete Hans ihr, das sei nicht nötig, und wieder manövrierte er den vollbeladenen Wagen mit beinahe schlafwandlerischer Sicherheit.

Das eigentümliche Gefühl nahm zu.

Sie erreichten Imgenbroich, einen Ort, den Elli immerhin vom Namen her kannte, weil er nicht allzu weit weg von ihrem Zuhause lag.

»Schau!«, rief Hans, ging ein wenig vom Gas und zeigte geradeaus, wo mitten auf den Eifeler Wiesen haushohe Berge aus Sand und Kies aufragten. »Das sind die Zwischenlager für den Westwall! Und da drüben«, er wies auf eine große Halle, »lagern riesige Rollen Stacheldraht. Aber die werden von Uniformierten rangeschafft.«

Elli staunte. Auch hier herrschte ein ungeheurer Betrieb. Männer in Arbeitsanzügen schwangen große Schaufeln, so schnell, als sei der Teufel hinter ihnen her. Und während die Lkw ihre Fracht auf der einen Seite des Lagers abluden, reihten sich auf der anderen zig Pferdekarren aneinander, die sie aufnahmen.

»Irgendwo dahinten ist auch Alfred mit unserem Fuhrwerk«, erklärte Hans. »Du musst wissen, die Lkw schaffen es nicht bis zu den einzelnen Baustellen, wo die Bunker und die Panzersperren entstehen. Dort ist der Boden meist so matschig, dass sie darin stecken bleiben. Deswegen übernehmen ab hier die Bauern die Transporte. Jeder, der ein Pferd hat und einen Karren, vor den er es spannen kann, ist dabei. Der Verdienst ist auch hier sehr gut, es gibt doppelt so viel Fuhrlohn wie üblich.«

Elli nickte, davon hatte sie schon gehört. Aber etwas anderes beschäftigte sie. Und so beobachtete sie ganz genau, wie Hans den Abladeplatz ansteuerte, stoppte und wieder hinausfuhr. Alles ohne ihre Hilfe.

»Was meinst du, sollen wir eine Mittagspause machen? Wenn du magst, fahre ich dort hinten rechts ran.«

Elli antwortete mit einem vagen Nicken. Ein dicker Kloß steckte plötzlich in ihrem Hals. Und als Hans den Lastkraftwagen kurz hinter Imgenbroich zwischen zwei weiteren Lkw parkte, deren Fahrer wohl auch Pause machten und die nur eine recht kleine Lücke zwischen sich gelassen hatten, da platzte es aus ihr heraus.

»Du brauchst mich gar nicht.«

»Nein«, antwortete Hans leichthin. »Natürlich nicht. Ich bin beim Militär tagein, tagaus Lkw gefahren. Aber nachdem du so verzweifelt nach Arbeit gefragt hast, dachte ich, ich helfe dir.« Er griff nach einer blechernen Isolierkanne, die in einem Korb hinter dem Fahrersitz bereitgestanden hatte, und füllte zwei Henkelbecher mit Kaffee. »Niemand muss mich einweisen. Du kannst also getrost den ganzen Tag im Fahrerhaus sitzen bleiben, die Arbeit, für die du angeheuert wurdest, ist vollkommen überflüssig. Aber mein Vater wird sie aus lauter Gewinnsucht gut bezahlen.« Ein Lächeln umspielte seine Lippen, während er eine der Tassen Elli reichte. »Gut, oder?«

Elli roch den Duft, der aus der Tasse aufstieg, echter Bohnenkaffee war darin, den hatte sie bislang in ihrem Leben nur einmal getrunken, nämlich an Margots Hochzeit, und dennoch hätte sie Hans die Tasse am liebsten aus der Hand geschlagen.

»Vollkommen überflüssig«, presste sie heraus. »Dann weiß ich ja nun Bescheid.«

»So habe ich es nicht gemeint!«, rief Hans. »Ich dachte nur, weil du doch das wehe Bein hast und nicht richtig arbeiten kannst …«

»Weil ich nicht richtig arbeiten kann? Ist das dein Ernst?«

»Nein, entschuldige, ich bin ganz durcheinander! Ich sehe doch, was du Tag für Tag leistest. Du bewirtschaftest euren kleinen Hof ganz allein, und alles ist immer aufs Feinste herausgeputzt. Aber du hast ja meinen Vater gehört. Was er gesagt hat, ist dumm, das weiß ich. Und ich wollte nur helfen …«

Hans hatte zu zittern begonnen, sodass ein wenig Kaffee auf das kaputte Sitzpolster schwappte. Elli nahm ihm nun doch eine der Tassen ab, nippte daran. Fürchterlich bitter schmeckte der Kaffee.

»Ist schon gut.« Sie trank noch einen Schluck, spürte, wie ihr wieder einmal die Röte ins Gesicht schoss. »Du hast es gut gemeint, und ich kann es mir nicht leisten, hochmütig zu sein. Dazu brauche ich das Geld zu sehr.«

Hans nickte, er war käseweiß geworden und gab ihr wortlos

ein belegtes Brot. Elli nahm es und aß, aber sie hätte nicht zu sagen gewusst, womit es bestrichen war.

Sie fuhren noch zweimal an diesem Tag bis nach Walheim und zurück ins Zwischenlager nach Imgenbroich, aber sie sprachen kein Wort mehr miteinander. Elli spürte, wie Hans ihr ab und an einen Blick zuwarf, doch sie brachte es nicht über sich, ihn zu erwidern. Wie oft schon war sie in ihrem Leben gedemütigt worden! Sie hatte sich beinahe an den Schmerz gewöhnt. Doch dieser Kummer schnitt ihr auf eine Weise ins Herz, die ihr bislang völlig unbekannt war.

Als sie am Abend endlich nach Hause fuhren, hatte Elli schon in dem Moment, in dem sie das Dorf vor sich sahen, eine Hand an dem Hebel, mit dem sich die Beifahrertür öffnen ließ. Ihr war, als könne sie kaum noch atmen, als müsse sie dringend raus aus dem Lkw, wo sie sich in jeder Kurve mühte, bloß nicht zur Seite zu rutschen, bloß nicht Hans zu nahe zu kommen, der sich ebenso krampfhaft aufrecht hielt, das Gesicht seit Stunden ohne jede Regung. Jetzt waren es nur noch Minuten, bis sie aus dem eisernen Käfig, in den sich der Lkw in den letzten Stunden verwandelt hatte, entfliehen konnte. Doch Hans stoppte und fuhr rechts ran.

»Bitte, Elli, hör mir zu.«

Nein!, wollte Elli rufen, und einen Moment lang war sie versucht, einfach aus dem Wagen zu springen und den Rest des Weges zu Fuß zu laufen. Was gab es noch zu sagen, was ihre Pein lindern konnte, ihre Scham? Wieder einmal war sie das Hinkemädchen, zu nichts nütze. Hans hatte sich eine Lüge einfallen lassen, den teuren Lkw beschädigt, damit man ihr eine Arbeit gab. Konnte sie noch tiefer sinken? Sie wollte nach Hause, ins Backes, und all die Tränen vergießen, die sie seit Stunden niederrang.

Doch dann begann Hans zu sprechen.

»Elli«, setzte er an, und seine Stimme klang so rau, als mühe auch er sich, nicht zu weinen. Sofort musste Elli an den eiskalten Wintermorgen denken, an dem sie ihn im Stall aufgefunden hatte. Bis heute hatte sie keine Ahnung, was ihm an jenem Tag das Herz so schwer gemacht hatte, aber jetzt, in diesem Moment, ließ sie den Türgriff los.

»Mein Vater zwingt mich, lauter Dinge zu tun, die ich nicht will«, sagte Hans und räusperte sich. »Diesen Lkw zu fahren ist eins davon. Ich meine, was machen wir hier? Wir helfen mit, einen Krieg vorzubereiten, das ist doch sonnenklar. Wozu sonst sollen diese irrsinnigen militärischen Anlagen nütze sein, all die Panzersperren und Bunker? Und der nächste Krieg, fürchte ich, wird noch schrecklicher als der vorherige. Bloß dass da keiner drüber spricht. Die Leute sehen nur den Reibach, den sie gerade machen können. Allen voran mein Erzeuger. Alles, worüber er nachdenkt, ist, wie er am besten seine Taschen füllt. Und tatsächlich habe ich mir eingebildet, wenn ich diese kleine Schmierenkomödie aufführe und ein-, zweimal mit dem Lkw irgendwo gegenrumse, nur ganz leicht, damit er nicht wirklich kaputtgeht, tue ich dir was Gutes. Weil der Alte dir dann eine Arbeit gibt, wozu er sich sonst nicht durchringen würde. Nicht nur wegen deines wehen Beins, du weißt schon, sondern auch, weil da irgendeine alte Sache ist mit deiner Mutter. Zumindest hatte ich das Gefühl, als ich gestern Abend mit ihm gesprochen habe. Ist aber auch egal. Was ich sagen will, ist Folgendes.« Er stockte, und wieder spürte Elli seinen Blick auf sich ruhen. »Ich habe mich selbst belogen, als ich dachte, ich mach's dir zuliebe. Denn tatsächlich wollte ich einfach nur, dass du mitkommst.« Er stockte noch einmal, und diesmal hob Elli den Blick. Und als sie in seine Augen sah, da wusste sie, dass seine Worte direkt aus seinem Herzen kamen.

»Ich habe dich einfach so gern bei mir«, flüsterte Hans.

13. Kapitel

Aber das geht doch nicht, wollte Elli sagen. Wir dürfen niemanden betrügen! Auf so eine Weise will ich kein Geld verdienen! Und auch wenn dein Vater sich noch so unwirsch aufführt, er gibt Mutter und mir ein Heim! Es stimmt, ich brauche das Geld ganz dringend, nicht einmal für mich, sondern für eine Freundin, aber ...

Doch tatsächlich sagte sie nichts von alledem. Denn ihr Herz, das in letzter Zeit so oft ausgesetzt hatte, wenn sie Hans begegnete, schlug einen so schnellen, vergnügten Takt, als tanze es.

Hans verbrachte gerne Zeit mir ihr.

Und so schob sie jeden Gedanken an den Trick, den Hans angewandt hatte, beiseite. Ebenso wie den an die Hochzeit, die, wenn man Erwin Glauben schenken konnte, im Herbst bevorstand. Jetzt, in diesem Moment, wollte sie nichts anderes tun, als auf das rhythmische Klopfen ihres Herzens zu lauschen. Und Hans anzuschauen, der ihr Lächeln mit einem Funkeln in den Augen erwiderte.

Sie fuhren durchs Dorf, und wie schon am Morgen reckten die Leute ihre Hälse, und wieder konnte Elli sich lebhaft vorstellen, was sie munkelten über Hans und sie, gemeinsam im Lkw. Doch diesmal war es ihr vollkommen egal.

Als sie den Bauernhof erreichten, lenkte Hans den Wagen so dicht an der hohen Buchenhecke vorbei, dass die Zweige mit einem hässlich quietschenden Geräusch an der Fahrerseite vorbeischrammten.

»Entschuldige!« Er zwinkerte ihr zu. »Aber ich möchte dieses Theaterstück gerne noch ein bisschen spielen.«

Während er auf dem Hof hin und her manövrierte, konnte sie den Blick gar nicht von ihm abwenden, von seiner schlanken Gestalt, den sehnigen Armen und den wohlgeformten Händen, mit denen er wieder und wieder das Lenkrad einschlug, von seinen langen Beinen, mit denen er die Pedale zu seinen Füßen betätigte und den Motor grauslich aufheulen ließ. Schließlich brachte Hans mit einem Hüpfer, der den ganzen Lkw gut einen Meter nach vorne schob, das Gefährt zum Stehen.

Elli kicherte. Ob sie das nun alles richtig fand oder nicht, es war einfach zu lustig!

»Bis morgen?«, fragte Hans.

»Bis morgen.« Elli machte sich bereit auszusteigen. Nach dem langen Tag in der Fahrerkabine waren ihre Beine ein wenig steif, vor allem das rechte. Sie streckte es vorsichtig, nur ein kleines bisschen, so, dass Hans es möglichst nicht mitbekam, als plötzlich die Beifahrertür aufgerissen wurde und eine Hand sie grob am Arm packte.

»Jetzt reicht's! Raus da!«, brüllte der alte Bauer Janssen und zerrte sie so brutal aus dem Lkw, dass sie stürzte. »Und guck nicht so erschrocken! Ich weiß, welch abgekartetes Spiel ihr mit mir spielt!«

Er stand direkt über ihr. Elli sah in sein wutverzerrtes Gesicht, spürte die spitzen Steine, die ihr in die Knie stachen.

»Was«, stammelte sie, »ich ...«

»Alfred hat euch gesehen! In Imgenbroich, wo mein Herr Sohn sehr salopp zwischen Dutzenden von Lastkraftwagen hindurchmanövriert ist, ohne einen einzigen auch nur zu berühren und vor allem, ohne dass man ihn hätte einweisen müssen! Habt ihr ernsthaft geglaubt, ihr kommt damit durch? Und dass ich mein sauer verdientes Geld einer Gaunerin gebe, die mich übers Ohr haut?«

Elli kniete immer noch auf dem Boden, duckte sich unter seinen Worten. Ein jedes traf sie wie ein Keulenschlag. So ungebührlich der Alte sich auch aufführte, Himmel, er hatte ja recht!

Wie von fern hörte sie Hans etwas erwidern, doch das, was er rief, ging unter im Brüllen des Bauern. Und so kroch sie von den beiden weg, rappelte sich auf und flüchtete ins Backes.

»Was, um Himmels willen, ist geschehen?«, fragte Alma, als sie sie erblickte.

»Ich«, stammelte Elli, »Hans ...« Und dann brach alles aus ihr heraus, ganz zuletzt auch, dass Erwin erzählt hatte, Hans würde bald heiraten.

»Ach, mein Mädchen«, seufzte die Mutter und strich ihr das Haar aus dem Gesicht, mindestens die Hälfte der vierzehn Nadeln hatte sich gelöst. »Hans hat es gut gemeint, das ist ganz gewiss, und der Alte wird sich bei dir entschuldigen, dafür sorge ich. Aber die Sache mit der Hochzeit ...«

»Ja?«

»Nun, es scheint zu stimmen.« Die Mutter stockte, setzte neu an. »Hans' Braut, also, dieses Mädchen, erbt den Hof ihres Onkels, aber nur unter der Bedingung, dass sie einen Bauern findet, der sie heiratet. Ihr Vater und Hans' Vater sind zusammen in der Partei, und da haben die Alten wohl was ausbaldowert. Ich weiß es von Lina, und die weiß es von einer Bekannten, die im Wirtshaus gelauscht hat, als die zwei sich handelseinig wurden. Angeblich erschienen alle im Sonntagsstaat, die Väter haben sich ordentlich einen hinter die Binde gekippt, und Hans und Irmgard hockten stumm dabei.«

Elli schluckte. Sie erinnerte sich genau an den Tag, an dem sie Hans und seinem Vater auf der Dorfstraße begegnet war. Beide im dunklen Anzug, Hans mit Leichenbittermiene.

»Vielleicht kennst du das Mädchen?«, fuhr Alma fort und begann, Ellis Haar wieder in Ordnung zu bringen. »Sie ist aus dem Nachbardorf, und sie arbeitet auch in der Reißwollfabrik. Zumindest bislang; wenn sie Hans heiratet, hat sie ja ihren eigenen Hof. Sie ist ziemlich groß und dünn …«

»Ganz hager?«, krächzte Elli, der plötzlich eine Gestalt vor Augen stand, die sie aus tiefstem Herzen verabscheute. »Und sie ist, sie ist«, Elli suchte nach einem passenden Ausdruck, »nun, wie soll ich es sagen …«

»Ich weiß schon, was du meinst. Ja, sie ist eine ganz Stramme. Bei jedem Umzug vorneweg, und in der Kreisfrauenschaft hat sie auch eine wichtige Funktion inne. Letztens erst habe ich sie mit Käthe gesehen …«

Elli war, als müsste sie sich übergeben. Sie spürte die Hände der Mutter in ihrem Haar, wie sie voller Zärtlichkeit die einzelnen Strähnen hochsteckten, doch zugleich war sie wieder vor dem Wirtshaus, kehrte sie in Gedanken zurück in die Nacht von Weiberfastnacht, als Margot und sie mit Steinen beworfen worden waren. Von Irmgard, der Frau, die Hans heiraten würde.

»Oh nein!«, schluchzte sie. Und dann tat sie etwas, was sie früher, als Kind, oft getan hatte, aber schon seit vielen Jahren nicht mehr. Sie vergrub ihr Gesicht in der Kittelschürze der Mutter und weinte. Und Alma hielt sie und wiegte sie hin und her, als sei sie tatsächlich noch ein kleines Mädchen.

Am nächsten Morgen waren die Tränen versiegt, und Elli merkte, wie sich ein Gefühl in ihr breitmachte, das ihr kein bisschen geheuer war. Es war, als balle sich eine Faust in ihrem Bauch und als dröhnten Wörter in ihrem Kopf, so böse, dass sie selbst davor erschrak. Es war, wie sie feststellte, eine heiße Wut, die in ihr loderte. Wut auf den Bauern, der sie so übel behandelt hatte, Wut auf den Knecht Alfred, der sie verraten hatte. Vor allem aber war sie wütend auf Hans. Was fiel ihm ein, sie in eine solche Lage zu bringen? Ihr noch dazu zu sagen, er verbringe gerne Zeit mit ihr und ihr auf eine Weise zuzulächeln, die ihr Herz zum Tanzen brachte, während er gleichzeitig plante, eine Frau wie Irmgard zu ehelichen? Eine Person, die von einer solchen Schlechtigkeit war, dass man vor ihr nur Reißaus nehmen konnte.

Am liebsten hätte sie Hans ordentlich die Meinung gesagt, aber dazu hätte sie ihm unter die Augen treten müssen, und das wollte sie lieber vermeiden.

»Du bist wach!« Alma kam zur Klöntür herein, einen Eimer schleppend. »Ich habe schon Wasser geholt und auch die Tiere versorgt. Schau, wir haben noch einen Kanten Brot, wie wäre es, wenn ich uns Brockezupp mache? Danach muss ich gleich los, eine meiner Wöchnerinnen …«

Elli nahm Alma den Eimer ab und goss für sie das Wasser in die Emailleschüssel, in der sie sich wuschen. Das hatte gerade noch gefehlt, dass die Mutter ihre Arbeit erledigte. Furchtbar erschöpft wirkte sie an diesem Morgen, die Augen tief verschattet.

»Ich mache das schon.« Elli hatte den gusseisernen Topf, in dem sie beinahe alle ihre Speisen zubereiteten, schon in der Hand. »Ruh du dich noch ein bisschen aus.«

Aber Alma ruhte sich nicht aus. Sie schien von einer Unruhe erfasst, die Elli gar nicht von ihr kannte. Sie hastete durch das kleine Backes, suchte Tees und Tinkturen zusammen, viel mehr als üblich, füllte den Hott und verschwand, ohne auch nur einen Bissen gegessen zu haben.

Elli sah ihr ratlos hinterher, dann warf sie sich ihr Dreieckstuch um die Schultern. Einen Teufel würde sie tun und sich vor Hans, dem Bauern, Alfred oder wem auch immer verstecken!

Als sie vor die Tür trat, war ihr, als lägen die Wolken so dicht über dem Tal, dass der Rauch, der aus den Schornsteinen der niedrigen Katen entwich, unter ihnen hängen blieb. Es war kalt und grau, die Luft so feucht, dass Elli sofort zu frösteln begann. Vom Lkw keine Spur. Sie wickelte sich fester in ihr Tuch und lief neben das Backes, wo sie schon seit einiger Zeit verschieden lange Stöcke sammelte, genau richtig für den Zaun rund um den kleinen Gemüsegarten. Auch wenn es zu früh war, um Kartoffeln zu setzen oder Salat auszusäen, nachts herrschte zuweilen noch grimmiger Frost, so konnte sie doch schon den Zaun instand setzen. Später im Jahr musste er die Wildschweine und anderes Getier davon abhalten, ihre kostbare Ernte zu vernichten. Gesagt, getan. Elli griff nach der Axt, mit der sie sonst das Feuerholz spaltete, nach der Rolle Stacheldraht, die der Mutter letztens statt einer ordentlichen Bezahlung aufgedrängt worden war und die jemand ganz bestimmt beim Westwallbau abgezwackt hatte, und legte los.

Sie arbeitete schnell und konzentriert. Die Stöcke vom Moos des langen Winters zu befreien ging leicht, ebenso, sie auf die richtige Länge zu kürzen. Doch sie mit dem stumpfen Ende der Axt in die Erde zu rammen, verlangte all ihre Kraft, und bald schon legte sie das Schultertuch beiseite, so warm wurde ihr. Der Zaun war wie jedes Frühjahr vom Sturm, der über ihn hinweggefegt war, und von Schnee und Eis, das schwer auf ihm gelastet hatte, arg mitgenommen. Elli musste gut die Hälfte der Pfähle ersetzen, und als sie damit fertig war, flocht sie den Stacheldraht dazwischen. Normalerweise benutzte sie dafür Haselzweige, und der Gedanke, dass Wildtiere sich im Draht verfangen könnten, tat ihr in der Seele weh, doch sie hoffte, dass dies nicht geschah – und dass sie dank des besseren Schutzes immer genügend ernten würden, um Margot und ihre Familie mitzuversorgen.

Margot. Der Gedanke an die Freundin lag Elli schwer auf der Seele. Normalerweise kam sie innerlich zur Ruhe, wenn sie körperlich hart arbeitete, nicht so heute. Wie hoffnungsfroh sie gestern noch gewesen war, als sie glaubte, etwas Geld verdienen zu können, um es den Schiffmanns zukommen zu lassen!

Elli schnappte sich einen Rechen und zog die Furchen vor, in die sie bald die ersten Kartoffeln setzen wollte. In dem kleinen Rechteck, das ihren Garten bildete und das auf der einen Seite vom Backes und auf der anderen von der Buchenhecke umgrenzt war, bekamen die Kartoffeln stets den meisten Platz. Wenn doch nur endlich der Frühling kommen würde!

Plötzlich war ihr, als seien die Wolken noch tiefer gesunken, als müsse man fürchten, dass sie bald vom Himmel fielen und das Tal unter sich begruben. Sie lief, ohne recht zu wissen, warum, bis ans Ufer der Rur. Der kleine Fluss war beinahe bis auf das Doppelte angeschwollen, schwarz und reißend strömte das Wasser dahin. Elli liebte das kleine Flüsschen, wenn es im Sommer perlend dahinplätscherte. Heute, an diesem dunklen Märztag, war ihr, als raune es ihr eine dunkle Prophezeiung zu.

Nun fröstelte es sie noch mehr als zuvor, und als Elli zurück zum Backes humpelte, traf sie vor der Klöntür auf Alma, genauso gehetzt, wie sie vor Stunden aufgebrochen war.

»Ein Brief von Margot«, keuchte die Mutter und nestelte an ihrer Kittelschürze.

Elli griff danach, und einen Moment lang sah sie, dass Alma noch einen zweiten Brief in ihrer Schürze barg, in einem grauen, amtlich aussehenden Kuvert. An der Seite war das Kuvert aufgerissen, so, als sei dies in großer Hast geschehen.

»Und was ist das?«, fragte sie.

»Ach, nichts«, antwortete Alma und schob das Kuvert tiefer. »Sag mir, was Margot schreibt, ja? Ich habe etwas zu klären.«

Und mit diesen Worten lief sie geradewegs über den Hof, stieß die reich verzierte Tür zum Wohnhaus des Bauern auf und verschwand darin.

Elli hoffte inständig, dass der alte Janssen die Mutter nicht so anschrie, wie er es gestern mit ihr gemacht hatte. Sie klopfte sich die Schuhe ab, setzte sich im Backes an den Tisch, öffnete Margots Brief und begann zu lesen.

Das ungute Gefühl, das sie zuvor schon begleitet hatte, wandelte sich in blankes Entsetzen.

Liebste Elli, schrieb Margot, *sie haben Rudolph verhaftet! Sie haben ihn einfach aus dem Geschäft geholt! Ich habe es nicht einmal mitbekommen. Erst am nächsten Tag, als wir alle schon ganz krank waren vor Sorge, gelang es einem von Paps Bekannten herauszufinden, wo Rudolph ist. Er ist in der Adalbertstraße, im Zuchthaus! Man wirft ihm vor, gegen dieses fürchterliche Gesetz zum Schutz des deutschen Blutes verstoßen zu haben. Du weißt schon, dass Arier keine Juden heiraten und dass sie auch keinen außerehelichen Geschlechtsverkehr mit uns haben dürfen. Unsere in Belgien geschlossene Ehe, sagen sie, ist nicht gültig, und dass wir Geschlechtsverkehr hatten, nun, dafür brauchen sie keine Zeugen, mein Bauch rundet sich bereits. Ich weiß genau, wer uns verraten hat, es war dieser boshafte Arzt, zu dem Rudolph mich gebracht hatte. Angeblich konnte man ihm vertrauen, aber weit gefehlt! Er untersuchte mich zwar, aber auf eine so widerwärtige Weise, dass ich seither Schmerzen habe. Noch dazu verlangte er, meine Kennkarte zu sehen, und als er mit seinen wulstigen Fingern über den roten »J«-Stempel strich und über den neuen Namenszusatz »Sara«, da ahnte ich Schlimmes.*

Oh, Elli, ich bin in so großer Sorge! Rudolph ist ein so feinfühliger Mensch, ihn im Zuchthaus zu wissen raubt mir den Verstand.

Und was, sag mir, was soll aus uns werden, wenn er nicht zurückkommt? Aus Mutter, Paps und mir, aus meinem Kind? Elli, ich …

An dieser Stelle brach der Brief ab, doch weiter unten hatte noch jemand etwas auf das dünne Blatt geschrieben. Die Handschrift, fein geschwungen, war Elli fremd.

Liebe Elli, stand da, *bitte erschrick nicht, aber Margot hatte einen Nervenzusammenbruch. Sie ist nicht mehr ansprechbar. Bitte, kannst Du kommen? Ich weiß mir keinen Rat, vielleicht kannst Du ja zu ihr vordringen. Es grüßt Dich herzlich, Jalda Schiffmann*

Elli sprang so abrupt auf, dass der Stuhl, auf dem sie gesessen hatte, nach hinten kippte. Ohne auch nur einen Gedanken an das zu verschwenden, was sie erst am Vortag mit dem alten Janssen erlebt hatte, humpelte sie, so schnell sie konnte, zur Tür und quer über den Hof.

»Mutter!«, rief sie und schlug mit beiden Fäusten gegen die Klöntür des großen Bauernhauses. »Schnell! Du musst kommen!« Als keine Antwort erfolgte, holte sie einmal tief Luft, riss die Tür auf und stürzte direkt in die gute Stube.

Die Mutter saß dort mit dem Bauern am Tisch, und irgendetwas an der Art, wie sie die Köpfe zusammensteckten, kam Elli seltsam vor. Vor ihnen auf dem Tisch lag der Brief, der Elli vorhin schon aufgefallen war, doch noch bevor sie einen Blick darauf werfen konnte, hatte Alma ihn in ihrer Kittelschürze verschwinden lassen.

»Mein Mädchen, was ist passiert?«

»Bitte«, Elli vermied es, den Bauern anzusehen, denn nun

stieg die Erinnerung an den gestrigen Abend doch in ihr hoch, und es fühlte sich an, als liefen tausend Käfer ihren Rücken hinab, »wir müssen etwas besprechen!«

»Ich komme.« Die Mutter stand auf, ohne sich von dem Alten zu verabschieden, doch in der Tür drehte sie sich noch einmal um.

»Du bringst das in Ordnung«, sagte sie leise, aber in einem so scharfen Ton, dass Elli zusammenzuckte. Was brachte die Mutter dazu, so mit dem alten Janssen zu sprechen? Er würde ganz bestimmt gleich lospoltern.

Doch das tat er nicht.

»Alma«, sagte er langsam, und dabei sprach er ihren Namen so aus, als komme er ihm nur schwer über die Lippen. »Ich habe damit nichts zu tun.«

»Ist mir egal«, gab die Mutter zurück. »Jetzt hast du damit zu tun.«

Elli wunderte sich noch mehr, doch gleich darauf, als sie und Alma sich im Backes über Margots Brief beugten, hatte sie die Szene schon wieder vergessen. Sie musste dringend nach Aachen! Aber wie?

»Den Postomnibusfahrer können wir nicht bitten«, meinte Alma. »Er bekommt Ärger, wenn er dich ohne Fahrschein mitnimmt. Außerdem transportiert er schon immer unsere Pakete für die Schiffmanns umsonst. Er riskiert bereits viel.«

Elli nickte.

»Ich könnte die Vennbahn nehmen«, sinnierte sie. »Sie fährt von Monschau bis Aachen, aber …«

»Auch dafür haben wir kein Geld«, beendete Alma ihren Satz. »Mein Mädchen, ich verspreche dir, sobald ich auch nur von einer Wöchnerin meinen Lohn bekomme, kaufen wir einen Fahrschein.

Und mit ein bisschen Glück ist das bald der Fall. Ich habe so viele Außenstände ...«

»Ich weiß.« Elli streichelte der Mutter sanft die Hand. Es schmerzte sie zu sehen, wie sehr Alma sich grämte, weil sie so arm waren. Dabei waren es doch die Wöchnerinnen, von denen viele ihre Hebamme einfach nicht bezahlten, obwohl sie es sich durchaus leisten konnten. Denen musste man mal ordentlich die Meinung sagen! Elli seufzte, doch dann horchte sie auf. Es wurde Abend, lange schon war vor dem kleinen Fenster des Backes die Dämmerung heraufgezogen. Doch mit einem Mal verdunkelte es sich vollends. Das lag an dem riesenhaften Gefährt, das gerade im Hof parkte, ohne auch nur einmal irgendwo dagegenzufahren.

»Ich glaube«, murmelte Elli und stand auf, »ich habe eine Idee!«

»Elli!«, rief Hans, als er ihr im tiefen Schatten des kleinen Stalls gewahr wurde. »Ich muss mich entschuldigen, ach, was heißt entschuldigen, ich weiß gar nicht, wie ich Abbitte leisten kann. Ich bin ein solcher Idiot! Ich ...«

»Pscht!« Elli legte einen Zeigefinger auf ihre Lippen und machte ihm ein Zeichen, ihr zu folgen. Und als er neben ihr stand, am Ufer der Rur, wo das Wasser schwarz und reißend dahinströmte und wo sie niemand sehen konnte, sagte sie leise: »Hör genau zu.«

Und am nächsten Morgen, noch bevor die Sonne aufgegangen war, hielt der neue Lkw des alten Bauern Janssen ein Stück hinter dem Dorf. Augenblicklich kam aus dem Wald eine gebückte Gestalt geschlichen. Die Beifahrertür schwang auf, die Gestalt huschte hinein und verschwand im Fußraum der Fahrerkabine, das Bündel, das sie bei sich trug, neben sich, die Knie eng an die Brust gedrückt.

»Bist du dir sicher, dass du das so lange aushältst?«, fragte Hans.

»Ganz sicher«, antwortete Elli und zog den Sack, den er ihr reichte, über sich.

14. Kapitel

Freitag, 17. März

Jetzt war es doch einfacher gegangen als gedacht. Elli bog in die Straße mit den hochherrschaftlichen Häusern, den breiten Bürgersteigen und den erste Blüten präsentierenden Bäumen ein, und obwohl ihr Herz schwer war vor Sorge um Margot, konnte sie sich eines gewissen Hochgefühls nicht erwehren. Sie hatte es tatsächlich geschafft! Nie zuvor hatte sie Margot in ihrem Elternhaus besucht, sie kannte nur die Adresse, doch gleich, nur wenige Meter noch, würde sie dort ankommen. Was natürlich auch Hans zu verdanken war, der es sich nicht hatte nehmen lassen, ihr Geld für den Fahrschein vom Bahnhof Walheim nach Aachen und zurück zu geben.

»Du kannst auf keinen Fall ohne Fahrschein einsteigen, auch wenn der Zug für das kurze Stück nur wenige Minuten benötigt!«, hatte er sich empört. »Weißt du überhaupt, wie scharf sie auf dieser Strecke kontrollieren? Die Vennbahn ist seit dem Krieg belgisch, fährt aber die meiste Zeit über deutschen Boden, da sind die Schaffner ganz schön auf Zack!«

Elli hatte sich geärgert, dass sie ihm überhaupt anvertraut hatte, den Zug nach Aachen nehmen zu wollen, aber als er ihr das Geld so bittend hinhielt, da hatte sie es eingesteckt. Zum Glück war er nicht weiter in sie gedrungen, als sie sich weigerte, ihm den Zweck ihrer Reise zu verraten. Nein, diese Sache ging ihn nichts an. Und sowieso wollte sie in Zukunft lieber Abstand zu ihm wahren.

Denn in ihrer Brust fühlte sie einen Schmerz, scharf und schneidend. Hans, der gesagt hatte, er sei so gerne bei ihr, würde die schurkische Irmgard heiraten.

Nein, Hans musste sie sich aus dem Kopf schlagen.

Nie zuvor war Elli in einer so großen Stadt wie Aachen gewesen, und als sie aus dem Zug gestiegen war, hatte ihr erster Impuls darin bestanden, sich beide Hände fest auf die Ohren zu pressen. Himmel, wie laut es hier war! Doch schon nach wenigen Minuten hatte sie gespürt, wie all das Lärmen der vorbeihastenden Menschen, das Kreischen der bremsenden Züge und das Gurren der unzähligen Tauben sie auf eine Art belebten, die ihr völlig neu war. Sosehr Elli die Stille ihres Zuhauses liebte, die laute, vibrierende Stadt Aachen schloss sie augenblicklich in ihr Herz.

Sie trat aus der Bahnhofshalle auf einen großen, weitläufigen Vorplatz. Ein milder Wind strich ihr um die Nase, beinahe so, als locke hier, anders als auf den kargen Eifelhöhen, schon der Frühling. Mitten auf dem Platz stand ein viereckiges Verkaufshäuschen, rundum verglast, hinter den Fenstern allerlei Sinnvolles für die Reise sowie hoch aufgestapelte Zeitungen. »Ruhe und Sicherheit in Böhmen/Mähren«, lauteten die Schlagzeilen, »Das tschechische Volk nun unter deutschem Schutz«. Elli lugte vorsichtig in das Häuschen hinein und fragte höflich nach dem Weg, und sofort trat die Kioskverkäuferin, eine stattliche Frau in den Vierzigern, zu ihr hinaus.

»Laufen Sie hier ein Stück geradeaus und dann rechts, zwei

Straßen später noch einmal rechts und an der Bäckerei links rein.«

Sie wies ihr die Richtung, und als Elli sich noch einmal umdrehte, winkte sie ihr freundlich hinterher. Ihrem Hinken schien sie keinerlei Beachtung zu schenken.

Genauso erging es Elli mit dem älteren Herrn, an den sie sich wandte, nachdem sie die Bäckerei partout nicht hatte finden können.

»Sie sind beinahe da, junges Fräulein«, sagte er, zeigte hinter sich und lüpfte den Hut. »Einen schönen Tag noch!«

Und nun stand sie tatsächlich vor Margots Elternhaus. Elli trat einen Schritt zurück, legte den Kopf in den Nacken und zählte nicht weniger als drei Stockwerke, noch dazu gab es unter dem Dach kleine Fenster. Das Haus stand Wand an Wand mit den Häusern rechts und links, die ganz ähnlich aussahen, nur dass dieses hier besonders vornehm wirkte. Die steinernen Verzierungen über den Fenstern und an der Dachtraufe waren noch üppiger, sogar eine Jahreszahl, »Anno domini 1878«, hatte der Erbauer unterhalb des Firsts herausgemeißelt. Eine hohe, breite Tür mit buntem Glas in der Mitte führte ins Geschäft, doch die Auslage daneben bot einen mehr als traurigen Anblick. Furchtbar verstaubt war sie, ganze zwei Herrenanzüge hingen recht schlaff auf lebensgroßen Puppen, und im äußersten Fenster fehlte das Glas. Jemand hatte von innen Bretter dagegengenagelt.

Elli wandte sich schnell ab, drückte das Bündel, das sie bei sich trug, gegen ihre Brust. Dem Schuft, der Margots Vater das Geschäft abgeluchst hatte, wollte sie auf keinen Fall begegnen. Und ins Haus ging es offensichtlich durch eine ebenso prächtige Tür direkt neben dem Laden. Bloß dass diese fest verschlossen war, es nur eine einzige Klingel gab, und sie auch hier Gefahr lief, den neuen Hausbesitzern in die Arme zu laufen.

»Guten Tag! Suchen Sie jemanden?«

In der Ladentür stand ein Mann, so gebrechlich, dass er sich kaum aufrecht halten konnte. Doch seine Augen schauten wach und freundlich.

Das, dachte Elli, musste der alte Franz sein, der letzte Mitarbeiter, der den Schiffmanns geblieben war und der gemeinsam mit Rudolph noch im Geschäft geholfen hatte, bevor dieser verhaftet wurde.

»Ich möchte zu meiner Freundin Margot«, sagte sie deshalb leise, sich aufmerksam nach rechts und links umsehend. »Könnten Sie mich hineinlassen?«

»Ach, Mädchen«, seufzte der Alte, holte ein fein gefaltetes Taschentuch hervor und wischte sich damit über die Stirn. »Du kommst zu spät.«

»Was«, stammelte Elli, »was ist passiert?«

Der alte Franz hatte sie durch einen engen Gang neben dem Geschäft in die Nähstube gelotst, einen hohen Raum mit einer Vielzahl von Oberlichtern und vier fest an die Tische geschraubten Nähmaschinen. In einer war feiner, dunkler Stoff eingespannt, offensichtlich hatte Franz bis gerade an einem Kleidungsstück gearbeitet.

»Es muss schrecklich gewesen sein.« Er sprach mit verhaltenem Atem und stützte sich schwer auf eine große Tischplatte, die wohl zum Zuschneiden der Stoffe diente, Maßbänder und eine matt glänzende Schere lagen darauf. »Sie kamen vorvorgestern im Morgengrauen, ich weiß es von den Nachbarn. Fünf Männer, den Uniformen nach von der SS. Man trieb sie alle drei in einen Kastenwagen. Nur mit dem, was sie am Leibe trugen, fast nichts durften sie mitnehmen.«

Elli starrte ihn an, den alten Mann, wie er zitternd vor ihr stand. Sie hörte die Worte, die aus seinem Mund kamen, aber sie begriff sie nicht. Abgeholt? In einem Kastenwagen davongefahren?

Er musste irgendetwas falsch aufgeschnappt haben. So etwas geschah doch nicht! Oder etwa doch?

Sie sah zu Franz hoch. Die Augen, die sie so freundlich gemustert hatten, waren ganz feucht.

»Sie, sie haben sie wirklich mitgenommen?«, brachte Elli schließlich heraus. »Margot und ihre Eltern?«

Franz nickte stumm.

»Aber wohin haben sie sie gebracht?«

»Es gibt da so Häuser.« Er holte noch einmal das ordentlich gefaltete Taschentuch hervor, fuhr sich damit über das Gesicht. Seine Stimme wurde so leise, dass Elli sich erhob und ein wenig dichter an ihn herantrat, um ihn verstehen zu können.

»Man sagt«, flüsterte der alte Franz, »sie pferchen die Juden dort zusammen. Ganz entsetzliche Zustände müssen da herrschen. Junges Fräulein, niemand möchte das sehen! Gehen Sie nach Hause, dringen Sie nicht weiter in mich!«

»Wo?«, fragte Elli und trat noch dichter auf ihn zu. »Wo sind sie?«

Elli lief. Nie zuvor in ihrem Leben war sie so schnell gelaufen, nicht einmal in der Nacht, in der der Köhlerjunge sie zu der Hütte geführt hatte, in der seine tote Mutter lag. Sie humpelte, schlimmer denn je, und ihr Bündel schlug ihr mit jedem Schritt gegen die Hüfte. Aber das war egal, vollkommen egal. Sowohl die Menschen, die ihr entgegenkamen, als auch die, die sie trotz ihrer Anstrengungen überholten, schenkten ihr keinerlei Beachtung. Niemand sah ihr hinterher, niemand spottete. Und selbst wenn! Sie musste zu Margot, so schnell wie möglich.

Sie hatte den alten Franz gezwungen, ihr den Weg ganz genau zu beschreiben. Himmel, sie war zum ersten Mal in einer großen, völlig fremden Stadt. Er musste ihr einfach helfen, da mochte er noch so abwehrend den Kopf schütteln. Letzten Endes hatte er ihr auf einem dünnen Papier, das wohl zum Erstellen von Schnittmustern diente, eine Zeichnung angefertigt. Sie war in dem Moment, in dem Elli sich auf den Weg machte, schon zerknittert und feucht, so sehr zitterte sie, so sehr schwitzten ihre Hände. Wenn das nur gut ging!

Zunächst lief sie durch Straßen mit den gleichen breiten Bürgersteigen und ähnlich hohen Bäumen, an denen sich jetzt, Mitte März, schon das erste Grün zeigte, wie es sie auch vor Margots Zuhause gab.

Margots Zuhause. Das man ihr genommen, aus dem man sie und ihre Eltern abgeholt hatte.

Der Gedanke hämmerte in Ellis Kopf, verursachte ein unablässiges Dröhnen, so schrill, so schrecklich. Wie sehr sie sich immer noch wünschte, Franz wäre einem Schauermärchen aufgesessen, erfunden von irgendeiner klatschsüchtigen Nachbarin! Aber das war er nicht, sie spürte es mit jeder Faser ihres Körpers.

Oh Schreck, beinahe wäre sie mit einem Herrn mit Hut zusammengestoßen, der ein Kind an der Hand hielt. Sie wich den beiden aus, jetzt bloß nicht den hohen Bürgersteig hinunterstolpern, da erklang hinter ihr ein wütendes Bimmeln. Ein Eisenbahnwaggon! Er ratterte auf Schienen, die in die Straße eingelassen waren, um Haaresbreite an ihr vorbei. Die Straßenbahn! Elli hatte davon gehört, aber nie zuvor eine gesehen. Sie presste eine Hand auf ihre Brust, sie hob und senkte sich so schnell, wie ihr Atem rasselte.

Die Straße wurde schmaler. Links von ihr ragte ein imposantes Gebäude in die Höhe, Ehrfurcht gebietend und mächtig, mit hohen Fenstern, die im Licht der Morgensonne in tausend Farben glitzerten.

»Dom«, hatte Franz in ordentlicher Schrift in einer Art Kreis auf dem dünnen Papier notiert. Normalerweise wäre Elli versucht gewesen innezuhalten, in die prächtige Kirche zu gehen und ein Gebet zu sprechen. Nicht aber an diesem Tag. Und so rannte sie weiter. Sie stolperte auf dem unebenen Kopfsteinpflaster, stürzte beinahe. Ihr rechter Fuß war umgeknickt, ausgerechnet. Sie verkniff sich einen Schmerzensschrei. Die Angst um Margot und ihre Familie trieb sie voran.

Als Nächstes folgten zwei große Plätze, »Katschhof« und »Markt« hatte Franz notiert. Herrlich schien es hier, prunkvolle Gebäude rechts und links, ein munteres Treiben allerorten. Aber wie konnte sie nur so denken! Nichts war herrlich, alles, was sie wahrnahm, schien ihr ein Schauspiel, aufgeführt in einer Welt, die mit der ihren nichts zu tun hatte. Die zwischen den Marktständen herumflitzenden Kinder, die Dienstmädchen, die schwatzend beieinanderstanden, die ihre Waren anpreisenden Händler – allesamt mussten sie Statisten sein in einem Theaterstück, das sie nicht verstand. Denn in ihrem Innern fühlte Elli nichts als Sorge.

Ein schneller Blick auf das Papier. »Pontstraße«, hatte Franz neben einen nach Norden führenden Strich geschrieben und an dessen Ende »Ponttor«.

Welch ein Segen, sie schien auf dem richtigen Weg: Schon tauchte vor ihr ein trutziges, viereckiges Gebäude auf, in der Mitte ein Durchgang. Das musste dieses Ponttor sein. Elli verlangsamte ihren Schritt, wagte, als sie hindurchging, einen Blick nach oben. Ein Fallgitter hing direkt über ihr, die Pfähle so spitz und glänzend, als seien sie bereit, jeden Moment herabzustoßen. Sie fühlte einen eiskalten Schauer ihren Rücken hinunterjagen, zog den Kopf ein und machte, dass sie weiterkam.

Die Straße wand sich nun bergauf, von fern sah Elli eine Art Hügel. »Lousberg«, stand auf dem Papier über einer schraffierten Fläche. An den Fuß dieses Berges, der für Elli eher ein Hügel war, denn er hatte nichts gemein mit den Bergen der Eifel, hatte der alte Franz ein Kreuz gemalt.

»Försterstraße 28« stand daneben, »Judenhaus«.

Allein der Begriff sorgte dafür, dass Ellis Unbehagen noch weiterwuchs. Ein »Judenhaus« – was, um Himmels willen, sollte das sein?

Sie verlangsamte ihren Schritt. Sie keuchte. Ob vor Anstrengung oder vor Angst, was sie an dieser Adresse erwarten würde, hätte sie nicht zu sagen gewusst. Und dann war sie da.

Ein Haus in einer stillen Straße, ein wenig schmaler als Margots Elternhaus, aber nicht weniger vornehm. Eine hohe Eingangstür mit gläsernen Einsätzen, ganz ähnlich wie bei den Schiffmanns. Rechts daneben zwei Fenster. Darüber zwei weitere Stockwerke, ein Balkon, der auf fein ziselierten Pfeilern thronte. Unter dem Dach ein kreisrundes Fenster und daneben, tatsächlich, ein Türmchen.

Wieder legte Elli ihren Kopf in den Nacken, ließ ihren Blick das Gebäude hinauf- und hinabschweifen. So entsetzlich es war, dass man Margot und ihre Eltern gegen ihren Willen hierhergebracht haben sollte – so furchterregend, wie sie sich diesen Ort vorgestellt hatte, schien er ihr keineswegs. Und so humpelte sie die letzten Meter bis zur Tür, streckte den Rücken durch und drückte mit dem Zeigefinger auf die messingglänzende Klingel.

Ein melodiöser Ton erklang aus dem Innern des Hauses, aber ansonsten blieb es vollkommen still. Elli verharrte eine Weile, lauschte, ob sich vielleicht Schritte näherten. Nichts. Sie betätigte noch einmal die Klingel, wartete erneut. Und dann, endlich, schob sich von innen ein Schatten vor die Glaseinsätze der Tür. Elli hörte, wie ein Riegel zurückgeschoben wurde. Die Tür öffnete sich einen Spaltbreit, gerade weit genug, dass Elli die Gestalt eines Mannes ausmachen konnte. Klein war er, mehr als einen Kopf kleiner als sie, das Haar schütter, das Gesicht so ausgemergelt, dass die Wangenknochen spitz hervorstachen und die Augen tief in ihren Höhlen lagen.

»Bitte?«, fragte er in einem Tonfall, der Elli viel zu hoch für einen Mann seines Alters erschien, er musste mindestens sechzig sein, wenn nicht älter. »Was wünschen Sie?«

»Ich möchte zu meiner Freundin Margot«, erklärte Elli und bückte sich ein wenig zu ihm hinab. Er schien ihr auf eine Weise verängstigt, dass sie unwillkürlich leiser sprach. »Margot Schiffmann. Man sagte mir, sie lebt hier gemeinsam mit ihren Eltern. Könnten Sie bitte ...«

Weiter kam sie nicht. Die Tür fiel so fest ins Schloss, dass die Glaseinsätze klirrten.

»Was«, stotterte Elli, »was tun Sie da? Bitte, ich möchte doch nur ...«

»Gehen Sie weg!«, kreischte der kleine, dünne Mann von jenseits der Tür, seine Stimme so hoch und schrill, dass es Elli in den Ohren wehtat. »Scheren Sie sich davon! Und kommen Sie bloß nie wieder!«

Einen Moment lang war sie wie erstarrt. Dann überkam sie eine heiße Wut. Was fiel diesem ungehobelten Kerl ein, sie einfach abzuweisen? Sie war den ganzen langen Weg gekommen, es war ihr gelungen, dieses seltsame Haus ausfindig zu machen, und nun ließ er sie nicht hinein! Dabei musste sie doch dringend nach Margot sehen! Und ihr das Essen und die Teedrogen geben, die sie in ihrem Bündel mit sich trug!

Elli drückte noch einmal auf die Klingel. Als das nicht fruchtete, begann sie, mit beiden Fäusten gegen die Tür zu hämmern.

»Margot!«, brüllte sie. »Hörst du mich? Ich bin's, Elli!«

Doch es kam keine Antwort. Schlimmer noch. Elli war, als dröhne aus dem Haus eine unheilvolle Stille bis zu ihr hinaus. Als wenn dort drinnen niemand Lebendiges wäre.

Die Angst, die sie hierhergeführt und die sie den ganzen langen Weg über begleitet hatte, drohte, sie zu überwältigen.

»Margot!«, rief sie ein letztes Mal, doch ihre Stimme brach dabei.

Sie ließ die Fäuste sinken, trat einen Schritt zurück auf den Bürgersteig, zwang sich, nicht in Tränen auszubrechen. Musterte noch einmal die Fassade.

Was, um Himmels willen, ging in diesem Haus vor sich?

Da. Eine winzig kleine Bewegung an einem der Fenster im zweiten Stock. Eine Hand, zu klein, um zu Margot oder ihren Eltern zu gehören. Die Hand eines Kindes.

Elli blinzelte. Die Hand bewegte sich, schob die Gardine ein wenig zurück. Ein Kinderfinger wies die Straße hinauf, zeigte dann senkrecht nach unten.

Machte ihr da jemand ein Zeichen? Hieß das, sie solle sich ein Stück entfernen und dann warten?

Womöglich, dachte Elli, täusche ich mich. Aber was kann ich schon verlieren? Und so nickte sie langsam und humpelte die Straße weiter hinauf.

Sie war kaum zwanzig Meter weit gekommen, als sie hinter sich schnelle, leichte Schritte hörte. Es war ein Junge, der dort angerannt kam, vielleicht acht, neun Jahre alt, semmelblond, in wadenlangen Knickerbockern.

»Hier rein, Fräulein!«, zischte er, als er sie erreicht hatte, und zog sie in ein mannshohes Gebüsch gleich neben dem Gehsteig.

Elli war viel zu verblüfft, um sich zu widersetzen, und so fand sie sich einen Augenblick später in einer Art Höhle wieder. Jemand hatte die Äste des Gebüschs sorgfältig gestutzt, sodass, von außen nicht wahrnehmbar, ein kleiner Raum entstanden war, gerade hoch genug, um gebückt darin stehen zu können.

»Bitte sehr!« Der Junge wies auf einen großen flachen Stein und legte einen Finger auf seinen Mund. »Und ganz leise sein, hören Sie?«

Elli nickte, setzte sich auf den Stein und holte als Allererstes eines der belegten Brote aus ihrem Beutel. Eigentlich waren sie für Margot und ihre Eltern gedacht. Doch der Junge war schrecklich abgemagert, und in seinen Augen, blau wie das Wasser der Rur an einem sonnigen Tag, sah sie den Ausdruck des Hungers, den sie gut kannte von den Kindern im Dorf, deren Väter ihren Tagelöhner-Lohn in der Gastwirtschaft vertranken. Wie oft hatte Käthe so geschaut, als sie noch kleine Mädchen waren!

Der Junge griff nach dem Brot und biss hinein, kaute, biss wieder hinein. Er aß beinahe mechanisch und mit großem Ernst, kein einziger Krümel fiel hinab auf die platt getretene Erde zu ihren Füßen.

»Sie sind auf der Suche nach den Schiffmanns«, sagte er schließlich, als er fertig war.

»Du kennst sie?«

»Sie sind bei der Arbeit, wie alle anderen.«

»Bei der Arbeit?«, rief Elli und hielt sich die Hand vor den Mund, als sie seines warnenden Blicks gewahr wurde. »Was«, fügte sie leiser hinzu, »soll das denn heißen?«

»Sie müssen alle arbeiten«, antwortete das Kind und schaute dabei, als sei es längst erwachsen. »Jeder, der älter ist als dreizehn. Ein Lastwagen holt sie morgens ab und bringt sie abends zurück. Mein Vater ist auch dabei.«

»Und was arbeiten sie?«

Der Junge zuckte mit den Achseln. Doch Elli hatte nicht den Eindruck, dass er die Antwort nicht wusste.

Er will es mir nicht sagen, dachte sie und merkte, wie die Angst in ihr sich erneut aufbäumte.

»Meine Freundin Margot ist guter Hoffnung«, flüsterte sie. »Ich mache mir große Sorgen.«

Wieder ein Achselzucken. »Können Sie mir noch ein Brot geben? Für meinen kleinen Bruder?«

»Natürlich.« Elli gab ihm eins. »Wann bringt der Lastwagen die Menschen zurück?«

»Wenn es dunkel ist. Sie können hierbleiben und warten, wenn Sie wollen. Aber machen Sie keinen Mucks, verstanden?«

»Verstanden.«

Elli hob die Hand wie zum Schwur.

Er nickte und verschwand beinahe lautlos durch die dichten Äste.

Der Tag wurde unendlich lang. Der Stein, auf dem Elli saß, war unbequem und kalt. Doch jedes Mal, wenn sie sich vorsichtig aus dem Gebüsch schlich, um sich die Beine ein wenig zu vertreten, darauf bedacht, ja nicht beobachtet zu werden, fühlte sie einen stechenden Schmerz. Ihr rechtes Fußgelenk, mit dem sie auf dem Weg hierher umgeknickt war, schwoll an und pochte. Zugleich nagte der Hunger an ihr. Aber das Bündel, das sie vorsichtig an einen niedrigen Ast gehängt hatte, damit es kein Ungeziefer anlockte, rührte sie nicht an.

Das aber war alles nichts gegen die Angst. Sie wurde schlimmer mit jeder Stunde, die verstrich.

Margot und ihre Eltern, verschleppt in ein fremdes Haus. Gezwungen zu einer Arbeit, über die der Junge nichts sagen wollte.

Es wurde Mittag, es wurde Abend. Passanten liefen an Elli vorbei, ab und an fuhr ein Automobil die Straße hinauf, ein Fahrrad. Elli überlegte, ob es nicht sinnvoll wäre, das Versteck zu verlassen und einfach auf dem Bürgersteig zu warten. Nein, beschloss sie. Gut möglich, dass der unfreundliche Mann, der ihr die Tür vor der Nase zugeknallt hatte, die Straße im Blick behielt. Und das Letzte, was sie wollte, war, noch einmal davongejagt zu werden.

Als es sieben wurde, eine nahe Kirchturmuhr schlug, aber Elli hätte auch so die Zeit sagen können, sie war es gewohnt, sie am Stand der Sonne zu bestimmen, stellte sie sich vor, wie Hans seine letzte Ladung am Bahnhof Walheim aufnahm. Ob er auf sie warten würde? Wohl kaum, das ließ sein straffes Tagespensum nicht zu.

Egal, beschloss sie, ich werde es schon irgendwie nach Hause schaffen. Wenn ich nur Margot sehen kann!

Und dann geschah es. Längst hatte der Abend seine Schatten geworfen über die Försterstraße, hinter den Fenstern der umstehenden Häuser ahnte Elli Licht. Der Duft von Bohnensuppe waberte an ihr vorbei. Irgendwo ganz in der Nähe saß eine Familie beim Abendessen. Da näherte sich von Norden ein Tuckern, wie sie es von zu Hause nur allzu gut kannte. Ein Lkw kam den Lousberg hinab.

Blitzschnell war Elli auf den Beinen. Aus ihrem rechten Fußgelenk, mittlerweile dick angeschwollen, schoss ein Schmerz ihren Körper hinauf, sie ignorierte ihn. Biss die Lippen zusammen und humpelte, so fix wie irgend möglich, aus ihrem Versteck auf die Straße.

Der Lkw war bereits an ihr vorbei und stoppte in diesem Moment vor dem Haus mit der Nummer 28. Ein Mann sprang aus der Fahrerkabine, lief in weit ausholenden Schritten zur Rückseite des

Lkw. Seine Stiefel verursachten ein klackendes Geräusch in der Straße, ansonsten war es vollkommen still.

Elli sah, wie er die Plane zurückschlug, die die Ladefläche bedeckte, nach etwas griff, das er in seinem gummierten Mantel auf Brusthöhe trug. Dann ertönte ein schriller Ton, es war der einer Trillerpfeife.

»Raus!«, brüllte der Mann. »Aber dalli!«

Mittlerweile hatte Elli es bis auf wenige Meter an den Lkw heran geschafft. Auch leuchteten rechts und links des Weges Laternen, die ein milchiges Licht auf die Szenerie warfen. Und doch war das, was sich als Nächstes ereignete, so unwirklich, dass Elli ihren Augen kaum traute.

Hinter der zurückgeschlagenen Plane erhob sich jemand. Eine Gestalt, so dürr, dass die verschlissene Arbeitskleidung, die sie trug, an ihr hin- und herschlackerte. Sie schien vollkommen erschöpft, stürzte beinahe, als sie aus dem Lkw kletterte. Dann blieb sie daneben stehen, hin- und herschwankend, als könne sie sich kaum auf den Beinen halten.

Es war, wie Elli nun erkennen konnte, eine Frau mit schlohweißem Haar.

Sie war nicht die Einzige. Innerhalb weniger Augenblicke entstiegen der Ladefläche elf weitere Personen, alle ebenso abgemagert, alle ebenso erschöpft. Sie stellten sich nebeneinander in einer Reihe auf, als erwarteten sie eine Art Appell. Mit als Letzte kletterten zwei Menschen heraus, die Elli sofort erkannte, es waren Herr und Frau Schiffmann. Sie schienen nicht ganz so abgemagert wie die anderen, aber doch so bleich, die Kleidung so verschmutzt, dass Elli beinahe ein Schreckenslaut entfuhr. Eine Hand auf den Mund gepresst, sah sie, wie die beiden neben der Ladefläche stehen blieben und die Arme nach einer weiteren Person ausstreckten, offensichtlich in dem Bemühen, ihr herauszuhelfen. Doch der Kerl mit der Trillerpfeife fuhr dazwischen.

»Ab in die Reihe!«, brüllte er.

Und so stieg die letzte Person alleine aus. Es fiel ihr sichtlich schwer. Die junge Frau ging gebückt und zitterte am ganzen Körper. Das dunkle Haar war zerzaust und voller Staub, das Gesicht blass, die Nase ganz spitz. Während sie sich mit einer Hand abstützte, drückte sie die andere auf ihren Bauch, der sich unter dem verschmutzten Mantel deutlich wölbte.

Elli merkte, wie sie scharf die Luft ausstieß. Den ganzen langen Tag über hatten sie, während sie im Gebüsch kauerte, üble Schreckensbilder gequält. Aber dies hier übertraf ihre schlimmsten Befürchtungen. Ihre liebe, lebenslustige Freundin Margot bewegte sich, als sei sie eine Greisin. Eine Greisin, die von schlimmen Schmerzen geplagt wurde.

Am liebsten wäre Elli die letzten Meter bis zu Margot gerannt, so schnell sie konnte, hätte sie fest in ihre Arme geschlossen und sie mit sich gezogen, egal wohin, bloß weg von hier. Aber da stand dieser Mann mit der Trillerpfeife, breitbeinig und so furchteinflößend, dass ihr bei seinem Anblick ganz übel wurde. Himmel, was sollte sie tun?

Margot hatte es aus dem Lkw herausgeschafft. Sie stellte sich neben die anderen in die Reihe, der Mann pfiff noch einmal.

»Abtreten!«

Und schon setzten sich die Menschen in Gang, schleppten sich einer hinter dem anderen Richtung Haustür.

Elli überlegte nicht mehr. Ehe sie sichs versah, hatte sie zu der kleinen Gruppe aufgeschlossen.

»Margot!«, zischte sie und griff nach dem Arm der Freundin. »Ich bin's!«

Im gleichen Augenblick, in dem Margot zu ihr herumfuhr, in

ihrem Gesicht ein Ausdruck des Schreckens und der ungläubigen Freude, hatte auch der Mann mit der Trillerpfeife Elli entdeckt.

»Weg da!«, brüllte er und hob seinen Arm. Irgendetwas hielt er in der Hand, Elli schaute nicht hin. Sie hatte nur Augen für Margot. Wie blass sie war! Und was für seltsame rote Striche verunstalteten ihr Gesicht, waren das Schrammen? Himmel, wer fügte einer Schwangeren so etwas zu?

»Ich habe euch etwas zu essen mitgebracht«, sagte sie schnell, griff nach dem Beutel, den sie seit dem frühen Morgen mit sich trug, reichte ihn Margot. »Viel ist es nicht, aber fürs Erste ...«

Sie spürte den Schmerz erst, als sie auf dem Boden lag. Ein einziger Hieb hatte sie niedergestreckt. Der Mann mit der Trillerpfeife stand direkt über ihr. Jetzt sah sie auch, was er vorher in der Hand gehalten hatte. Es war ein Knüppel, armdick.

»Was fällt dir ein?«, brüllte der Kerl, weit ausholend, als wolle er sie noch einmal schlagen. »Was treibst du dich überhaupt hier rum?«

Elli sah zu ihm hoch und fühlte, wie eine Woge heißer Wut in ihr hochkochte.

»Was fällt Ihnen ein?«, giftete sie zurück, rappelte sich auf und kam auf die Füße. »Ich werde ja wohl noch einer schwangeren Freundin ein paar Lebensmittel bringen dürfen!«

»Lebensmittel, soso«, äffte er sie nach und vollzog sein Gesicht zu einem höhnischen Grinsen. »Damit sie sich dick und fett futtern, oder was? Gib her!« Er fuhr zu Margot herum.

»Nein!«, schrie Elli. »Lassen Sie das! Das dürfen Sie nicht!«

Ohnmächtig vor Zorn musste sie mit ansehen, wie Margot das Bündel, das sie den ganzen langen Tag mit sich geführt hatte, gegen ihre Brust presste, als gelte es, ihr Leben zu verteidigen. Aber Margot hatte keine Chance. Schon entriss der Mann es ihr.

»Dann wollen wir doch mal sehen«, rief er und löste das Band, mit dem es verschlossen war, »was diese Volksverräterin für das Judenpack angeschleppt hat!« Und damit kippte er den gesamten Inhalt des Bündels vor ihrer aller Augen aus.

Elli war, als risse etwas in ihr entzwei. Die belegten Brote, geschnitten aus dem einen Laib, den sie und die Mutter noch hatten, belegt mit dem Schinken, der an Weihnachten vor ihrer Tür gelegen hatte, landeten mitten auf der staubigen Straße. Die letzten Kartoffeln, klein und schrumpelig, die die Erdmiete noch hergegeben hatte, landeten ebenfalls dort. Das kleine Töpfchen, gefüllt mit Gänseschmalz, zersprang in tausend Stücke. Und die blecherne Dose mit dem Tee, den Alma für Margot gemischt hatte, sprang sogleich auf. Die Kräuter, aufgemischt vom Abendwind, vollführten einen letzten sinnlosen Tanz, bevor sie sich wie müde gewordene Falter auf das dreckige Pflaster legten.

»Bitte!«, erklang da eine Stimme, so dünn und flehend, dass es Elli in der Seele wehtat. Sie stammte von der weißhaarigen Frau, die als Erste vom Laster geklettert war. Noch ehe der Mann mit der Trillerpfeife reagieren konnte, kroch sie auf allen vieren über die Straße und klaubte auf, wessen sie nur habhaft werden konnte. Im nächsten Augenblick taten es ihr die anderen nach. Elli fiel nun ebenfalls auf die Knie, griff alles, was ihr zwischen die Finger kam, und versuchte, es Margot und ihren Eltern zuzustecken, doch sie kam nicht weit. Wieder traf sie der Knüppel, wieder so hart, dass sie zur Seite fiel. Und plötzlich war es nicht mehr nur ein Knüppel, der durch die Luft sauste, es waren mehrere. Zwei weitere Männer hatten allem Anschein nach im Führerhaus des Lkw gesessen, nun prügelten sie die kleine Gruppe auf die Beine und in den Hauseingang. Dort wartete bereits der kleine Mann, der Elli am Morgen davongejagt hatte, die Hände in einer stummen Geste zum Himmel gereckt.

Keine Minute später waren Margot, ihre Eltern und die anderen im Haus mit der Nummer 28 verschwunden. Zurück blieb Elli, auf den Knien, in den Ohren das schmerzvolle Stöhnen der Davongeprügelten, vor sich die glänzenden Stiefel der Männer mit den Knüppeln.

»Das«, stammelte sie, während sie weiter Brote und Kartoffeln von der Straße klaubte, »ist nicht richtig. Ich werde dafür sorgen, dass man Sie zur Verantwortung zieht. Ich ...«

Es war nur ein einziger Tritt. Er traf sie am Kinn und schleuderte sie nach hinten. Und während ihre Hände noch nach ihrem Kopf tasteten, hilflos staunend über die grellen Lichter, die plötzlich vor ihren Augen blitzten, erreichte ihre Ohren ein ganz und gar grässliches Geräusch. Das Geräusch von Stiefeln, die auf belegten Broten und Kartoffeln herumtrampelten, die all das, was Elli für Margot und ihre Eltern herbeigeschafft hatte, verwandelten in dreckigen braunen Matsch.

15. Kapitel

»Das kann man noch essen«, hörte sie jemanden sagen. »Sehen Sie? Ich mache es ein bisschen sauber, dann geht es.«

Elli kauerte auf der Straße und hielt sich die Stirn. In ihrem Kopf war ein so lautes Dröhnen, als fahre eine Eisenbahn mitten hindurch. Aber das war nicht das Schlimmste. Das Schlimmste war der Schmerz. Ihr Kiefer fühlte sich an, als habe man ihn gespalten. Sie ließ ihre Finger nach unten gleiten, betastete ihre Wangen, ihr Kinn. Kein Blut, wie es schien. Aber was war mit ihrem Mund los? Er stand weit auf und ließ sich nicht mehr schließen, nicht einen Millimeter.

Sie versuchte zu sprechen, doch kein Wort kam über ihre Lippen.

»Ich muss mich sputen«, hörte sie die Stimme neben sich. »Wenn sie mit der Essensausgabe fertig sind und mich hier draußen entdecken, gibt's Schläge. Können Sie mir nicht ein bisschen helfen?«

Elli wandte den Kopf, es fühlte sich an, als reiße etwas in ihrem Hals. Neben ihr hockte der blonde Junge mit den Knickerbockern. Wann war er aufgetaucht? Wo waren die Männer mit dem Lkw geblieben? Und was tat der Kleine da?

Als sie es verstand, begann sie unwillkürlich zu würgen.

Die Zungenspitze vor Konzentration zwischen die Zähne geklemmt, kratzte der Junge mit einem stumpfen Löffel Brot- und Kartoffelreste vom Pflaster in einen zerbeulten Blecheimer.

Das kannst du nicht mehr essen!, wollte sie rufen, aber über ihre weit auseinanderklaffenden Lippen kam kein Laut.

»Sie haben keine Ahnung«, sagte er, als habe er sie dennoch verstanden, »was sie uns da drinnen für einen Fraß vorsetzen.«

Ellis Blick flackerte über das Gebäude mit der Nummer 28. Vor jedem Fenster waren die Vorhänge zugezogen, nicht der geringste Lichtschein fiel hinaus. Als habe das Haus Margot, ihre Eltern und die anderen verschlungen, um sie nie wieder herzugeben.

Sie spürte, wie die Tränen in ihr aufstiegen. Konnte das alles wahr sein?

»Helfen Sie mir nun oder nicht?«

Der Junge hielt ihr einen zweiten Löffel hin. Elli brachte kaum ein Nicken zustande, ihr Kopf schmerzte höllisch. Noch einmal wanderte ihr Blick die Hauswand hinauf. Die Wut, die sie vorhin schon gespürt hatte, ballte sich in ihr zusammen wie ein glühend heißer Feuerball. Dann schluckte sie die Tränen hinunter, drehte sich, so gut es mit dem steifen Hals irgendwie ging, zu dem Jungen herum, schluckte auch den Ekel herunter und griff nach dem zweiten Löffel.

Später irrte sie durch die Straßen. Wie sollte sie jemals zurückfinden zum Hauptbahnhof? Der Zettel, den der alte Franz ihr gegeben hatte, war vollkommen zerknittert. Noch dazu verbreiteten die Straßenlaternen links und rechts des Weges zwar ein milchiges Licht, aber es war mittlerweile viel zu dunkel, um eine hastig dahingekritzelte Zeichnung auf einem dünnen Schnittmuster-Papier zu entziffern. Wenn sie doch nur jemanden um Hilfe bitten könnte! Aber ihr Mund stand nach wie vor schmerzhaft weit offen, und sie brachte keinen Laut heraus.

Der Stiefel, der sie am Kinn getroffen hatte. Er musste sie ernstlich verletzt haben.

Elli wischte sich die Tränen aus dem Gesicht, jetzt bloß nicht doch noch anfangen zu weinen, und humpelte weiter. Ihr rechter Fuß, mit dem sie früher an diesem Tag umgeknickt war, schien noch dicker geworden zu sein, jeder Schritt wurde begleitet von einem scharfen Schmerz. Himmel, was, wenn sie den Weg nicht bald fand? Lange würde sie nicht mehr durchhalten.

Da. Ein hohes Gebäude, riesige Fenster, dahinter der Schein von, wie es schien, Hunderten Kerzen. Leiser Gesang drang heraus. Der Dom! Hier war sie am Morgen entlanggekommen. Wenn sie sich nach links wenden würde, die engen Straßen mit dem hubbeligen Kopfsteinpflaster hinter sich lassend, gelänge sie zu Margots Elternhaus. Aber wenn sie sich ein wenig mehr geradeaus hielt, könnte sie direkt auf den Bahnhof zulaufen, oder etwa nicht?

Elli sah sich um, so gut es eben ging mit dem steifen Hals. Sie biss erneut die Zähne zusammen, setzte einen Fuß vor den anderen. Sie musste es einfach schaffen.

Gut eine Viertelstunde später tauchte der Hauptbahnhof vor ihr auf. Elli war so erleichtert, dass sie gleich noch ein wenig schneller lief, den Schmerzen zum Trotz. Die Uhr an der Stirnseite des mächtigen Gebäudes zeigte halb neun. Das Verkaufsbüdchen auf dem Vorplatz, in dem sie am Morgen nach dem Weg gefragt hatte, war schon geschlossen. Kaum ein Reisender schien noch unterwegs zu sein. Doch in der Bahnhofshalle fand sie einen offenen Fahrkartenschalter. Eine junge Frau saß hinter einer Glasscheibe, vor sich eine aufgeschlagene Zeitschrift. Sie kaute auf einem Bleistift herum, offensichtlich war sie gerade dabei, ein Kreuzworträtsel zu lösen.

Einmal nach Walheim, bitte, wollte Elli sagen, doch ihr Mund, seit dem Tritt des Mannes gegen ihren Kopf zu einer, wie ihr schien, grässlichen Grimasse verzerrt, gab immer noch keinen Laut von sich.

»Fällt es Ihnen schwer zu sprechen?« Das Mädchen sah auf, schob die Scheibe ein Stück beiseite, wischte den Stift am Saum seiner Bluse ab und reichte ihn ihr.

»1 x Walheim einfache Fahrt«, schrieb Elli auf den Zettel des alten Franz und drückte ihn von außen gegen die Scheibe.

»Du liebe Güte!«, rief das Mädchen, griff nach den Münzen, die Elli ihr gab, und riss blitzschnell eine Fahrkarte von einer großen Papierrolle ab. »Da müssen Sie aber die Beine in die Hand nehmen! Der letzte Zug fährt jetzt gleich, in vier Minuten, Gleis 1!«

Elli rannte los, so schnell sie konnte. Aber ihr schien, als komme sie kaum von der Stelle. Seit dem frühen Morgen humpelte sie durch Aachen. Nicht nur ihr rechter Fuß war mittlerweile dick geschwollen, der ganze rechte Unterschenkel fühlte sich an, als sei er bis zum Zerbersten mit Wasser gefüllt. Hinzu kamen die Schmerzen in ihrem Kopf, von Minute zu Minute wurden sie schlimmer. Als habe man ihren Kiefer mit einer feuerglühenden Zange verletzt und alle Zähne gleich mit. Sie hätte schreien können vor Pein! Wenn sie denn einen Laut hätte von sich geben können. Elli keuchte, stolperte, fing sich gerade noch, blieb von Kopf bis Fuß zitternd stehen, die Hände auf die Oberschenkel gestützt. Nein, sie würde es nicht schaffen, den Zug zu erreichen, sie konnte nicht mehr.

»Lassen Sie mich Ihnen helfen!« Ein Arm schob sich von hinten um ihre Hüfte, ein anderer umfasste ihre Rechte. »Ich sehe ja, dass Sie ganz offensichtlich Schmerzen haben. Aber deswegen den Zug davonfahren lassen? Das kommt nicht in die Tüte!«

Es war das Mädchen vom Fahrkartenschalter. Mit einem erstaunlich festen Griff hakte es Elli unter und schleppte sie mit sich, als sei sie eine schlaffe Puppe und nicht eine junge, vollkommen erschöpfte und geschundene Frau. Noch ehe Elli sichs versah, stand sie auf dem Bahnsteig und wurde beherzt in den schon schnaufenden Zug geschoben.

»Gute Reise!«, rief das Mädchen, drehte sich auf dem Absatz um und rannte davon.

Elli war so dankbar und so erledigt, nun gab es nichts mehr, was ihre Tränen noch zurückhalten konnte. Sie ließ sich im nächstbesten Abteil auf einen Sitzplatz sinken und verbarg ihr Gesicht mit dem immer noch so grotesk geöffneten Mund in ihren Händen.

All die verstörenden Bilder des Tages flirrten hinter ihren geschlossenen Augenlidern. Margot, wie sie von der Ladefläche des Wagens kletterte, eine Hand auf ihren sich rundenden Bauch gepresst. Herr und Frau Schiffmann, wie sie vergeblich versuchten, ihrer Tochter zu helfen. Die alte Frau, die wie alle anderen über den Boden gekrochen war, hastig nach den dort verstreuten Lebensmitteln greifend. Die Männer mit den Stiefeln. Der Junge mit den Knickerbockern, wie er mit einem Eimer voller schmutziger Pampe zurück ins Haus geschlichen war.

Die Wut, die Elli in sich gespürt hatte, wandelte sich in diesen Minuten in tiefe Traurigkeit. Niemals im Leben hätte sie sich vorstellen können, so abscheuliche Dinge mit ansehen zu müssen wie an diesem Tag.

Himmel, was sollte bloß werden?

Die Kinder auf den Plätzen ihr gegenüber nahm sie erst wahr, als sie schon beinahe aussteigen musste. Sie waren zu dritt, die älteren vielleicht sieben, acht Jahre alt, das kleinste ein wenig jünger. Blasse Gesichter über fest zugeknoteten Mäntelchen, viel zu warm für einen Tag im März. Als sei ihr Ziel ein Ort, an dem noch tiefster Winter herrschte. Sie sahen einander nicht an, aber sie hielten sich still an den Händen. Bis auf einen ledernen Ranzen führten sie offenbar keinerlei Gepäck mit sich. Vor allem aber, und das kam Elli sehr befremdlich vor, schienen sie ganz allein zu reisen, ohne Mutter oder Vater.

Elli wischte sich über die Augen, betastete zum wiederholten Male ihren Mund. Mit diesen Kindern stimmte etwas nicht, das fühlte sie sogleich. Nur zu gern hätte sie die drei gefragt, ob sie ihnen behilflich sein könnte. Aber nach wie vor war sie unfähig zu sprechen. Und als sie versuchte, ihnen Zeichen zu machen, schauten die Kinder so verschreckt, dass sie gleich wieder davon abließ.

»Walheim!«, rief der Schaffner, während er durch den Gang lief.

Elli warf einen letzten Blick auf die Kinder, irgendetwas hatten sie an sich, was sie zutiefst beunruhigte, dann stand sie auf und schloss behutsam die Abteiltür hinter sich. Hoffentlich, dachte sie noch, kommen die drei gut an ihr Ziel.

Der Zug stoppte. Elli kletterte die beiden hohen Stufen hinunter, jeder Schritt ein schneidender Schmerz. Und dann stand sie auf einem menschenleeren Bahngleis. Wie still es hier war! Und wie dunkel! Der Bahnhof, an dem tagsüber ein solch reger Betrieb herrschte, lag da wie ausgestorben. Die elektrischen Lampen, die es hier gab, hatte man bereits gelöscht. Und die Rampe, von der tagsüber Tonnen von Kies und Sand geschippt wurden, war im Dunkel der beginnenden Nacht kaum auszumachen, der große Platz davor komplett leer. Kein Lastkraftwagen weit und breit.

Wieder stiegen die Tränen in Elli auf. Natürlich hatte Hans nicht auf sie gewartet. Er musste doch abends den Lkw nach Hause fahren. Wie würde der alte Bauer sonst toben!

Und doch. Ein letztes Fitzelchen Hoffnung hatte sie bis zuletzt tief in ihrem Herzen glauben lassen, Hans hier anzutreffen.

Sie merkte, wie ihre Kräfte sie nun endgültig verließen.

Ich suche mir einen Platz, wo mich niemand sieht, dachte sie, während sie sich vor das Bahnhofsgebäude schleppte. Ich verstecke mich bis morgen früh. Und wenn Hans seine erste Fuhre aufnimmt, schleiche ich mich zu ihm hin und bitte ihn, mich zumindest bis Imgenbroich mitzunehmen. Der Rest wird sich finden.

Doch der Gedanke, die Nacht ganz allein an diesem unwirtlichen Ort zu verbringen, und die Gewissheit, dass die Mutter sich fürchterlich um sie sorgte, ließen sie innerlich erschaudern.

Schließlich wandte sie sich, mehr schwankend als gehend, nach rechts, wo der Wald bis an die Zufahrtsstraße hinanreichte, und rollte sich unter einem Holunderbusch zusammen. Kalt war es hier und feucht, Elli begann zu zittern.

Stell dich nicht so an, schalt sie sich selbst. Margot und ihre Eltern sind diesen grausamen Männern mit den Stiefeln ausgeliefert, da wirst du doch wohl eine Nacht an der Landstraße überstehen!

Sie schlief nicht eine Sekunde. Wie immer sie sich auch hinzulegen versuchte, der wehe Fuß und der schiefe Mund gaben keine Ruhe. Noch dazu raschelte es ständig irgendwo. Und Elli, die seit Kindesbeinen vertraut war mit den Geräuschen der Natur, fuhr hoch, als ein Mäuschen neben ihr durchs Gebüsch lief, und zuckte zusammen, als sie den Flügelschlag einer Eule spürte, weit über ihr. Alles, was ihr einst vertraut gewesen war, schien ihr in diesen Stunden fremd und gefährlich. Sie verfiel in eine Art traumlose Starre, immer wieder unterbrochen durch Schreckensbildnisse. Meinte, schwere Schritte zu hören, wo lediglich ein junger Fuchs über die Straße lief, glaubte, ein Surren wie von durch die Luft schwingenden Peitschen zu vernehmen, wo es doch ganz gewiss nur der Hall eines nahenden Regengusses war. Aber als sich schließlich vom Ende der Straße ein Wesen näherte, das so schnell auf sie zukam, als fliege es, begleitet von einem feurigen Schein, da wähnte sie, endgültig den Verstand zu verlieren. Das konnte doch nur der Leibhaftige sein!

In einem Anflug nahezu wahnhafter Angst kroch sie tiefer in ihr Versteck, wieder presste sie beide Hände vor das Gesicht, diesmal nicht, um ihre Tränen zu verbergen, sondern um sich unsichtbar zu machen, als sei sie noch ein Kind, das solcherlei Hokuspokus für möglich hielt.

Und dann hörte sie ihren Namen.

»Elli!« Eine Stimme, die sie überall erkannt hätte. Jede Furcht ließ sofort von ihr ab. »Elli, bist du hier irgendwo?«

Ja, hier!, wollte Elli antworten, doch da das nicht möglich war, kroch sie kurzerhand aus dem Dickicht heraus, auf allen vieren.

»Elli!«, rief Hans. »Endlich!«

16. Kapitel

Sie sah in seinen Augen, welch jämmerlichen Anblick sie bieten musste. Aber es war ihr egal, vollkommen egal. Hans war da, er hatte nach ihr gesucht, und er würde sie nach Hause bringen, dem Himmel sei Dank.

Hans wiederum ließ das Fahrrad, auf dem er gekommen war, zu Boden gleiten, stellte die Laterne ab, die er dabeihatte, ergriff Ellis Hände und half ihr auf die Beine. Am liebsten wäre sie ihm um den Hals gefallen, aber das traute sie sich nicht. Und es wäre auch nicht gegangen, denn Hans hielt sie auf Armeslänge von sich fern.

»Mein lieber Scholli«, sagte er. »Was ist denn mit deinem Mund passiert? Ist das etwa eine Kiefersperre?«

Elli zuckte mit den Schultern, und zum ersten Mal an diesem schrecklichen Tag war sie beinahe ein klein wenig erleichtert, dass sie nicht sprechen konnte. Denn wie sollte sie Hans erklären, was ihr geschehen war? Ihm, der sie so sachte hielt, dass sie das verstörende Bedürfnis verspürte, sich an ihn zu schmiegen, für einen Moment nur, und der doch zugleich Irmgard heiraten würde? Jene Irmgard, die zu jenen gehörte, die Margot und ihre Familie traktierten.

Aber Hans schien gar keine Antwort von ihr zu erwarten.

»Ich habe das schon öfter gesehen«, sagte er, ließ sie los, hob mit einer Hand die Laterne, um besser sehen zu können, und umfasste mit der anderen ihr Kinn, wieder so sachte, dass Elli glaubte, ihre Beine müssten nun endgültig unter ihr wegknicken, so weich wurden ihre Knie.

»Mein Freund beim Militär«, fuhr er fort und verbesserte sich sogleich, »ein Freund, meine ich, hatte das oft. Er brauchte nur zu ausgiebig zu gähnen, und zack, war der Kiefer ausgerenkt. Er hat mir damals gezeigt, wie man ihn wieder einrenkt. Darf ich?«

Elli nickte. Solange Hans ihr Kinn auf diese Weise hielt, würde sie ihm alles erlauben. Aber als er als Nächstes seine Hände, so gut es eben ging, an seiner Arbeitshose abwischte und ihr gleich darauf beide Daumen tief in den Mund steckte, wich sie erschrocken zurück. Himmel, was tat er da! Doch es half nichts. Hans hielt ihren Mund wie in einer Schraubzwinge und drückte mit ungeheurer Kraft auf ihre Kiefergelenke. Sie hätte am liebsten vor Schmerzen geschrien, wenn es denn möglich gewesen wäre.

Dann knackte es ganz leicht, und alles war vorbei.

Hans zog seine Daumen aus ihrem Mund, wischte sie noch einmal an seiner Arbeitshose ab.

»Besser so?«

»Hm«, sagte Elli, und gleich noch einmal: »Hm.« Sie schloss ihren Mund, öffnete ihn, schloss ihn erneut, befühlte mit der Zunge die Stellen, auf die Hans gedrückt hatte. Alles schien an seinem Platz.

Hans kratzte sich am Hinterkopf und schaute mit einem Mal vor sich auf den Boden, als werde er erst jetzt gewahr, dass er gerade eben beide Daumen tief in Ellis Mund gesteckt hatte. Und auch Elli merkte, wie ihr immer noch ein bisschen schummrig war. Wie um sich zu vergewissern, dass sie sie wieder trugen, streckte sie die Knie durch. Sofort zuckte ein schneidender Schmerz ihr rechtes Bein hoch.

»Tut dir noch etwas anderes weh?«

»Nein, nein, es geht schon.«

Elli schob, wie sie es immer tat, das rechte Bein hinter das linke.

»Wollen wir dann mal?« Hans richtete das Fahrrad auf.

»Du meinst –?«, fragte Elli und zeigte auf das Gefährt. Es schien ihr recht stabil, aber sie war in ihrem Leben noch nie Fahrrad gefahren, und sie konnte sich beim besten Willen nicht vorstellen, wie es sie beide zugleich befördern sollte.

»Ja klar«, antwortete Hans. »Ich nehme dich auf die Mittelstange. Komm, ich zeige dir, wie.«

Es klappte auf Anhieb. Auf den ersten Metern legte sich das Fahrrad zwar kurz nach rechts und gleich darauf nach links, als sei es ein wenig trunken, aber dann sauste es voran. Hans trat ordentlich in die Pedale, und Elli, die in ihrem Rücken Hans' Brustkorb spürte und die mit der einen Hand den Lenker umklammerte und mit der anderen die Laterne hielt, war heilfroh, dass ihre Knie in diesem Moment nichts zu tun hatten, denn sie wurden sofort wieder butterweich.

»Was für ein Glück«, rief Hans in ihrem Nacken, »dass ich dich tatsächlich gefunden habe! Den ganzen Nachmittag habe ich auf dich gewartet und dachte schließlich, jemand anders hat dich mitgenommen, zumindest ein Stück. Aber als Alma mich zu sich rief, sie war ganz außer sich vor Sorge, bin ich direkt noch mal los. Geht das so mit der Stange? Ist es auch nicht zu unbequem?«

Elli schüttelte den Kopf. Zum allerersten Mal an diesem langen Tag wurde ihr ein wenig leichter ums Herz. Wie gut es sich anfühlte, mit Hans durch die Nacht zu sausen!

»Ich nehme an, du wirst mir nicht erzählen, was du in Aachen gemacht hast, oder?«

Elli schüttelte noch einmal den Kopf. Dabei hätte sie Hans so gern ihr Herz ausgeschüttet! Hätte ihm erzählt von Margot und ihren Eltern, von der alten Dame und dem Jungen mit den Knickerbockern, von dem seltsamen Haus und den Männern mit den Stiefeln. Tief in ihrem Herzen glaubte sie zu wissen, dass sie Hans vertrauen konnte, dass alles, was sie ihm sagte, bei ihm gut aufgehoben sein würde. Aber konnte sie sich wirklich ganz sicher sein in Zeiten wie diesen? Bei einem Mann, der immerhin mit einer fanatischen Parteigängerin verlobt war?

Und so hielt Elli den Mund.

Nach einer Weile ging es mehr und mehr bergauf, und Elli bemerkte, wie Hans außer Puste geriet.

»Ich kann nebenherlaufen!«

»Nein, nein!« Sie spürte, wie er sich eine ihrer Haarsträhnen aus dem Gesicht strich. »Es geht schon!«

Doch sein Atem wurde immer schneller und gepresster, und bald kamen sie kaum mehr von der Stelle.

»Bitte, lass mich absteigen!«

»Na gut.«

Hans bremste, und in dem Moment, in dem Elli sich von der Stange gleiten ließ und ihr rechtes Bein die Erde berührte, durchfuhr sie ein so infernalischer Schmerz, dass sie nach Luft schnappte.

»Was hast du?«, rief Hans.

»Nichts, es ist nichts …« Wieder versuchte Elli, das rechte Bein hinter dem linken zu verbergen, doch Hans hatte bereits die Lampe an sich genommen und kniete neben ihr nieder.

»Oh, Elli«, flüsterte er, »warum hast du nichts gesagt?«

»Es ist wirklich nichts!«, beteuerte Elli, doch dann folgte sie seinem Blick. Im Licht der Lampe war es ganz deutlich zu sehen. Ihr rechtes Bein war so sehr geschwollen, dass es aus dem hohen Schuh quoll, es wölbte sich geradezu über den Rand.

»Der Schuh muss runter«, stellte Hans fest.

»Nein! Ich bin nur umgeknickt, es tut fast gar nicht weh, komm, lass uns sehen, dass wir weiterkommen!«, flehte Elli. Himmel, es war ihr rechter Schuh, der mit der Erhöhung. Der, in dem sich ihr schlimmer Fuß befand, zu klein und verkrüppelt. Den niemals jemand zu Gesicht bekommen hatte außer Alma, Margot und Käthe. »Bitte, nimm du das Rad, ich laufe nebenher, es ist nichts, wirklich.«

Hans erhob sich langsam, bedachte sie mit einem langen Blick, dann bot er ihr den Arm. Er schob das Rad, und er ließ Elli, die sich fest bei ihm unterhakte, keinen Moment lang aus den Augen.

Sie schafften es ungefähr dreißig Meter weit. Elli wurde fast verrückt vor Schmerzen, sie biss sich so sehr auf die Unterlippe, dass sie schon bald Blut schmeckte. Hans sagte kein Wort und verzog keine Miene. Bis er plötzlich stehen blieb, seine Jacke auszog und sie an den Straßenrand legte.

»Bitte, Elli, setz dich.«

»Nein, ich …«

»Ich gehe keinen weiteren Schritt mit dir. Ich sehe doch, wie du leidest!«

Elli biss sich ein letztes Mal auf die Unterlippe, schluckte das Blut hinunter. Dann setzte sie sich auf seine Jacke.

Hans war schon neben ihr und begann, ihre Schnürsenkel zu lösen.

»Ich kann das selber.«

»Natürlich, entschuldige.«

Er wandte sich ab, und Elli versuchte mit zittrigen Fingern, den Schuh vom Fuß zu ziehen. Es gelang ihr nicht. Er saß so eng, als sei er mit dem dick geschwollenen Fleisch darunter fest verschmolzen.

Sie merkte, wie ihr schon wieder die Tränen kamen. Wie sie sich dafür hasste! So viele entsetzliche Dinge hatte sie an diesem Tag mit angesehen, und sie weinte wegen eines dicken Fußes. Das durfte doch wohl nicht wahr sein!

Etwas berührte sie leicht an der Wange. Hans reichte ihr ein Taschentuch, ordentlich gefaltet.

»Bitte, lass mich dir helfen.«

Elli verbarg ihr Gesicht in dem Tuch und nickte langsam.

Er ging neben ihr in die Knie, betastete den Schuh.

»Entschuldige bitte.«

Er ruckelte ein wenig an der Jacke, auf der sie saß, zog ein Messer hervor. Dann schlitzte er den Schuh der Länge nach auf. Er schien dafür nicht einmal viel Kraft zu benötigen, das Leder war so alt und so morsch, es gab sofort nach. Wie zwei Hälften einer Nuss fiel es neben Ellis Fuß herab.

Elli konnte nicht anders, ihr entfuhr ein leises Stöhnen. Wie wohl es tat, den Schuh endlich los zu sein! Der Fuß darunter allerdings sah fürchterlich aus. Eh so kurz wie der eines Kindes, war er nun kugelrund angeschwollen.

»Kannst du bitte mal weggucken?«

Vorsichtig hob sie ihren Rock ein wenig an und lüpfte den Kniestrumpf. Die Haut schimmerte im Licht der Laterne blau und schien bis zum Zerreißen gespannt. Nie im Leben war der Fuß Elli so hässlich, so abstoßend erschienen. Und was das Schlimmste war: Hans, der neben ihr stand, entfuhr ein scharfes Zischen. Er hatte doch geguckt.

Sie spürte, wie eine flammend heiße Röte ihren Hals hinaufkroch. Und sie hörte mehr, als dass sie es sah, wie Hans sich von ihr abwandte. Leise vor sich hin murmelnd, ging er ein paar Schritte. Dann schien er sich einen Ruck zu geben und rannte, ohne noch einmal innezuhalten, davon. Kurz noch hörte sie seine schnellen Schritte, dann war er im Dunkel verschwunden.

Elli rang nach Atem. Sie war es gewohnt, gedemütigt zu werden. Was hatte sie von klein auf schon alles erdulden müssen! Nicht ohne Grund versteckte sie ihren Fuß, so gut es eben ging. Aber dass jemand vor ihr Reißaus nahm, das war ihr noch nie passiert. Und nun tat Hans genau das, ausgerechnet.

Sie biss sich noch einmal auf die Unterlippe, schmeckte frisches Blut. Verbarg ihr Gesicht in seinem Taschentuch. Diese Demütigung würde sie nicht überwinden, in tausend Jahren nicht.

Zeit verging. All die schlimmen Bilder des Tages kehrten wieder. Mit einem Mal fühlte sie sich so erschöpft, ihr war danach, sich hier, an Ort und Stelle, zusammenzurollen und nie wieder aufzustehen.

Hans kam zurück. Sie hörte seine Schritte, schneller als vorhin. Dann war er bei ihr.

»Wusste ich's doch«, schnaufte er, sichtlich außer Atem. »Gleich da vorne links gibt's einen Nebenfluss der Inde. Das Wasser ist herrlich kalt, so können wir deinen armen Fuß ein bisschen kühlen, guck, hier!«

Elli nahm die Hände vom Gesicht, sah zu ihm auf. In der Hand hielt er ein Knäuel, Wasser tropfte herab.

»Es ist mein Unterhemd«, sagte er, »entschuldige bitte, ich hatte nichts anderes. Aber es wird seinen Zweck erfüllen. Darf ich?«

Sie brachte nichts anderes zustande als ein stummes Nicken. Bemerkte, dass sein Hemd nicht mehr ganz zugeknöpft war. Vor allem aber spürte sie, wie er ihren rechten Fuß in die Hand nahm, so sanft, als handle es sich um etwas sehr Zerbrechliches. Wie er ganz vorsichtig ihren Strumpf herabrollte und beiseitelegte. Und wie er schließlich das nasse Unterhemd um ihren Fuß wickelte, als verpacke er ein kostbares Geschenk.

Ellis Herz blieb beinahe stehen. Alle Scham, die sie jemals empfunden hatte, fiel von ihr ab.

Zu guter Letzt holte er aus seiner Hosentasche ein Stück Seil hervor und knotete damit das nasse Unterhemd fest.

»Meinst du, es wird so gehen?«

Wieder brachte Elli nichts als ein Nicken zustande. Wie wohltuend sich der kühle Stoff an ihrem geschundenen Fuß anfühlte!

Hans half ihr auf und hob sie zurück auf die Stange seines Fahrrads, dann schob er sie den Berg hinauf. Wann immer es ein wenig bergab ging oder nicht mehr ganz so steil war, sprang er hinter ihr in den Sattel und trat in die Pedale.

Er schwitzte, und er keuchte, aber Elli unternahm keinen Versuch mehr, nebenherzulaufen. Sie wusste, er würde es eh nicht zulassen.

Die Nacht schritt voran. Der Mond ging auf, rund und klar, und Elli löschte die Laterne, nun brauchten sie sie nicht mehr. An einer Wegbiegung stand ein Hirsch, das gewaltige Geweih majestätisch erhoben. Wenig später trafen sie auf eine Rehkuh, die ein Kitz mit sich führte. In den Dörfern, durch die sie kamen, war längst jedes Licht erloschen. Hunde stimmten ein sehnsüchtiges Jaulen an, Katzen huschten vor ihnen über den Weg. Dann tauchten sie wieder ein in den Wald. Elli hörte ein Rascheln, wie es Wiesel verursachten, lauschte dem Bellen eines Fuchses. Sie spürte die Fledermaus, die dicht an ihren Köpfen vorbeiflog, und sie wusste, dass auch Hans all dies bemerkte, dass ihm der Wald und seine Bewohner so vertraut waren wie ihr.

Lange schon hatten sie kein Wort mehr miteinander gesprochen, als Hans das Fahrrad ausrollen ließ, Elli von der Stange half, das Unterhemd von ihrem Fuß wickelte.

»Ruh dich ein wenig aus, hinter der Anhöhe gibt es eine Quelle, ich bin gleich wieder da.«

Er kam zurück, das Unterhemd frisch getränkt in eiskaltem Wasser, wickelte es erneut um Ellis Fuß. Elli konnte nicht anders, sie schloss die Augen. Und diesmal nicht, weil sie den Anblick ihres Fußes nicht ertragen konnte, sondern weil sie sich ganz und gar einlassen wollte auf das, was er mit ihr tat.

Als sie weiterfuhren und sie Hans' Brust an ihrem Rücken spürte, ihr Haar in seinem Gesicht, da fragte sie sich, ob sie jemals etwas Ähnliches erlebt hatte. Ob das Wohlgefühl, das sie in dieser Nacht, ausgerechnet, empfand, mit irgendetwas vergleichbar war, was sie zuvor schon einmal empfunden hatte. Sie dachte an das Backes und das Feuer, wenn es munter loderte, sie dachte an die Geborgenheit des Alkovens, sie dachte sogar an Brockezupp. Und sie stellte fest: Nichts, aber auch gar nichts ließ sich mit dieser Empfindung vergleichen.

Elli verlor jedes Zeitgefühl. Als die ersten Häuser auftauchten, die ihr bekannt vorkamen, als sie in der Ferne das Tal ausmachen konnte, in dem Monschau lag, da fühlte sie keinerlei Erleichterung. Nein, ganz im Gegenteil. In ihr Herz schlich sich eine dunkle Schwere. Nicht mehr lange, und sie wären zu Hause.

»Elli«, hörte sie da Hans an ihrem Ohr sagen, so leise, dass sie ihn beinahe nicht hörte, dabei war er so nah. »Ich bin wirklich froh, dass ich deinen kleinen Fuß sehen durfte.«

»Bitte, was?« Das Wohlgefühl, in dem Elli bis gerade gebadet hatte, verschwand schlagartig. Machte er sich etwa lustig über sie? Sie hatte ihn gewähren lassen, aber doch nicht, damit er sie nun aufzog!

»Versteh mich nicht falsch, bitte!«, rief Hans, jetzt deutlich lauter. »Ich weiß doch, wie sehr du dich schämst. Meine Güte, Elli, wir kennen uns, seit wir klein waren! Immer versteckst du ihn. Aber heute Nacht durfte ich ihn sehen und berühren. Weißt du, wie froh mich das macht?«

»Froh?«, echote Elli.

»Ich weiß, das klingt seltsam.« Hans räusperte sich noch einmal. »Vielleicht drücke ich mich auch nicht richtig aus. Ich bin nicht so gut mit Worten. Aber was ich sagen will, ist Folgendes: Jeder von uns hat etwas, was er vor den anderen versteckt. Und einem selbst kommt es womöglich viel schlimmer und hässlicher vor, als es in Wahrheit ist. So wie dein Fuß. So schlimm ist der gar nicht. Aber jetzt, wo ich ihn gesehen habe, weiß ich viel besser, was dich quält, was dir Sorgen bereitet. Wir kommen einander näher, wenn wir uns auch das zeigen, was wir als hässlich empfinden. Verstehst du, was ich meine, Elli?«

»Mmh«, sagte Elli. Sie war sich ganz und gar nicht sicher, ob sie ihn verstand.

»Ach, Elli!«, rief Hans da in ihrem Rücken. »Es ist nur ein kranker Fuß, verstehst du? Und er gehört zu dir, einem Mädchen, so hübsch und von einer so großen Freundlichkeit, dass man meint, die Sonne geht auf, wenn man ihr begegnet!«

Elli sagte nichts mehr. Sie schluckte. Merkte, wie der Schreck in ihrem Innern sich auflöste. Wie ihr ganz warm wurde, wundervoll warm. Und wie sich ihrer eine Kühnheit bemächtigte, die ihr vollkommen neu war. Und die sie dazu veranlasste, sich ein wenig zurückzulehnen und für die Zeit eines Wimpernschlags ihre Wange an Hans' Wange zu schmiegen.

»Hm«, seufzte Hans und trat noch fester in die Pedale.

Und Ellis Herz, das so oft ausgesetzt hatte, wenn sie sich begegneten, schlug einen Purzelbaum nach dem anderen.

17. Kapitel

Sonntag, 26. März 1939

Elli saß auf einem dicken Felsbrocken am Ufer der Rur und tauchte ihre Füße in das eiskalte Wasser. Sofort fingen sie wie verrückt an zu kribbeln, und obwohl das Wasser hier an dieser Stelle sehr sprudelte, ahnte sie, wie ihre Haut sich innerhalb von Sekunden rot verfärbte. Sie zuckte zusammen und steckte dennoch beide Füße direkt noch ein bisschen tiefer hinein, so tief, dass sie beinahe die glatt geschliffenen Steine am Grund des Flusses berührten.

Furchtbar kalt fühlte sich das an und schrecklich schön.

Es war immer noch beinahe Winter, der Frühling ließ auf sich warten. Richtig warm wurde es in diesem Teil der Eifel meist erst rund um Pfingsten. Doch jetzt, zur Mittagszeit, stand die Sonne hoch am Himmel und wärmte den Felsen, auf dem Elli saß. Sie malte flirrende Lichtkringel in das schäumende Wasser und in Ellis Haar, und sogar die kleine Gruppe von Stichlingen, die sich nicht weit von Ellis Füßen im flachen Flussbett tummelte, schien sich nach ihr auszurichten. Scheinbar bewegungslos schwebten sie dicht unter der Wasseroberfläche, ihre silbernen Körper schmale Striche im fließenden Nass.

Elli hatte auch an den vergangenen Tagen an dieser Stelle gesessen, und sie hatte vor, dies nun an jedem weiteren Tag zu tun. Denn seit Hans ihren wehen Fuß in sein feuchtes Unterhemd gewickelt hatte, konnte sie nicht genug bekommen von der kühlen Liebkosung des Wassers. Es war beinahe, als spürte sie seine Hände erneut. Und diese Erinnerung wollte sie so lange wie möglich lebendig erhalten.

Alma hatte auf der Bank vor dem Backes gesessen, als sie den Hof erreichten, die Augen verschattet vor Sorge. Doch als Elli vom Rad kletterte, Hans, dessen Wange sie immer noch an ihrer spürte, hatte ihr dabei kurz die Hand gereicht, sah sie in den Augen der Mutter noch etwas anderes aufblitzen. Sie hatte Ähnliches nie zuvor bei Alma erblickt, aber sie wusste, dass Tiere so guckten, wenn sie eine Gefahr witterten.

»Ich danke dir, Hans«, hatte Alma knapp erklärt und sich zwischen die beiden jungen Leute geschoben. »Ich bringe sie jetzt hinein.«

Und drinnen, während sie Ellis wehen Fuß versorgte, der immerhin schon nicht mehr ganz so dick geschwollen war, hatte sie ihre Tochter streng ins Gebet genommen.

»Ich sehe auf den ersten Blick, dass zwischen euch beiden etwas geschehen ist«, hatte Alma erklärt. »Ich werde dich niemals fragen, was genau es war. Aber ich bitte dich, mein Mädchen, schlag ihn dir aus dem Kopf! Natürlich wünsche ich mir, dass ihr wieder gute Freunde seid. Du bist oft so allein, Elli, und seit Margot nicht mehr kommen kann und Käthe so anders geworden ist, scheinst du mir verlorener denn je. Aber Hans ist verlobt! Und auch wenn diese Verlobung aus allen möglichen Gründen, aber niemals aus Sympathie geschlossen wurde, so wird sie doch zu einer Hochzeit führen. Die Väter handeln es aus, und basta. So ist es hier seit jeher Brauch, und dagegen hat noch nie einer der jungen Männer, die es betraf, verstoßen. Verstehst du, was ich dir damit sagen will, Elli?« Alma hatte ihr Kinn angehoben, um ihr direkt in die Augen zu sehen, und nie war es Elli schwerergefallen, den Blick der Mutter zu erwidern. »Was immer du dir erhoffst, es wird nicht eintreten.«

Elli war viel zu verwirrt gewesen, um eine auch nur halbwegs zusammenhängende Antwort zu geben, und so hatte sie nur still genickt.

Jetzt aber, am Fluss, die Füße im eiskalten Wasser, spürte sie, wie alles in ihr aufbegehrte gegen Almas Worte. Hans mochte verlobt sein, aber wie die Mutter es selbst gesagt hatte, Liebe war bei dieser Verbindung keine im Spiel. Und der Gedanke, dass Hans, der Hans, der sie gesucht und auf der Mittelstange seines Fahrrads nach Hause gefahren hatte, der tief geseufzt hatte, als sie ihre Wange an seine geschmiegt hatte, dass dieser junge Mann eine Person wie diese Irmgard heiraten sollte, dieser Gedanke war so aberwitzig, dass Elli laut aufstöhnte. Sie stieß beide Beine gleichzeitig tiefer ins Wasser, dass es nur so spritzte, die Stichlinge stoben davon, und für einen Moment sah sie ihr Spiegelbild, wie es auf der Gischt des Flusses tanzte. Blondes Haar, wie so häufig halb gelöst, ein blasses Gesicht, darunter die blaue Kittelschürze mit den rüschenbesetzten Trägern.

Ein Mädchen, so hübsch und von einer so großen Freundlichkeit, dass man meint, die Sonne geht auf, wenn man ihr begegnet, hatte Hans gesagt. Konnte er das wirklich so gemeint haben? Elli wusste es nicht. Doch seit vorgestern geisterten diese Worte durch ihren Kopf und, schlimmer noch, durch ihren Bauch, wo sie ein wohlig-schmerzendes Gefühl hinterließen.

»Dann wäre das besprochen«, hatte Alma in jener Nacht, es war schon beinahe Morgen, festgestellt. »Mir scheint, du hast dir das

Gelenk ordentlich verstaucht, und womöglich sind auch ein paar Bänder gerissen. Hans hat genau richtig gehandelt, als er deinen Fuß kühlte. Aber jetzt brauchst du einen fest sitzenden Verband, und das Bein hältst du die nächsten Tage so still wie irgend möglich.« Sie nahm das feuchte Unterhemd an sich und ging für eine kurze Weile hinaus. »Nun erzähl«, sagte sie, als sie ins Backes zurückkehrte. »Hast du Margot angetroffen? Wie geht es ihr und ihren Eltern?«

Elli hatte tief Luft geholt und begonnen, zu erzählen, was sie in Aachen gesehen und erlebt hatte. Sie ließ nichts aus, die Mutter hätte es eh sofort gemerkt, wenn sie nicht die ganze Wahrheit sagte. Sie kämpfte mit den Tränen, so manches Mal konnte sie kaum weitersprechen. Und Alma hörte mit schreckgeweiteten Augen zu.

»Du wirst nicht wieder hinfahren«, war das Erste, was sie sagte, als Elli fertig war.

»Ganz im Gegenteil!«, hatte Elli widersprochen. »Ich fahre so bald wie möglich wieder hin! Wir müssen unbedingt weitere Lebensmittel auftreiben und auch neuen Tee mischen. Margot sah ganz krank aus, und ich glaube ...«

»Ich habe Nein gesagt!«, fuhr Alma ihr über den Mund. »Hast du mich verstanden?«

Elli hatte nichts mehr erwidert. Aber sie hatte auch nicht genickt. Alles, was sie tat, war, dem Blick der Mutter stumm zu begegnen.

Ich werde Margot nicht im Stich lassen, dachte sie jetzt, während die kleinen Fische, zitternd, als frören sie, zurückkehrten an die sonnenbeschienene Stelle neben ihren Füßen. Ich werde hinfahren, ganz gleich, was Mutter sagt. Das bin ich Margot schuldig.

Elli zog die Füße aus dem Wasser, streckte die Beine neben

sich aus. Seit sie denken konnte, vermied sie es, sich selbst länger als nötig zu betrachten. Sie sah in den Augen der anderen, dass etwas mit ihr nicht stimmte, das reichte ihr vollkommen. Doch Hans' Worte gingen ihr nicht mehr aus dem Kopf.

Es ist nur ein kranker Fuß, hatte er gesagt.

Aber ob er damit wirklich recht hatte?

Schnell sah sie sich nach allen Seiten um, ob auch niemand in der Nähe war. Nein, natürlich nicht. Pfarrer Freising feierte sein fünfundzwanzigjähriges Priesterjubiläum, und alle Dorfbewohner hatten sich an diesem Sonntagvormittag zur Dankesmesse versammelt, alle außer Elli. Sie besaß nämlich keine Schuhe mehr, seltsamerweise war sogar der linke Schuh seit dem gestrigen Morgen verschwunden, und ohne Schuhe zur Kirche gehen, nein, das ging nicht.

»Ich werde sagen, dass du krank bist«, hatte Alma gemeint und sich auf den Weg gemacht.

Elli hatte ihr hinterhergeschaut, bis sie hinter der hohen Hecke, die den Hof umgab, verschwunden war. Das Haar der Mutter schien ihr weniger leuchtend an diesem Morgen, und hatte sie nicht auch ein paar graue Strähnen mehr bekommen? Ja, es sah ganz so aus.

Ein leiser Wind kam auf und strich durch das gelbe Gras, das vom letzten Jahr noch übrig war. Elli betrachtete ihre Füße, flüchtig, wie stets, als könne sich, wenn sie zu genau hinschaute, ihrer ein Schmerz bemächtigen, dessen sie nicht mehr Herr wurde.

Ein Schmerz wie der, den die Mutter mit sich trug seit vielen Jahren. Und den sie tief in sich verschlossen hatte, außer an Abenden wie dem gestrigen.

Sie hatten ein bescheidenes Nachtmahl eingenommen und waren dabei, sich bettfertig zu machen, als die Mutter zu sprechen begann.

»Ich muss unentwegt daran denken, was du über Margot und ihre Eltern berichtet hast. Es ist zu furchtbar! Sie scheinen in diesem Haus wie in einem Gefängnis zu leben, gezwungen zu welcher Arbeit auch immer, bewacht von brutalen Nazi-Schergen. Und ich sehe dir an, mein Mädchen, dass auch du unentwegt daran denken musst und dass du nichts dringlicher willst, als ihnen zu Hilfe zu eilen. Aber glaube mir, um in einer Situation wie dieser zu helfen, muss man sich vorher gut beraten und abwägen, was zu tun ist. Vor allem aber bitte ich dich, es mir zu überlassen, das Nötige in die Wege zu leiten. Denn der Gedanke, dass man dich noch einmal verletzen könnte, bringt mich um.«

Die Mutter hatte Elli ein Zeichen gegeben, in den Alkoven zu kriechen. Immer schon hielten sie es so, dass Alma außen schlief. In anderen Familien, das wusste Elli von Käthe, war es der Vater, der diesen Platz einnahm, immer bereit, Frau und Kinder vor Eindringlingen zu beschützen.

Sie legten sich hin, sprachen ein gemeinsames Gebet, drehten sich wie üblich voneinander weg. Elli suchte noch nach Worten, wie sie den Bedenken der Mutter begegnen könnte, als sie es hörte. Ein Geräusch, ganz leise und zugleich so beängstigend, dass ihr Herz sogleich in Aufruhr geriet. Alma weinte. Und Elli konnte sich nicht erinnern, wann das zuletzt vorgekommen war.

»Mutter«, sagte sie und streckte eine Hand nach ihr aus.

»Verzeih«, hörte sie sie murmeln, »verzeih, mein Kind. Es ist nur ... Du meine Güte, diese Leute haben dich getreten!«

»Aber es tut schon gar nicht mehr weh!«, beteuerte Elli.

»Erzähl mir nichts! Sie haben dir den Kiefer ausgerenkt, diese Schweine!« Mit einem Mal begann Alma lauthals zu schluchzen. »Niemals«, jammerte sie, »niemals hätte ich mir träumen lassen, dass meinem Kind, meinem Mädchen, so etwas widerfährt. Getreten! Gegen den Kopf!«

»Mutter, bitte beruhige dich!«

»Ja, entschuldige, sofort, ich ...« Und dann brach es aus Alma heraus. »Diese Sorge um dich, sie verlässt mich niemals. Das Gefühl, nicht genug zu tun für mein Mädchen, nicht genug getan zu haben ...«

»Bitte, rede keinen Unsinn! Du tust viel zu viel für mich! Du ...«

Aber Alma schien sie gar nicht zu hören. Sie richtete sich auf, lehnte sich mit dem Rücken an die Wand des Alkovens. Mit der einen Hand wischte sie sich die Tränen von den Wangen, die andere legte sie auf Ellis Haar.

»Du weißt, ich rede nicht gern über diese Zeit. Doch damals, als du noch so klein warst, gerade einmal anderthalb, und als dieses unheimliche Fieber dich befiel, da ergriff mich eine Sorge, die mich seither nie wieder verlassen hat. Ich tat alles, was in meiner Macht stand, um dir zu helfen, ich ging sogar mit dir zu einer Hebamme in Euskirchen. Sie war viel älter als ich, viel erfahrener. Doch sie konnte nichts Außergewöhnliches feststellen. Ich solle mich nicht ängstigen, meinte sie, es sei ein ganz normales Fieber, wie kleine Kinder es nun einmal ab und an bekämen. Ich glaubte ihr nicht, mein Gefühl sagte mir etwas anderes, doch ich hatte kein Geld, um einen Arzt zu bezahlen. Und so hoffte ich, dass alles wieder gut werden würde.«

Elli fühlte, wie Alma ihr mit großer Zärtlichkeit eine Locke aus der Stirn strich, dann sprach sie weiter. Ruhiger nun, wie es schien, und zugleich von einer großen Traurigkeit ergriffen.

»Das Fieber verschwand, du erholtest dich zusehends. Tausende Male habe ich mich seither gefragt, ob ich die Vorzeichen trotzdem hätte wahrnehmen können, ob ich hätte wachsamer sein müssen. Ob ich dich hätte retten können. Doch die Wahrheit ist: Ich schob mein ungutes Gefühl beiseite. Bis zu dem Tag, an dem du mitten in der Stube zusammensacktest. Ich weiß es noch wie heute. Dein rechtes Bein war ganz ohne Kraft, es knickte einfach unter dir weg. Oh, welches Grauen da über mich kam! Wäre dein Vater noch bei uns gewesen, er hätte vielleicht helfen können. Er konnte so manches, was niemand anders kann. Aber dein Vater war tot, gefallen in einem irrwitzigen Krieg, irgendwo verscharrt in Frankreich. Es gab keine Hilfe. Und so wuchst du heran, doch dein Bein und dein Fuß wuchsen nicht gleichmäßig mit, blieben kleiner und schwächer. Und Schuld trage ich, ich ganz allein. Hätte ich dich zu einem Arzt gebracht, der sich damit auskennt, womöglich wäre dir dies alles erspart geblieben.«

Die Mutter verfiel in ein erschöpftes Schweigen. Draußen im Hof gab der alte Hund ein heiseres Jaulen von sich. Elli lag ganz still, den Kopf übervoll. Es kam selten genug vor, dass Alma über die Zeit sprach, in der Elli erkrankte. Eines aber war immer gleich: Ihr zu versichern, dass sie nicht schuld war, war vollkommen vergebens.

Und so lauschte Elli auf das schwere Atmen der Mutter und auf die Geräusche der Nacht, bis, endlich, der Schlaf über sie kam.

Das Läuten der Glocken riss sie aus ihren Gedanken. Das Hochamt zu Ehren des Pfarrers war beendet, nun würde die ganze Gemeinde zum Pfarrhaus ziehen, um ihn reich zu beschenken. Pfarrer Freising war sehr beliebt, und die Frauen des Dorfes hatten sein Haus schon vor Tagen festlich geschmückt. Die Mutter würde noch ein Weilchen bei den Feierlichkeiten bleiben, da war Elli sich sicher, sie genoss es, mit den anderen Frauen alle Arten von Neuigkeiten auszutauschen, bevor sie sich wieder auf den Weg machte zu ihren Wöchnerinnen. Noch dazu hatte Schwester

Gertrud ihr Kommen angekündigt, mit der Alma ja anscheinend nie genug schwatzen konnte.

Vorsichtig schaute Elli sich noch einmal um. Still lag das Anwesen da. Alles, was sie hörte, war das Plätschern des Wassers und das Wiegen des Windes in den Bäumen am gegenüberliegenden Ufer. Es klang beinahe so, als würde sich jemand leise unterhalten.

Moment mal. Elli spitzte die Ohren. Da unterhielt sich tatsächlich jemand! Einzelne Wortfetzen drangen bis zu ihr herüber.

»Nein, nein, das ist schon alles richtig so ... ja doch, wir haben uns nicht verlaufen ... aber dieser Fluss ... müsste ganz woanders sein ...«

Oje, da schien jemand vom Weg abgekommen. Wahrscheinlich irgendwelche KdF-Urlauber, dachte Elli, die bevölkerten das stille Eifeltal nämlich mehr und mehr. Allerdings hatte sie so früh im Jahr noch nie welche angetroffen. Wobei das nichts heißen musste, die Busse mit den seitlich angebrachten *Kraft durch Freude*-Schildern wurden ja immer zahlreicher.

»Der Kleine kann gleich nicht mehr«, tönte es jetzt herüber, und wie zum Beweis begann ein Kind zu schreien, so kläglich, dass Elli sich ans Herz fasste. Ohne lange zu überlegen, sprang sie auf und unterdrückte einen Fluch, als der wehe Fuß gleich wieder fürchterlich schmerzte. Hätte sie mal besser vorher den Verband angelegt, den Alma ihr gemacht hatte und den sie achtlos ins Gras geworfen hatte, als sie die Füße ins Wasser tauchte. Elli biss wie so oft die Zähne zusammen und beugte sich weit vor.

»Kann ich Ihnen helfen?«, rief sie über den Fluss.

Beinahe im gleichen Augenblick wurde es mucksmäuschenstill. Sogar der Wind legte sich, als habe er sich erschrocken.

Und in die Stille hinein hörte Elli zwei Wörter, geflüstert in größter Angst.

»Vorsicht, Häscher!«

Ihr war, als schwinde nun auch die Sonne, dabei stand sie nach wie vor hoch am Himmel, so kalt wurde ihr mit einem Mal. Sie spürte mehr, als dass sie wusste, dass wer auch immer sich dort drüben im Wald verbarg, in diesem Moment in Panik geriet. Tausenderlei ging ihr durch den Kopf, Dinge, die hinter vorgehaltener Hand geflüstert wurden, die sie mit halbem Ohr gehört oder nebenbei wahrgenommen hatte, ohne ihnen allzu große Beachtung zu schenken.

»Bitte!«, rief Elli, ohne lange nachzudenken. »Ich bin nur ein Mädchen, ich wohne hier, kein Grund, sich zu fürchten!«

Immer noch tiefe Stille. Und dann, ganz langsam, bewegte sich dort drüben ein Zweig. Ein Mann trat aus dem Dickicht des Waldes hervor. Er gehörte nicht hierher, das erkannte Elli schon an seiner Kleidung. Ein schwerer Wintermantel, darunter Hosen aus feinem Stoff, bis zu den Knien mit Staub und Reisig bedeckt. Vor allem aber sah sie es an seinen Augen, in denen genau die Angst zu lesen war, die sie vorhin schon gespürt hatte, über den Fluss hinweg. Hinter ihm, halb verborgen, konnte sie jetzt auch eine Frau ausmachen, ebenfalls im Wintermantel, in den Armen ein Kind, dem sie fest den Mund zuhielt.

»Verehrtes Fräulein«, sagte der Mann und zog den Hut. »Entschuldigen Sie bitte, wenn wir Sie gestört haben. Wir suchen einen Platz, wo wir uns ein bisschen ausruhen können. Meine Frau ist sehr müde. Können Sie uns eine Empfehlung geben? Gerne an einem«, er schien nach den richtigen Worten zu suchen, »etwas internationaleren Ort.«

Elli verstand auf Anhieb. Diese Angst in den Augen! Diese unpassende Kleidung! Genau wie die Kinder, mit denen sie im Eisenbahnabteil gesessen hatte! Sie hätte sich selbst links und rechts ohrfeigen können. Dass sie da vorletzte Nacht nicht draufgekommen war! Sie hätte doch ein Auge auf die Kinder werfen können, die jemand aus purer Verzweiflung ganz allein in die Vennbahn gesetzt haben musste, die direkt an der Grenze entlangfuhr, links Deutschland, rechts Belgien ...

»Wir möchten Sie nicht in Verlegenheit bringen«, sagte der Mann jetzt, »vielleicht lassen wir Sie lieber in Ruhe ...«

»Nein!«, rief Elli. Noch einmal sah sie sich um. Der Hof lag nach wie vor in vollkommener Stille. Dann raffte sie den Rock, so gut es eben ging, und watete mitten durch die Rur ans andere Ufer. Das Wasser war eigentlich zu tief dafür, der Rock wurde pitschnass und ebenso ihre lange Unterhose, sie achtete nicht darauf, genauso wenig auf den Schmerz, der ihr rechtes Bein hochpeitschte. Einmal wäre sie beinahe ausgerutscht auf den glitschigen Steinen am Grund, doch es ging gerade noch gut. Angekommen, kniete sie ohne viel Federlesen nieder, griff sich ein Stück Treibholz und zeichnete eine Skizze in den nassen Uferschlamm.

»Das letzte Stück weiß ich auch nicht«, sagte sie. »Auf jeden Fall ist es von hier aus noch sehr weit. Theoretisch könnten Sie der Rur folgen, aber dann kämen sie mitten durch Monschau. Also halten Sie sich besser erst einmal rechts, durchs Perlenbachtal. Sie erkennen es an den Flüxgräben, die parallel zum Bach gegraben sind. Dann dort wieder bergauf und diesen Weg entlang. Sehen Sie? Und hier«, sie zeichnete ein Oval, »müsste es irgendwo über die grüne Grenze gehen. Können Sie sich das merken?«

Der Mann war dicht neben sie getreten, und sie sah ihm an, dass er sich jedes Detail ihrer Zeichnung genau einprägte.

»Ja.« Er nickte. »Danke.«

Die Frau hatte sich im Hintergrund gehalten, doch bevor sie dem Mann nun folgte, das Kind an sich gepresst, drückte sie Elli wortlos die Hand.

Elli sah sich ein letztes Mal um, dann verwischte sie mit beiden Füßen die Skizze und watete zurück. Setzte sich wieder auf den großen Stein, die Beine halb unter sich geschoben. Sehr nass war sie und sehr verfroren. Und doch. In ihrem Innern nahm ein Gedanke Gestalt an, zu berückend, um nicht innezuhalten und ihn weiterzuverfolgen.

Ein internationalerer Ort, hatte der Mann gesagt.

Belgien begann gleich hinter dem Perlenbachtal. Und dort wurden, so viel wusste sie, keine Menschen auf offener Straße mit Steinen beworfen, aus ihren Wohnungen gedrängt und in sogenannte Judenhäuser gesperrt.

Noch einmal betrachtete Elli ihr Spiegelbild im Wasser. Sonnenstrahlen tanzten darauf, brachten ihr Haar zum Strahlen, und sogar die Kittelschürze, tausendfach geflickt, verschlissen und durchnässt, leuchtete wie das Blau des Himmels.

Und wieder war ihr, als murmele das Wasser vor sich hin, als flüstere es ihr etwas zu.

Es ist doch nur ein kranker Fuß, hatte Hans gesagt.

Elli atmete tief ein.

Es muss einmal aufhören, sagte sie sich. Mutters Kummer, etwas falsch gemacht zu haben, ihre übergroße Fürsorge. Mein Leben am Rande, voller Scham und vollkommen unnütz. Ich habe eine Freundin, die mich braucht. Ich kann es mir nicht länger erlauben, nur das Hinkemädchen zu sein.

Dann atmete sie tief aus, zog ihre Beine unter dem Rock hervor, legte sie neben sich ins dürre Gras und betrachtete sie ganz genau.

Sie waren mittlerweile fast blau gefroren, die feinen Härchen darauf hatten sich aufgerichtet. Doch auch sie leuchteten in der Sonne beinahe golden. Und ihr rechter Fuß, zu klein und zu schwach, war tatsächlich, sie sah es jetzt, in diesem Moment, zum allerersten Mal, einfach nur ein kranker Fuß.

Elli nahm den Verband, der noch neben ihr lag, an sich, verstaute ihn tief in der Tasche der Kittelschürze. Dann reckte sie vorsichtig all ihre Glieder und richtete sich auf.

18. Kapitel

Die Schuhe standen auf der Bank vor dem Backes. Ein Paar halbhoher Stiefel aus braunem Leder, matt schimmernd. Elli fror, die Mittagssonne hatte sich verzogen, der Nachmittag war schon angebrochen. Sie musste eigentlich dringend ans Feuer und sich etwas überziehen. Aber jetzt verlangsamte sie ihren Schritt. So feine Schuhe hatte sie noch nie gesehen! Die mussten einer vornehmen Dame gehören! Aber wie kamen sie hierher?

Sie sah sich um, nach wie vor schien der Hof vollkommen verlassen. Vielleicht konnte sie kurz mit den Fingern darüberstreichen? Ganz weich fühlte sich das Leder an! Und wenn man die Schuhe anhob, sie wusste selbst nicht, wie es dazu kam, sah man unzählige winzige Nägel, mit denen die Sohlen befestigt waren. Wie ein silbern glänzender Strahlenkranz sahen sie aus, kein Vergleich mit den Schuhen, wie sie sie kannte, wo eine Handvoll dicker Nägel reichen mussten.

Vorsichtig stellte sie sie zurück. Irgendjemand würde sie vermissen und nach ihnen suchen.

Elli hatte die Hand schon ausgestreckt nach der Klöntür, als sie plötzlich innehielt. Ein Gedanke zuckte durch ihren Kopf.

Nein. Das konnte nicht sein!

Oder doch?

Nein, niemals. Was für eine aberwitzige Idee! Auf was für Gedanken sie manchmal kam!

Aber mit einem Mal fühlte sie sich, als sei sie furchtbar schnell gerannt, so hastig hämmerte ihr Herz.

Und so kam es, dass sie ihre Hände noch einmal nach den Schuhen ausstreckte. Dass sie zuerst den linken Schuh anhob, ihn ganz genau betrachtete. Es war, daran bestand kein Zweifel, ein sehr vornehmer, aber doch ganz normaler Schuh.

Elli stellte ihn wieder zurück, atmete tief aus, griff nach dem rechten.

Von außen ähnelte der rechte Schuh dem linken wie ein Ei dem anderen. Aber von innen, und auch diesmal wusste sie nicht, was sie dazu brachte, ihre Hand hineinzustecken, fühlte er sich ganz und gar anders an. Es war, als verstecke sich darin ein zweiter, kleinerer Schuh. Dieser zweite Schuh war ein ganzes Stück kürzer, und er reichte auch nicht bis zur genagelten Sohle. Denn der vordere und der untere Teil des Schuhs waren fest und doch zugleich weich ausgepolstert.

Elli stellte den Schuh neben den anderen. Ließ sich auf die Bank fallen. Schnappte nach Luft.

Dieser Schuh, daran gab es keinen Zweifel, war extra hergestellt worden für jemanden mit einem zu kleinen Fuß und einem zu kurzen Bein.

Sie saß lange auf der Bank. Die Sonne verzog sich, Wolken kamen auf, die Sonne kam wieder hervor. Die Katze erschien und spazierte mit hoch erhobenem Schwanz auf und ab. Der Hund bellte kurz.

Elli aber saß ganz still, in ihrem Herzen ein Aufruhr, den sie nicht gebändigt bekam. Neben sich die Schuhe. Ein Geschenk. Ein Versprechen. Eine Möglichkeit, die sie niemals in Betracht gezogen hatte.

Und dann, endlich, griff sie nach den Schuhen. Sie griff so hastig danach, dass ihr der linke zu Boden fiel. Himmel, hoffentlich hatte sie das Leder nicht zerkratzt! Nein, es war alles heil.

Sie besah sich ihre Füße, ob auch kein Dreck daran haftete. Sie waren blau gefroren, aber immer noch sauber vom Wasser der Rur.

Als Erstes zog sie den linken Schuh an. Er saß wie angegossen. Dann den rechten. Und dieser passte beinahe noch besser. Als habe jemand sich die Größe und Breite ihres kranken Fußes ganz genau gemerkt. Jemand, der den Fuß in der Hand gehabt hatte, um ein nasses Unterhemd darumzuwickeln.

Elli stand auf. Machte einen Schritt. Noch einen. Ging langsam geradeaus. Ging schneller. Lief. Sie lief bis zur großen Scheune und wieder zurück und wieder zur Scheune. Sie umrundete den Brunnen, sie lief bis zum Durchgang in der hohen Hecke, sie lief sogar vor dem Bauernhaus auf und ab. Es wurde bereits dunkel, sie trug keine Strümpfe und nur die Kittelschürze über dem Kleid. Sie fror. Doch sie konnte nicht aufhören zu laufen, hin und her, vor und zurück.

Und zum allerersten Mal, solange sie denken konnte, tat es überhaupt nicht weh, und sie humpelte nur ein ganz kleines bisschen.

Hans fand sie dort, wo sie ihn vermutete, in der Werkstatt. Er saß still über ein Holzstück gebeugt, und als er aufsah, meinte Elli für einen Moment so etwas wie Furcht in seinen Augen zu sehen. So als wäre er sich nicht ganz sicher, das Richtige getan zu haben.

Was wollte Elli ihm in diesem Augenblick alles sagen! Ihr Herz lief über vor Dankbarkeit. Aber da war noch mehr. Ein Gefühl von so großer Zärtlichkeit flutete über sie hinweg, dass es ihr die Luft abschnürte. Und so brachte sie kein Wort heraus. Alles, was sie tat, war, vor ihm auf und ab zu gehen. Zwei Schritte in die eine Richtung, zwei in die andere. Mehr Platz war nicht in der kleinen Werkstatt. Aber sie tat es mit so viel Schwung, dass die Furcht in Hans' Augen schwand und dass er bald übers ganze Gesicht lachte.

»Elli!«, lachte er. »Hör auf! Dir wird noch ganz schwindelig!«

Aber Elli hörte nicht auf, wieso auch, wo das Hin-und-her-Gehen ihr ein solches Vergnügen bereitete!

»Fährst du morgen wieder nach Walheim?«, war das Erste, was sie herausbrachte, ein wenig atemlos, immer noch hin- und herschreitend.

»Ja, klar.«

»Nimmst du mich wieder mit?«

»Wenn du unbedingt willst. Aber Elli, ganz ehrlich, was immer du in Aachen treibst, es scheint mir ziemlich gefährlich!«

»Diesmal nicht«, flunkerte Elli. »Also, was ist?«

»Na gut. Sollen wir es wie letztens machen? Ich stoppe hinter dem Dorf, wo uns keiner sieht, und du wartest dort auf mich?«

»So machen wir es!«

Als Elli am nächsten Vormittag die Försterstraße erreichte, war sie ein wenig müde, was allerdings nur daran lag, dass sie in der Nacht kaum geschlafen hatte. Sie hatte nämlich unablässig an die neuen Schuhe denken müssen.

Die Mutter hatte vor Begeisterung die Hände über dem Kopf zusammengeschlagen, als sie die Schuhe erblickte. Doch als Elli ihr erklärte, sie würde gleich morgen zu Margot fahren, hatte sie schwer geseufzt.

»Wie du meinst.« Von da an, Elli hatte es genau bemerkt, schlich ein Schatten in Almas Gesicht, wenn die Sprache auf die neuen Schuhe kam. So, als brächten sie der Mutter noch etwas anderes als Freude. Und während sie für Margot und ihre Eltern zusammensuchten, was sie entbehren konnten, viel war es nicht, stieß Alma mehr als einen langen Seufzer aus.

»Pass bloß auf dich auf, mein Kind!«

Auch Hans hatte an dem Morgen grau und müde gewirkt. Elli hätte ihn gerne gefragt, was ihn bedrückte, doch sie traute sich nicht. Und so beschränkte sie sich darauf, ab und zu die Beine aus der Fußgrube, in der sie kauerte, zu strecken, und ein wenig mit den Füßen zu wackeln. Das, immerhin, zauberte augenblicklich ein Lächeln in sein Gesicht.

Wie, fragte Elli sich die ganze Fahrt über, konnte ein junger Mann wie Hans eine Frau wie Irmgard freien? Der Gedanke vergällte ihr beinahe die Freude an den neuen Schuhen.

Jetzt aber war sie angekommen, nach einem ganz und gar nicht beschwerlichen Fußmarsch quer durch die Aachener Innenstadt. Sie stand vor dem Haus mit der Nummer 28 und drückte energisch auf die Klingel. Selbst wenn der unwirsche Alte, der ihr letztens die Tür vor der Nase zugeschlagen hatte, sie auch diesmal abwimmelte, so würde doch hoffentlich der Junge mit den Knickerbockern auf sie aufmerksam. Und er würde wissen, wie sie Kontakt zu Margot aufnehmen konnte.

Da, ein Schatten hinter den Glaseinsätzen der Tür.

»Sie schon wieder!«, lispelte der kleine Mann mit der hohen Stimme. »Reicht es Ihnen nicht, was für einen Schlamassel Sie letztens erst angerichtet haben? Ich bitte Sie, gehen Sie!«

»Und ich bitte Sie«, sagte Elli und erhob ihre Stimme, »dass Sie mir sagen, wie ich mit meiner Freundin Margot in Kontakt treten kann! Ist sie da?«

Doch noch bevor sie geendet hatte, war die Tür schon wieder ins Schloss gefallen.

Elli trat ein paar Schritte zurück, ließ ihren Blick die Fassade hinaufwandern. Im zweiten Stock bewegte sich die Gardine, eine kleine Hand machte ihr Zeichen. Elli nickte und lief weiter die Straße hinauf, in das Versteck im Gebüsch.

Sie hatte sich gerade erst auf den dicken Stein gesetzt und ein paarmal über die neuen Schuhe gestrichen, sorgfältig darauf bedacht, den Staub zu entfernen, der sich auf dem Weg hierher darangeheftet hatte, als der Kleine auch schon zu ihr stieß.

»Haben Sie ein belegtes Brot für mich?«, war das Erste, was er sagte.

Elli gab ihm sofort eins. Ihr eigener Magen knurrte, sie war ohne Frühstück aufgebrochen. Alma und sie hatten die letzten Scheiben des halben Laibs, den sie noch besaßen, mit etwas Gänsefett bestrichen und eingepackt, wohl wissend, dass sie die restliche Woche ohne Brot auskommen mussten, denn gebacken würde erst wieder am Freitag. Aber der Junge sah so ausgehungert aus, dass Elli keinen Augenblick zögerte.

Wieder aß er mit großem Ernst und ohne auch nur einen Krümel übrig zu lassen.

»Und haben Sie auch noch ein Brot für meinen kleinen Bruder?«

»Natürlich.« Elli gab es ihm. »Verrätst du mir deinen Namen?«

»Friedrich.«

»Ein schöner Name! Lebst du mit deinem Vater und deinem Bruder in dem«, Elli zögerte, sie bekam den Begriff *Judenhaus* einfach nicht über die Lippen, »nun, in dem Haus?«

Er nickte.

»Und deine Mama?«

Friedrich blickte zu Boden und schüttelte den Kopf. Elli verstand sofort, was das bedeutete.

»Es tut mir leid.« Vorsichtig streckte sie die Hand nach ihm aus, strich ihm über das semmelblonde Haar.

»Ist schon gut.« Der Junge rückte ein Stück von ihr ab. »Sie haben sie ins Krankenhaus gebracht, obwohl sie ganz gesund war. Dort ist sie dann aber krank geworden, und dann ist sie gestorben. Sie ist jetzt ein Engel und passt auf mich auf.«

»Das tut sie ganz gewiss.« Elli schluckte. Was mochte der Mutter dieses Kindes zugestoßen sein?

»Deine Freundin ist auch krank«, sagte Friedrich unvermittelt.

»Bitte, was?«

»Für sie ist es ein Glück«, fuhr er fort. »Sie muss nicht mehr arbeiten. Die Wachen sagen, sie hält die anderen nur auf.«

»Aber was hat sie denn?«

»Weiß nicht.«

»Kann ich sie sehen?«, rief Elli und schlug sich sogleich die Hand vor den Mund, nicht, dass man sie beide hier im Gebüsch entdeckte. »Ich meine«, fuhr sie leiser fort, »kannst du mich zu ihr bringen?«

»Auf gar keinen Fall.« Er schüttelte den Kopf.

»Kann sie zur mir herauskommen?«

»Eigentlich schon. Von acht Uhr morgens bis acht Uhr abends haben wir Ausgang. Aber die Erwachsenen sind auf der Arbeit, und die, die nicht arbeiten, sind zu schwach, um rauszugehen.«

»Dann seid ihr nachts eingesperrt?«

»Schon. Aber ich habe einen Dietrich.«

»Du hast was?«

Doch Friedrich war schon halb aus dem Gebüsch gekrochen.

»Wie heißt du eigentlich?«, fragte er und wandte sich noch einmal um.

»Elli. Sag ihr, Elli ist hier.«

Es wurde eine quälend lange Zeit. Der Stein, auf dem sie saß, fühlte sich viel kälter und härter an als vorher. Das harmlose Plaudern der Menschen, die an ihrem Versteck vorbeiliefen, zerrte an ihren Nerven. Margot war krank! Himmel, was hatte das zu bedeuten?

Und dann, endlich, kam jemand zu ihr ins Gebüsch. Jemand, dem ein leiser Fluch entfuhr, als er mit der Schulter an einem dicken Ast hängen blieb, und der sich so ungeschickt anstellte, als sei er nie zuvor auf allen vieren gekrochen.

»Sie?«, entfuhr es Elli. »Hat man Sie aus dem Gefängnis entlassen?«

»Ja, endlich«, antwortete Rudolph. Er ging neben ihr in die Hocke, er war so groß, er stieß trotzdem beinahe mit dem Kopf durch das Blätterdach. »Fräulein Elli, auch wenn es unter den gegebenen Umständen seltsam klingen mag, so freue ich mich doch sehr, Sie wiederzusehen. Margot spricht viel von Ihnen.«

»Wie geht es ihr?«

»Nun ja.« Rudolph bemühte sich, eine etwas bequemere Hockstellung einzunehmen, was ihm nicht gelang. »Nicht gut. Sie kann kaum Nahrung bei sich behalten, außerdem hat sie wohl starke Krämpfe. Als sie hörte, dass Sie hier sind, wollte sie unbedingt aufstehen und sich hinausschleichen, aber ich denke, sie sollte das Bett nicht verlassen.«

Elli nickte. Was Rudolph sagte, bestätigte ihre schlimmsten Befürchtungen. Aber was täte sie dafür, Margot sehen zu dürfen!

»Und es ist vollkommen ausgeschlossen, dass ich zu ihr ins Haus kann?«, fragte sie deshalb.

»Nein, versuchen Sie das bloß nicht! Der alte Elias tut uns schon einen Gefallen, indem er mich hineinlässt.«

»Aber Sie sind Ihr Ehemann!«

»Nicht mehr. Das Aachener Landgericht hat unsere in Eupen geschlossene Ehe für nichtig erklärt.«

»Entschuldigung«, stammelte Elli, »was sagen Sie da?«

»Verbrechen nach Paragraf eins Absatz eins des Gesetzes zum Schutz des deutschen Blutes und der deutschen Ehre«, leierte Rudolph herunter. »Eheschließungen zwischen Juden und Staatsangehörigen deutschen oder artverwandten Blutes sind verboten. Trotzdem geschlossene Ehen sind nichtig, auch wenn sie zur Umgehung dieses Gesetzes im Auslande geschlossen sind.«

In Ellis Kopf ratterte es. Margots Vater hatte am Abend der Hochzeit eine diesbezügliche Andeutung gemacht. Deswegen also hatten die beiden in Belgien geheiratet! Aber hatten sie denn nicht geahnt, dass eine solche Ehe vor dem deutschen Gesetz keinen Bestand haben würde? Sie wusste es nicht. Und sie würde einen Teufel tun und Rudolph danach fragen. Man konnte ihm ja ansehen, welche Bürde er mit sich trug! Das Haar, von dessen samtenem Schimmer Margot einst geschwärmt hatte, war strähnig und benötigte dringend einen Schnitt, und rechts und links seines Mundes hatten sich tiefe Falten eingegraben.

»Immerhin«, hörte sie ihn sagen, ohne ihn zu verstehen, »haben sie mich rausgelassen. Und auch Margot wurde nicht verurteilt.«

»Verurteilt?«, echote Elli.

»Wer gegen dieses Gesetz verstößt, kann mit Zuchthaus bestraft werden. Ich habe Leute im Gefängnis getroffen, die deswegen sitzen. Aber Margots Vater konnte in dieser Sache das Schlimmste verhüten, er verfügt trotz allem immer noch über manche Kontakte.«

Elli zwang sich, lang und tief zu atmen. Denn es kam ihr so vor, als würde sich eine eiskalte Hand um ihre Kehle legen. Allein die Vorstellung, Margot im Gefängnis zu wissen!

»Ich habe ein bisschen zu essen mitgebracht«, krächzte sie schließlich und reichte ihm den Beutel, den sie bei sich trug. »Viel ist es nicht. Und ein paar Teedrogen für Margot, die meine Mutter zusammengemischt hat. Bitte, Rudolph, wenn ich irgendetwas tun kann, dann lassen Sie es mich wissen!«

»Aber Sie haben doch schon so viel für uns getan!«, entgegnete er. »Allein, dass Sie uns diese Frau geschickt haben, Fräulein Elli! In der letzten Woche war sie dreimal hier und hat Nahrung, Kleider und auch Medizin für Margot gebracht. Ich treffe sie jedes Mal in diesem Gebüsch, nachdem Friedrich mir Bescheid gegeben hat. Wobei ich mich nie daran gewöhnen werde, hier hineinzukriechen.« Rudolph lachte bitter. »Aber nein, im Ernst«, fuhr er dann fort, »diese Frau tut wirklich, was sie nur kann.«

»Welche Frau?«, fragte Elli.

»Na, diese Nonne«, gab er zurück. »Wie heißt sie noch? Schwester Gertrud. Sie ist wirklich ein Engel!«

19. Kapitel

Dienstag, 28. März 1939

Elli rannte. Sie war damit beschäftigt gewesen, die ersten Kartoffeln zu setzen, eigentlich war es dafür noch zu früh, aber sie musste es einfach versuchen, als sie sah, wie Schwester Gertrud den Hof verließ. Offensichtlich hatte die junge Ordensfrau Alma besuchen wollen, die jedoch hatte auch Elli seit ihrer Rückkehr aus Aachen noch nicht wiedergesehen. Flott war die Novizin unterwegs, und obwohl Elli in den neuen Schuhen so viel besser laufen konnte als jemals zuvor, holte sie sie erst ein, als diese schon den Hohlweg erreicht hatte.

»Auf ein Wort, bitte!«

Schwester Gertrud drehte sich um und schien sofort zu wissen, worüber Elli mir ihr sprechen wollte.

»Dieser Rudolph«, stöhnte sie. »Offensichtlich konnte er den Mund nicht halten.«

»Warum hätte er das tun sollen?«, japste Elli. »Margot ist meine Freundin, ich möchte helfen. Es ist ja sehr freundlich von Ihnen, dass Sie ...«

Doch die Schwester unterbrach sie sofort.

»Freundlich ist das nicht«, zischte sie, sich argwöhnisch umschauend, ob sie auch niemand belauschte, »sondern christliche

Nächstenliebe, so, wie der Herrgott es uns aufgetragen hat. Nachdem deine Mutter mir erzählt hatte, was du in Aachen erlebt hast, konnte ich nicht untätig bleiben.«

»Dann weiß meine Mutter, dass Sie Margots Familie unterstützen?«

»Nur das Notwendigste. Ich würde sie doch niemals gefährden! Je weniger die eine weiß, was die andere tut, desto besser. Es ist sehr riskant, unseren jüdischen Mitmenschen zu Hilfe zu eilen. Weshalb auch du, Elli, unbedingt mit diesen Besuchen in Aachen aufhören musst!«

»Aber ...«

»Nichts aber!«, fuhr die Schwester ihr ein zweites Mal über den Mund. »Kann ja sein, dass dich bislang niemand bemerkt hat, wenn du zu dem jungen Janssen in den Lkw geklettert bist, aber wer weiß, ob es auch ein drittes Mal gut geht? Ich brauche dir nicht zu sagen, dass in diesem Dorf fast nichts geschieht, ohne dass es jemand mitkriegt!«

»Kann schon sein –«, setzte Elli an, doch auch diesmal ließ sie sie nicht aussprechen.

»Hast du vergessen, was an Weiberfastnacht passiert ist?«, wisperte die Ordensfrau, die offensichtlich über so einiges Bescheid wusste. »Oder warst du mal beim Ferienhaus der Schiffmanns? Nein? Die Fenster sind eingeschlagen, außen auf die Wände hat man Hakenkreuze geschmiert. Verstehst du, was ich dir sagen will, Elli?« Schwester Gertrud trat so dicht auf sie zu, dass Elli die kleinen Schweißperlen sehen konnte, die ihr unter dem weißen Schleier auf der Stirn standen. »Man muss vorsichtig vorgehen, unauffällig, damit man nicht auch zur Zielscheibe wird! Denn der Hass auf die Juden ist weitverbreitet, und überall gibt es Parteigänger, die einen ans Messer liefern. Möchtest du dir ausmalen, welchen Kummer es für deine Mutter bedeuten würde, wenn dir etwas zustieße? Wenn sie womöglich deinetwegen in Sippenhaft genommen würde, wie es durchaus passiert in diesem Land? Wenn all die Menschen, um die sie sich kümmert, auf sich allein gestellt wären? Die Wöchnerinnen, die Kinder, die Alten und die Kranken?«

»Nein«, murmelte Elli. Das, was die Schwester sagte, jagte ihr Angst ein. Rudolphs Worte kamen ihr in den Sinn – dass Menschen allein deshalb im Gefängnis saßen, weil sie einander geheiratet hatten. »Aber ich will helfen!«, begehrte sie auf.

»Das weiß ich.« Die Schwester kam noch näher. »Glaub mir, Elli, neuerdings imponierst du mir. Direkt noch einmal nach Aachen zu fahren, nachdem man dich dort so übel zugerichtet hatte, das zeigt Courage. Aber versteh doch, es ist nicht allein der Mut, der zählt. Man muss auch diskret agieren. Jemand wie ich fällt nicht auf. Aachen ist voller Nonnen, die Menschen sind an unseren Anblick gewöhnt. Sie gucken an uns vorbei, sie können uns nicht einmal unterscheiden. Eine wie ich kann geheime Erledigungen machen. Du nicht.«

Elli schluckte. »Weil ich hinke.«

»Ja, weil du hinkst«, entgegnete Schwester Gertrud, und ihre Stimme nahm einen so weichen Tonfall an, wie Elli ihn gar nicht von ihr kannte. »Und weil du ein hübsches junges Mädchen bist. Auch deshalb schaut man dir hinterher. Du fällst auf. Und das gilt es unbedingt zu vermeiden. Wir müssen schließlich auch langfristig denken.«

»Langfristig? Wie meinen Sie das?«

Die Nonne zögerte einen Moment. Als sie weitersprach, schaute sie Elli so intensiv an, dass es sich anfühlte, als würde Elli von ihrem Blick durchbohrt.

»Wirst du dich von nun an fernhalten vom Judenhaus? Und

über alles schweigen, was wir miteinander besprechen? Sogar deiner Mutter gegenüber?«

Nun war es Elli, die zögerte weiterzusprechen. Ihr schwante, worauf die Schwester hinauswollte. War dieses Ziel ein solches Opfer wert? Ja, entschied sie bei sich. Und so nickte sie.

»Das werde ich.«

»Gut.« Schwester Gertrud kam noch näher. Als sie jetzt redete, spürte Elli den warmen Atem ihres Mundes direkt an ihrem Ohr. »Die Gegend hier«, flüsterte sie so leise, dass der leichte Wind, der an diesem Märztag wehte, sie beinahe übertönte, »ist voller alter Schmugglerwege. Derzeit werden sie wieder intensiv genutzt. Verstehst du, was ich meine?«

»Ja!«, hauchte Elli und merkte, wie es in ihr von Kopf bis Fuß zu kribbeln begann. »Wir bringen Margot und ihre Eltern außer Landes, nach Belgien, wo sie sicher sind!«

»Nicht wir«, korrigierte die Schwester sie. »Ich. Ich ganz allein werde das einfädeln. Du hältst dich raus. Verstanden?«

»Verstanden.«

Die Schwester nickte, dann wandte sie sich ab und eilte davon, ohne sich groß zu verabschieden.

Elli sah ihr noch lange hinterher.

Sie hatte eine Verbündete gefunden, wo sie sie niemals erwartet hätte.

Hoffentlich, dachte sie still, hält Schwester Gertrud Wort!

Wie schwer es Elli fiel, der Mutter nichts von diesen Plänen zu erzählen! Sie musste sich beinahe unentwegt auf die Zunge beißen, um Alma nicht einzuweihen. Schließlich gab es so viel zu planen und zu bedenken! Dass Schwester Gertrud betont hatte, sie allein würde diese Flucht einfädeln, ließ Elli nicht gelten. Sie würde an Margots Seite sein, komme, was wolle. Und Alma, die doch ständig unterwegs war, wusste ganz bestimmt mehr über die verschlungenen Pfade durchs deutsch-belgische Grenzgebiet als irgendjemand sonst. Elli erinnerte sich, dass die Mutter früher auch von Wöchnerinnen gesprochen hatte, die sie jenseits der Grenze aufsuchte, auch wenn das lange nicht mehr vorgekommen war. Vielleicht könnte sie sie zumindest ein bisschen ausfragen? Aber nein, das ging nicht.

Am Sonntag drauf suchten Elli und Alma gemeinsam eine Wöchnerin auf, die westlich vom Dorf lebte, noch hinter dem Perlenbachtal. Den ganzen langen Weg über dachte Elli darüber nach, wie sie die Sprache auf die geheimen Schmugglerwege bringen konnte, die hier irgendwo beginnen und nach Belgien führen mussten, ohne dass Alma sie durchschaute. Als sie sich endlich ein Herz fasste, kam ihnen die Wöchnerin schon entgegen, blass und wankend.

»Um Himmels willen, Liss!«, rief Alma. »Habe ich dir nicht gesagt, du darfst nicht aufstehen?«

»Aber ich muss doch in die Kirch'!«, entgegnete die Frau, den Arm, den Alma ihr bot, abwehrend. »Eine Kerze anzünden für mein Miseräbelchen! Damit der liebe Herrgott es gesund werden lässt!«

»Du darfst eh nicht in die Kirche während der ersten vierzig unreinen Tage nach der Geburt«, seufzte Alma. »Also lass mich dir zurück ins Bett helfen. Geht es dem Kleinen gut?«

»Ja, ja.« Die Frau stützte sich nun doch schwer auf Alma, sie schien Elli über alle Maßen erschöpft.

Obwohl die Frau sich nur sehr schwerfällig fortbewegte, hatte Elli alle Mühe, mit den beiden Schritt zu halten. Die neuen Schuhe waren prima, aber ihr rechtes Bein, das war ihr in den vergangenen Tagen schmerzhaft klar geworden, würde immer schwach und unterentwickelt bleiben. Jetzt, nach dem langen Fußmarsch, kostete es sie all ihre Kraft, das schlimme Zittern, das das Bein vor lauter Ermattung befallen hatte, zu unterdrücken. Aber einen Teufel würde sie tun und sich das anmerken lassen.

Und so trat Elli als Letzte in die Wohnküche des kleinen Gehöfts, wo die rußgeschwärzte Decke so niedrig war, dass sie sich unwillkürlich duckte. Es dauerte einen Moment, bis ihre Augen sich an das Halbdunkel gewöhnt hatten, dann erblickte sie ein Mädchen von vielleicht dreizehn Jahren, das an der Feuerstelle stand und mit Mühe einen randvoll mit Kartoffeln gefüllten Kessel vom Hoal hievte. Die Mahlzeit wurde offensichtlich schon sehnsüchtig erwartet, denn Elli zählte nicht weniger als sieben weitere Kinder, die sich bereits um einen einfachen Holztisch versammelt hatten, mangels Sitzgelegenheiten hielten die Älteren die Kleineren auf dem Schoß. Ein Bett stand mitten im Raum, wie es üblich war, damit die Wöchnerin nicht die enge Stiege ins Dachgeschoss hinaufkraxeln musste. Von Alma wusste Elli, dass die Hebammen auch deshalb darauf drangen, dass die frisch entbundenen Mütter in der Wohnküche schliefen, damit ihre Ehemänner zumindest für diese Zeit von ihnen abließen. Gleich neben dem Bett, in einer Wiege, deren Einfassungen ganz abgegriffen waren von den vielen Kinderhänden, die sich im Laufe der Jahre daraus herausgestemmt hatten, lag der Säugling, das spitze Gesichtchen bis zum Kinn zugedeckt.

»Trinkt er denn gut?«, fragte Alma, die das Kind sogleich hochnahm.

»Ja, ja.« Die Frau ließ sich stöhnend auf das Bett fallen. »Ich hab nicht viel Milch, er saugt mir noch das letzte Tröpfchen heraus. Sag, Alma, kannst du mir nicht etwas dafür geben?«

»Natürlich. Ich habe dir einen Tee gemischt, Klara kann ihn

dir aufbrühen.« Alma reichte dem Mädchen, das gerade die Kartoffeln auf den Tisch stellte, eine der Blechdosen, in denen sie ihre Teemischungen verwahrte. »Aber das Wichtigste ist, dass du im Bett bleibst, hörst du, Liss? Du brauchst Ruhe, dann hast du auch genügend Milch!«

»Ach, ich bin so erledigt, ich wünschte, der Herrgott würde mich holen!«, klagte die Frau. »Wenn ich die Pänz nicht hätt'! Und allen voran das Miseräbelchen! Guck ihn dir an, Alma, wie er aussieht!«

»Pass auf, was du sagst, Liss, du machst deinen Kindern Angst!«, herrschte Alma sie an. »Und du, Jupp«, fuhr sie freundlicher fort und beugte sich zu einem kleinen Jungen herab, der schlaff wie eine Puppe auf dem Schoß seines nur wenig älteren Bruders hing, »lässt du mich mal schauen, wie es dir heute geht?«

Der Kleine lächelte Alma freundlich an, und sofort musste Elli an Therese denken. Er lächelte genauso arglos und offen. Jetzt verstand sie, warum seine Mutter ihn Miseräbelchen nannte. Auch dieses Kind würde niemals erwachsen werden. Wie es Therese wohl ging? Elli fühlte einen Stich. Sie hatte nicht mehr bei den Werners vorbeigeschaut, schlimmer noch, sie hatte sogar kaum noch an Therese gedacht.

»Elli! Kannst du mir mal helfen?«

»Natürlich.« Elli hielt das Kind, während Alma ihm vorsichtig das zerschlissene Hemdchen abstreifte. Darunter kam, Elli unterdrückte einen Schreckenslaut, feuerrote, harte Haut zum Vorschein, in Riefen erstarrt. Der Kleine hatte sich den halben Oberkörper verbrüht.

»Kartoffelwasser«, murmelte Alma. »So etwas passiert in Haushalten, wo die Mutter vollkommen erschöpft ist und die älteste Tochter, selbst noch ein Kind, ganz allein für die Geschwister sorgen muss, während der Vater sich herumtreibt. Diese Narben wird der Kleine nie wieder los. Aber wir können sie vorsichtig mit Ringelblumensalbe bestreichen, dann heilt es etwas besser und tut auch hoffentlich nicht mehr so weh. Nicht wahr, kleiner Mann?« Alma kitzelte das Kind am Hals und wurde mit einem glucksenden Lachen belohnt.

Elli half ihr, dem Kleinen einen Verband anzulegen, sie schaute genau zu, wie Alma auch nach den anderen Kindern sah, eins hatte einen schlimmen Ausschlag, ein anderes konnte kein Essen bei sich behalten. Zwischendurch wanderten ihre Augen immer wieder zu den kleinen Fenstern, die nur spärlich Licht hineinließen. Irgendwo hinter den Wäldern, die hier beinahe bis ans Haus reichten, begann Belgien. Aber wie weit war es noch? Und wie kam man über die Grenze? Schwester Gertrud mochte noch so sehr betonen, dass sie allein die Flucht der Schiffmanns planen würde, Ellis Gedanken kreisten unentwegt darum.

Alma begann, die Wöchnerin zu untersuchen, und Elli trat schamvoll einen Schritt zurück.

»Komm«, sagte die Mutter leise. »Es ist nichts, was du nicht sehen dürftest. Und wenn du einmal an meiner Stelle sein wirst, musst du Bescheid wissen.«

Elli merkte, wie sie errötete. Weniger wegen des gelupften Betttuches, sondern wegen der Worte der Mutter. Bislang hatte sie immer nur danebenstehen und einfache Handreichungen übernehmen dürfen. Würde Alma nun endlich beginnen, ihr Können an sie weiterzugeben? Es schien ganz der Fall.

»Der Wochenfluss nimmt schon ab«, stellte Alma fest. »Das ist sehr gut. Kannst du mir eine frische Vorlage reichen?«

»Natürlich.« Elli bückte sich nach Almas Hebammentasche, als sie plötzlich eine Hand auf ihrer Schulter spürte.

»Jetzt erst fällt's mir wie Schuppen von den Augen!«, rief die Wöchnerin. Sie richtete sich ächzend im Bett auf. »Das Mädchen, das dich begleitet, Alma, ist deine Tochter! Das Kind vom Jakob! Aber natürlich! Ganz der Vater! Man sieht's, wenn man's weiß!«

»Sie kannten meinen Vater?« Elli fuhr herum.

»Aber ja doch! Er, deine Mutter und ich, wir sind alle aus dem gleichen Dorf. Es liegt ein ganzes Stück hinter Euskirchen, weit weg. Aber die Heimat vergisst man nie, und da ist man froh, wenn man jemanden von früher wiedertrifft, nicht wahr, Alma?«

Alma antwortete nicht, sie schien es plötzlich eilig zu haben und war schon dabei, ihre Instrumente wieder einzupacken. Elli aber war wie elektrisiert. Die Mutter einmal ausgenommen, war sie nie zuvor jemandem begegnet, der ihren Vater gekannt hatte!

»Wie war er?«, fragte sie, doch die Wöchnerin hing ihren eigenen Gedanken nach.

»Andere Zeiten waren das, ich sag's dir, Kind. Ich bin damals mit dem erstbesten Hausierer weg, der durch unser Dorf kam, dumm, wie ich war. Deine Mutter war klüger, sie hat einen guten Mann geheiratet, aber dann alles verloren. Doch so 'ne Finge wie deine Mam, die bleibt nicht lang allein. Der olle Janssen hat sie zu sich geholt, den kannten wir all', jedes Jahr, wenn Schützenfest war, kam er mit dem Fuhrwerk angefahren. Was wohl aus dir geworden wär, Alma, wenn er dir nicht tüchtig unter die Arme gegriffen hätt'?«

Die Frau kicherte auf eine Weise, die Elli als sehr unangenehm empfand. Himmel, was sollte das? Sie sah Alma die Bügel ihrer Tasche schließen, auf ihrer Stirn hatte sich eine steile Falte gebildet.

»Komm, Elli, wir sind hier fürs Erste fertig!«

Elli bewegte sich keinen Millimeter.

»Mein Vater«, fragte sie noch einmal, an die Frau gewandt. »Was war er für ein Mensch?«

Doch die Wöchnerin gab keine Antwort. Eine Hand auf den Mund gepresst, schien ihr plötzlich eine Eingebung zu kommen.

»Sag, Alma«, rief sie der Mutter hinterher, die schon die Türklinke in der Hand hatte, »sag, kann sie's auch?«

»Was soll ich können?«, fragte Elli. Die Frau hatte sich noch weiter aufgesetzt, griff nach ihrem Handgelenk und umklammerte es mit einer Kraft, die Elli ihr gar nicht zugetraut hätte.

»Nein, nein!«, rief die Mutter von der Tür her. »Lass sie los und leg dich wieder hin!«

»Bist du dir sicher?« Die Frau schien Elli immer erregter, ihre Finger schnitten ihr tief ins Fleisch. »Sie kann es doch zumindest versuchen bei meinem Miseräbelchen!«

»Jetzt halt den Mund«, herrschte Alma sie an. Mit wenigen Schritten war sie zurück im Raum und mühte sich, die Finger der Frau von Ellis Handgelenk zu lösen. »Hör auf damit! Und fang nie wieder damit an! Hast du mich verstanden? Sonst komme ich nicht mehr!«

»Aber, Alma!«, jammerte die Frau.

»Ruhe jetzt!«, brüllte jemand, und erst als es heraus war, merkte Elli, dass sie es war, die geschrien hatte. »Könnt ihr bitte mal Ruhe geben?«, fügte sie etwas leiser hinzu, als sie in die erschrockenen Gesichter von Liss und Alma sah. »Ich möchte jetzt wirklich wissen, wovon ihr eigentlich redet!«

Die Mutter unternahm einen letzten Versuch, Elli von der Wöchnerin loszureißen, dann gab sie es auf und platzierte sich mit dem Rücken an der Tür, als wolle sie verhindern, dass ein überraschender Besuch hereinplatzte. Auf ihrem Gesicht zeichnete sich stumme Resignation ab.

»Bitte schön, Liss«, sagte sie leise. »Nun, da du einmal damit angefangen hast, kannst du es auch zu Ende bringen.«

Die Wöchnerin schien sie kaum zu hören. Sie betrachtete Elli eingehend von oben bis unten.

»Den Brand konnte er segnen, dein Papp«, erklärte sie. »Und so manch anderes. Wenn man sich verbrannt hatte, lief man zu Breuers Jakob. Er schlug ein Kreuz über der Wunde und sprach ein Gebet. Meist tat es dann sogleich nicht mehr weh, es heilte auch besser. Er hatte diese Kunst von seinem Vater übernommen und der wiederum von seinem. Aber Kind, das musst du doch wissen?«

Elli schüttelte den Kopf. »Ich weiß, dass es Gesundbeter gibt«, antwortete sie leise. »Bei uns im Nachbardorf gibt es eine Frau, der man ebenfalls nachsagt, dass sie den Brand segnen kann. Aber dass mein Vater einer war, nein, das wusste ich nicht.« Sie sah zu Alma, die an der Tür lehnte, leichenblass. »Was ich aber nur zu gern wüsste«, sagte Elli und erhob ihre Stimme, »ist, warum ich davon nichts weiß.«

Alma biss sich auf die Lippen.

»Später, Elli, später.«

»Himmelherrgott noch mal, Alma!«, kreischte die Wöchnerin. »Wie kannst du deinem Kind das verschweigen? Eine solche Gabe! Wer weiß, vielleicht kann sie's ja doch! Wollen wir es nicht direkt einmal versuchen?«

»Auf keinen Fall!«, zischte Alma. »Und nun gib endlich Ruh, Liss! Sie wurde geboren, da war Jakob schon tot. Verstehst du?«

»Geboren, als der Vater schon tot war«, murmelte Liss und ließ sich zurücksinken. »Natürlich, dann ist es unmöglich. Tut mir leid, dass ich's ausgeplaudert hab. Du bist mir nicht bös, Alma, oder? Du weißt ja, wie wir Frauen manchmal sind, die Geburt, die Sorge …«

»Ja, das weiß ich.« Die steile Falte auf Almas Stirn verschwand so schnell, wie sie gekommen war. »Versuch, dich auszuruhen.«

Sie glättete die vielfach gestopfte Decke, unter der die Wöchnerin lag. »Ich komme bald wieder nach euch gucken.«

Alma griff erneut nach ihrer Tasche, Elli nahm sie ihr ab, den Kopf voller verwirrender Gedanken.

Sie waren kaum durch die Tür, als das Mädchen, das für seine Geschwister gekocht hatte, hinter ihnen hergelaufen kam.

»Hier, bitte!« Mit gesenktem Kopf zog es zwei noch warme Kartoffeln aus seiner Kittelschürze. »Wir haben leider nichts anderes, um euch zu bezahlen ...«

»Um Himmels willen!« Alma atmete tief aus. »Behalte sie und gib sie deinen Geschwistern. Wir kommen auch ohne Bezahlung wieder, nicht wahr, Elli?«

Die Mutter sandte ihr einen vielsagenden Blick, und Elli nickte schnell.

»Natürlich«, murmelte sie.

Doch kaum war das Haus außer Sicht, stellte sie die Frage, die ihr auf der Seele brannte.

»Warum«, keuchte Elli, ihr Bein drohte unter ihr wegzuknicken, »hast du das vor mir geheim gehalten?«

»Ach, Elli«, stöhnte die Mutter. »Weil dein Vater es mir so aufgetragen hat! Jakob wünschte sich inständig, dass du niemals davon erfährst.«

20. Kapitel

Elli war so perplex, sie lief ein ganzes Stück neben der Mutter her, ohne ein einziges Wort herausbringen zu können.

»Mein Vater hat dich gebeten, es mir zu verschweigen?«, stammelte sie schließlich. »Aber wieso? Warum sollte ich das nicht wissen?«

»Wegen Leuten wie Liss!«, rief Alma, um sich sogleich zu korrigieren. »Ach, was sage ich, Liss ist eine gute Seele, und sie sorgt sich um den kleinen Jupp. Welche Mutter würde das nicht. Aber du kannst dir nicht vorstellen, wer alles bei uns an die Tür klopfte, zu jeder Tages- und Nachtzeit! Ständig hieß es Jakob hier, Jakob da, kannst du nicht diese Brandwunde besprechen und jenen Furunkel? Es war ein Kommen und ein Gehen.«

»Wie bei uns«, gab Elli zurück. »Was ist so schlimm daran?«

»Es war nicht wie bei uns«, widersprach die Mutter. »Was ich tue, ist Handwerk. Was Jakob konnte, war wirkliche Heilkunst. Und die hatte ihren Preis. Keine Nacht, in der er nicht schreiend oder schweißgebadet auffuhr. Wie oft fühlte er den Schmerz der Menschen, die ihn anflehten, ihnen zu helfen, den körperlichen genauso wie den seelischen! Ganz zu schweigen von jenen, für die es keine Hoffnung mehr gab, die aber um alles in der Welt hoffen wollten! Bis zum letzten Moment hat er für sie gebetet und so manches Mal die Bitterkeit und die Bosheit der Hinterbliebenen ertragen müssen, wenn seine Kraft nichts ausrichten konnte. Nie hat er sich geschont. Auch wenn er über die Dörfer lief, seine Korbwaren anzubieten, wurde er immer wieder um Hilfe gebeten. Oft kam er dann nach Hause, vollkommen erledigt, und hatte kaum etwas verkauft. Aber von irgendetwas mussten wir doch leben! Und als er erfuhr, dass ich guter Hoffnung war, da hatte er nur diesen einen Wunsch.«

»Moment!«, rief Elli. »Er hat gewusst, dass ich unterwegs war?«

»Ja.« Über Almas Gesicht huschte ein wehmütiges Lächeln. »Ich war mir schon früh ganz sicher. Er aber ahnte, dass dieser vermaledeite Krieg ihn nicht wieder hergeben würde. Und damit die Heilkunst übertragen werden kann, ist es nötig, dass der Vater dem Kind die geheimen Gebete anvertraut, die seit Generationen in der Familie gehütet werden. In deinem Fall war das nicht möglich, du warst ja noch in meinem Bauch! Und so trug er mir auf, dir niemals von diesem verloren gegangenen Erbe zu erzählen. Verstehst du, Elli? Du solltest dich nicht grämen! Nicht versuchen, eine Aufgabe zu erfüllen, für die du niemals die Mittel haben würdest! ›Unser Kind‹, sagte er, ›soll frei sein. Es soll leichten Schrittes seiner Wege gehen können.‹«

Die Mutter holte ein Taschentuch aus ihrer Kittelschürze hervor, wischte sich verstohlen über das Gesicht.

»Natürlich habe ich gehadert mit seiner Entscheidung«, fuhr sie fort. »Habe ihn bekniet, dass er die geheimen Gebete niederschreibt, damit ich sie für dich aufbewahren kann. Liss hat ja vollkommen recht, mit einem solchen von Gott gegebenen Geschenk muss man ehrfürchtig umgehen! Ich ahnte ja nicht, dass sein Wunsch sich schon im wortwörtlichen Sinne nicht erfüllen würde. Und als dann diese Regierung an die Macht kam, als alle

Menschen, die ein bisschen anders waren als der Rest, um ihr Leben und ihre Gesundheit fürchten mussten, da beschloss ich ...«

Alma verstummte mitten im Satz.

»Ja?«, drängte Elli. »Was hast du beschlossen?«

Doch ihre Frage ging unter in einem ungeheuren Lärm. Auf der staubigen Straße, auf der sie liefen, schoss ihnen ein schweres Motorrad entgegen. Es machte einen solchen Krach, dass aus den Bäumen, die die Straße säumten, Dutzende Vögel in wilder Panik davonflatterten. Auf dem Gefährt hockte, den Nacken durchgedrückt, ein massiger Mann, auf dem Kopf einen schwarzen Helm. Elli erschrak. Was für eine angsteinflößende Erscheinung! Vielleicht, hoffte sie still, fährt er einfach weiter.

Doch das Motorrad stoppte direkt vor ihnen.

»Verzeihen Sie!« Der Mann zog den Helm vom Kopf, schütteres Haar, müde Augen. »Ist Ihnen zufällig eine Gruppe von Leuten aufgefallen? Drei Erwachsene, heißt es, und ebenso viele Kinder?«

Elli bekam einen ganz trockenen Mund. Sie musste sofort an das Paar mit dem Baby denken, dem sie am Ufer der Rur begegnet war, und an die Kinder in der Vennbahn. Fahndete dieser Mann etwa nach Menschen, die sich hier in den Wäldern verbargen, auf der Suche nach einem Weg ins benachbarte Belgien?

»Nein!«, entgegnete Alma mit fester Stimme. »Wir haben niemanden gesehen.«

»Sind Sie sich ganz sicher?«

»Gewiss. Ich bin Hebamme, ich kenne mich in dieser Gegend bestens aus. Wenn jemand oder etwas nicht hierhergehört, bemerke ich es. So wie Sie.«

»Bitte? Was wollen Sie damit sagen?«, rief der Mann, und seine Augen guckten gar nicht mehr müde, sondern, wie Elli mit Schrecken feststellte, sehr finster.

»Damit will ich sagen«, fuhr Alma fort, die Stimme so fest wie vorher, »dass Sie sich auf deutschem Boden befinden. Ich sehe doch, dass Sie Belgier sind. Sie haben hier also gar nichts zu suchen!«

»So ein Quatsch!«, bellte der Mann. »Ich mache diese Arbeit noch nicht lange, aber man hat mich genau eingewiesen! Noch dazu ist es völlig unmöglich, aus Versehen auf der falschen Seite der Grenze zu landen. Überall sind Wachen und Patrouillen unterwegs!«

»Nun ja«, gab Alma zurück, und Elli meinte jetzt sogar eine Spur Spott aus ihren Worten herauszuhören, »wenn die sich alle so gut auskennen wie Sie, kann da schon mal was durcheinandergehen.«

Die Augen des Mannes verfinsterten sich nun so sehr, dass es Elli angst und bange wurde.

»Sie haben keine Ahnung«, sagte er und dehnte jedes Wort, »wen Sie vor sich haben.«

»Ich denke schon.« Alma trat einen Schritt auf den Mann zu und fixierte ihn ganz genau. »Einen belgischen Grenzschützer. Nur dass Sie jetzt gerade eine unbescholtene deutsche Frau und ihre Tochter belästigen!«

Um Himmels willen!, dachte Elli. Was war nur in die Mutter gefahren? Wie konnte sie den Kerl nur so provozieren!

»Komm, Mutter!«, rief sie und packte Alma am Ellbogen. »Wir müssen uns sputen!«

Aber die Mutter schien wie zur Salzsäule erstarrt, schlimmer noch, sie blickte dem Grenzer so starr in die Augen, als wollte sie ihn mit ihren Blicken durchbohren. Elli drehte sich in einem letzten verzweifelten Versuch, dieses leichtsinnige Verhalten zu beenden, von ihr weg, bemühte sich, sie mit sich zu ziehen.

Und da war ihr, als sehe sie etwas. Ahnte sie da drüben im Dickicht nicht den Schemen eines Gesichts? Den Zipfel eines Rockes? Ein Paar Männerbeine, das sich hektisch fortbewegte?

Elli bekam einen solchen Schreck, sie glaubte, sich gleich übergeben zu müssen. Jetzt meinte sie zu verstehen, was Alma mit ihrem Verhalten bezweckte. Sie musste ebenfalls bemerkt haben, dass sie tatsächlich nicht alleine waren in diesem einsamen Waldstück. Und nun versuchte sie, die Aufmerksamkeit des Grenzers auf sich zu lenken. Aber wie lange konnte das noch gut gehen?

Hilf, heilige Maria, hilf!, flehte Elli still.

Keinen Augenblick später ertönte nicht weit entfernt abermals ein Brummen. Ein zweites Motorrad näherte sich. Darauf ein Mann, ebenso bullig, mit einem ebensolchen schwarzen Helm.

Elli war, als griffe ihr jemand an die Gurgel. Gleich, dachte sie, ist alles vorbei. Sie entdecken die Flüchtlinge, machen Gott weiß was mit ihnen, sie durchschauen Mutters Spiel, sie übergeben uns deutschen Polizisten, und die werfen uns ins Gefängnis.

Das Motorrad schoss heran, stoppte.

»Mensch, Hugo!«, rief der zweite Fahrer, während er schon wieder wendete. »Hast du sie noch alle? Ich hab dich überall gesucht! Das hier ist Deutschland! Hier haben wir nichts verloren!«

Das Gesicht des ersten Mannes nahm die Farbe einer sehr reifen Tomate an. Alma schlug die Augen nieder. Der Mann stülpte sich ohne ein weiteres Wort den Helm über den Kopf, startete sein Gefährt und machte, dass er dem anderen, von dem schon bald nur noch eine Staubwolke zu sehen war, hinterherkam.

»Mutter«, wisperte Elli, als sie sich sicher war, dass die beiden sie nicht mehr hören konnten. »Du hast sie auch gesehen, nicht wahr?«

»Nichts haben wir gesehen, Elli, gar nichts. Diese schrecklichen Männer wurden extra dafür angeheuert, Menschen, die versuchen, über die Grenze zu gelangen, zu fassen und den deutschen Behörden auszuliefern. Die Belgier wollen unsere Flüchtlinge nicht haben, und mit den Judenfängern ist nicht zu spaßen! Lass uns gucken, dass wir hier wegkommen!«

Und damit hastete Alma weiter.

Elli folgte ihr, aber sie konnte nicht anders, immer wieder sah sie sich suchend um. Vielleicht, dachte sie, brauchen die Menschen, die sich hier versteckt halten, unsere Hilfe! Himmel, eines hoffentlich nahen Tages werden die Schiffmanns durch diese Wälder schleichen. Man musste doch tun, was man konnte!

»Elli!«, rief Alma leise, aber nicht weniger drängend. »Bleib nicht so weit zurück, bitte!«

Elli hörte die Angst in der Stimme der Mutter, die gerade eben noch dem Mann mit dem schwarzen Helm Paroli geboten hatte, und so schaute sie, dass sie dichter bei ihr blieb. Aber dann hörte sie noch etwas anderes.

Lautes Rufen. Das Schreien einer Frau. Schüsse.

Elli erstarrte. Ihr erster Impuls war zurückzurennen, den Menschen, die sie schreien hörte, beizustehen. Doch Alma packte ihr Handgelenk so fest, dass es wehtat, und zerrte sie mit sich fort.

»Schnell. Und keinen Mucks!«

Um ihre Augen war die Haut ganz weiß geworden, und auf ihrem Hals breiteten sich rote Flecken aus.

Und so rannten sie, so schnell sie konnten. Elli stolperte, wäre beinahe gestürzt, doch Alma zerrte sie mit sich, unerbittlich.

In ihrem Rücken hörten sie noch zwei weitere Schüsse.

Sie rannten, bis sie beide vollkommen erschöpft waren. Sie rasteten kurz auf einem umgekippten Baumstamm, schnappten nach Luft. Und dann liefen sie weiter.

Keine sagte ein einziges Wort. Es gab, das spürte Elli deutlich, in diesem Moment keine Worte für das, was geschehen war.

Die Judenfänger, vielleicht auch deutsche Grenzpatrouillen, hatten die Flüchtlinge entdeckt. Und sie hatten geschossen.

Elli war, als müsse sie sich übergeben. Was für entsetzliche Dinge geschahen in diesen Wäldern?

So liefen sie ein ganzes Stück. Die Gegend wurde wieder vertrauter. Die Mutter schien auf eine tiefe Art erschöpft, und Ellis Bein zitterte unentwegt, doch sie unterdrückte es, so gut es ihr möglich war. An einer Weggabelung ging es rechts ins Perlenbachtal. Elli stutze. Ihr war, als hörte sie ein Lachen, das ihr vertraut war. Laut und vergnügt klang es. Jetzt schien es sogar näher zu kommen!

Elli wurde langsamer, lauschte. Unter das Lachen mischten sich andere Stimmen. Und dann tauchten sie auf. Drei junge Frauen, große Körbe tragend, aus denen es leuchtend gelb hervorquoll. Käthe, ein Mädchen, das Elli von den gemeinsamen Gängen nach Monschau kannte, und, beide um mehr als einen Kopf überragend, Irmgard.

Ellis Herz zog sich schmerzhaft zusammen, und als die drei an ihr und Alma vorüberzogen, sie waren viel schneller unterwegs, brachte sie kein Wort heraus.

Käthe schien genauso überrascht wie Elli.

»Guten Tag«, murmelte sie leise und ließ sich ein Stück hinter die anderen zurückfallen. »Ich war bei dir«, zischte sie. »Eigentlich wollte ich mit dir hierhergehen, aber du warst nicht da. Die wilden Narzissen stehen kurz vor der Blüte, wir pflücken, so viel wir können, und nehmen sie morgen früh mit nach Monschau zum Bahnhof. Ein Bekannter von Irmgard bringt sie nach Aachen. Stell dir vor, die Leute in der Stadt zahlen zwanzig Pfennig für einen Strauß! Und wir bekommen die Hälfte! Ist das zu glauben?«

Elli schüttelte den Kopf. Das konnte sie sich tatsächlich kaum vorstellen. Vor allem aber musste sie unentwegt an die letzte Begegnung mit Käthe und Irmgard denken, als Irmgard Margot mit Steinen beworfen hatte und Käthe ihr, Elli, erst in letzter Sekunde zu Hilfe gekommen war. Die Szene stand ihr so bildhaft vor Augen, dass es sie innerlich schüttelte.

»Das nächste Mal gehen wir zusammen, ja?«, flüsterte Käthe noch, dann beschleunigte sie ihren Schritt wieder und rannte den beiden anderen hinterher.

Elli hatte plötzlich einen ganz trockenen Hals. Sie schluckte und merkte, wie Alma ihren Arm nahm.

»Ach, mein Mädchen, es tut mir so leid! Weißt du, was ich hoffe? Dass diese grässliche Zeit irgendwann vorüber ist und dass du, Käthe und Margot wieder Freundinnen sein könnt.«

Elli nickte vage. Mittlerweile konnte sie sich das kaum mehr vorstellen.

Und so liefen sie das letzte Stück nach Hause, sie wankten beide, so angeschlagen waren sie.

21. Kapitel

Sonntag, 14. Mai 1939

Der Frühling kam, endlich, und mit ihm erwachte die Natur zu neuem Leben. Elli brachte Mist auf der kleinen Anbaufläche hinter dem Backes aus, grub den trockenen, nährstoffarmen Boden um und bat den lieben Gott inständig um genügend Regen und ausreichend Sonne. Sie säte Möhren, Kohlrabi, Porree und Zwiebeln, reservierte gleich mehrere Reihen für die von der Mutter so sehr bevorzugten Saubohnen und versuchte es auch noch einmal mit Spinat, obwohl der im vergangenen Jahr fast vollständig den Raupen zum Opfer gefallen war. An der wettergeschützten Rückseite des Backes sprossen die ersten Heilkräuter, Eibisch, Frauenmantel und Fingerhut sowie die Königskerze, der man nachsagte, das Haus vor Blitzeinschlägen zu schützen. Elli beschnitt vorsichtig den Rosmarinbusch, damit er nicht verholzte, und freute sich über die Pfefferminzsprösslinge, die wie jedes Jahr ganz woanders auftauchten, als man vermutete. Auch die Zitronenmelisse suchte sich ihren Platz, Liebstöckel und Salbei trieben munter aus. Elli hegte und pflegte jedes einzelne Pflänzchen. Besonders aber liebte sie die Stockrosen, die erst im Hochsommer zur Blüte gelangen würden, deren wilden Schösslingen es aber guttat, sie jetzt, im Frühjahr, zu vereinzeln. Und als sie an diesem Sonntag zwischen den Himbeerbüschen die ersten Kornblumen entdeckte, die ihre blauen Köpfchen dem Himmel entgegenstreckten, da nahm sie das scharfe Messer aus ihrer Kittelschürze und schnitt geschwind ein halbes Dutzend davon ab. Sie würde sie später in den Korb mit Brot und Gemüse legen, den Schwester Gertrud für Margot und ihre Eltern abholen würde.

Hoffentlich, dachte Elli, schenken die Blümchen Margot ein wenig Freude in diesem verdammten Judenhaus.

Margots Schwangerschaft war weit fortgeschritten, die Übelkeit hatte nachgelassen, aber sie kämpfte mit Bauchkrämpfen und Blutungen. Schwester Gertrud erstattete regelmäßig Bericht, meist hatte sie auch einen kurzen Brief von Margot dabei. Schon ein Blick auf die kleine, oft kaum lesbare Schrift offenbarte Elli, wie geschwächt die Freundin sein musste. Aber wann immer sie Schwester Gertrud drängte, Margot und ihren Eltern baldmöglichst zur Flucht über die Grenze ins sichere Belgien zu verhelfen, winkte diese ab.

»Sie würde es nicht schaffen. Wir warten bis nach der Geburt.«

Wie sehr Elli sich danach sehnte, Margot wiederzusehen! Doch das, darin waren sich die Nonne und Alma, die zumindest von den heimlichen Gängen Gertruds wusste, einig, wäre für beide Seiten viel zu riskant. Niemand durfte das Judenhaus betreten, versuchte Elli es heimlich und würde erwischt, müssten die Schiffmanns womöglich noch viel schlimmere Repressalien erdulden.

Auch Schwester Gertrud kam erst nach Einbruch der Dunkelheit, huschte ins Backes und verschwand wieder, oft reichte die Zeit nur für ein paar geflüsterte Worte an der Klöntür.

Heute, dachte Elli, während sie die Kornblumen ins Wasser

stellte, könnte sie auch tagsüber kommen. Sämtliche Hitler-Verehrer stehen oben auf dem Berg Spalier.

Der Führer und Reichskanzler persönlich war nämlich von Aachen aus angereist, um sich während einer Inspektionsfahrt ein Bild zu machen von den Arbeiten am Westwall. Wie ein Lauffeuer hatte sich die Kunde verbreitet, dass er unweit des Dorfes, dort, wo die Landstraße eine Biegung machte, eine kurze Rast einlegen würde. Und so hatte am frühen Morgen eine kleine Völkerwanderung den Berg hinauf begonnen, zur Frühmesse war nur noch eine Handvoll Leute erschienen. Pfarrer Freising hatte ein bekümmertes Gesicht gezogen und die Anwesenden eindringlich aufgefordert, für die abwesenden Seelen zu beten.

Alma hatte sich direkt nach der Messe wieder aufgemacht zu einer ihrer Wöchnerinnen, und so konnte Elli auf dem Heimweg ein wenig verweilen am Heldendenkmal gleich am Eingang zum Friedhof. Sie war mit dem Zeigefinger die Einkerbungen entlanggefahren, mit denen der zweite Name von oben in den Stein geritzt war.

Jakob Breuer

Der Mann, der den Brand segnen konnte.

Dann war sie nach Hause gegangen und hatte eine Weile ihre Hände betrachtet. Von oben, von unten, von den Seiten. Sie tat das seit Wochen, immer wieder. Sie tat es auch jetzt, als sie sich neben die Katze auf die Bank vor dem Backes setzte.

»Wenn du mich fragst«, ertönte eine Stimme neben ihr, »sind sie schön sauber. Oder warum unterziehst du sie einer so gründlichen Inspektion?«

»Hans!«, rief Elli und unterdrückte den Impuls, die Hände

hinter ihrem Rücken zu verstecken. »Bist du nicht oben bei den anderen?«

»Hab mich davongeschlichen. Am liebsten wäre ich gleich zu Hause geblieben, aber du kennst ja den Alten. Seit er am Führergeburtstag das Ehrenzeichen zweiter Klasse verliehen bekommen hat, liegt er mir noch mehr in den Ohren, endlich in die Partei einzutreten. Nicht, dass ihm diese ganze Ideologie irgendwie gefällt, dafür ist er zu kläräugig. Er sieht allein das Geld, das er scheffeln kann im Auftrag der Partei. Da haben die Söhne gefälligst mitzuziehen.«

Hans schnaufte und ließ sich neben Elli auf die Bank fallen. Elli atmete sofort tief ein und aus. Dieser Duft! Hans duftete nach geronnener Milch und nach Pfefferminze und nach noch etwas anderem, das sie dazu verleitete, sich wie damals im Lkw ein wenig zur Seite fallen zu lassen.

Himmel!, schalt sie sich selbst und richtete sich schnell wieder auf, was war bloß in sie gefahren!

»Ist dir nicht gut?«

Hans hatte ihren Arm ergriffen, was die Sache nicht besser machte.

»Nein, nein!«, rief Elli, »alles in Ordnung!«

»Mmh.« Hans zog seine Hand zurück. Die Katze erhob sich, machte einen Buckel, stolzierte über Elli hinweg auf seinen Schoß, wo sie sich genüßlich tretelnd um sich selbst drehte.

»Ich tue meinem Vater schon so einige Gefallen«, fuhr er fort. »Ich hab's nicht besser verdient. Aber in die Partei eintreten, nein, dazu bringt er mich nicht.«

Dann erhob er sich und lief hinüber zum Stall, nicht ohne die Katze zuvor auf den Boden zu setzen, was sie mit einem wütenden Fauchen quittierte.

Elli sah Hans noch hinterher, als er schon längst verschwunden war. Was hatte er gemeint, als er sagte, er tue seinem Vater schon so manchen Gefallen? Sprach er womöglich von der bevorstehenden Hochzeit?

Und mit einem Mal erwischte sie sich bei einem vollends verbotenen Gedanken. Vielleicht, dachte sie, sagt er diese Hochzeit ja noch ab.

Sei nicht töricht, schalt sie sich im nächsten Moment. Ein Mann wie Hans hält sein Wort!

Und als Pfingsten kam und Schützenfest gefeiert wurde, da ging Hans mit Irmgard am Arm im Schützenzug mit. Sie überragte ihn um etliche Zentimeter, und das Kleid, das sie trug, war zu kurz, obwohl man unten ein Volant angesetzt hatte. Aber das machte ihr offensichtlich nichts aus, sie strahlte übers ganze Gesicht. Später, so erzählte es die Mutter, die es wiederum von Lina, der Magd, gehört hatte, wirbelte sie ihren Verlobten im Festsaal ordentlich über die Tanzfläche.

»Er hat wohl ein ziemlich belämmertes Gesicht gemacht«, meinte Alma, »und es ist eine Schande, dass der alte Janssen seinen Jüngsten auf diese Weise verschachert. Aber so war er immer schon. Für ihn zählt das Geld, das die Braut in die Ehe mitbringt, und sonst gar nichts.«

Es wurde ein arbeitsreicher Sommer, doch niemand murrte, alle hofften auf eine gute Ernte, und viele nutzten die Gelegenheit, sich noch etwas hinzuzuverdienen. In den Wäldern rund um Monschau gab es im Juli so viele Waldbeeren, dass zahlreiche Frauen und auch Kinder mit ihren Körben ausschweiften und sich einen hübschen Nebenverdienst erwirtschafteten, denn die Händler aus Aachen und Köln nahmen ihnen die kleinen, süßen Früchte nur zu gerne ab. Auch Elli sammelte fleißig mit, und jeden Groschen, den sie verdiente, gab sie Schwester Gertrud für die Schiffmanns.

Im August wurde ein Passzwang für die Vennbahn eingeführt, auch hieß es, die Kontrollen im Grenzgebiet würden immer engmaschiger, und Elli fragte sich zum wiederholten Mal bang, wie die Flucht von Margot und ihren Eltern gelingen sollte.

»Mach dir darüber keine Gedanken«, gab Schwester Gertrud barsch zurück, wenn sie deswegen in sie drang, »erst einmal muss deine Freundin ihr Kind gesund zur Welt bringen. Und ihr Mann muss die Nerven behalten. Dieser Rudolph wird von Tag zu Tag nervöser, nicht, dass das noch ein böses Ende nimmt!«

Die Sorge um Margot begleitete Elli vom Erwachen bis zum Schlafengehen. Zugleich war sie beunruhigt von den Gerüchten, ein Krieg mit Polen könne unmittelbar bevorstehen. Sie hatte keinerlei Vorstellung, was das bedeuten könnte, doch dass ihr Vater im letzten großen Krieg sein Leben gelassen hatte, war ihr Grauen genug.

Im Gasthaus wurden bunte Abende für die beim Westwall beschäftigten Männer gegeben, mit Tänzerinnen und Vortragskünstlern aus Köln. Gleichzeitig litten die Menschen in den Dörfern rund um Monschau unter Wassermangel, denn in den vielen Barackenlagern der Westwallarbeiter wurde so viel Wasser verbraucht, dass die Brunnen kaum noch etwas hergaben. Selbst die wenigen Wasserleitungen, die es gab, wurden oft schon am Nachmittag gesperrt.

Und dann gab es noch das Gemunkel, Hans würde nun doch bald in die Partei eintreten. Lina, die Magd, tat sich damit hervor, wie sie stets dafür zuständig war, Gerüchte in die Welt zu setzen.

»Daran glaube ich keine Sekunde«, erklärte Elli, als Alma es ihr erzählte.

Doch die Mutter wog nur abwägend den Kopf.

»Unterschätze den alten Janssen nicht«, sagte sie.

Am Sonntag vor Mariä Himmelfahrt sah Elli ein paar Gottesdienstbesucher vor der Kirche tuscheln und auf das Haus der Werners zeigen, die an diesem Tag beim Kirchgang fehlten. Kurz darauf trat Pfarrer Freising noch vor Beginn der Messe vor die Gemeinde und bat, die Familie Werner besonders in die Gebete einzuschließen, ihre einzige Tochter Therese sei unerwartet in einer Pflegeanstalt verstorben. Elli war, als legte sich eine eiskalte Hand auf ihr Herz. Therese tot! Wie konnte das geschehen? Sie krümmte sich auf der Kirchenbank zusammen, am liebsten wäre sie aufgesprungen und hinausgelaufen, doch sie hielt durch bis zum Ende der Messe. Als der Pfarrer endlich den Abschlusssegen erteilt und das von vielen erhoffte Plazet gegeben hatte, ausnahmsweise an diesem Sonntag Heu einzufahren, es drohten nämlich schwere Gewitter, da waren ihre Knie schon lange butterweich.

Himmel, was mochte Therese widerfahren sein?

Die allermeisten Dorfbewohner rannten nur schnell zu ihren Häusern, um den Sonntagsstaat gegen ihre Arbeitskittel zu tauschen, denn das Heu stand herrlich trocken auf den Feldern. Elli wusste, dass sie beim Bauern Janssen erwartet wurde, an solchen Tagen packten alle mit an, und doch brachte sie es nicht fertig, am Haus der Werners einfach vorbeizugehen. Und so drückte sie den Rücken durch, humpelte geradewegs darauf zu und klopfte leise gegen die Tür.

»Herr Werner? Frau Werner? Sind Sie zu Hause? Ich bin's, Elli. Darf ich einen Moment zu Ihnen hereinkommen? Ich möchte Ihnen mein Beileid aussprechen.«

Eine ganze Weile verging, dann wurde die Tür von innen geöffnet.

»Elli, wie schön, dass du uns besuchst«, sagte Frau Werner in ihrem weichen Tonfall, der Elli seit Kindesbeinen vertraut war. Doch die Person, die vor ihr stand, erkannte sie kaum wieder. Schon früh ergraut, schien Thereses Mutter nur noch ein Schatten ihrer selbst. Jede Lebendigkeit war verloren gegangen, ihre Augen leer, ihr Antlitz bleich.

»Tatsächlich haben wir gerade darüber gesprochen, ob wir dich um Hilfe bitten könnten«, fuhr sie fort, so leise, dass Elli meinte, sich verhört zu haben.

»Um Hilfe bitten, mich?«, fragte sie deshalb.

»Aber ja doch.«

Thereses Mutter führte sie zum Tisch, wo Thereses Vater saß, in der Hand die Pfeife seiner Tochter, als hätte er sich kein bisschen bewegt, seit sie Therese geholt hatten. Muffig roch es hier, als sei lange nicht gelüftet worden. Auf der Kannenbank lag dick der Staub.

Elli fröstelte. Dies passte nicht zur Familie Werner, wo es stets so blitzblank gewesen war, dass man hätte vom Fußboden essen können.

»Wir müssen einen Brief schreiben an die Anstalt«, fuhr Frau Werner fort und öffnete eine Truhe, die üblicherweise zum Verwahren von Decken und Kleidung diente. Ganz obenauf lag, sorgfältig in ein Tuch gewickelt, etwas Weißes. Es war, wie Elli nun erkannte, ein Bogen feinen Papiers, wie es sie nur in einem vornehmen Geschäft in Monschau zu kaufen gab. Frau Werner trug ihn mit spitzen Fingern zum Tisch. »Wir sind beide des Schreibens nicht sehr kundig, und du hast doch immerhin im Büro der Gemeindeschwester gearbeitet, du kannst das doch, nicht wahr, Elli?«

»Ich? Was soll ich können?«

»Ein Dankesschreiben aufsetzen.«

»Ein Dankesschreiben? An wen denn? Und wofür?«

»Na, an die Anstalt! Habe ich das nicht gerade schon gesagt?«

Frau Werner ließ sich auf einen Stuhl fallen, die Hände in einer hilflosen Geste von sich gestreckt.

»Ich werde ihn dir diktieren«, sagte da Herr Werner, die Stimme rau. Es schien fast, als habe er sich seit der Abholung seiner Tochter nicht nur nicht mehr bewegt, sondern auch nicht mehr gesprochen.

»Sehr geehrter Herr Direktor!«, setzte er an, und als Elli sich nicht rührte, schob er ihr einen Füllfederhalter über den Tisch. Elli erkannte darauf die Insignien des alten Bauern Janssen, offensichtlich hatten sich die Werners den Stift bei ihm ausgeliehen. Sie griff danach, warf den Werners einen fragenden Blick zu, und als beide nickten, begann sie zu schreiben. *Sehr geehrter Herr Direktor!*

»Wir danken Ihnen für Ihr Schreiben vom 10. des Monats August«, fuhr Thereses Vater fort, »wonach unsere Tochter sanft entschlafen ist. Es ist für uns sehr hart, zu erfahren, dass sie bereits beerdigt wurde. Aber selbstverständlich tragen wir dafür die Kosten. Beiliegend finden sie einen Schein über zehn Reichsmark. Bitte teilen Sie uns noch mit, wo genau unser Kind bestattet ist, damit wir seine letzte Ruhestätte bei Gelegenheit aufsuchen können. Mit deutschem Gruß, Gottfried Werner.«

Elli schrieb. Doch ihre Hand zitterte so sehr dabei, dass sie fürchtete, der Brief könnte am Ende vollkommen unleserlich sein. Außerdem verursachte sie einen hässlichen Tintenfleck, und das Blatt zerknitterte ihr unter den Fingern.

»Woran«, fragte sie schließlich und schob das Blatt zu Herrn Werner über den Tisch, »ist Therese gestorben?«

Doch er schüttelte nur den Kopf. Es schien nicht, als habe er nach dem Diktat des Briefes noch Worte übrig.

»Wir haben es nicht genau verstanden«, hörte Elli Thereses Mutter sagen, die Stimme so dünn, dass sie sogleich von den Wänden verschluckt wurde. »Sie war wohl sehr unruhig nach dem Eingriff, und dann gab es Komplikationen.«

Elli nickte, als habe sie verstanden, doch tatsächlich verstand sie kein Wort. Ein Grauen ergriff sie, das sie von Kopf bis Fuß erkalten ließ. Himmel, fragte sie sich erneut, was mochte bloß mit Therese geschehen sein? Der sanften, freundlichen Therese, die immer auf der Bank vor dem Haus gesessen hatte, in der Hand ihre kalte Pfeife. Sie war doch niemals unruhig gewesen!

Elli verabschiedete sich bald, sie drückte jedem der beiden fest die Hand, doch Thereses Eltern schienen zu schwach, um diese Geste zu erwidern. Es fühlte sich beinahe so an, als sei jedes Leben aus ihnen entwichen.

Noch lange nachdem sie das Häuschen der Werners verlassen hatte, konnte Elli die Trauer, die dort herrschte, mit jeder Faser ihres Körpers spüren. Sie spürte sie auf dem Feld, wo sie neben Lina und einem Mädchen, das der Reichsarbeitsdienst geschickt hatte, das Heu zusammenrechte. Sie spürte sie hoch auf dem Heuwagen, den Hans nach Hause steuerte, mit einem so sauertöpfischen Gesicht, als läge ihm etwas schwer auf der Seele. Elli spürte diese Trauer sogar noch, als sie in einen unruhigen, immer wieder von Schreckensbildern unterbrochenen Schlaf fiel.

Und so war sie sogleich hellwach, als es an die Tür klopfte, leise und drängend. Auch Alma war sofort auf den Beinen.

»Dem Himmel sei Dank, du bist zu Hause!«, keuchte Schwester Gertrud, als sie hereinstürzte. »Du musst sofort deine Tasche packen! Margot ist niedergekommen!«

»Aber das ist zu früh!«, rief Elli, während Alma schon dabei war, ihre Schuhe zu schnüren. »Viel zu früh!«

»Wenn es das mal wäre«, gab die Schwester zurück.

»Was«, rief Elli, und sie spürte, wie die Angst, die nun in sie fuhr, sie packte, als drücke ihr jemand die Kehle zu. »Was ist passiert?«

»Es sind zwei Kinder«, antwortete Schwester Gertrud. »Und Margot geht es sehr schlecht.«

22. Kapitel

Montag, 14. August 1939

»Ich komme mit!«, hatte Elli gerufen und keinen Widerspruch zugelassen. Nichts in der Welt würde sie in dieser Nacht von ihrer Freundin Margot fernhalten. »Und wenn ich im Versteck des kleinen Friedrich im Gebüsch warte! Ich muss in ihrer Nähe sein!«

Und so saß sie wenige Minuten später mit der Mutter und Schwester Gertrud auf der Rückbank eines klapprigen Lieferwagens, der ein Stück außerhalb des Dorfes, am Ende des Hohlwegs, auf die Ordensfrau gewartet haben musste.

»Ein Freund«, erklärte diese knapp und wies auf den Mann am Steuer, der eine Schiebermütze tief ins Gesicht gezogen hatte und keinerlei Anstalten machte, seine neuen Fahrgäste zu begrüßen. »Besser, ihr kennt euch nicht.«

Elli nickte, sie hatte mittlerweile begriffen, dass jeder, der Juden half, in Gefahr geraten konnte. Und schon ging die Fahrt los. In einem nahezu halsbrecherischen Tempo bretterte der Fremde über die schmalen Straßen der Eifel, und bald tauchten vor ihnen die Lichter der großen Stadt Aachen auf. Wenig später stoppte der Lieferwagen in einem Waldstück, und Schwester Gertrud riss die hintere Tür auf.

»Wir sind hier am Fuße des Lousberg. So können wir uns dem

Haus nähern, ohne dass jemand sieht, wer uns hierhergefahren hat. Nur für alle Fälle.«

Elli sandte dem unbekannten Fahrer ein stummes Dankeschön und machte, dass sie hinter Alma und der Schwester herkam.

Es war tatsächlich nur ein kurzer Fußweg, bald schon liefen sie die Försterstraße entlang, und als die Nonne auf das Gebüsch wies, in dem Elli sich schon zweimal versteckt hatte, da kletterte sie ohne großes Aufheben hinein. Einen Teufel würde sie tun und jetzt zu jammern anfangen, dass sie mit ins Haus wollte. Hauptsache, Alma kam schnellstmöglich zu Margot! Im nächsten Augenblick hörte sie von den beiden Frauen nur noch ihre leichten, schnellen Schritte.

Hoffentlich, dachte Elli, kommen sie ins Haus hinein. Und hoffentlich kann Mutter Margot helfen! Sie kauerte sich auf den Stein und begann zu beten, ein *Gegrüßet seist du, Maria* nach dem nächsten.

Nicht lange, und ein großer, schmaler Schatten schob sich zu ihr ins Gebüsch. Es war Rudolph. Elli konnte seine Gesichtszüge im Dunkeln nicht erkennen, aber sie spürte, wie erschöpft er war.

»Fräulein Elli.« Er reichte ihr eine Hand, verfehlte sie knapp und machte keine Anstalten, seine noch mal auszustrecken. »Die Damen haben mich weggeschickt, sie sagen, je weniger Aufruhr, desto besser. Aber gut, dass Sie und Ihre Mutter so schnell kommen konnten. Es ist wirklich höchste Eisenbahn. Diese Verbrecher töten meine Margot, und meine Kinder gleich mit!«

»Bitte, was?«, rief Elli und presste sich sogleich die Hand auf den Mund. Nicht, dass sie jemand hörte!

»Ich habe zwei Söhne«, sagte er, mehr zu sich selbst als zu Elli. »Und ich weiß nicht, ob sie morgen früh noch leben. Oder ob meine Ehefrau ihnen folgt.«

Elli schlug sich sofort noch einmal die Hand vor den Mund. Nicht, weil sie irgendetwas hätte sagen können, sondern um die Schluchzer zu unterdrücken, die herauswollten.

»Was«, flüsterte sie, »was ist passiert?«

»Eine Frühgeburt. Keiner war bei ihr. Ihre Eltern fanden sie, als sie von der Arbeit zurückkamen. Sie gaben mir Bescheid, der kleine Friedrich ist ein helles Köpfchen und weiß, wie man in die Stadt kommt, und ich holte Schwester Gertrud. Sie tat, was sie konnte, aber es sieht nicht gut aus. Nein, es sieht ganz und gar nicht gut aus.«

Rudolph vergrub das Gesicht in den Händen, und Elli begann, fest auf ihre Fingerknöchel zu beißen.

Nicht weinen, sagte sie sich, nicht weinen.

»Niemals«, fuhr er fort, »wäre es so weit gekommen, müsste sie nicht unter so erbärmlichen Umständen vor sich hin vegetieren. Sie machen sich keine Vorstellung, Fräulein Elli, wie es dort drinnen zugeht! Und was man den Leuten zu essen gibt! Einmal am Tag eine stinkende Pampe und etwas verschimmeltes Brot. Es ist mir gelungen, besseres Essen hineinzubringen, und auch, was du, also Sie ihr zukommen lassen, ist höchst willkommen, aber Sie müssen wissen, es gibt dort noch eine sehr alte Frau, der es ebenfalls schlecht geht, und Margot hat alles mit ihr geteilt. Und so hat es einfach nicht gereicht.«

Elli wusste nicht, ob sie wütend sein sollte oder nicht. Das war wieder einmal so typisch Margot!

»Diese Nazis«, hörte sie Rudolph murmeln. »Diese gottverdammten Nazis. Wenn ich einen von denen in die Finger bekomme, drehe ich ihm den Hals um.«

Wie gut Elli ihn verstehen konnte! Ihr ging es ja kaum anders. Und doch. Rudolphs Stimme hatte sich plötzlich auf eine Weise verändert, die sie beunruhigte.

»Den Hals umdrehen«, sagte er noch einmal. »Kopfüber aufhängen. Ausbluten lassen. Peitschen, bis sich das Fleisch vom Körper löst. Ha!«

»Bitte!«, flüsterte Elli. »Bitte beruhigen Sie sich!«

Aber sie flehte vergebens.

»Möchten Sie wissen, was sie dort drinnen veranstalten?«, fragte er mit einem so beängstigenden Unterton, dass Elli sogleich den Kopf schüttelte.

»Nein, bitte, ich möchte es lieber nicht hören.«

Doch ihre Worte schienen ihn nicht zu erreichen.

»Sie nennen es Tanzfest. Zwei Insassen werden mit den Armen aneinandergebunden und in den Keller getrieben, und dort müssen alle anderen auf sie einschlagen. Mit Stöcken, Fäusten, Riemen. So lange, bis die beiden am Boden liegen und sich nicht mehr bewegen.«

»Bitte«, flüsterte Elli noch einmal, »bitte, ich möchte das wirklich nicht hören!«

»Ich habe es selbst gesehen«, setzte er hinzu, »an einem der Abende, an denen der kleine Friedrich mich hineingeschleust hat.«

Daraufhin verfiel er in ein Schweigen, so düster, dass Elli beinahe wünschte, er würde weitersprechen. Immer beklemmender wurde ihr zumute, je länger dieses Schweigen anhielt. Offensichtlich hatte Rudolphs Seele Schaden genommen in den letzten Monaten. Aber, um Himmels willen, jetzt hieß es, sich zusammenzureißen und Margot beizustehen!

Zeit verging, Elli wusste nicht, waren es Minuten oder Stunden. Sie begann wieder, still zu beten. Was täte sie dafür, jetzt bei Margot sein und ihre Hand halten zu dürfen!

Und dann, endlich, schob sich ein weiterer Schatten in das Gebüsch, ein recht kleiner.

»Elli«, wisperte Friedrich. »Deine Mutter hat gesagt, du darfst kurz kommen.«

Nichts hätte Elli schneller auf die Beine bringen können. Mit einem einzigen Satz sprang sie aus dem Gebüsch und humpelte ungelenk mit weit ausholenden Schritten auf das Haus zu. Selbst der kleine Friedrich, flink, wie er war, schien Schwierigkeiten zu haben, mit ihr mitzuhalten.

»Leise!« Er packte sie an der Kittelschürze. »Wenn du so einen Lärm machst, weckst du noch alle!«

»Entschuldigung. Ich wollte nur ...«

»Schon gut.« Er winkte ab, als sei er der Erwachsene und sie das Kind. »Jetzt alles auf mein Kommando. Verstanden?«

»Verstanden.«

Friedrich führte sie um das Haus herum zu einem niedrig gelegenen Eingang. Drei Treppenstufen ging es hinab, dann holte er einen länglichen Gegenstand aus seinen Knickerbockern hervor und machte sich damit am Türschloss zu schaffen. Er besaß tatsächlich, genau, wie er gesagt hatte, einen Dietrich. Und er konnte offenbar gut damit umgehen, denn nach nicht einmal zehn Sekunden schwang die Tür mit einem leisen Klacken auf.

»Bleib dicht hinter mir. Und keinen Ton!«

Sie gelangten in eine Küche, wie Elli noch nie eine gesehen hatte. Es war beinahe stockdunkel dort, und doch erkannte sie einen riesigen, blitzenden Herd, kupferne Töpfe an den Wänden und dahinter aufwendig bemalte Fliesen.

Weiter ging es durch eine schmale Tür, dahinter führte eine enge Stiege nach oben.

»Der Dienstbotenaufgang«, fisperte Friedrich. »Außer mir nutzt den kein Mensch.«

Die hölzernen Dielen knarrten bedenklich, und Elli wagte kaum zu atmen. Nicht, dass man sie entdeckte, jetzt, wo sie Margot schon so nahe war! Gab es in diesem Haus Wachen, Männer wie die, die sie mit ihren Stiefeln getreten hatten? Sie wusste es nicht.

Ein Stockwerk höher öffnete Friedrich einen weiteren schmalen Durchgang, und sie gelangten in einen Flur, dessen marmorner Boden im hereinfallenden Mondschein bleich schimmerte.

»Hier.« Friedrich blieb vor einer hohen Tür stehen, sie war nur angelehnt, ein wenig Licht fiel hinaus. »Zehn Minuten hat die strenge Nonne gesagt, dann hole ich dich wieder ab.«

Elli nickte. Atmete tief ein und aus. Was würde sie hinter dieser Tür erwarten? Lebte Margot noch? Und die Kinder? Himmel, wer hatte ahnen können, dass sie Zwillinge erwartete! Und sie ganz allein auf die Welt bringen musste, unter diesen Umständen! Beinahe war Elli versucht, sich abzuwenden, die knarzende Stiege wieder hinabzulaufen. Wenn Margot etwas geschehen wäre, sie würde niemals darüber hinwegkommen.

Und dann hörte sie es. Ein Stimmchen, so fein, als sei es nicht von dieser Welt. Ein zweites Stimmchen fiel darin ein, ebenso fein. Aber ansonsten blieb es vollkommen still.

Langsam, mit zitternder Hand, schob Elli die Tür auf.

Dahinter war ein schmaler, hoher Raum. Links vorne und rechts hinten eiserne Stockbetten, dazwischen ein einfacher Tisch. Auf dem vorderen Bett hockte, die Arme umeinandergeschlungen, ein älteres Paar. Elli musste zweimal hingucken, um zu erkennen, wer es war, nicht nur wegen des wenigen Lichts, das allein von einer flackernden Glühbirne herstammte. Die Schiffmanns schienen um Jahre gealtert, die Gesichter grau, die Körper so abgemagert, dass die Knochen aus den verschlissenen Sachen, die sie trugen, hervorstachen. Stumm sahen sie zu Elli herüber, in ihren Augen nichts als Schrecken.

Aus dem Stockbett über ihnen hing schwarzer Stoff herab,

jemand schnarchte leise. Elli erkannte auch ein Stück weißen Schleiers. Offensichtlich war die stets so streng auftretende Schwester Gertrud in dieser Nacht vom Schlaf übermannt worden.

Etwas roch komisch in diesem Raum, Elli wusste, dass sie diesen Geruch kannte, aber sie hätte nicht zu sagen gewusst, woher.

Und da waren sie wieder, die Stimmchen, eins zarter als das andere. Sie kamen vom hinteren Bett. Elli sah ihre Mutter davorknien, sie schien etwas auf dem Boden zu suchen. Und in dem Bett lag jemand.

Elli strich den alten Schiffmanns stumm über die Hände, sie wusste selbst nicht, warum, dann ging sie leise, einen Fuß vor den anderen setzend, in den hinteren Teil des Zimmers, ihr Herz ein hektisch pumpender Blasebalg.

Margot lag bis zur Brust zugedeckt, das Gesicht so weiß, dass es sich kaum vom Bettbezug abhob. Sie lag ganz still, aber sie schlief nicht, die Lider ihrer Augen flackerten.

»Elli!«, hauchte sie. »Sind sie nicht wunderschön?«

Jetzt erst sah Elli die Kinder. Eng aneinandergeschmiegt lagen sie in Margots Arm. Zwei so kleine Körper, man hätte meinen können, ein jedes würde in die Hand eines großen Mannes passen. Und doch. Sie waren vollkommen. Zwei ganz fein gezeichnete Gesichter, Äuglein mit einem flaumigen Wimpernkranz, spitz sich emporreckende Näschen und Münder wie Kirschknospen. Und die kleinen Fäuste! Elli konnte nicht anders, sie gab einem der Säuglinge ihren kleinen Finger, und sofort schloss sich eine zierliche Faust darum.

»Florian und Viktor«, flüsterte Margot, die Stimme rau. »So sollen sie heißen. Der Prächtige und der Sieger. Denn sie werden groß und stark werden, und nichts wird daran erinnern, wie und wo sie zur Welt gekommen sind.«

»Florian und Viktor«, wiederholte Elli. Das Fäustchen, das ihren kleinen Finger hielt, schloss sich ein wenig fester darum. »Wie geht es dir?«

»Gut, gut.« Margot hustete. »Deine Mutter hat mich und die Kleinen gut versorgt, ich frage mich nur …«

»Ja?«

Doch Margot antwortete nicht mehr, die Augen fielen ihr zu.

»Sie ist sehr erschöpft«, hörte Elli Alma murmeln. »Besser, du gehst jetzt wieder. Ich wollte nur, dass ihr euch noch einmal seht.«

»Wie meinst du das?«

Doch auch von Alma kam keine Antwort mehr. Sie bückte sich und schien wie zuvor etwas unter dem Bett zu suchen. Und da war er wieder, der Geruch, der Elli schon beim Eintreten aufgefallen war. Jetzt wusste sie auch wieder, woher sie ihn kannte, und augenblicklich begann sie zu würgen. Denn so roch es auf dem Hof des Bauern Janssen, wenn geschlachtet wurde. Es roch noch Blut. Schlimmer noch, das ganze Zimmer stank danach. Elli senkte den Blick. Und noch während sie hoffte, sie täuschte sich, sah sie, womit Alma tatsächlich unter dem Bett beschäftigt war. Die Mutter suchte nichts, wie es vorhin den Anschein gemacht hatte. Nein, sie war dabei, mit einem Lappen das Blut aufzuwischen, das dort in einer Lache, schwarz wie die Nacht, auf den Holzdielen stand.

»Geh jetzt, Elli, bitte«, murmelte sie, ohne aufzusehen. »Wir kommen auch gleich.«

Elli war, als bliebe die Zeit stehen. Sie küsste Margot auf die Stirn, schrecklich kalt und feucht fühlte sie sich unter ihren Lippen an, dann wandte sie sich ab, strich noch einmal über die Hände der alten Schiffmanns, die auf der unteren Koje des anderen Bettes zusammengekauert saßen und kein einziges Mal aufsahen. Dann schlich sie hinaus.

Draußen im Flur wartete Friedrich auf sie.

»Jetzt aber schnell!« Geschwind lotste er sie die Treppe hinab, durch die Küche und in den Garten. »Versteck dich wieder im Gebüsch! Bald kommt der Lkw, um die aufzuladen, die zur Arbeit müssen!«

Elli tat wie geheißen. Hätte Friedrich von ihr verlangt, sich bäuchlings auf die Straße zu legen, sie hätte es getan. *Ich wollte nur, dass ihr euch noch einmal seht*, hatte die Mutter gesagt.

Der Schmerz, den sie fühlte, zerriss sie innerlich.

Von Rudolph war nichts mehr zu sehen. War er nach Hause gegangen? Lebte er nach wie vor in der Mansarde des Hauses, das einst den Schiffmanns gehört hatte? Oder bei seiner Mutter? Elli wollte es gar nicht wissen. Jetzt galt es, alle Kraft darauf zu verwenden, dass Margot überlebte!

Wenn es denn überhaupt noch eine Chance gab.

Die Rückfahrt verlief schweigend. Wieder wartete der Mann mit der Schiebermütze in seinem Wagen an einer Ecke, zu der Schwester Gertrud sie führte. Wieder sagte er kein Wort, wieder waren sie schneller zu Hause, als Elli es sich hätte vorstellen können.

»Sie hat sehr viel Blut verloren«, sagte Alma, als sie wieder im Backes waren. »Viel zu viel. Die nächsten Stunden sind entscheidend, deshalb wird Schwester Gertrud gleich noch einmal versuchen, ins Haus hineinzukommen. Ich habe ihr genau gesagt, was zu tun ist. Uns, mein Mädchen, uns bleibt nur eins: Wir müssen beten und hoffen.«

Elli betete die ganze restliche Nacht und den folgenden Tag. Sie betete, während sie ihren täglichen Verrichtungen nachging, sie betete in der Scheune, wo sie mit Hans und Lina und dem Mädchen vom Reichsarbeitsdienst das Heu aufschichtete. Kurz kam es ihr so vor, als wollte Hans ihr etwas sagen, als versuchte er einen Augenblick abzupassen, wo sie allein miteinander wären, aber das war Elli an diesem Tag vollkommen egal.

Spät am Abend, erschöpft vom Tagwerk und von der Sorge, nahmen Elli und Alma ein einfaches Nachtmahl zu sich, als es an die Tür klopfte. Es war, das hatten beide gleich an der Art des Klopfens erkannt, Schwester Gertrud. Doch keine von ihnen stand auf, keine rannte zur Tür, um sie zu öffnen. Sie saßen erstarrt, in banger Furcht vor dem, was nun kommen würde. Als Alma sich endlich erhob, war ihr Gang der einer sehr alten Frau.

Schwester Gertrud stürzte herein, das Gesicht bleich, der Schleier verrutscht, sodass ein wenig ihres dunklen Haars darunter hervorschaute.

»Sie lebt«, japste sie. »Sie ist sehr schwach, aber sie lebt. Doch ob die Kinder es schaffen, scheint mir mehr als ungewiss.«

23. Kapitel

Donnerstag, 31. August 1939

»Wie ich diese Verdunkelungsübungen hasse!«, stöhnte Alma. »Als wenn das hier nötig wäre! Wenn es zum Krieg kommt, werden die Engländer und die Franzosen die Städte bombardieren, aber doch nicht unser Dorf! Herausgeschmissenes Geld, das wir für anderes dringend bräuchten.«

Elli konnte ihr nur recht geben. Der dichte schwarze Stoff, der auf einen hölzernen Rahmen gespannt von innen vor das Fenster gesetzt wurde, hatte eine schöne Stange Geld gekostet. Dabei sparten die Mutter und sie sich jeden Pfennig vom Mund ab, um Margot und die Zwillinge mit dem Nötigsten zu versorgen. Die Kinder gediehen nicht, und Margot war immer noch sehr schwach. Ganz zu schweigen von Margots Eltern, die gezwungen wurden, tagein, tagaus auf einer Baustelle zu schuften, und von denen Schwester Gertrud, die regelmäßig nach ihnen sah, berichtete, sie seien nur noch Schatten ihrer selbst.

Doch die Verdunkelung musste sein, das *Monschauer Volksblatt* hatte für heute Kontrollen angekündigt, und wer da das nötige Material nicht vorzeigen konnte, geriet schnell in Verdacht, sich auch sonstigen Anordnungen zu widersetzen.

Was auf keinen Fall passieren durfte, wenn man heimlich Menschen in einem Judenhaus versorgte.

Elli sehnte sich danach, Margot und die Säuglinge wiederzusehen, und Schwester Gertrud hatte ihr signalisiert, sie werde sie bald wieder einmal mitnehmen. Wenn das nur endlich der Fall wäre!

Ein lautes Klopfen riss sie aus ihren Gedanken, die Kontrolleure waren da. Als Elli die Tür öffnete, hätte sie sie am liebsten gleich wieder zugeschlagen. Käthes Bruder stand davor, der jüngste, der, dem es in der Nacht, in der die Synagogen brannten, nicht schnell genug gehen konnte, zu den anderen im Wirtshaus zu stoßen. Mit gesenktem Kopf und hochroten Ohren trat er ein, grüßte knapp und befühlte den Verdunkelungsstoff. Ein Nicken, und er war schon wieder fort.

»Nicht mal den deutschen Gruß hat er sich getraut aufzusagen«, spottete Alma. »Ein schöner Parteigänger ist mir das!«

Elli sagte nichts. Denn als sie die Tür hinter ihm schließen wollte, sah sie, wer draußen auf ihn wartete.

Käthe. Offensichtlich begleitete sie ihren Bruder bei diesem Kontrollgang, hatte es aber vorgezogen, nicht mit ihm hineinzukommen.

Am liebsten wäre Elli zu ihr hinausgelaufen und hätte sie kräftig geschüttelt. Hätte ihr gesagt, wie es um Margot stand. Ihr ins Gesicht geschrien, endlich zur Vernunft zu kommen.

Aber sie tat nichts dergleichen. Käthe war nie mehr vorbeigekommen, auch nicht im Frühjahr, um gemeinsam wilde Narzissen zu pflücken, wie sie es angekündigt hatte. Und nach allem, was man hörte, ging sie voll und ganz auf in ihrer Tätigkeit für die NS-Frauenschaft.

Und so schloss Elli die Tür, ohne Käthe auch nur Guten Tag zu sagen.

Am nächsten Tag begann der Krieg. Elli war gerade dabei, auf dem kleinen Feld hinter dem Backes die ersten Kartoffeln zu ernten, als das Mädchen vom Reichsarbeitsdienst auf den Hof gerannt kam und so laut schrie, dass es bis weithin zu hören war.

»Jetzt schlagen wir endlich zurück!«, brüllte es. »Der Führer geht zum Gegenangriff über!«

Elli duckte sich unter dem Geschrei, es fehlte nicht viel, und sie hätte sich die Ohren zugehalten. Tausend Gedanken stürmten durch ihren Kopf. Der Vater, der im letzten Krieg zu Tode gekommen war. Margot und ihre Familie, die in Kriegszeiten womöglich noch schlechter behandelt werden würden. Hans, der im genau richtigen Alter war, um eingezogen zu werden. Und über den die Mutter sagte, er werde sich kaum noch lange dem Befehl seines Vaters widersetzen können, in die Partei einzutreten.

»An Erntedank«, hatte Alma gesagt, »sollen er und seine Braut unter Hakenkreuzflaggen zum Altar schreiten.«

Tief gebückt über dem trockenen, nicht sehr ertragreichen Boden, mühte Elli sich, all diese Gedanken beiseitezuschieben und die Kartoffeln so sorgfältig auszumachen, wie es eben nur ging.

Wir müssen Vorräte anlegen für uns und für die, die uns am Herzen liegen, dachte sie. Wege finden, einander zu helfen. Das ist das, was zählt, gerade jetzt.

Ende September setzte auf dem Hof ein geschäftiges Treiben ein. Aus dem Wohnhaus drang unentwegt das Geräusch von Hämmern und Sägen herüber, offensichtlich wurde dort für die bevorstehende Hochzeit einiges instand gesetzt. Die Außenwände des Hauses und sogar des Stalls wurden frisch gekalkt, der Hof gefegt, bis kein Stäubchen mehr herumflog. Aus dem Küchenfenster zogen die verführerischsten Düfte, und der Ofen im neuen

Backhaus wurde nicht, wie sonst, alle paar Tage angefeuert, sondern glühte von früh bis spät.

»Ist es nicht üblich, dass eine Hochzeit im Zuhause der Braut gefeiert wird?«, konnte Elli sich nicht verkneifen zu bemerken.

»Nicht, wenn die Braut aus so armen Verhältnissen stammt wie Irmgard«, meinte Alma. »Sie erbt ja erst nach der Hochzeit den Bauernhof ihres Onkels. Und der alte Janssen will um alles in der Welt den Eindruck verwischen, er sei nur auf die Mitgift aus. Deshalb das ganze Brimborium.«

»Mmh«, brummte Elli, und Alma strich ihr mitfühlend über das Haar.

Schon am Freitagabend war das ganze Dorf festlich herausgeputzt. Die meisten hatten sich an die Worte des Pfarrers gehalten, der seine Gemeinde eindrücklich ermahnt hatte, die Häuser zum Erntedankfest ausschließlich mit Blumen und Ährenkränzen zu schmücken, aber die ein oder andere Hakenkreuzflagge wehte auch. Im Gasthof sollte Hans' Junggesellenabschied stattfinden, und Elli beeilte sich, die Tiere zu versorgen, damit sie das Backes für den Rest des Tages bloß nicht mehr verlassen musste und Hans womöglich über den Weg lief. Sollte sie unbeschwert und fröhlich tun, ihm alles Gute wünschen, wo ihr Herz doch so schwer war, als wiege es eine Tonne? Nein, das brachte sie nicht über sich.

Ihre Pläne, ja keinen Fuß mehr vor die Tür zu setzen, wurden zunichtegemacht, als am frühen Abend Schwester Gertrud an die Klöntür klopfte und ihr ein Zeichen machte, ihr zu folgen.

»Auf ein Wort, Elli, schnell!«

Sie lief voraus und machte erst unweit des Hohlweges halt.

»Sind wir hier ungestört?«

»Ja, ja, die Frauen im Dorf sind noch mit den Vorbereitungen für das Erntedankfest beschäftigt, die Männer treffen sich im Wirtshaus. Und meine Mutter weiß nach wie vor von nichts.«

Elli bemühte sich um einen überzeugten Tonfall. Tatsächlich war sie sich ganz und gar nicht sicher, ob die Mutter nicht längst ahnte, dass Schwester Gertrud plante, Margot aus dem Judenhaus zu befreien, und dass sie mit ihr, Elli, darüber sprach.

»Gut.« Die Nonne zog sie weg vom Weg, tief ins Gebüsch. »Hör genau zu, Elli. Ich wollte nicht im Backes mit dir sprechen, damit man uns nicht miteinander sieht, nicht heute. Denn morgen Abend, wenn alle feiern, ist es so weit. Ich habe jemanden gefunden, der Margot über die Grenze führt.«

»Endlich!«, japste Elli. »Aber wie ...?«

»In Aachen auf dem Theaterplatz bieten Schleuser ihre Dienste an. Man erkennt einander an verschiedenfarbigen Taschentüchern, die man aus der Hosentasche heraushängen lässt.«

»Das meinte ich nicht«, flüsterte Elli. »Wie soll Margot das schaffen? Zu Fuß den ganzen weiten Weg durch den Wald! Sie sagten, sie sei so schwach ...«

»Sie muss es schaffen«, unterbrach die Schwester sie. »Wir können nicht länger warten. Die Kinder brauchen anständige Nahrung und saubere Verhältnisse, und Margot wird schwächer statt gesünder.«

»Aber, aber«, keuchte Elli, »wenn sie es nicht schafft, wenn es ihr unterwegs schlecht geht ...«

»Sei still!«, fuhr die Nonne ein zweites Mal dazwischen. »Bedenken helfen uns jetzt nicht. Bist du dabei oder nicht?«

»Ich tue alles, um Margot, die Kinder und die alten Schiffmanns zu retten!«

»Die Alten bleiben in Aachen.«

»Bitte, was?«

»Es ist zu riskant. Nur Margot und die Kinder.«

»Das wird sie niemals tun. Sie wird ihre Eltern nicht zurücklassen.«

»Sie muss. Frag mich nicht, woher ich das Geld habe, um die Schleuser zu bezahlen, es war schwer genug. Aber für alle reicht es sowieso nicht.«

»Aber was soll dann aus ihren Eltern werden?«

»Darum kümmern wir uns später. Deine Aufgabe wird es sein, ihren Ehemann auf unsere Seite zu ziehen.«

»Rudolph? Warum das?«

»Er muss seine Ehefrau davon überzeugen, allein zu gehen, ohne die Eltern. Er selbst kann später nachkommen. Aber auch er muss erst einmal zurückbleiben. Das muss er verstehen. Und er scheint mir ein wenig, nun, wie soll ich es sagen, durcheinander.«

»Das stimmt«, setzte Elli an. »Mir gegenüber hat er sich letztens auch seltsam benommen, so, als lägen seine Nerven vollkommen blank ...«

»Ja, genau. Aber auf dich wird er hören, weil du Margot so sehr am Herzen liegst. Und sie wird wiederum tun, was er ihr sagt. Also mach deine Aufgabe gut und fädele alles so ein, dass die Flucht morgen reibungslos vonstattengehen kann.«

»Ich tue, was ich kann. Aber Rudolph scheint mir sehr nervös ...«

»Meine Güte!«, stöhnte Schwester Gertrud. »Hast du verstanden, was ich dir sage? Deine Freundin Margot wird gerettet! Übermorgen früh ist sie mit ihren Kindern in Belgien, in Sicherheit! Willst du nun deinen Teil dazu beitragen oder nicht?«

»Selbstverständlich«, murmelte Elli.

»Gut. Halte dich bereit. In etwa einer Stunde wartet an dieser Stelle ein Wagen, der dich nach Aachen bringt. Und nimm das.« Die Schwester steckte ihr ein mehrfach gefaltetes Papier zu. »Hier steht alles, was Margot wissen muss. Du wirst es nicht anschauen, hörst du? Falls wir auffliegen, kennst du keine Details.«

Die Schwester schlug ein schnelles Kreuzzeichen und eilte davon, das schwarze Gewand und der weiße Schleier verliehen ihr das Aussehen einer flüchtenden Elster.

In Elli aber begann es von Kopf bis Fuß zu kribbeln. Margot wurde gerettet, endlich!

Alma war wie so häufig nicht zu Hause, und so fragte sie auch nicht, als Elli sich auf den Weg machte. Der Wagen stand an der vereinbarten Stelle, der Fahrer schien der gleiche wie beim letzten Mal, doch so genau hätte Elli es nicht zu sagen gewusst, denn auch diesmal sprach er kein einziges Wort mit ihr. Sie war noch dabei, sich auf dem Rücksitz zusammenzukauern, als er schon losfuhr, und so erhaschte sie einen kurzen Blick aus dem Fenster. Sprang da gerade eine Gestalt beiseite? Himmel, das war ja Käthe! Hatte sie dort vorhin schon gestanden? War sie ihr auf dem Weg zum Dorf hinaus gefolgt? Nein, das hatte sie ganz bestimmt nicht getan. Wozu auch?

In Aachen klappte ebenfalls alles wie am Schnürchen. Wie auch immer der kleine Friedrich es fertigbrachte, jeden, der am Haus vorbeilief, zu entdecken – kaum war Elli ins Gebüsch gekrochen, war er auch schon bei ihr.

»Ich hole ihn«, sagte er, »Herr Rudolph hat sich gerade eben ins Haus geschlichen.«

»Wunderbar, großartig!«, frohlockte Rudolph wenig später und riss Elli das Papier aus der Hand. »Sie und Ihre Mutter und Schwester Gertrud sind die besten Menschen auf der ganzen Welt!«

»Dann werden Sie Margot davon überzeugen, allein zu gehen, ohne ihre Eltern?«

»Keine Frage. Sie wird nach Belgien fliegen, als sei sie ein Vögelchen.«

»Bitte, was?«

»Meine Margot!«, rief er so laut, dass Elli ihm am liebsten den Mund zugehalten hätte. »Sie ist eine Taube, so schön, ist Ihnen das noch nie aufgefallen?«

»Kann sein«, murmelte Elli. »Auf Wiedersehen. Und bitte, tun Sie alles, damit morgen die Dinge gut vonstattengehen, ja?« Sie drückte Rudolph die Hand, dann kroch sie aus dem Gebüsch und lief schnellen Schrittes zu dem stillen Weg auf dem Lousberg, wo der Fahrer des Wagens ungeduldig auf sie wartete.

Hoffentlich, dachte sie, ist der arme Rudolph vor lauter Kummer nicht ganz so verrückt geworden, wie es den Anschein macht.

Sie schlief nicht in dieser Nacht. Alma war wie so häufig nicht nach Hause gekommen, ihr fehlte die vertraute Person neben sich im Alkoven. Vor allem aber musste sie jede Sekunde an die bevorstehende Flucht denken. Wenn bloß alles gut ging! Und wenn sie Margot doch nur einmal noch hätte sehen können! Sosehr sie hoffte, dass die Freundin Deutschland verlassen konnte, sosehr bekümmerte es sie, sie nicht mehr gesprochen zu haben. Und wenn sie sich nun niemals wiedersähen? Elli betete ein *Vaterunser* nach dem nächsten, sie weinte. Und sie fluchte auf die verdammten Nazis, die so viel Unglück über die Menschen brachten.

Die Nacht neigte sich dem Ende zu, als jemand von außen gegen die Klöntür klopfte.

»El-, Elli?«, rief dieser Jemand. »Bist du wach?«

Sie brauchte einen Moment, um die Stimme zu erkennen. Es war Hans, aber er klang sehr verändert, als fiele ihm das Sprechen schwer. Himmel, war er krank?

Elli sprang aus dem Bett, legte sich geschwind das Schultertuch um und öffnete den oberen Teil der Tür.

»Ist dir etwas passiert?«, rief sie leise. »Brauchst du Hilfe? Ich kann ...«

Doch als sie ihn erblickte, blieb ihr jedes weitere Wort im Halse stecken.

Er trug die Uniform der Nazis. Das braune Hemd, die Hakenkreuzbinde.

»Elli!«, lallte Hans. »Ich habe, habe die Lö-, Lösung gefunden. Es ist ein großer Mist, aber«, er hickste vernehmlich, »aber es ist die Lösung. Wenn du mir einen, einen kleinen Moment, zu-, zuhörst, erkläre ich es dir!«

»Nein«, flüsterte Elli. Sie roch den Branntwein, nach dem er stank, offensichtlich war er sehr betrunken. Vor allem aber sah sie diese fürchterliche Uniform. »Nein«, sagte sie noch einmal, lauter diesmal. »Mit dir rede ich kein Wort mehr.«

Und damit schlug sie ihm die Klöntür vor der Nase zu.

24. Kapitel

Samstag, 30. September 1939

Wie konnte einem das Herz so schwer sein? Elli war wie jeden Morgen früh aufgestanden, war zum Brunnen gegangen und hatte die Tiere versorgt, doch nichts wollte ihr so recht gelingen. Sie schüttete das frische Wasser weg statt des abgestandenen, sie verbrannte sich, als sie das Feuer entzündete, und eins der Eier, die die Hühner gelegt hatten, zerbrach ihr in der Hand. Das Schlimmste aber war das Gefühl, gar nicht mehr sie selbst zu sein. In ihrem Innern herrschte eine so große Traurigkeit, dass es sich anfühlte, als sei ihre Brust bis oben hin angefüllt mit zähem schwarzem Schleim. Er ließ sie kaum atmen.

Alma, die müde und abgeschlagen nach Hause gekommen war, schien es wohl zu bemerken, doch sie sagte nichts. Auch sie wirkte fahrig und zerstreut, und Elli fragte sich, ob die Mutter womöglich doch von dem Plan wusste, Margot zu befreien, oder ob sie es zumindest ahnte. Ausgeschlossen schien ihr das nicht.

Im Bauernhaus gegenüber herrschte im Vergleich zu den Vortagen eine gespenstische Stille. Es machte beinahe den Anschein, als hole das Haus Luft, um sich für den Ansturm der Gäste zu wappnen. Und doch. Elli war, als strahle auch das Haus eine zähe, dunkle Traurigkeit aus, die sie sich nicht erklären konnte. Heute sollte doch dort Hochzeit gefeiert werden!

Der Morgen brach noch an, als auf einmal Motorenlärm ertönte. Zwei dunkle Limousinen schossen auf den Hof, dass die kleinen Steinchen, die all dem Fegen zum Trotz dort noch lagen, nach allen Seiten aufflogen. Die Wagen bremsten mit quietschendem Geräusch, eine Horde von Männern sprang heraus, alle in Uniform, alle in glänzend schwarzen Stiefeln. Elli, die am Fenster stand, schnappte nach Luft. Wie diese Männer sie an jene erinnerten, die sie vor dem Judenhaus geschlagen und getreten hatten! Waren das etwa Hans' Hochzeitsgäste?

Alma hatte sie auch gesehen.

»Weg vom Fenster!«, zischte sie, dabei hatte Elli sich schon abgewandt. Und so sah sie nicht, welchen Weg die Männer einschlugen. Aber sie hörte sie. Sie liefen nicht zum Bauernhaus, nein, sie liefen direkt auf das Backes zu. Und da erklang es auch schon, ein Klopfen, so heftig, als wollte jemand die alte Klöntür aus den Angeln reißen.

»Elisabeth Breuer!«, brüllte eine Männerstimme. »Aufmachen, sofort!«

Elli erschrak so sehr, sie stolperte, als sie versuchte, von der Tür wegzukommen, über ihre eigenen Füße und fiel der Länge nach hin.

»Liegen bleiben!«, zischte Alma, und, als Elli sich dennoch aufrichten wollte, ein zweites Mal: »Liegen bleiben!«

Dann straffte sie den Rücken, als wappne sie sich für eine Aufgabe, von der sie schon lange fürchtete, dass sie auf sie zukommen würde, und öffnete die Tür.

Die Männer davor bildeten eine undurchdringliche Mauer. Elli sah nichts als glänzende Stiefel und Uniformen. Und einen Mund, der sich öffnete und wieder schloss.

»Mitkommen!«, brüllte dieser Mund. »Wir haben einen Haftbefehl!«

Der zähe schwarze Schleim, der Ellis Brust erfüllte, seit sie Hans in der Nazi-Uniform gesehen hatte, verwandelte sich in eine schneidend scharfe Klinge. Sie wusste sofort, was dies zu bedeuten hatte, noch bevor die Mutter den Männern, die ins Backes stürmten, in den Weg trat und mit lauter Stimme verlangte, zu hören, was man ihrer Tochter vorwarf.

»Ihre Tochter ist an der Planung eines ungesetzlichen Grenzübertritts beteiligt. Darauf steht Zuchthaus!«

Elli presste die Hände aufs Gesicht. Die Fluchtpläne waren aufgeflogen! Alles war verloren! Was, um Himmels willen, würde nun mit Margot und den Zwillingen geschehen? Und mit den alten Schiffmanns? Ihrer Kehle entrang sich ein Klagelaut, so rau, so verzweifelt, wie sie es nur von der Sau kannte in dem Moment, in dem der Bauer ihr das Schlachtermesser tief in den Hals stieß.

»Ich komme«, murmelte sie und versuchte, sich aufzurichten, ihre Beine gehorchten ihr nicht. »Ich komme.«

Da erklang ein Geräusch, noch gespenstischer als das, das Elli gerade von sich gegeben hatte. Es war laut, es war heiser, es war voller Hohn. Es stammte von Alma. Und es war, Elli glaubte, ihren Ohren nicht zu trauen, ein lautes Lachen.

»Meine Tochter?«, lachte Alma und hielt sich den Bauch. »Beteiligt an Planungen für einen ungesetzlichen Grenzübertritt? Entschuldigung, aber sind Sie noch bei Trost?«

»Hüten Sie Ihre Zunge!«, brüllte der Mann, der auch bislang als Einziger gesprochen hatte. »Sonst nehmen wir Sie auch noch mit!«

»Tun Sie das, tun Sie das!«, lachte Alma. »Aber schauen Sie sich erst einmal meine Tochter an! Wie soll sie an solch einem Unterfangen beteiligt sein? Komm, Elli, zeig's den Herren!«

Alma kniete nieder, und zu Ellis Entsetzen begann sie, an ihrem rechten Schuh zu zerren. »Nun mach schon, zeig ihnen deinen Fuß!«

Elli würgte. Sie rang nach Luft. Sie hörte das Lachen der Mutter, und sie sah zugleich die Tränen in ihren Augen, den Zug voller Schmerz um ihren Mund. Sie spürte ihr Zittern, ihre Panik. Seit sie denken konnte, war ihr die Mutter so nah, als seien sie eins. In diesem Moment, sie wusste es, als die Mutter die Schnürsenkel löste, glitt sie ihr davon.

»Bitte schön!«, rief Alma mit einem Triumph in der Stimme, von dem Elli wusste, dass er sie all ihre Kraft kostete. »Kaum laufen kann sie, meine Tochter. Schauen Sie nur genau hin!« Wie zum Beweis hielt sie Ellis nackten Fuß in die Höhe, die Hand, die ihn umschloss, war kalt wie Eis.

»Verehrte Frau«, sagte der Mann in der Uniform, dem Anschein nach peinlich berührt, »Ihre Tochter mag ein Krüppel sein, aber das schützt nicht vor krimineller Energie. Ganz im Gegenteil! Gerade solche Subjekte …«

Weiter kam er nicht.

»Kann sein!«, rief Alma, »aber nicht mein Kind! Es ist viel zu krank, um in so eine Sache verwickelt zu sein. Schauen Sie nur!« Sie holte, Elli sah nicht woher, ein Stück Papier hervor. Es war ein Brief in einem ziemlich zerknitterten Umschlag. Hatte sie den schon mal gesehen? Sie wusste es nicht.

»Schauen Sie doch nur«, rief Alma noch einmal, ihre Stimme überschlug sich beinahe. »Eine Untersuchung ist ja bereits anberaumt! Sie wird sie schwerlich bestehen, sie ist lieb, aber sie weiß nichts. Wenn ich es Ihnen doch sage!«

Und damit hielt Alma dem Mann den Brief vor die Nase. Der griff danach, zögerlich, und studierte ihn ausführlich. Elli sah, wie seine Augenbrauen in die Höhe schnellten.

»Trotzdem«, sagte er schließlich. »Es gab einen Vorfall. Eine Ordensfrau wurde als Rädelsführerin verhaftet, ausgerechnet. Ihre Tochter hat als Zuträgerin fungiert, hat Informationen vom einen zum anderen gebracht, dafür gibt es Zeugen. Wir nehmen sie jetzt mit.«

Er gab den anderen Männern ein Zeichen.

»Nein!«, rief Alma und warf sich wieder schützend vor Elli. »Ich sage Ihnen doch, sie weiß von nichts! Sie ist mein liebes, unbedarftes Hinkemädchen! Sie erledigt ihre Arbeit hier auf dem Hof gewissenhaft und gut, aber zu so etwas Ausgeklügeltem wäre sie niemals in der Lage!«

»Schluss jetzt!«, brüllte der Mann. »Wenn Sie nicht augenblicklich Ruhe geben, mache ich von der Schusswaffe Gebrauch! Und ich meine es ernst! Heute Morgen hat es in Aachen einen Toten gegeben!«

Der letzte Satz schwang zwischen den engen Mauern des Backes hin und her. Er dröhnte in Ellis Ohren, und sie sah, wie Alma leichenblass wurde.

»Es gab einen Toten?«, flüsterte die Mutter.

»Ein Vaterlandsverräter«, schnaubte der Mann. »Ein deutscher Volksgenosse, der sich erdreistete, Verkehr zu haben mit einer Jüdin. Der sie sogar im Ausland heiratete, dabei ist eine solche Hochzeit das Papier nicht wert, auf dem sie beurkundet wurde. Um den ist's nicht schade.«

»Rudolph!«, stieß Elli hervor. Es war das erste Wort, das sie sagte, und sofort traten zwei Männer vor und griffen ihr hart unter die Arme.

»Sag ich's doch!«, brüllte der Wortführer. »Sie kennt sogar den Namen!«

Und schon begannen die Männer, Elli mit sich zu zerren.

»Selbstverständlich kennt sie den Namen«, hörte sie da die

Mutter sagen, die Stimme mit einem Mal so brüchig, als spreche eine Greisin. »Rudolph ist unserer Familie bekannt, so, wie wir auch die Schiffmanns kennen, die hier ganz in der Nähe ein Ferienhaus haben. Die Mädchen haben, als sie noch klein waren, miteinander gespielt. Hätte ich es verbieten sollen? Im Dorf wollte keines der Kinder etwas mit meinem Mädchen zu tun haben. Also ...«

»Ich habe genug gehört!«, dröhnte der Mann. »Frau, Sie reden sich um Kopf und Kragen!« Und zu seinen Leuten: »Los, abführen!«

Elli spürte den Griff der Männer unter ihren Achseln, so unnachgiebig, als sei sie gar kein lebendiges Wesen, sondern ein Sack, den man davonschleppte. Sie spürte ihre Füße über den Boden schrammen, der rechte, nackte, zitterte so sehr, dass er ein klatschendes Geräusch auf dem uralten Steinboden aus Grauwacke verursachte. Und sie hörte die Worte der Mutter, hysterisch geschrien ins Gesicht des Mannes, der vor ihr stand.

»Der Grenzübertritt war geplant für heute Nacht elf Uhr!«, kreischte die Mutter. »Ein Wagen sollte Margot Schiffmann und ihre Kinder bis zum Hohlweg bringen, der ganz in der Nähe des Dorfes verläuft. Wir gingen davon aus, dass dort um diese Zeit niemand mehr unterwegs sein würde, weil alle zusammen feiern. Denn auf diesem Hof wird heute Hochzeit gehalten.« Sie verstummte kurz, schien um Luft zu ringen. »Ein Schleuser, den wir in Aachen auf dem Theaterplatz angesprochen haben, hatte zugesagt, die Juden für tausend Mark über die Grenze zu bringen. Er wollte einen Zuschlag wegen der Kinder, die junge Mutter ist zu schwach, um sie selbst zu tragen, aber Schwester Gertrud händigte ihm die goldenen Eheringe ihrer Eltern aus, damit gab er sich zufrieden. Jenseits der Grenze wiederum sollten belgische Fluchthelfer warten und die junge Frau zügig weiter nach Eupen bringen, damit sie nicht noch im Grenzgebiet aufgegriffen und zurückgebracht wird.« Die Mutter hielt noch einmal inne, rang wieder nach Luft, als ersticke sie gleich. »Das ist der ganze Plan!«, rief sie. »Ausgedacht von mir und Schwester Gertrud! Gut möglich, dass man meine Tochter mit der Nonne gesehen hat, aber doch nur, weil ich sie geschickt habe! Denn wer eignet sich zum Überbringen von geheimen Nachrichten besser als ein Mädchen von so sonnigem, unbedarftem Gemüt, wie es meine Elli ist?«

Der Mann, der die ganze Zeit gebrüllt hatte, stand da, mit offenem Mund.

»Loslassen!«, befahl er seinen Männern und zeigte auf Elli. Dann wanderte sein ausgestreckter Finger zu Alma. »Mitnehmen!«

Elli wurde fallen gelassen, sie schlug auf dem steinernen Boden auf, aber sie spürte keinen Schmerz. Gelähmt vor Schreck sah sie, wie die Mutter aus dem Backes geschleift wurde, sie hörte, wie man sie draußen auf dem Hof in eines der Autos stieß. Türen schlugen zu, mit einer solchen Unerbittlichkeit, dass Elli wusste, dieses Geräusch würde sie ihr Lebtag nicht vergessen.

Ebenso wie die letzten Worte der Mutter, geflüstert, als man sie über die Schwelle der Klöntür zerrte.

»Gott sei Dank«, flüsterte Alma.

25. Kapitel

»Nun wein mal nicht so«, brummte der alte Bauer Janssen. »Deine Mutter ist schneller wieder zu Hause, als du es dir vorstellen kannst. Dafür sorge ich. Ganz egal, was sie ihr zur Last legen.«

Er war sofort zu Elli herübergekommen, nachdem die Männer mit Alma davongefahren waren. Nun stand er mitten im Backes, das zu klein schien für einen Mann seiner Statur, bereits fertig angezogen für die Hochzeit. Der feine Anzug aus dunklem Stoff war ihm ein wenig zu eng, auf seiner Stirn sah Elli Schweißperlen. Unablässig drehte er den Hut zwischen seinen Händen, er war schon ganz zerbeult.

Wären die Schweißperlen nicht gewesen und hätte er den Hut nicht so zerknautscht, Elli hätte ihm wahrscheinlich geglaubt. Es gab kaum etwas, was der alte Janssen nicht regeln konnte, auf seine Art. Er kannte jede und jeden, er wusste, wie man Dinge aus der Welt schaffte oder herbeiholte, je nachdem, was gerade nötig war. Aber an diesem Morgen schien er Elli auf eine Art erschüttert, wie sie es nie zuvor erlebt hatte. Und so nickte sie nur, kämpfte gegen die Tränen und betete still, der Bauer möge in der Lage sein, sein Wort zu halten.

»Ich muss dann mal wieder«, murmelte er. »Meinen Herrn Sohn zur Raison bringen.«

Elli nickte noch einmal. Sie verstand nicht, was er damit

meinte, und hatte es im nächsten Moment auch schon vergessen. Alma war verhaftet worden! An ihrer, Ellis, Stelle.

Unablässig dröhnten all die Dinge in Ellis Kopf, die Alma gesagt hatte. Was musste es sie für eine Kraft gekostet haben, sich so zu verstellen! Und dass diese dummen Männer ihr Glauben schenken konnten!

Ein Blinder mit dem Krückstock hätte den Schwindel durchschaut, dachte Elli. Ein Schwindel, der sie gerettet hatte. Und der Alma in höchste Gefahr brachte.

Die Klöntür fiel hinter dem alten Bauern ins Schloss. Elli kauerte immer noch auf dem Boden. Seit man Alma abgeführt hatte, hielt sie ihren kranken Fuß mit beiden Händen fest umklammert. Denn er zitterte so sehr, dass er unablässig auf dem steinernen Boden aufschlug, und sie wusste nicht, wie sie es abstellen konnte.

Alma hatte die ganze Zeit von den Fluchtplänen gewusst. Über jedes Detail war sie informiert gewesen! Sie kannte alle Einzelheiten, während Elli in Wirklichkeit gar nicht richtig Bescheid gewusst hatte.

Das ließ nur einen Schluss zu: Sie und Schwester Gertrud hatten die Flucht gemeinsam vorbereitet. Aber warum hatte die Nonne so getan, als wisse Alma von nichts? Und warum hatte auch Alma sich die ganze Zeit ahnungslos gegeben?

Ganz einfach, gab Elli sich selbst die Antwort, während sie weiter ihren zuckenden Fuß festhielt. Um sie zu schützen. Die beiden hatten sie lediglich ein bisschen eingeweiht, gerade weit genug, damit sie Ruhe gab. Sie hatten jedes Risiko von ihr ferngehalten. Wahrscheinlich hatten sie sogar miteinander ausgeheckt, was sie tun würden, wenn die Flucht scheiterte: Sie würden Elli als unbedarftes Hinkemädchen darstellen, zu schwach, um irgendetwas mit der Sache zu tun zu haben.

Sie hatten geahnt, erkannte Elli, immer noch auf dem Boden kauernd, dass die Art von Männern, mit denen sie es zu tun bekommen könnten, auf diese Täuschung hereinfallen würde. Schließlich war es die gleiche Sorte Männer, die eine junge Frau wie Therese abholte zum *Hitlerschnitt*. Die auf Menschen wie Elli und Therese herabblickten, und Schlimmeres.

Elli zwang sich, bis zur Tür zu kriechen, wo etwas Weißes auf dem Boden lag. Der Brief, den Alma so überraschend hervorgeholt hatte. Sie griff danach, ganz zerknittert war er.

Wann hatte sie ihn schon einmal gesehen? Jetzt fiel es ihr wieder ein. An dem Tag, an dem Margots Mutter geschrieben hatte, Margot habe einen Nervenzusammenbruch gehabt, war noch ein weiterer Brief angekommen. Alma hatte ihn gleich an sich genommen und war damit zum Bauern gelaufen. »Du bringst das in Ordnung«, hatte sie zum alten Janssen gesagt, und Elli hatte nicht verstanden, was sie damit gemeint hatte. Jetzt ahnte sie es. Mit bebenden Fingern strich sie den Brief glatt.

»Sie werden aufgefordert«, stand auf dem Papier, »Ihre Tochter Elisabeth bei der Gemeindeschwester vorzustellen, Adolf-Hitler-Straße, Monschau.« Das Datum war vom März, nun war September.

Was hatte die Mutter wegen dieses Briefes unternommen? Beziehungsweise, was hatte der alte Janssen deswegen unternommen? Denn eins war klar: Elli hatte diesen Termin nie wahrgenommen, hatte nie die Fragebögen ausfüllen müssen, die die Gemeindeschwester in ihrer verschlossenen Schreibtischschublade aufbewahrte.

Man hatte niemals geprüft, ob sie krank genug war für den *Hitlerschnitt*. Ob es angebracht wäre, dafür zu sorgen, dass jemand wie sie keine Kinder bekam.

Ellis rechtes Bein hörte auf zu zucken. Sie merkte, wie sie

stocksteif wurde, von Kopf bis Fuß. Wie die Angst in sie hineinkroch, als hätte sie auf dem eiskalten Steinboden nur darauf gewartet, dass sie sich ihr ergab.

Die Mutter hatte die ganze Zeit über versucht, sie vor einer Gefahr zu beschützen, von der Elli nicht einmal wusste. Und nun hatte sie sich für ihre Tochter geopfert.

Elli schrie. Keinen Millimeter konnte sie sich rühren. Allein ihr Mund öffnete sich weit. »Ich dummes, dummes Kind«, schrie er, »ich dummes, dummes Kind!«

Lange blieb Elli auf dem Boden sitzen. Irgendwann sackte sie zusammen, lehnte mit der Schulter an der Klöntür. In ihrem Rücken vernahm sie, wie Leute auf den Hof kamen. Sie hörte Stimmen, ganz aufgeregt klangen sie und sogar ziemlich böse. Immer wieder wurde die Tür zum großen Bauernhaus geöffnet und zugeschlagen, ganz so, als verspüre jemand enorme Wut. Himmel, sollte dort nicht heute Hochzeit gefeiert werden? Was waren das für Gäste, die sich so ungehobelt benahmen? Ob die zur schrecklichen Braut gehörten? Vielleicht aber, dachte Elli, gehören sie auch zu Hans und seiner Familie. Zu Hans, der nun auch die Uniform der verhassten Nazis trug.

Elli lehnte den Kopf gegen die Wand. Sie wollte nichts mehr mit ihm zu tun haben. Ihr Herz schlug ihr immer noch bis zum Hals heraus, und die Angst um Alma schnürte ihr die Gurgel ab. Daran, wie es Margot, ihren Eltern und den Kleinen ging, wagte sie nicht einmal zu denken.

Erst am Abend raffte sie sich auf, strich ihre Kittelschürze glatt und machte sich daran, die Tiere zu versorgen. Ihr rechtes Bein gehorchte ihr nicht, sie humpelte schlimmer als sonst. Ein Großteil des Wassers, das sie vom Brunnen holte, schwappte ihr aus dem Eimer, Elli musste zweimal gehen. Das gesamte Gehöft lag still und dunkel da, als sei außer ihr niemand zu Hause. Waren die Hochzeitsgäste schon wieder abgereist? Ach, wie egal ihr das war!

Wo, fragte sie sich unentwegt, hatte man Alma wohl hingebracht? Und was könnte sie tun, um ihr beizustehen?

Am nächsten Morgen klopfte Elli früh gegen die Tür des Bauernhauses. Wenn jemand helfen könnte, dann war es der alte Janssen. Sie musste einfach noch einmal mit ihm sprechen. Doch es war Hans, der ihr öffnete, und bei seinem Anblick erschrak Elli so sehr, dass sie unwillkürlich einen Schritt zurücktrat. Sein gesamtes Gesicht war blau und grün geschlagen, seine Nase so schief, als sei sie gebrochen. Er öffnete den Mund, um etwas zu sagen, doch heraus kamen nur einzelne Bruchstücke von Wörtern. Und ja, tatsächlich, ihm fehlte auch ein Stück von einem vorderen Zahn.

»Ell-«, nuschelte er, ein feiner Blutfaden lief ihm das Kinn hinunter. »Wo- zu dir, mu- sprechen, bit-, bald, reden!«

Elli wusste nicht, wie ihr geschah. Am liebsten hätte sie ihn in ihre Arme gezogen, ihm über den lädierten Kopf gestrichen, ihm den Mund gesäubert. Doch sie tat nichts von alledem, blieb, wo sie war. Schließlich war er jetzt ein verheirateter Mann. Ob seine Ehefrau ihm das angetan hatte? Zuzutrauen wäre es ihr.

Da vernahm sie aus dem Haus die Stimme der Ehefrau des alten Bauern.

»Bist du das, Elli?«, rief sie. »Scher dich davon! Als hättest du nicht schon genug Unglück über unsere Familie gebracht! Du und das Miststück, das deine Mutter ist!«

Was sollte das denn? Elli sah Hans schmerzhaft das Gesicht verziehen, es musste ihm schrecklich wehtun. Ihr selbst war danach, ins Haus zu stürmen und dieser Frau, die sonst nie auch nur ein Wort mit ihr wechselte, ordentlich die Meinung zu sagen. Was fiel ihr ein?

Doch da kam Hans' Mutter schon aus der Stube geschossen, das Gesicht verzerrt vor Wut, zeigte sie mit lang ausgestrecktem Arm auf ihren Sohn.

»Da siehst du, was du angerichtet hast!«, keifte sie. »Halb totgeschlagen hat sein Vater ihn, aber es hat alles nichts genützt! Seinen Dickkopf hat er durchgesetzt und die Hochzeit platzen lassen. Und warum? Das sagt er nicht. Aber mir, seiner Mutter, macht er nichts vor. Mir nicht! Ich weiß genau, was der Grund ist. Du!« Der lang ausgestreckte Arm zeigte nun auf Elli, es kam Elli so vor, als wollte Frau Janssen sie am liebsten aufspießen. »Schöne Augen hast du ihm gemacht von dem Tag an, als er vom Militärdienst nach Hause kam. Hast ihm aufgelauert, hast ihn sogar angestiftet, diesen Mist mit dem Lkw zu erzählen, den er angeblich nicht alleine fahren konnte. Alles für dich, du geldgieriges kleines Miststück! Haben wir nicht genug für dich getan? Ein Krüppel bist du, zu schwach für die Arbeit, wie sie auf einem Hof wie diesem anfällt. Und doch lassen wir dich hier wohnen, dich und deine verkommene Mutter, die man sogar ins Gefängnis gesteckt hat, so verkommen ist sie. Und was hat mein Herr Ehemann heute zu tun? Mh, was meinst du wohl?« Sie kreischte nun so laut, ihr Kopf hatte eine puterrote Farbe angenommen. »An einem Tag wie diesem, wo das ganze Dorf über uns spottet, wo die Eltern der Braut Kranzgeld von uns verlangen, worüber man nur herzlich lachen kann, als wenn dieser Tuppes hier«, sie versetzte Hans einen kräftigen Stoß, »das Mädchen auch nur angeschaut hätte, an einem Tag wie diesem ist mein Ehemann nicht zu Hause. Nein, wohin macht er sich auf den Weg, frühmorgens, noch bevor die Kühe gemolken sind, noch bevor das Frühstück aufgetragen wurde? Na, was meinst du wohl?«

Elli schaute ratlos von Frau Janssen zu Hans. Himmel, dass diese Frau überhaupt so viel sprechen konnte! Sie hatte sie in all den Jahren nur verzagt und stumm erlebt, ein Schatten neben ihrem Ehemann. Und was sie alles von sich gab! Elli schwirrte der Kopf.

»Wo«, brachte sie heraus, »wo ist Ihr Mann denn?«

»Na, in Aachen natürlich!«, brüllte Frau Janssen. »Deine verdorbene Mutter aus dem Gefängnis holen! Und das, wo hier alles über uns hereinbricht!«

»Er ist in Aachen?«, flüsterte Elli. »Er holt meine Mutter nach Hause?«

»Möge der liebe Herrgott geben, dass ihm das niemals gelingt«, geiferte Frau Janssen. »Und nun mach, dass du mir aus den Augen kommst, bevor ich mich vergesse!«

Den restlichen Tag verbrachte Elli damit, auf die Heimkehr des Bauern zu lauern. Jedes Geräusch ließ sie aufschrecken und ans Fenster laufen. Gleichzeitig behielt sie das große Haus gegenüber im Blick. Keine Sekunde bekam sie die Erinnerung an Hans' zerstörtes Gesicht aus ihrem Kopf, unablässig holten die Worte der Bäuerin sie ein. Dass Hans die Hochzeit tatsächlich abgesagt hatte! Aber doch niemals wegen ihr! Nein, da musste seine Mutter sich täuschen.

Es wurde bereits dunkel, als sich von der Straße her Schritte näherten. Aber es waren nur die Schritte einer Person und nicht, wie Elli gegen alle Vernunft gehofft hatte, von zweien. Der Bauer kam durch den hohen Durchgang in der Hecke und steuerte geradewegs auf das Backes zu. Er klopfte kurz und trat sogleich ein, als wisse er, wie dringend Elli auf sein Erscheinen wartete.

»Ach, Kind.« Er ließ sich auf einem der beiden Stühle nieder, stützte die Ellbogen auf den Tisch. »Um es gleich vorneweg zu sagen, die Situation ist ernst. Es sind schwere Anschuldigungen, die man gegen Alma vorbringt, und, ganz ehrlich, ich weiß nicht, ob ich da viel ausrichten kann. Man hat so seine Verbindungen, aber …« Er verstummte kurz. »Sag mal, stimmt es überhaupt, was man deiner Mutter vorwirft? Dass sie gemeinsam mit dieser Nonne Juden illegal über die Grenze nach Belgien bringen wollte? Deine Freundin aus Aachen und ihre Kinder?«

Elli sagte nichts, und das schien ihm Antwort genug.

»Hab ich's mir doch gedacht. Verdammte Alma! Hat immer schon getan, was sie wollte. Nie konnte sie hören auf das, was man ihr sagte.«

Der Bauer begann, mit seinen Händen, Pranken, so groß wie Essteller, Kreise auf den alten Holztisch zu zeichnen.

»Eins sag ich dir«, meinte er schließlich. »Ich will nicht wissen, inwieweit du da mit drinsteckst. Aber eines verlange ich von dir: Nimm auf keinen Fall Kontakt auf zu deiner Freundin! Hörst du?«

»Aber ich«, begann Elli, »ich muss doch …«

»Gar nichts musst du!«, donnerte der Bauer. »Die Füße stillhalten musst du und den Mund halten, und sonst gar nichts! Auch keine Briefe und dergleichen! Was meinst du, wie diese Familie jetzt unter Beobachtung steht dort drüben in der Försterstraße? Sie säßen längst alle im Gefängnis, hätte der alte Schiffmann nicht immer noch gute Kontakte in die verschiedensten Stellen. Aber gute Kontakte helfen irgendwann nicht mehr. Und du, Mädchen, stehst auch unter Beobachtung! Den Quatsch mit der Untersuchung bei der Gemeindeschwester konnte ich abwenden, du hinkst ja nur, du hast ja nichts am Kopf, aber wenn du jetzt einen falschen Schritt machst, dann habe ich nichts mehr mit dir und deiner Mutter zu schaffen! Dann gnade euch Gott! Hast du mich verstanden?«

»Ja.« Elli nickte. Der Gedanke, ohne Kontakt zu Margot zu sein, jagte ihr einen Heidenschrecken ein. Sie hob den Kopf und sah dem Bauern geradewegs ins Gesicht. »Werden Sie weiterhin versuchen, meine Mutter aus dem Gefängnis zu holen?«

»Ich tue, was ich kann«, antwortete er, erhob sich und stapfte hinaus, die Schritte so schwer, als sei er unendlich müde.

Der Bauer schaute von nun an täglich bei Elli vorbei, jeden Morgen steckte er seinen Kopf kurz ins Backes hinein, und Elli wunderte sich, wie ein Mann, den sie nur laut und ungehalten kannte, der seinen eigenen Sohn so schwer misshandelte, plötzlich einen so besorgten, beinahe fürsorglichen Eindruck bei ihr hinterlassen konnte. Er schien ehrlich betrübt über Almas Verhaftung, doch ausrichten konnte er allem Anschein nach nichts.

Der Oktober war zu warm für die Jahreszeit, gleichzeitig regnete es beinahe ununterbrochen, und die Sonne ließ sich so gut wie niemals blicken. Alles, was eigentlich geerntet werden sollte, hing schlaff und nass auf den Feldern, und auf die Kartoffeln legte sich die Knollenfäule. Die Leute im Dorf schauten bang auf den kommenden Winter. Würde es ihnen gelingen, genügend Vorräte anzulegen für Mensch und Tier? Denn in den Geschäften konnte man neuerdings vieles nur noch mit staatlich ausgegebenen Lebensmittelmarken einkaufen, da war es wichtiger denn je, Keller und Erdmieten mit den eigenen Erzeugnissen zu füllen.

Im *Stürmer*-Kasten las Elli in dicken Lettern vom gewonnenen Blitzkrieg, wie die Journalisten ihn nannten, gegen Polen. Sie wandte sich ab. Was, fragte sie sich, blühte den Menschen dort, jetzt, wo diese Nationalsozialisten auch da das Sagen hatten?

Hans trug jedes Mal, wenn er den Hof verließ, seine Uniform. Elli wusste nicht, wohin er ging, und sie wollte es auch nicht wissen. Die Verletzungen in seinem Gesicht heilten nach und nach, ab und an schien es ihr, als wolle er mit ihr sprechen, doch sie ging ihm, so gut es eben möglich war, aus dem Weg. Dieser Kerl mit der Hakenkreuz-Binde um den Arm hatte nichts mehr gemein mit dem jungen Mann, mit dem sie auf dem Fahrrad durch die Nacht gedüst war, ihre Wange an seiner.

Am Vorabend von Allerheiligen betete Pfarrer Freising für all jene, die, wie er sagte, an diesem Tag nicht mit der Gemeinde die heilige Messe feiern konnten. Er blickte dabei lange zuerst zu Elli und dann zu den Werners, und ein jeder konnte sich denken, wen er damit meinte. Elli sah Käthe, die nicht weit von ihr stand, mit flammend roten Wangen die Augen niederschlagen. In diesem Moment traf die Erkenntnis sie wie ein Schlag. Hatte sie Käthe nicht an dem Abend, an dem Schwester Gertrud sie über die Fluchtpläne ins Bild setzte, im Hohlweg gesehen? Hatte sie sie womöglich belauscht? Hatte sie sie gar verraten?

Elli rang nach Luft, doch da war keine Luft, sie fühlte sich, als müsse sie gleich ersticken. Keuchend sank sie auf die Kirchenbank. Hoffentlich täuschte sie sich!

Als auf dem Weg hinaus Käthe plötzlich neben ihr war und den Arm nach ihr ausstreckte, wie sie es früher immer getan hatte, um Elli zu stützen, da spürte Elli einen solchen Widerwillen, dass sie sich brüsk abwandte. Und in ihrer Kehle stieg etwas hoch, so bitter wie Galle.

Elli schlief wenig in dieser Zeit, sie aß kaum. Unentwegt kreisten ihre Gedanken um Alma. Und um Margot. Wie mochte es ihr gehen? Rudolph war tot! Erschossen! Und sie musste sich hüten,

Kontakt mit ihr aufzunehmen, um Alma nicht zu gefährden. Wie sollte sie das alles aushalten?

Immer wieder zog es Elli in die kleine Dorfkirche. Sie schlich vorbei an den Autos, die nach wie vor rund um das frühere Kloster parkten, versuchte, den Männern in den braunen Hemden, die dort ein und aus gingen, keine Beachtung zu schenken, schlüpfte, so schnell es ging, durch die schmale Seitentür ins Innere des Kirchenschiffs und verbrachte dort viele Stunden vor dem Marienbildnis gleich neben dem Altar. Oftmals war sie so erschöpft, dass sie während des Betens wegdämmerte. Die schmale Kniebank war der einzige Ort, an dem sie ein wenig Ruhe fand.

Die heilige Maria Mutter Gottes wird helfen, sagte sie sich ein ums andere Mal. Wer, wenn nicht sie?

An einem Tag betete sie wohl gerade zum fünfzigsten Mal das *Vaterunser*, als sich von hinten eine schwere Hand auf ihre Schulter legte.

»Elli«, hörte sie eine wohlbekannte Stimme sagen. »Ich habe hier etwas, was ich eigentlich nicht habe und was du, wenn jemand fragen sollte, auch nicht von mir bekommen haben wirst. Lies es schnell durch, und wenn du damit fertig bist, gibst du es mir zurück.«

Im nächsten Moment schob die schwere Hand ein zerknittertes Briefkuvert neben Elli auf die Ablage, auf der ihr Gebetbuch lag. Sie erkannte die Schrift darauf sofort, und noch während sich die Schritte des Mannes, der hinter ihr gestanden hatte, entfernten, riss sie den Umschlag auf.

Liebste Elli, schrieb Margot, *ich habe keine Worte, um Dir zu sagen, wie es uns geht. Seit ich Rudolph zusammenbrechen sah, erschossen vor unser aller Augen, bin ich innerlich wie tot. Ich strenge mich an, ich strenge mich so* sehr an! Ich muss doch da sein für die Kinder, für Mutter und Vater. Aber ich habe keine Kraft mehr. Keiner von uns hat noch Kraft.

Florian und Viktor werden jeden Tag schwächer. Ich sehe, wie das Leben aus ihnen entweicht. Meine schönen Söhne mit den stolzen Namen! An diesem Ort gibt es keine Zukunft für sie, kein Gedeihen, nichts. Und einen anderen Ort werden sie, oh, ich fürchte mich, es auszusprechen, aber ich weiß es doch so gewiss, nie sehen.

Liebste Elli, verzeih mein Klagen, verzeih meine Tränen! Doch wem soll ich mich anvertrauen, wenn nicht Dir?

Ich hoffe nur von Herzen, dass Du und Alma, dass Ihr beide von all den schrecklichen Vorgängen unberührt bleibt. Und dass auch die gütige Schwester Gertrud keinerlei Probleme bekommt wegen all der Hilfe, die Ihr uns angedeihen lassen habt.

Den alten Elias haben sie noch am selben Tag, an dem die Flucht misslang, abgeführt. Weißt Du, wen ich meine? Der alte Mann, der hier die Aufsicht hatte. Er mochte schroff wirken, doch er war einer von uns. Seine Tochter und seine Frau sind in einem Lager, damit haben sie ihn gefügig gemacht. Nun ist er fort, wir werden von Männern mit Stiefeln und Peitschen bewacht. Gestern Abend bat Vater um etwas Milch für die Zwillinge, da stießen sie ihn hinab in den Keller. Er kam zurück, dem Himmel sei Dank, doch er kann kaum einen Fuß vor den anderen setzen, er spricht nicht, und er weigert sich, sich zu entkleiden, damit Mutter seine Wunden versorgen kann. Ich ahne, was sie ihm angetan haben, und ich weine, weine in einem fort, wo ich doch eigentlich keine Tränen mehr habe.

Die Einzige, die halbwegs die Nerven behält, ist Mutter. Sie ermunterte mich auch, Dir zu schreiben. Jemand, dessen Namen ich nicht nenne, wird sich des Briefes annehmen. Und wenn Du ihn denn in Händen hältst, so wisse, dass ich an Dich denke. Dass ich meine Erinnerungen an unser glückliches Zusammensein im Rurtal der Eifel in meinem Herzen hüte wie einen kostbaren Schatz. Dass sie mich trösten in diesen Tagen, ein wenig zumindest. Und dass ich, wenn die Stunde kommt, von der ich ahne, dass sie nah *ist, in zärtlichen Gedanken von Dir Abschied nehmen werde. In Liebe Dir zugetan, Deine Freundin Margot*

Elli ließ den Brief sinken. Starrte auf das Marienbildnis vor ihr. Ihr war nicht mehr nach Beten. Ihr war danach, zu schreien.

Hinter sich hörte sie ein leises Husten. Zitternd erhob sie sich, humpelte bis zu dem Beichtstuhl, aus dem das Husten kam. Kniete sich hinein, zog den Vorhang zum Kirchenraum hinter sich zu.

»Gib ihn mir zurück«, sagte der Mann auf der anderen Seite des Gitters, durch das die Gläubigen sonst ihre Sünden beichteten. »Ich vernichte ihn, damit er nicht in falsche Hände gerät.«

Elli zögerte. Der Brief war womöglich das letzte Lebenszeichen, das sie jemals von Margot erhalten würde. Und doch. Er konnte sie in größte Schwierigkeiten bringen. Und dem Mann, der zu ihr sprach, vertraute sie, solange sie denken konnte.

Also schob sie das Schriftstück unter dem Gitter durch.

»Aber wir müssen etwas tun!« Die Worte stürzten aus ihr heraus. »Sie wissen doch über alles Bescheid, das verstehe ich jetzt! Und lange halten die Schiffmanns nicht mehr durch!«

»Hab Gottvertrauen, mein Kind«, murmelte Pfarrer Freising. »Und verliere niemals den Mut.«

Es war schon Ende November, nachts herrschte bereits Frost, als der Bauer ganz gegen seine Gewohnheit auch noch einmal abends im Backes erschien, im Arm einen Stapel Brennholz.

»Hier!« Er ließ das Holz neben der Feuerstelle zu Boden gleiten. »Heiz ordentlich ein. Ich fahre gleich los und hole Alma.«

»Ist das wahr?«, rief Elli, ließ die Stopfarbeit fallen, an der sie bis gerade eben gesessen hatte, und sprang vor Freude in die Höhe. »Meine Mutter kommt nach Hause?«

Er nickte.

»Ich danke Ihnen, ich danke Ihnen so sehr!«, jubelte Elli und wäre dem Alten beinahe um den Hals gefallen. In letzter Sekunde besann sie sich und riss stattdessen den größten Kessel, den sie besaßen, vom Hoal. »Ich werde sofort eine Brockezupp kochen! Es gibt noch Milch und auch altes Brot ...«

Sie war schon dabei, den Topf übers offene Feuer zu hängen, als sie eine Hand an ihrem Unterarm spürte.

»Keine Suppe«, sagte der Bauer mit leiser Stimme. »Heiz einfach nur gut ein.«

26. Kapitel

Die Angst fühlte sich an wie eine eiskalte, riesige Faust, die Ellis Oberkörper umschloss und ihr die Rippen zerquetschte. Die ihr den Atem nahm und ihr Herz so heftig schlagen ließ, als sei sie gerade fürchterlich schnell gerannt. Dabei saß sie ganz still neben der Katze auf der Bank vor dem Backes, die Augen himmelwärts.

Bitte, lieber Gott, betete sie still, lass nicht das eintreten, was ich befürchte! Ich flehe dich an!

Doch je länger sie flehte, desto schlimmer wurde ihre Angst. Und als sich endlich von jenseits der Hecke Motorengeräusch näherte, der Bauer hatte offensichtlich den Lastkraftwagen genommen, um nach Aachen zu fahren, da wollte Elli dem Wagen entgegeneilen und saß doch zugleich wie versteinert. Nicht einmal die Hand konnte sie heben.

Der Lkw kam durch den Durchgang in der Hecke, stoppte mitten auf dem Hof. Der Fahrer sprang heraus, nun erkannte Elli, dass es Hans war, er lief um das Führerhaus herum. Dort öffnete sich die Beifahrertür, ein Paar langer Beine tauchten auf, ein breiter Rücken. Elli hörte den alten Janssen keuchen. Dann trat er einen Schritt rückwärts, in seinen Armen eine Person, leblos wie eine Puppe.

»Warte, ich kann auch mittragen!«, rief Hans und wollte dem

Vater offensichtlich zu Hilfe eilen, doch der beachtete ihn gar nicht, ganz still stand er da, und für einen Moment sah es für Elli so aus, als wolle er die Person in seinen Armen gar nicht ins Backes bringen, sondern nach gegenüber, ins große Bauernhaus.

Da stemmte Elli sich mit all ihrer Kraft gegen die Angst, richtete sich auf und humpelte, so schnell sie konnte, der Mutter entgegen.

Denn natürlich war es Alma, die der Bauer in seinen Armen hielt, auch wenn sie Elli viel schmaler vorkam als sonst. Sie schien zu schlafen, denn sie hielt die Augen fest geschlossen, und als der Bauer nun endlich auf das Backes zulief, war Elli bei ihnen angekommen und griff nach ihrer Hand. Dünn wie Papier erschien ihr die Haut auf dem Handrücken und verstörend rau.

Drinnen betteten sie Alma in den Alkoven, und erst jetzt, im Licht der Öllampe, konnte Elli die Mutter genauer betrachten.

Ihr stockte das Herz.

Nicht nur, dass Alma vollkommen leblos wirkte, die Augen immer noch geschlossen hielt. Nein, sie war auch fürchterlich abgemagert. Ihr Schlüsselbein, das immer schon spitz unter ihrem Kleid hervorgeschaut hatte, schien nun scharf wie eine Rasierklinge, auch ihre Hüftknochen stachen durch den abgewetzten Stoff. Ihre Lippen waren rissig und blutleer, und auf ihrer Stirn, wächsern, als fiebere sie, entdeckte Elli Schorf von einer schlecht verheilten Wunde.

»Was«, flüsterte sie, »was hat man dir angetan, Mama?«

Doch von Alma kam keine Antwort, stattdessen strich der alte Bauer Elli über das Haar, eine Geste, so unerwartet und so voller Mitgefühl, dass Elli schwer schlucken musste, um nicht in Tränen auszubrechen.

»Ich lasse euch allein«, sagte er. »Ich komme wieder.«

Und daraufhin ging er hinaus, zu Hans, der draußen gewartet hatte.

Elli krümmte sich wie unter Schmerzen. Alma war zu Hause, endlich. Doch das Geschöpf, das da in ihrem Alkoven lag, hatte kaum noch etwas gemeinsam mit der Alma, die man vor zwei Monaten verhaftet hatte.

»Mama«, flüsterte sie immer wieder, dabei war es schon viele Jahre her, dass sie die Mutter so angesprochen hatte, ein kleines Mädchen war sie damals noch gewesen, »Mama, was hat man dir angetan?«

Aber sie erhielt keine Antwort. Stattdessen stieg ihr ein Geruch in die Nase, der sie dazu brachte, Wasser auf der Feuerstelle zu erwärmen und Alma vorsichtig zu entkleiden. Sie würde sie waschen.

Nun erkannte Elli, was man Alma angetan hatte, und während sie sie wusch, rannen ihr unentwegt die Tränen über das Gesicht.

Der Körper der Mutter war übersät von Spuren der Gewalt. Sie hatte blaue Flecken und schlecht verheilte, teils noch offene Wunden. Jedes Mal, wenn Elli sie ein wenig anhob, ein bisschen zur Seite drehte, entdeckte sie neue Verletzungen. Die meisten schienen von Schlägen herzurühren, an anderen meinte Elli den Abdruck von Zähnen zu entdecken. Elli würgte. Sie zwang sich weiterzumachen, obwohl sie am liebsten aufgesprungen wäre und die Wände angeschrien hätte vor lauter Entsetzen und Verzweiflung. Was waren das für Menschen, was waren das für Ungeheuer, die der geliebten Mutter so etwas zugefügt hatten? Elli säuberte die Wunden, bestrich sie mit Ringelblumensalbe, verband sie. Kleidete die Mutter in ein frisches Nachthemd. Und während sie all dies tat, wuchs in ihr eine Wut, so gewaltig, dass sie ahnte, sie würde sie für den Rest ihres Lebens begleiten.

Alma schien zwischendurch bei Bewusstsein, aber zu schwach, um sich zu äußern. Ab und an entfuhr ihr ein leises Stöhnen, dann glitt sie wieder weg in eine Art Halbschlaf.

Die Nacht schritt voran, der Morgen graute. Elli schlief nicht, sie betete in einem fort, flehte um das Leben der Mutter. Immer wieder fachte sie das Feuer neu an, mühte sich, Almas Körper mit dem ihren zu wärmen. Denn die Mutter zitterte unter den beiden Decken, die Elli über sie gebreitet hatte, wie Espenlaub.

Heiz gut ein, hatte der Bauer gesagt, bevor er Alma nach Hause holte. Woher wusste er, dass sie so schrecklich fror? Hatte er sie im Gefängnis aufsuchen können?

»Ein-, zweimal«, brummte der alte Janssen, als er am frühen Morgen erschien und Elli ihn danach fragte. »Dring nicht weiter in mich, wie es dort zuging. Das ist nichts, was eine Tochter wissen sollte. Aber geh jetzt eure Tiere versorgen, ich bleibe so lange bei deiner Mutter.«

Elli ging, blieb im Türrahmen stehen. Keine Minute wollte sie Alma allein lassen. Doch das Schwein und die Hühner mussten gefüttert und getränkt werden, der Stall gesäubert, auch an einem Tag wie diesem.

Bang warf sie noch einmal einen Blick zurück. Ihr Herz hatte ihr längst gesagt, wie es um Alma stand, doch ihr Verstand weigerte sich, es zu begreifen.

»Können wir einen Arzt rufen?«, fragte sie leise. »Wir haben kein Geld, um ihn zu bezahlen, aber vielleicht könnten Sie …«

»Glaub mir, Elli«, der Alte war vor dem Alkoven in die Knie gegangen, »ein Arzt hat bereits nach ihr gesehen, noch im Gefängnis. Dafür habe ich gesorgt. Und nur mit seiner Hilfe bekam ich die Erlaubnis, sie nach Hause zu holen.«

Er griff nach Almas Hand und legte die Stirn darauf, so, als wolle er für etwas, von dem Elli nichts wusste, um Vergebung bitten.

Elli schluckte und ging hinaus in die Kälte.

Als sie zurückkam, kniete der Bauer immer noch an Ort und Stelle. Er schien gar keine Anstalten zu machen, sich zu verabschieden, dabei herrschte auf dem Hof inzwischen die alltägliche Geschäftigkeit. Der alte Janssen aber hielt Almas Hand.

»Mehr als ein Vierteljahrhundert ist es her, dass sie mir dies das letzte Mal gestattet hat«, flüsterte er, als Elli sich neben ihn kniete, offensichtlich hatte er ihre Verwunderung über sein Verhalten durchaus wahrgenommen. »Deine Mutter und ich, wir haben uns immer gut verstanden. Ach, was heißt verstanden! Als ich sie das erste Mal sah, auf einem Fest in ihrem Dorf, war es, als stürze der Himmel auf mich herab. Wir Jungschützen waren damals überall dabei, wo es etwas zu feiern gab. Wir nahmen weite Wege in Kauf, es machte uns nichts aus. Ein jeder von uns suchte ein Mädchen zum Freien, und als ich Alma begegnete, da wusste ich, sie ist es.«

»Bitte, was?«, stammelte Elli.

Der Bauer schien plötzlich zu schwitzen, er wischte sich über die Stirn. »Alma würde mir ordentlich die Meinung geigen, wüsste sie, dass ich es dir erzähle, aber ich glaube, sie kann uns nicht hören.« Wieder wischte er sich übers Gesicht, diesmal über die Augen.

»Ich war ein *Döppe*«, sagte der Bauer neben ihr. »Ein großer Dummkopf. Zwischen uns stand es so, dass nur noch eines fehlte. Mein Antrag.«

»Sie haben meiner Mutter einen Heiratsantrag gemacht?«, flüsterte Elli. »Im Ernst?«

»Eben nicht.« Der Bauer fuhr sich noch einmal über die Stirn.

Er schwitzte jetzt stark, und das lag, darin war Elli sich sicher, nicht nur am Feuer, das in ihrem Rücken bullerte. »Wie gesagt, ich war ein großer Dummkopf. Ich wollte etwas aus mir machen, jemand sein. Und da gab es diese junge Hoferbin. Sie schien an mir interessiert. Und als mein Vater mich hierher mitnahm, als wir durch die hohe Hecke traten, als ich das prächtige Bauernhaus sah und all das Land, da erhob ich keinen Widerspruch, während unsere Väter die Mitgift aushandelten. Ich dachte, ich komme leicht über Alma hinweg, wenn ich erst einmal der reichste Bauer im Dorf bin.«

Der Bauer verstummte. Elli betrachtete die Mutter, ihr Gesicht, schweißnass glänzend und wächsern. Ihren Hals, wo eine Ader so schnell und heftig zuckte, als sitze unter der Haut ein winzig kleines Vögelchen, das in dem hoffnungslosen Bemühen, nur ja noch einmal fliegen zu können, wie irre mit den Flügeln schlug. Dieses wilde Zucken, Elli wusste es genau, war Almas Pulsschlag. Ihr Herz schlug wohl beinahe zweihundertmal in der Minute.

Alma mochte still daliegen, doch sie kämpfte, sie kämpfte einen verzweifelten Kampf. *Gegrüßet seist du, Maria, voll der Gnade,* murmelte Elli, *der Herr ist mir dir …*

»Ich habe es bitter bereut«, hörte sie den Bauern neben sich murmeln. »Und Alma hat mir nie verziehen. Sie heiratete einen anderen, sie war glücklich mit ihm, und doch, ich hatte das, was wir füreinander empfanden, verraten. Als dein Vater starb, holte ich sie zu mir, und ich weiß, dass sie nur deinetwegen mein Angebot annahm. Dir sollte es an nichts mangeln. Ich aber habe Tag für Tag den Abscheu in ihren Augen gesehen. Tag für Tag! Während ich an der Seite einer Frau lebte, die ich nicht liebte. Heimlich legte ich euch zu Weihnachten einen Schinken vor die Tür und ab und an Brennholz. Ich hatte Alma immer im Blick, sie jedoch hat mich mit Verachtung gestraft. Wie recht sie hatte!

Und wie anders hätte mein Leben verlaufen können! Wie anders! Ich ...« Der Bauer brach ab, vergrub sein Gesicht für einen Moment in dem Laken, mit dem Elli den Alkoven bezogen hatte.

Das Vögelchen an Almas Hals schlug noch schneller mit den Flügeln.

Elli betete. *Du bist gebenedeit unter den Frauen, und gebenedeit ist die Frucht deines Leibes, Jesus.*

»Ich bin kein guter Mensch«, sagte der Bauer, er sagte es mehr zu Alma als zu Elli, und für einen Moment glaubte Elli, ein Zucken im Gesicht der Mutter wahrzunehmen. »Ich bin kein guter Ehemann und auch kein guter Vater. Wer weiß, ob ich es hätte werden können, wenn ich mich damals anders entschieden hätte. Ob ich jemals ein guter Mensch geworden wäre! Wer weiß.«

Und da geschah es. Alma begann zu husten. Ihr dünner Körper erzitterte. Ihre Lippen, weiß wie das Betttuch, schienen Worte zu formen.

Heilige Maria, Mutter Gottes, betete Elli und versuchte, die Mutter zu stützen, *bitte für uns Sünder!*

Aus Almas Mundwinkel lief ein dünnes Rinnsal hellroten Bluts. Und plötzlich war zu verstehen, was sie sagte.

»Sei es von nun an«, sagte sie, bäumte sich wenige Zentimeter auf, entriss dem Bauern die Hand, die er hielt, und zeigte auf Elli.

Dann sackte ihr Körper zusammen wie der eines Tieres in dem Moment, in dem der Jäger es erlegt.

Durch den Bauern ging ein Zucken, als hätte ihn der Schlag getroffen. Elli begann zu weinen, lautlos. Sie griff nach einem Tuch, wischte der Mutter über die feuchte Stirn, säuberte ihren Mund.

Bitte für uns Sünder, setzte sie noch einmal neu an, *jetzt und in der Stunde unseres Todes.*

All ihr Hoffen war vergeblich, in diesem Augenblick wusste sie es. Ihr war beinahe, als spüre sie den Tod an Almas Seite.

Der Bauer erhob sich, wankend, als sei er trunken. Machte einen unsicheren Schritt zur Tür, blieb mitten im Raum stehen. Schien mit sich zu ringen. Dann trat er zurück an Almas Bett, sah ihr in die Augen, als könne sie ihn trotz der geschlossenen Lider sehen, räusperte sich. Kniete noch einmal nieder. Er nahm Almas Hand, küsste sie, stand auf und strich Elli mit abgewandtem Blick übers Haar. Dann ging er hinaus.

Stille kehrte ein. Die Stelle an Almas Hals, wo Elli ihren Herzschlag ahnte, zuckte noch, wenn auch viel schwächer als zuvor.

Nach einer Weile klopfte es an die Tür, Pfarrer Freising erschien, in der Hand ein kleines Gefäß mit geweihtem Öl. Er trat an den Alkoven, sprach ein lateinisches Gebet und salbte Almas Augen, ihre Ohren, ihre Nase, ihre Hände und Füße. Dann reichte er Elli die Hand, bekreuzigte sich und ging.

Elli schloss die Klöntür hinter ihm, schob den Riegel davor, fachte das Feuer noch einmal an. Betastete kurz den Verdunkelungsstoff vor dem Fenster und beschloss, ihn nicht herunterzulassen. In dieser Nacht sollte der Mond zu ihnen hereinscheinen, jedes Licht, das das kleine Backes erhellen würde, war ihr willkommen. Dann streifte sie die Schuhe von den Füßen und kroch, ganz vorsichtig, um sie bloß nicht zu stören, zu Alma in den Alkoven. Sie zog die Decken über sie beide, legte zusätzlich ihr Schultertuch darüber, umschlang die Mutter mit beiden Armen. Sie würde Alma wärmen. Bis zum letzten Augenblick würde sie bei ihr sein, sie ganz allein, so, wie es immer gewesen war.

Zeit verging. Elli war, als atme die Mutter nun, wo sie so eng beieinanderlagen, ruhiger. Sie streichelte ihre Schultern, ihre Hände, ihre Stirn. Sparte die Stellen aus, wo Alma verletzt war. Kämpfte gegen die Wut, gegen die Verzweiflung. Ihr Leben lang hatte Alma sie beschützt. Nun war es an Elli, sie auf diesem letzten Stück ihres Wegs zu begleiten.

Warm und weich lagen sie im Alkoven, und während das Tageslicht draußen vor dem Fenster dem Dunkel der Nacht wich, kam es Elli so vor, als reise sie weit zurück in die Zeit. Als sei sie wieder ein Kind, das an der Hand der Mutter über den Hof humpelte. Erinnerungen strömten über sie hinweg, eine nach der anderen.

»Weißt du noch?«, flüsterte sie. »Der Tag, an dem ich in die Schule kam? Du hattest mir ein Kleid genäht aus weißem Baumwollstoff und es mit lauter bunten Blümchen bestickt. Und erinnerst du dich an die Katze, die wir damals hatten? Keine einzige Maus hat sie gefangen, wohl aber immer vom Schmalz genascht. Das Schwein wiederum, das wir mästeten, als ich schon etwas älter war …«

Elli erzählte. Sie erzählte gegen die Angst, gegen den Schmerz, gegen den Zorn. Längst Vergangenes wurde wieder lebendig. Und während sie erzählte, knüpfte sie ein letztes Mal das Band, das sie seit jeher mit der Mutter verbunden hatte.

Alma atmete nun ganz erkennbar ruhiger. Mehr noch, Elli kam es so vor, als reagiere sie auf das, was sie hörte. Huschte da ein Schmunzeln über ihr Gesicht? Runzelte sie die Stirn? Elli war sich nicht sicher. Sie erzählte weiter, jetzt von den Dingen, die die Mutter noch nicht wusste. Die sie ihr erzählen musste, solange noch Zeit war.

Elli sprach von der Nacht, in der Hans sie auf dem Fahrrad nach Hause gefahren hatte. Von ihrer Begegnung damals im Stall, als Hans geweint hatte. Sie berichtete von Margots Brief, von ihrer Angst, die Freundin könne in diesem schrecklichen Judenhaus zu Tode kommen. Und ihr schien, als spitze Alma mehr und mehr die Ohren.

»Ich werde mir das nicht länger ansehen«, sagte Elli schließlich. »Ich bringe Margot und ihre Familie nach Belgien, egal wie, ich tu's.«

Im selben Moment erschrak sie über ihre Worte. So lange schon war dieser Gedanke in ihrem Kopf. Doch er schien ihr viel zu waghalsig, undurchführbar. Was fiel ihr ein, die Mutter damit zu behelligen, sie in Sorge zu versetzen, ausgerechnet jetzt?

Doch Alma schien kein bisschen erschrocken. Ganz im Gegenteil. Ihre Lippen, spröde und rissig, verzogen sich zu einem Lächeln.

Und dann begann sie zu sprechen, so leise, als käme ihre Stimme von weit her.

»Du findest den Weg«, flüsterte sie, »hinter dem Haus der Wöchnerin Liss rechts ... Schnüre aus Gras und Stroh ... achte darauf, um die Bäume gespannt ... achte auf die Zeichen!« Ihr Körper bäumte sich noch einmal auf, ihre Lippen zitterten. »Meide den Steinbruch ... hörst du! Meide den Steinbruch ... und dort, wo fünf alte Eichen einen Kreis bilden ...«

Leiser und leiser wurde ihre Stimme, und Elli, die glaubte, ihr Herz müsse zerspringen, rückte noch dichter an die Mutter heran, ihr Ohr an ihren Lippen.

Alma keuchte, sie hustete. Sie rang nach Atem. Sie war kaum noch zu verstehen.

»Die Patrouillen«, war das Letzte, was sie herausbrachte. »Nimm dich in Acht ... nimm dich in Acht ... eine Stelle ... gleich hinter ... da lauern sie ...«

Ein gewaltiger Hustenanfall ließ Alma von Kopf bis Fuß erbeben. Dann sank sie tief zurück in die Matratze aus Stroh. Jetzt war es nicht mehr allein die Stelle an ihrem Hals, die unentwegt pulsierte. Almas gesamter Brustkorb hob und senkte sich, so schnell, als renne sie einen steilen Berg hinauf.

Elli hielt die Mutter fest umschlungen. Ihr Herz hämmerte. In ihrem Kopf wiederholte sie jedes Wort, das Alma gesagt hatte, ein ums andere Mal. Es waren nur Bruchstücke gewesen. Und doch. Elli war, als sehe sie den rettenden Weg vor sich. Den Weg, auf dem sie Margot, ihre Kinder und ihre Eltern nach Belgien bringen würde.

Den Gedanken, dass Alma nicht mehr zu Ende gesprochen hatte, dass sie nicht wusste, wo die deutschen Patrouillen lauerten, schob sie weit von sich weg.

In den folgenden Stunden zwang Elli sich immer wieder, kurz aufzustehen. Sie fachte das Feuer neu an, befeuchtete Almas Lippen mit Kamillentee. Strich ihr den Schweiß von der Stirn. Flocht ihr Haar, immer noch blond und voll, zu zwei Zöpfen. Mit jeder Strähne, die ihr durch die Finger glitt, wuchs in ihr eine Verlassenheit, wie sie sie nie in zuvor in ihrem Leben gekannt hatte. Und so legte sie sich wieder neben die Mutter, umschlang sie, hielt sie.

Der Morgen war schon nah, als das Leben noch einmal in Almas Körper zurückkehrte. Sie versuchte erneut, sich aufzurichten, wies zitternd mit dem Finger in Richtung Boden.

Elli aber gab nichts darauf, sie griff nach Almas Hand und schloss sie fest in ihre Arme.

Bald fielen die ersten feinen Strahlen Tageslicht durch das Fenster. Elli beugte sich noch einmal über die Mutter, küsste ihre Stirn.

Und da sah sie es. Die Haut rund um Almas Mund und Nase

war fahl und grau. Ein Dreieck hatte sich auf ihrem Antlitz gebildet, das Dreieck des Todes.

Und als im Hof das Leben längst erwacht war, als die Kühe zu lärmen begannen und der alte Hund heiser jaulte, als der Bauer von außen gegen die Klöntür klopfte und rief, sie möge ihn doch hereinlassen, da nahm Elli die Hände der Mutter, schrecklich kalt waren sie schon, und faltete sie wie zum Gebet. Sie streichelte diese Hände, die ihr Leben lang für sie gesorgt und sie vor aller Unbill beschützt hatten, streichelte sie und streichelte sie, so lange, bis sie vollkommen steif waren.

27. Kapitel

Dienstag, 5. Dezember 1939

Dieses Geräusch! Elli saß am Küchentisch, bereits fertig angezogen, vor sich eine Schüssel mit längst erkalteten Kartoffeln, die sie nicht anrührte. Sie hatte seit fünf Tagen fast nichts gegessen, seit dem Moment, an dem man die Mutter aus dem Backes getragen hatte. Elli hatte auch kaum geschlafen, wie denn, in einem Alkoven, der viel zu groß war für sie allein, der sich leer anfühlte und kalt. Sie hatte geweint, getobt, war zuletzt in eine Starre verfallen, aus der sie sich kaum zu befreien vermochte. Es hatte sie all ihre Kraft gekostet, die Tiere zu versorgen, mit dem Pfarrer das Nötigste zu besprechen. Jede Minute hatte es ihr gegraut vor diesem einen Moment. Vor dem Tag, an dem sie die Mutter zu Grabe tragen musste.

Jetzt war es so weit.

Und nun dieses Geräusch.

Über Nacht war der Winter über das kleine Dorf hergefallen und hatte alle Häuser, die Straße, das Kopfsteinpflaster, die hohen Hecken, ja, sogar den Grünkohl und den Rosenkohl, die noch auf dem kleinen Feld hinter dem Backes standen, mit einer grimmigen Frostschicht überzogen. Am schlimmsten jedoch war das Geräusch. Denn der Frost war auch zwischen die losen Schindeln, die das Dach des Backes bedeckten, gefahren, hatte sich mit der Feuchte des dort wachsenden Mooses vermengt, und wenn nun der Wind wehte, und es wehte ein bitterer Wind, dann kreischten die Schindeln, als sei ein böser Geist in sie gefahren.

Nie zuvor hatte Elli etwas Ähnliches vernommen, in all den Jahren nicht. Jetzt aber hielt sie sich die Ohren zu, stöhnte. Denn ihr war, als verhöhne der Wind sie, als lache der elende Sturm ihr mitten ins Gesicht. All das Glück, das mit der Mutter im Backes gewohnt hatte, und mochte es noch so bescheiden gewesen sein, war fort. Was blieb, waren Kälte, Schmerz und Einsamkeit.

Und ein Gefühl von Schuld, so allumfassend, so mörderisch, dass Elli darunter in die Knie ging. Denn war sie es nicht gewesen, die darauf gedrungen hatte, Margot nach Belgien zu bringen, immer und immer wieder? Hatte sie nicht all die Warnungen von Schwester Gertrud, dies sei zu gefährlich, in den Wind geschlagen? Und nun saß die Nonne im Gefängnis, Elli mochte sich nicht ausmalen, wie es ihr dort erging, und Alma war tot, zu Tode gefoltert von den Nazis.

Elli stöhnte wieder, presste die Hände noch fester auf die Ohren. Wie sollte sie mit dieser Schuld jemals weiterleben können?

Ein Klopfen an der Tür, so leise, dass das kreischende Geräusch des Dachs es beinahe überdeckte. Eine Stimme, so vertraut und doch fremd geworden in den letzten Monaten.

»Elli«, sagte Käthe und trat ein. »Ich bin gekommen, dich zu holen. Sie läuten schon.«

Tatsächlich, die Kirchenglocke schlug, Elli hatte es nicht gehört. Sie sprang auf, würdigte Käthe, die versuchte, sie unterzufassen, keines Blickes und humpelte, so schnell sie konnte, hinaus.

Sie würdigte sie auch später keines Blickes. Nicht während der

Totenmesse, nicht während des Trauerzuges, nicht am offenen Grab. Käthe stand dicht neben ihr, die Augen verweint, die Wangen flammend rot.

Warum, fragte Elli sie still, bist du so aufgewühlt? Trauerst du um meine Mutter, oder schämst du dich, weil du uns belauscht und verraten hast? Ist Alma deinetwegen in die Hände der Nazis gefallen, die sie zu Tode gequält haben?

Oder meinetwegen, setzte sie still hinzu. Weil ich Schwester Gertrud so sehr zu diesem Vorhaben gedrängt habe.

Sie konnte Käthe beinahe spüren, so dicht stand sie neben ihr, doch Elli brachte keinen Laut über ihre Lippen. Und als Käthe erneut versuchte, ihren Arm zu fassen, da trat sie einen Schritt zurück und wandte sich ab.

In ihr wuchs eine Abscheu der Freundin gegenüber, vor allem aber verabscheute sie sich selbst.

Die Totengräber ließen den Sarg hinab in die Grube, der Pfarrer segnete das Grab, sprach ein letztes Gebet. Der Sturm zerrte an den Menschen, die sich um das Grab versammelt hatten, an ihren Kleidern, an den Tüchern, die sie um sich geschlungen hatten. Es waren nur einige wenige.

Wie vielen Leuten, dachte Elli voller Zorn, hatte Alma zeit ihres Lebens geholfen! Hatte ihnen beigestanden, wann immer man sie um Hilfe bat, oft ohne jede Bezahlung. Nun war kaum jemand zu ihrer Beisetzung erschienen. Elli wusste, die Dorfbewohner hatten Angst. Alma hatte in Aachen im Gefängnis gesessen, auf ihrer Beerdigung gesehen zu werden konnte gefährlich sein in Zeiten wie diesen. Und doch. Sich so feige abzuwenden ließ den Groll in Ellis Herz weiter wachsen.

Die kleine Trauergemeinde zerstreute sich. Auch Käthe ging

davon, Elli hörte sie leise schluchzen. Pfarrer Freising verabschiedete sich und machte sich ebenfalls auf den Weg.

Elli blieb zurück am offenen Grab, allein.

Nur einer war noch da, Hans. Er stand ein Stückchen hinter ihr, und als sie sich nun umwandte, da trat er auf sie zu und nahm ihre Hand und führte sie nach Hause, als sei es das Selbstverständlichste auf der Welt.

Elli spürte ihre Hand in seiner, spürte dem Gefühl nach, das diese Berührung womöglich in ihr auslöste. Aber in ihr war nichts außer Verzweiflung, Wut, Trauer. Und Scham, übergroße Scham.

Sie erreichten den Hof, und als Elli die Klöntür hinter sich schließen wollte, drängte er sich mit hinein.

»Liebste Elli«, sagte er und rückte einen der beiden Stühle für sie zurecht. »Ich ... ich kann nicht ermessen, wie groß dein Schmerz ist. Aber was ich dir sagen kann, ist, dass ich alles in meiner Macht Stehende für dich tun werde, egal, was es ist. Du brauchst nur zu mir zu kommen. Versprichst du mir das?«

Elli sah zu ihm hinauf, sie konnte ihn kaum erkennen durch den Tränenschleier vor ihren Augen.

»Bitte«, sagte sie, »bitte geh und lass mich in Ruhe.«

Er ging, aber er kam wieder.

Am Abend brachte er ihr einen Teller Brotsuppe mit viel Butter und zwei hineingerührten Eigelb, und am nächsten Morgen, am Nikolaustag, einen duftenden Printenmann. Elli musste an den Nikolaustag vor einem Jahr denken, als sie den Tisch für Alma mit Nüssen und Tannenzweigen dekorieren wollte und nicht mehr dazu gekommen war, weil an diesem Morgen Therese abgeholt worden war. Sie holte den Brief hervor, den die Mutter vor ihr versteckt hatte und in dem auch sie aufgefordert wurde, sich bei der Gemeindeschwester vorzustellen, und sie erinnerte sich an die Worte des Bauern.

Das konnte ich abwenden, hatte er gesagt, du hast ja nichts am Kopf.

Als wenn die Tatsache, dass jemand etwas am Kopf hatte, wie der alte Janssen es ausdrückte, ein Grund wäre, ein Mädchen wie Therese den Eltern zu entreißen! Ganz abgesehen davon, dass sie in den Fängen der Leute, die sie holten, zu Tode gekommen war!

In schneidender Deutlichkeit sah Elli die Wunden der Mutter vor sich, die sie mit Salbe bestrichen und verbunden hatte, und plötzlich wurde sie heimgesucht von lauter schreckensvollen Bildern, was Therese geschehen sein mochte. Sie kaute lange auf dem Printenmann, den Hans ihr gegeben hatte, sie bekam ihn kaum herunter.

Hans brachte ihr weiterhin morgens und abends eine Mahlzeit. Elli dankte artig und nahm sie an der Tür entgegen, doch essen konnte sie immer nur wenig davon. Alma fehlte ihr so sehr, ihr war, als werde die Trauer von Tag zu Tag schlimmer. Stunden verbrachte sie damit, sich die Augen auszuweinen. Die Schuldgefühle drohten sie zu überwältigen. Und dann gab es da noch diese andere Sache, über die sie unentwegt nachdachte. Von der sie nicht wusste, wie sie sie angehen sollte. Die aber zugleich so dringend war, dass sie keinen weiteren Aufschub duldete.

Eine Woche nach Almas Beerdigung brach auf dem Hof die Maul- und Klauenseuche aus. Elli hörte die Bäuerin darüber lamentieren und stellte mit Schrecken fest, dass auch das junge Schwein, das sie mästete, das alte hatte Alma vor Kurzem erst geschlachtet, schon die ersten bläschenartigen Geschwüre an der Rüsselscheibe, am Gesäuge und zwischen den Klauen zeigte. Ab sofort hielt sie die Stalltür stets fest verschlossen und hoffte, dass niemand die Krankheit bemerkte, vielleicht gelänge es ihr ja, das Tier durchzubringen. Das Schwein war ihr kostbarster Besitz, und nun, da Alma tot war, ihre einzige Gelegenheit, an Bargeld zu kommen, wenn es ihr nur gelänge, es gut zu mästen und im Frühjahr zu verkaufen. Doch schon am Nachmittag drauf kam der Viehdoktor aus Monschau auf den Hof gefahren, ließ sich von einem Gehilfen das Bolzenschussgerät hinterhertragen, marschierte schnurstracks in den großen Stall und begann sofort mit seinem grausigen Tun. Elli konnte die dumpfen Stöße, mit denen der Bolzen in die Köpfe der Tiere drang, bis ins Backes vernehmen, sie hörte die Schreie der Schweine, das heisere Bellen des alten Hundes.

Bitte, flüsterte sie still, bitte verschone mein Tier!

Unauffällig drückte sie sich in der Nähe ihres kleinen Stalles herum, wo das Schwein fiebernd am Boden lag und die Hühner aufgeregt um es herumpickten.

Doch sie hoffte vergebens. Kaum war der Viehdoktor im großen Stall fertig, lief er einmal quer über den Hof, riss die Tür zu Ellis Stall auf und erlegte auch dort das Schwein mit einer Unbekümmertheit, als erschlage er eine Fliege.

Elli versuchte noch, ihn davon abzuhalten, sie fiel ihm sogar in den Arm, doch es war zu spät. Das Schwein lag tot am Boden, aus dem Loch in seiner Stirn floss Blut. Die Hühner stoben davon.

»Oh nein, oh nein«, jammerte Elli und taumelte rücklings aus dem Stall. Himmel, wie sollte sie überleben ohne das Schwein?

Über ihr zog erneut Sturm auf, er fuhr durch die hohe Buchenhecke, zerrte an ihrem Haar, trieb ihr die Tränen über die Wangen.

Alles, alles ist verloren, dachte Elli. Wie betäubt ging sie zurück ins Backes, setzte sich an den Tisch, starrte vor sich hin. Nie hatte sie sich so hoffnungslos gefühlt.

Als es am Abend gegen die Klöntür klopfte, stand Elli nicht auf. Sollte Hans doch wieder gehen, sie brächte eh nichts herunter.

Sie rührte sich auch nicht, als er begann, ihren Namen zu rufen. Sie zuckte erst zusammen, als sie hörte, wie die Tür sich öffnete. Wie er leise hereinkam, den Riegel von innen vorlegte, sich zu ihr setzte.

»Elli«, sagte Hans und stellte den Teller, den er trug, randvoll gefüllt mit Mehlsuppe, vor sich auf den Tisch. »Magst du nichts essen?«

Sie schüttelte den Kopf. Und ohne es zu wollen, strömten wieder die Tränen, von denen sie bereits unendlich viele vergossen hatte.

Hans sagte nichts. Er schob nur den Teller ein bisschen weiter zu ihr herüber. Stand kurz auf, nahm einen Löffel von der Kannenbank, legte ihn daneben. Er tat dies mit einer so fürsorglichen Selbstverständlichkeit, dass Elli gar nicht anders konnte, als nach dem Löffel zu greifen. Ihn in die Suppe zu tauchen, ein bisschen davon zu probieren. Noch ein bisschen. Am Ende aß sie den ganzen Teller leer, zum ersten Mal seit Almas Tod.

Hans blieb bei ihr sitzen. Er sagte kein Wort, aber er ging auch nicht. Und als die Lampe erlosch, weil Elli keinen Gedanken daran verschwendet hatte, Öl nachzufüllen, da begann er zu sprechen.

»Erinnerst du dich«, fragte er, »an den Tag, an dem du mich im Stall fandest? Es ist fast genau ein Jahr her, es war der Sonntag vor Weihnachten. Ich saß weinend im Stroh. Du hättest dich einfach abwenden können, mich dort sitzen lassen. Aber das hast du nicht getan. Du bist zu mir gekommen und hast mein Haar gestreichelt, so liebevoll, wie es niemals zuvor jemand getan hatte.«

Elli hielt die Luft an. Sie hätte sich nicht vorstellen können, dass Hans jemals die Sprache auf diese Begebenheit bringen würde. Niemals hätte sie es von sich aus getan. Noch dazu war ihr Herz in diesem Moment voller Sorgen und Kummer. Und oben auf dem Dach brachte der grimmige Sturm wieder einmal die Schindeln zum Kreischen. Ihr war nicht danach, nun ein solches Gespräch zu führen, kein bisschen. Doch zugleich streckte sie, ohne recht zu wissen, warum, ihre Hand nach ihm aus. Sie berührte ihn nicht, sie legte sie nur auf den Tisch, die Handfläche nach oben. Ein stummes Zeichen weiterzusprechen. Ein Zeichen, das er womöglich gar nicht wahrnehmen konnte, so dunkel, wie es im Backes war, der Schein des Feuers war die einzige Lichtquelle.

Hans sprach weiter.

»Verzeih, wenn ich dir heute davon erzähle, ich ahne ja, wie es um dich steht. Aber gerade deshalb kann ich nicht länger schweigen. Es tut mir in der Seele weh, zu sehen, wie sehr du dich quälst.«

Elli hätte ihm am liebsten erklärt, dass er keine Ahnung hatte. Dass er nicht wissen konnte, wie sehr sie litt. Dass da neben all dem anderen Schlimmen diese riesengroße Schuld war, die ihr niemand nehmen konnte. Doch Hans schien ihr Unbehagen nicht zu bemerken.

»Als ich beim Militär war«, sagte er in die Nacht hinein, »hatte ich einen Freund. Sein Name war Egon, und wir waren gute Kameraden. Ich ahnte, dass er anders war als ich, wenn du verstehst, was ich meine. Aber als er sich mir anvertrauen wollte, da wies ich ihn ab. Ich wollte mit dieser, nun, mit dieser Sache nichts zu tun haben.«

Elli rückte unwillkürlich auf ihrem Stuhl nach hinten. Himmel, was redete er denn da? Ehe sie sichs versah, hatte sie ihre Hand weggezogen.

Sie merkte, wie Hans tief Luft holte. Wie er zögerte. Eine ganze Weile lang war es still. Nur das Feuer knisterte, oben auf dem Dach wütete der Sturm über die Schindeln.

Dann richtete Hans sich auf und sprach weiter.

»Mein Militärdienst war damals eh fast zu Ende, und für die restliche Zeit mied ich ihn. Ich vermisste unsere abendlichen Gespräche, unsere gemeinsamen Sonntage in der Werkstatt. Du musst wissen, er war Schuster, und in unserer Freizeit hat er mir viel beigebracht. Aber das, worüber er mit mir reden wollte, schien mir so widernatürlich, so verstörend, dass ich auf all seine stummen Aufforderungen, mit ihm zu sprechen, nicht reagierte.«

Elli spitzte die Ohren. Da war etwas in Hans' Stimme, das sie dazu brachte, ihm weiter zuhören zu wollen. Etwas Leises, Verstörendes. Etwas, das ihr Herz berührte.

»Bald darauf«, sagte er und schluckte vernehmlich, »verließ ich die Kaserne. Ich kam nach Hause, traf ein Mädchen wieder, das ich seit frühester Kindheit kannte. Sie schien mich gar nicht wahrzunehmen, aber ich hielt nach ihr Ausschau, von früh bis spät. Ich dachte kaum noch an meinen Kameraden Egon.«

Er brach ab. Elli merkte, wie sie innerlich zu glühen begann. Und ohne dass sie wusste, wie ihr geschah, lag ihre Hand, die sie eben erst zurückgezogen hatte, wieder auf dem Tisch, die Handfläche nach oben.

Als Hans jetzt weiterredete, redete er so schnell, als fürchtete er, der Mut, sich auszusprechen, könnte ihn verlassen, bevor alles heraus war.

»Tatsächlich habe ich Egon nie wiedergesehen. Am Sonntag vor Weihnachten, als du mich im Stall überrascht hast, hatte ich gerade erfahren, dass er sich das Leben genommen hat.«

Der Sturm fuhr mit einer solchen Unerbittlichkeit unter die Dachschindeln, dass Elli glaubte, gleich würden sie sich lösen und herabstürzen. Das schreckliche Geräusch wurde so durchdringend, dass sie sich wieder die Ohren zuhalten wollte. Doch sie tat nichts dergleichen. Sie saß ganz still, die Hand auf dem Tisch geöffnet.

»Elli«, sagte Hans, so leise, dass der Sturm seine Worte beinahe überdeckte, »ich trage Mitschuld an seinem Tod. Ich war nicht für ihn da, als Egon mich gebraucht hätte. Ich schämte mich so sehr, ich glaubte, niemals mehr glücklich sein zu dürfen. Als mein Vater so sehr auf der Hochzeit mit Irmgard bestand, hatte ich keine Kraft, mich ihm zu widersetzen. Sie ist eine abscheuliche Person, doch für meinen Vater war es eine große Sache, und ich war mir sicher, es nicht anders verdient zu haben. Ich, der ich so kläglich versagt hatte, als es darauf ankam. Und weißt du was?« Er richtete sich noch etwas mehr auf. »Ich will nicht noch einmal so kläglich versagen! Ich will da sein für die Menschen, die mir wichtig sind. Und ich kann nicht mit ansehen, wie traurig du bist, wie verloren. Ich kann deine Mutter nicht wieder lebendig machen, ich kann dir nicht das geben, was du verloren hast. Aber eins kann ich schon, und glaub mir, das will ich unbedingt.« Er stockte. »Verstehst du, Elli, was ich meine?«

Elli wiegte in der Dunkelheit den Kopf. Sie war sich ganz und gar nicht sicher, ob sie verstand, was er meinte.

»Ich will dich heiraten«, sagte Hans. »Vorausgesetzt, du willst mich auch.«

Und in diesem Moment spürte Elli plötzlich seine Hand in ihrer. Groß war sie und etwas kühl und zugleich sehr heiß, schwer und stark, und alle fünf Finger verschränkten sich gleichzeitig mit ihren.

»Elli«, flüsterte Hans. »Ich liebe dich. Und ich möchte keinen Tag mehr ohne dich sein.«

28. Kapitel

Mittwoch, 13. Dezember 1939

Elli machte die ganze Nacht kein Auge zu. Sie hatten noch lange beieinandergesessen, die Finger ineinander verschränkt, und keiner von beiden hatte noch etwas gesagt. Elli war, als habe sie viel zu viel zu sagen, sie glaubte, dass ihr Herz überlaufen würde, wenn sie zu sprechen begänne, und sie hatte das Gefühl, dass es Hans ganz genauso erging. Keinen Augenblick lang zweifelte sie daran, dass er meinte, was er sagte. Genauso wenig, wie sie auch nur eine Sekunde daran zweifelte, dass sie seine Gefühle erwiderte.

Er liebte sie.

Sie liebte ihn.

Sie würden heiraten.

Als er sich schließlich verabschiedete, hatte er sich einen Moment lang zu ihr heruntergebeugt und seine Wange an ihre geschmiegt, ganz genau so, wie sie es in der Nacht getan hatte, als er sie auf dem Fahrrad nach Hause brachte.

Elli spürte diese Berührung immer noch. Sie spürte auch nach wie vor seine Hand in ihrer, seine Finger. Und sie hörte seine Worte, tausendfach flirrten sie durch ihren Kopf.

Sie wälzte sich im Alkoven hin und her. Ihr Herz klopfte so

schnell, dass an Schlaf nicht zu denken war, und ihre Gedanken fuhren Karussell. Sie sah sich in einem langen weißen Kleid zur Kirche schreiten, sah ihn am Altar auf sie warten. Sie erträumte sich eine ganze Heerschar Kinder, die alle Hans' Augen haben würden und einen Wirbel am Hinterkopf. Und sie überlegte, und das war mindestens so aufregend wie verstörend, wie es wohl wäre, wenn er neben ihr im Alkoven läge. Elli wischte sich den Schweiß von der Stirn. Sie hatte durch Almas Arbeit eine Menge mitbekommen von dem, was sich zwischen einem Mann und einer Frau in einem Alkoven abspielen konnte, aber es sich so konkret vorzustellen, noch dazu mit Hans, das ließ sie innerlich erbeben.

Am Morgen stand sie auf wie an jedem anderen Tag auch, füllte die Öllampe auf, stocherte das Feuer an, wusch sich, steckte sich die Haare hoch. Für einen Moment sah sie in der Waschschüssel ihr Gesicht, es tanzte auf dem Wasser, in das sie gerade erst beide Hände getaucht hatte. Das, dachte Elli, ist das Gesicht des Mädchens, das Hans liebt.

Ihr blieb beinahe die Luft weg.

Sie holte frisches Wasser vom Brunnen, fütterte die Hühner. Das tote Schwein hatte man abtransportiert, doch auf dem Stallboden stand noch eine Pfütze eingetrockneten Blutes.

Elli packte immer noch das blanke Entsetzen, wenn sie an das Auftauchen des Viehdoktors dachte. Die Trauer um Alma war kein bisschen weniger geworden. Die Sorge um Margot und ihre Familie begleitete sie in jeder Minute. Doch das Gefühl der abgrundtiefen Hoffnungslosigkeit, das sie gestern noch so sehr niedergedrückt hatte, war ein wenig von ihr gewichen. An seine Seite war ein anderes Gefühl getreten, das sie nicht zu benennen wusste, aber es kam ihr so vor, als sitze ein wunderhübscher Feuerfalter auf ihrer Brust und spreizte sanft seine bunt schimmernden Flügel.

Im Backes erwärmte sie Wasser über der offenen Feuerstelle, schüttete Soda hinein, schleppte es hinüber zum Stall und begann, den Boden zu schrubben. Der Wind hatte noch an Intensität zugenommen, sogar die mächtige Buchenhecke schien sich unter ihm zu ducken. Als Elli über den Hof zurücklief, riss der Sturm ihr beinahe den Schrubber aus der Hand, und als sie die Tür hinter sich schloss, war sie vollkommen durchgefroren. Der Winter drängte mit aller Macht in das kleine Dorf im Rurtal, bald schon würde das Leben draußen in eisiger Kälte erstarren.

Sie aber würde Hans heiraten und niemals mehr allein sein.

Elli sah sich im Backes um. Sie hatte die Hausarbeit vernachlässigt in den letzten beiden Wochen, überall lag dick der Staub. Und so erwärmte sie ein zweites Mal Wasser, gab wieder Soda hinzu, begann erneut zu putzen. Almas Besitztümer, ihr Umschlagtuch, ihre Schuhe, die Hebammentasche, hob sie nur vorsichtig an und stellte sie gleich wieder zurück, doch darunter wischte sie alles blitzblank sauber. Sie und die Mutter hatten es immer ordentlich gehabt, und so würde sie es auch weiterhin halten.

Schlussendlich kniete Elli nieder und begann, den Boden zu scheuern. Mehr als hundert Jahre, hatte Alma einst gesagt, lag dieser Boden hier schon. Generationen von Frauen hatten ihn während der Arbeit mit ihren Füßen blank gewetzt. Und hatte Alma nicht ganz zuletzt, als sie schon nicht mehr sprechen konnte, auf den Boden gezeigt?

Was sie wohl dazu veranlasst hatte?, fragte Elli sich, während sie den Scheuerlappen auswrang. Ob sie überhaupt noch bei klarem Verstand gewesen war? Sie strich ein weiteres Mal fest über die Steinplatten und ratschte sich wie schon so oft den Finger auf. Dort, wo eine der Platten ein wenig überstand.

Erschrocken hielt sie inne, leckte den Finger ab. Aber es war zu spät, ein Blutstropfen war schon herabgefallen.

Elli starrte auf den Boden. Nichts, aber auch gar nichts unterschied diese eine Platte von den anderen. Sie waren alle unterschiedlich groß, verschieden geformt, das schon. Aber sie lagen so dicht und eben nebeneinander, dass man meinte, sie bildeten eine einzige durchgehende Fläche. Nur dass das Blut, das gerade von ihrem Finger getropft war, zum größten Teil verschwunden war. Durch eine winzig kleine, eigentlich gar nicht wahrnehmbare Ritze.

Oben auf dem Dach ließ der Sturm die Schindeln kreischen.

Elli sog scharf die Luft ein. Beinahe ihr ganzes Leben lang lebte sie nun schon im Backes. Sie war Tausende und Abertausende Male über diese Steinplatten gelaufen, barfuß, in Schuhen, hüpfend, humpelnd. Nie war ihr aufgefallen, dass es dort einen Spalt gab.

Sie beugte sich tiefer hinab, fuhr mit der unverletzten Hand über die anscheinend so ebene Fläche. Tastete. Ein Spalt, winzig klein und für das bloße Auge nahezu unsichtbar.

Elli sog noch einmal scharf die Luft ein. Dann sprang sie auf die Beine, war mit zwei Schritten an der Kannenbank, griff sich einen Löffel, lief zurück, kniete wieder nieder. Führte den Griff des Löffels in den Spalt, doch der Griff war zu breit dafür und rutschte ab. Da sprang sie noch einmal auf und nahm sich das Gemüsemesser. Sehr alt war es schon, seine Spitze ganz dünn von den unzähligen Malen, die Elli es nachgeschliffen hatte.

Und diese Spitze passte haargenau.

Elli biss sich auf die Unterlippe, führte das Messer noch ein wenig tiefer ein. Da. Der Stein, riesengroß und scheinbar seit

Menschengedenken an der gleichen Stelle, bewegte sich. Nicht viel, aber er bewegte sich.

Elli merkte, wie ihr der Schweiß ausbrach. Sie strich sich über die Stirn, setzte das Messer noch einmal an. Bohrte noch tiefer, drückte fester. Der Stein gab ein knirschendes Geräusch von sich und rutschte ein wenig nach oben. Jetzt ließ er sich greifen und beiseiteschieben.

Darunter befand sich ein Loch. Und darin lag ein Päckchen. Eingeschlagen in graues Tuch, mit einer Kordel verschnürt, gerade einmal so groß wie ein Brikett.

Elli erkannte es sofort. Es war das Päckchen, das Schwester Gertrud einst vorbeigebracht hatte. Vor mehr als einem Jahr, in einer Oktobernacht. Ganz außer sich war die junge Nonne damals gewesen. Eigentlich wollte sie das Päckchen Alma aushändigen, hatte es aber dann doch Elli gegeben und sie inständig gebeten, es gut zu verstecken.

Elli stieg die Schamesröte ins Gesicht, als sie sich erinnerte, dass sie das Päckchen zunächst vollkommen vergessen hatte. Später hatte Alma es an sich genommen, und Elli hatte es nicht wieder zu Gesicht bekommen. Die Mutter hatte es offenbar gut versteckt.

Und in der Stunde ihres Todes hatte sie versucht, Elli dieses Versteck zu zeigen.

Elli merkte, wie sie zu zittern begann. Aus einem Impuls heraus, den sie sich selbst nicht erklären konnte, erhob sie sich, verriegelte die Klöntür von innen und zog den Verdunkelungsstoff vor das Fenster. Was immer es mit diesem Päckchen auf sich hatte, es war ganz bestimmt nicht für neugierige Augen bestimmt.

Dann holte sie tief Luft, kniete sich wieder hin und nahm es hervor. Ganz leicht fühlte es sich an, so, als handle es sich bei dem Inhalt um Papier oder Pappe. Aber warum sollte die Mutter Papiere in einem Loch im Fußboden verstecken?

Sie wollte gerade die Schnur lösen, als jemand gegen die Tür bollerte.

»Elli?«, hörte sie den alten Bauern rufen. »Bist du da? Mach auf, ich muss mit dir sprechen!«

Blitzschnell wollte Elli das Päckchen zurück in das Versteck schieben, aber sie war zu fahrig, sie bekam es nicht mehr hinein.

»Jetzt mach schon auf!«, brüllte der Bauer. »Ich habe auch nicht den lieben langen Tag Zeit!«

Himmel, was tun? Elli schob den Stein wieder an seinen Platz und ließ das Päckchen unter der Strohmatratze im Alkoven verschwinden. Dann strich sie ihre Kittelschürze glatt und öffnete die Tür.

»Wurde aber auch Zeit! Was sitzt du denn hier im Dunkeln?« Der alte Janssen schob sich, ohne eine Antwort abzuwarten, ins Backes. Ihm auf dem Fuß folgte, die frisch rasierten Wangen rosig glänzend, Hans.

»Kannst dir ja denken, warum wir hier sind«, murrte der Alte, während er sich schwer auf einen Stuhl fallen ließ. »Mein Herr Sohn hat ja mal wieder gemacht, was er will, und um deine Hand angehalten, ohne auch nur einmal zu fragen, ob ich das gutheiße. Aber egal. Ich habe Alma versprochen, dass ich mich um dich kümmere, und ich halte mein Wort. Wirste halt meine Schwiegertochter. Hans' Mutter wird nicht begeistert sein, aber die beruhigt sich auch wieder.« Er stand kurz auf, nahm den Abreißkalender von der Wand, begann, darin zu blättern, und legte ihn wieder beiseite. »Wir können jetzt gleich das Aufgebot bestellen, aber in diesem Jahr wird das nichts mehr mit der Hochzeit. Mariä Lichtmess scheint mir ein gutes Datum. Wegen der Mitgift«, er sah sich kurz um, »brauchen wir nichts zu regeln, hast ja nichts.

Auch egal. Was passiert, wenn man meinem Sohn eine vermögende Braut unterjubelt, wissen wir ja jetzt.«

Er gab ein Geräusch von sich, dass zugleich nach Fluchen und Lachen klang, und Elli bemerkte, wie Hans, der sich dicht neben sie gestellt hatte, zischend ausatmete.

»Ist gut, ich sag ja schon nichts mehr«, brummelte der Alte. »Damit wäre das abgemacht. Und jetzt zurück an die Arbeit. Der Stall mistet sich nicht von alleine.«

Er erhob ich. Hans, dessen Wangen immer noch rosig glänzten, griff kurz nach Ellis Hand.

»Ich schaue gleich noch einmal zu dir.«

Und damit waren sie auch schon wieder zur Tür hinaus.

Elli stand mitten im Backes und fühlte sich wie betäubt. Langsam hob sie die Hand vors Gesicht, die Hans kurz berührt hatte, betrachtete sie genau. Was, fragte sie sich, war hier gerade geschehen?

Ich bin verlobt, gab sie sich selbst zur Antwort. Das Aufgebot wird bestellt. Und Anfang Februar wird geheiratet.

Das Gefühl, als ob auf ihrer Brust ein blau schillernder Feuerfalter seine Flügel spreizte, das sie seit dem vergangenen Abend begleitete, wurde stärker.

Immer noch wie betäubt, verriegelte sie noch einmal die Tür, prüfte, ob der Verdunkelungsstoff noch ordentlich vor dem Fenster hing. Sie ging die wenigen Schritte bis zum Alkoven, zog das Päckchen unter der Matratze hervor, legte es auf den Tisch und löste das Band.

Im nächsten Moment war sie hellwach.

Es waren tatsächlich Pappen, die da unter dem grauen Tuch zum Vorschein kamen, aber es waren keine gewöhnlichen Pappen.

Es waren Geburtsurkunden.

Vor- und Zuname: Dina Baum stand auf der ersten, Geburtstag und -Ort: achte Mai tausendneunhundertdreißig, Bergheim. Vor- und Zuname sowie Stand des Vaters: Paul Baum, Viehhändler. Vor- und Zuname sowie Stand der Mutter: Eleonore Baum, Wäscherin. Bergheim, den 14. Mai 1930

Darunter die Unterschrift des Standesbeamten.

Elli hielt das dicke beigefarbene Papier in den Händen, betrachtete es verblüfft. Warum hatte ihre Mutter die Geburtsurkunde eines wildfremden Mädchens unter dem Steinboden des Backes versteckt? Und was hatte Schwester Gertrud damit zu tun?

Ratlos legte sie den Papierbogen beiseite, griff nach dem nächsten. Auch dabei handelte es sich um eine Geburtsurkunde, diesmal um die eines kleinen Jungen.

Jakob Schuster, geboren am 31. März 1936 in Aachen, Mutter Dienstmädchen, Vater unbekannt.

Elli fühlte sich noch ratloser. Gerade einmal drei Jahre war der kleine Jakob also mittlerweile. Wo mochte er sein, wie mochte seine Mutter klarkommen, wenn das wichtigste Dokument über seine Identität hier, bei ihr, im Backes war?

Sie drehte das Papier in ihren Händen, und dann sah sie es.

An die Geburtsurkunde des kleinen Jakob war ein weiteres Papier geheftet und mit einer geraden, ordentlichen Schrift beschrieben.

Klaus Jung, stand dort, *Kinderheim Alsdorf. Ringförmiges Muttermal unterhalb des rechten Schulterblatts.*

Ihre Verwunderung wuchs.

Sie blätterte den Stapel weiter durch.

Er bestand aus lauter Geburtsurkunden. Keins der Kinder, zu denen sie gehörten, war älter als sechzehn Jahre. Insgesamt waren es fünfzehn Stück. Und an jeder Urkunde klemmte ein kleiner Zettel, auch an der von Dina Baum.

Elisabeth Karg, Kinderheim Düren, Spitze des linken Daumens fehlt

Elli legte den Stapel vor sich auf den Tisch. Lehnte sich auf dem Stuhl, wo eben noch der Bauer gesessen hatte, zurück. Merkte, wie ihr das Blut in den Kopf stieg, wie es in ihren Schläfen pochte.

Oben auf dem Dach fuhr der Wind durch die Schindeln.

Unser Kloster wird aufgelöst, hatte Schwester Gertrud in der Nacht, in der sie das Päckchen brachte, gesagt. Die Waisenkinder werden auf andere Heime verteilt.

Diese Kinder, Elli begriff es in diesem Moment mit schneidender Deutlichkeit, waren nicht unter ihren richtigen Namen auf andere Heime verteilt worden. Aus Dina Baum wurde Elisabeth Karg, aus Jakob Schuster Klaus Jung. Und dafür konnte es nur einen Grund geben.

Wie um sich zu vergewissern, dass sie mit ihrer Vermutung richtiglag, blätterte sie den Stapel noch einmal durch.

Günther Rahmen, stand auf einem Zettel, der an die Geburtsurkunde eines gerade einmal sieben Jahre alten Jungen mit dem Namen Isaak Stein geklemmt war, *Kinderheim Alsdorf. Keine besonderen Merkmale. Erinnert sich an den Namen eines Onkels: Israel Katz*

Isaak Stein. Israel Katz. Das waren jüdische Namen. Genau wie Dina und Jakob. Elli blätterte den Stapel ein weiteres Mal durch, nun mit fliegenden Fingern. Sie fand eine Esther und einen Aron, aber auch Kinder, auf deren Geburtsurkunden Namen wie Brigitte, Peter und Heidrun standen. Doch mit jeder Minute, in der sie über dieses Päckchen voller Geburtsurkunden und angehefteter Zettel nachdachte, wuchs ihre Gewissheit.

Schwester Gertrud hatte in ihrem Kloster jüdische Kinder betreut. Und als diese Kinder auf andere Heime verteilt wurden, hatten die Nonnen ihnen neue, unverfängliche Namen gegeben, sehr wahrscheinlich auch neue Papiere. Damit sie nicht in die Fänge der Nazis gerieten.

Zugleich aber mussten sie einen Weg finden, um die wahre Identität der Kinder irgendwo verlässlich zu hinterlegen. Damit sie vielleicht, eines Tages, wieder unter ihren richtigen Namen leben konnten. Damit Familienangehörige sie wiederfinden konnten. Dazu dienten die angehängten Zettel. Sie beinhalteten die Tarnnamen und die Orte, wohin diese Kinder gekommen waren.

Schwester Gertrud hatte diese hochbrisanten Papiere Alma anvertraut, und die hatte sie gehütet wie einen Schatz. Aufbewahrt unter den uralten Dielen des Backes, in einem Versteck, das nicht einmal Elli kannte, obwohl es sich zeit ihres Lebens direkt unter ihren Füßen befunden hatte.

Elli konnte nicht mehr still sitzen bleiben. Sie sprang auf, rannte im Backes auf und ab. Drei Schritte in die eine Richtung, vier in die andere, mehr Platz war nicht.

Wie dumm ich doch war, schimpfte sie vor sich hin. Nichts habe ich begriffen, gar nichts. In meiner Kleinmädchenwelt habe ich gelebt, umsorgt und beschützt und vollkommen ahnungslos.

Alma und Schwester Gertrud hatten schon vor langer Zeit damit begonnen, sich gegen die Naziherrschaft aufzulehnen. Sie hatten jüdische Kinder vor deren Zugriff bewahrt. Und sie hatten, Elli rang nach Atem, als ihr dies bewusst wurde, auch schon lange Menschen über die Grenze nach Belgien gebracht. All die Nächte, in denen die Mutter nicht nach Hause gekommen war. Ihre Erschöpfung, ihre zerrissene Kleidung, die Elli ein ums andere Mal geflickt hatte. Und, vor allem, dass sie noch im Angesicht des Todes in der Lage gewesen war, Elli den rettenden Fluchtweg über die deutsch-belgische Grenze zu beschreiben.

Ich Einfaltspinsel, ächzte Elli. Wie konnte mir all das verborgen bleiben?

Als Hans zu ihr kam, war der Abend bereits angebrochen. Immer noch tobte ein fürchterlicher Sturm, Elli konnte das Kreischen der Dachschindeln kaum mehr ertragen. Aber das war es nicht, was ihr die Luft nahm, als sie die Tür öffnete. Es war Hans' Anblick, sein braunes Hemd, die Hakenkreuzbinde.

»Entschuldige bitte, dass ich hier so auftauche.« Er hatte ihr Zurückschrecken sofort bemerkt. »Aber ich muss gleich noch zu einer Versammlung ins Wirtshaus, und da ist Uniform Pflicht. Du kannst dir gar nicht vorstellen, wie ich das hasse!«

Elli brachte kein Wort heraus. Mit einer Handbewegung bot sie ihm einen Stuhl an und setzte sich, nachdem er Platz genommen hatte, ihm gegenüber. Doch längst nicht so nah wie in der vergangenen Nacht.

»Wenn du das alles so hasst«, sagte sie und merkte, wie dünn ihre Stimme mit einem Mal klang, »warum bist du dann in die Partei eingetreten?«

»Ganz einfach«, antwortete er und begann, mit der Ferse eines Fußes auf den Boden zu klopfen, gleich neben der Stelle, unter der sich das Geheimfach befand. »Weil ich meinen Vater achte, so grummelig er auch sein mag. Als ich mich entschied, die Hochzeit mit Irmgard platzen zu lassen, da wusste ich, dass er sein Gesicht verlieren würde, und zwar vor dem ganzen Dorf, vor den anderen Bauern, vor seinen Geschäftspartnern, vor denen vor allem. Ich konnte mich einfach nicht mehr länger weigern, da mitzumachen, ohne ihn vollends dem Gespött auszuliefern. Also …«

»Hast du klein beigegeben«, unterbrach Elli ihn.

»Wenn du es so nennen willst.« Er nahm ihre Hand, sein Fuß zuckte weiter auf und ab. »Elli, du kennst mich. Dieses ganze Denken, diese bescheuerte Ideologie, das ist mir alles vollkommen fremd. Aber weißt du, was? Man kann dem Ganzen eh nicht entgehen. Und ich mache ja nur zum Schein mit, ich übernehme keine wichtigen Aufgaben, lasse mich zu nichts verpflichten. Ich trage nur die Uniform. Außerdem geben sie mir Arbeit. Hier auf dem Hof ist kein Platz für mich, mein Bruder Erwin wird einmal alles übernehmen …«

»Moment«, unterbrach Elli ihn ein zweites Mal. »Du wirst für sie arbeiten?«

»An der Grenze«, murmelte Hans, dem die Antwort sichtlich unangenehm war. »So eine Art Vorarbeiter-Job. Nicht als Patrouille, nicht, dass du das denkst! Nein, ich werde im Hintergrund arbeiten, als …«

»Aufpasser«, vollendete Elli seinen Satz.

»Wenn du es so nennen willst.« Hans rutschte auf seinem Stuhl hin und her, hielt einen Moment den Fuß still. »Ich weiß ja selbst, wie sich das für dich anhören muss, nach allem, was geschehen ist. Aber schau, ich sitze wirklich nur im Büro, ich bin an dem, was dort geschieht, gar nicht beteiligt. Und der Lohn ist gut.« Er wischte sich über die Stirn. »Ach, Elli! Verstehst du denn nicht? Ich möchte in der Lage sein, eine Familie zu ernähren!« Er fasste ihre Hand fester, schweißnass war seine. »Unsere Familie, Elli!«

Elli sah ihn an. Sie sah den Jungen, den sie seit Kindertagen mochte. Sie sah den Mann, den sie liebte, seit jener Nacht, in der er sie auf dem Fahrrad nach Hause fuhr, vielleicht sogar schon ein bisschen länger. Sie sah den Sohn, der es seinem Vater recht machen wollte.

Und sie spürte, wie Hans begann, ihre Hand zu liebkosen. Wie er mit dem Daumen über ihren Handrücken fuhr, wie er sich darüberbeugte, wie seine Lippen ihre Fingerspitzen küssten, eine nach der anderen.

»Versteh doch, liebste Elli«, flüsterte er. »Ich bin der Gleiche geblieben. Diese Uniform ändert nichts.«

Elli versuchte ein Nicken, schloss für einen Moment die Augen. Wundervoll fühlte es sich an, was Hans da mit ihrer Hand machte. Ihr ganzer Arm prickelte. Tief in ihrem Bauch wurde es warm und weich. Doch der Feuerfalter, den sie die ganze Zeit auf ihrer Brust gespürt hatte, sanft die Flügel spreizend, war verschwunden. Und ihr Herz, das so oft allein schon bei Hans' Anblick drei lange Schläge ausgesetzt hatte, schlug in einem so schnellen, dumpfen Takt, dass es schmerzte.

Als er sich nun zu ihr herüberbeugte, als sie seine Hand an ihrem Kinn spürte, als er schon ganz nah bei ihr war, sie bereits seinen Atem fühlte, ein wenig zu schnell, ein wenig zu flach, da entwand sie sich ihm und trat ans Fenster.

Der Verdunkelungsstoff war hochgezogen, das Fenster blank und leer. Hinter sich ahnte sie den Schein der Öllampe, das Flackern des Feuers. In der spiegelnden Scheibe sah sie ihr Gesicht.

Und zum zweiten Mal an diesem Tag dachte sie bei sich: Das ist das Gesicht des Mädchens, das Hans liebt.

Wieder blieb ihr beinahe die Luft weg. In ihrem Rücken hörte sie, wie Hans aufstand.

»Elli, was ist denn? Was hast du?«

Sie zwang sich weiterzuatmen. Betrachtete sich selbst. Die hohe Stirn, das blonde Haar. Die Augen, den Mund.

Sie war nicht nur das Mädchen, das Hans liebte.

Sie war auch die Tochter ihrer Mutter.

Und tatsächlich war sie kein Mädchen mehr. Sie war eine erwachsene Frau. Eine, die nicht mehr wegsehen wollte, nachdem sie endlich begriffen hatte, was sich direkt vor ihren Augen abgespielt hatte. Die nicht mehr wegsehen würde, niemals mehr.

Ich will ein aufrechtes Leben führen, dachte Elli, ganz genau so, wie meine Mutter es getan hat. Und ich will die Aufgabe, die sie nicht mehr abschließen konnte, zu Ende bringen.

Sie wandte sich um. Betrachtete Hans noch einmal. Sie liebte ihn, keinen Augenblick zweifelte sie daran.

Und doch.

»Es tut mir leid«, sagte Elli. »Aber ich werde dich nicht heiraten.«

29. Kapitel

Donnerstag, 14. Dezember 1939

Der Pfarrer ließ sich verleugnen.

»Er ist nicht da«, sagte die Frau aus dem Dorf, die ihm den Haushalt führte, dabei hatte Elli ihn gerade erst im Pfarrhaus verschwinden sehen.

»Ich komme wieder«, erklärte sie und machte sich auf den Heimweg.

Am nächsten Tag war sie sich ebenfalls vollkommen sicher, dass er zu Hause war, doch auf ihr Klopfen öffnete niemand.

»Ich komme auch diesmal wieder!«, rief Elli, so laut, dass es ganz bestimmt auch drinnen zu hören war. »Morgen und übermorgen! So lange, bis Sie mit mir sprechen!«

Am dritten Tag fing sie ihn ab, als er die Dorfstraße entlanglief, so eilig, dass die Soutane im immer noch heftig wehenden Wind hinter ihm herflatterte.

»Elli«, keuchte Pfarrer Freising. »Es tut mir leid, aber ich muss sofort ins Nachbardorf. Zwei Jungs sind ums Leben gekommen, die Familien brauchen meinen Beistand. Können wir ein andermal reden?«

»Hauptsache, wir reden überhaupt«, antwortete Elli. »Ich habe nämlich den Eindruck, Sie weichen mir aus.«

Der Pfarrer verlangsamte seinen Schritt, betrachtete forschend ihr Gesicht.

»Dann ist es also so, wie ich vermute«, murmelte er. »Und ja, das Gespräch, das du mit mir führen möchtest, möchte ich eigentlich nicht führen. Aber da du so darauf bestehst, werde ich dich heute Abend erwarten. Komm um neun Uhr zu mir in den Beichtstuhl.«

»In Ordnung«, erklärte Elli und ließ ihn seiner Wege gehen.

Niemand würde sie davon abhalten, zu tun, was getan werden musste, auch nicht der Pfarrer.

»Du weißt, dass das ein vollkommen waghalsiges Unterfangen ist?«, flüsterte er am Abend durch das Gitter, das die Beichtzelle, in der Elli kniete, von der seinen trennte. »Ich kann dich nur auffordern, davon abzulassen.«

»Das werde ich nicht«, flüsterte Elli zurück. »Und das wissen Sie auch. Bitte, ich brauche Ihre Hilfe. Sie haben Kontakte, sonst hätten Sie mir Margots Brief nicht geben können. Und ich weiß genau, dass Sie auch nicht weggucken können bei dem, was die Schiffmanns in Aachen in diesem schrecklichen Judenhaus erleiden.«

»Selbstverständlich gucke ich nicht weg.« Er senkte die Stimme, dabei sprachen sie bereits so leise, dass Elli ihr Ohr dicht an das Gitter drücken musste, um ihn überhaupt zu verstehen. »Aber ich habe auch meine Verpflichtung deiner Mutter gegenüber. Alma würde das niemals gutheißen.«

Elli biss sich auf die Unterlippe. Sie hatte geahnt, dass Pfarrer Freising dieses Argument vorbringen würde. Und er hatte ja recht! Alma war ins Gefängnis gegangen und gestorben, damit ihr, Elli, nichts geschah.

»Ich tu es so oder so«, sagte sie deshalb und bemühte sich um einen überzeugenden Tonfall. »Egal, ob Sie mir helfen oder nicht. Wobei es dann natürlich gefährlicher wird.«

»Elisabeth Breuer!«, sagte der Pfarrer streng. »Soviel ich höre, hat der junge Janssen um deine Hand angehalten, und du hast diese Verlobung nur einen Tag später wieder gelöst. Elli, ich bitte dich, überlege es dir noch einmal! Hans ist ein rechtschaffener junger Mann, und seine Gefühle erscheinen mir aufrichtig. Er wäre ein guter Ehemann. Ihr würdet ein gutes, sicheres Leben führen.«

»Ich weiß.«

Elli biss fester auf ihre Unterlippe. Immer noch sah sie Hans' Gesicht vor sich in jenem Moment im Backes, als er begriff, dass sie es ernst meinte. Sie hörte sein Flehen, spürte seine Verzweiflung. Und niemals würde sie vergessen, wie er sie verlassen hatte, Tränen in den Augen. Einen Augenblick lang war sie versucht gewesen, ihm hinterherzulaufen, seine Hand zu ergreifen, ihn um Verzeihung zu bitten für ihr dummes Benehmen und zu beteuern, dass sie auf jeden Fall seine Frau werden wollte. Aber da war im Wohnhaus gegenüber die Tür aufgegangen, Licht fiel in den Hof, und in diesem Licht blitzte das Hakenkreuz auf seiner Armbinde wie die Fratze eines bösen Dämons.

Da hatte Elli leise die Klöntür geschlossen, sich von innen dagegengelehnt und bitterlich geweint.

Am Tag darauf hatte Hans den Hof verlassen. Seinen Rucksack auf dem Rücken war er durch den Durchgang in der Hecke verschwunden, auf die gleiche Weise, wie er vor etwas mehr als einem Jahr nach Hause gekommen war.

»Nein«, sagte Elli nun im Beichtstuhl zu Pfarrer Freising, sie sagte es lauter als beabsichtigt. »Ich werde Hans Janssen nicht heiraten. Er denkt, er kann eine Nazi-Uniform tragen, ohne ein

Nazi zu sein. Ich teile diese Ansicht nicht, und deshalb geht es nicht.«

»Hm«, brummte der Pfarrer. »Hm. Ich würde lügen, wenn ich behauptete, ich verstünde dich nicht. Aber was du vorhast, ist trotzdem viel zu waghalsig. Erinnerst du dich, als wir uns heute Morgen begegneten? Ich war auf dem Weg zu den Eltern von zwei tödlich verunglückten Jungen.«

Elli nickte, dabei konnte der Pfarrer das im Halbdunkel des Beichtstuhls und durch das Gitter hindurch wahrscheinlich gar nicht sehen.

»Ich will dir auch verraten, was diesen beiden Jungen, sie waren jünger als du, widerfahren ist«, fuhr er fort. »Sie sind in einen der alten Steinbrüche gestürzt. Im Dunkeln haben sie nicht erkannt, wohin sie traten. Und warum waren sie mitten in der Nacht unterwegs, na, was meinst du wohl?«

Elli merkte, wie ihr plötzlich ganz kalt wurde. Sie erinnerte sich an die letzten Worte der Mutter. *Meide den Steinbruch* hatte Alma gesagt.

»Sie haben Juden über die Grenze gebracht?«, flüsterte sie.

»Ganz genau. Sie waren bereits auf dem Heimweg.« Der Pfarrer schwieg einen Moment. »Und weißt du, Elli, was beinahe das Schlimmste ist? Die Eltern wussten, was ihre Sprösslinge trieben, und haben das Geld, das die Kinder damit verdienten, gerne genommen. Du machst dir kein Bild davon, welche Reichtümer so mancher anhäuft in diesen Zeiten. Mit der Not der Menschen lässt sich trefflich Geld verdienen. Jetzt muss ich zwei Müttern und zwei Vätern Trost spenden, die die Schränke voll haben mit kostbarem Geschirr und silbernem Besteck, die sich in Aachen Mietshäuser gekauft haben und die in den nächsten Tagen ihre Söhne beerdigen müssen.«

Der Pfarrer schien sich mit einem Tuch über das Gesicht zu wischen.

»So versteh doch!«, raunte er ihr zu. »Das waren zwei junge, gesunde Burschen! Ganz abgesehen von den Gefahren, die durch die Patrouillen auf beiden Seiten drohen! Es heißt, es seien schon Flüchtlinge hinterrücks erschossen und an Ort und Stelle verscharrt worden. Das, was du vorhast, ist selbst für einen gesunden Mann eine große Herausforderung. Ein Mädchen hingegen wie du ...«

»Ein Mädchen wie ich?«, echote Elli.

»Missverstehe mich nicht, Elli, hörst du? Ich kenne dich beinahe dein Leben lang. Ich weiß, was für einen starken Willen du hast. Ich kenne deinen Charakter. Den hast du von deiner Mutter. Unbeugsam und geradeheraus, dem Guten verpflichtet, komme, was wolle. Ich traue dir zu, dass du schaffst, was du vorhast, aber ...«

»Sie trauen es mir zu?«

»Aber natürlich«, murmelte der Pfarrer. »Man unterschätze niemals die scheinbar Schwachen.«

»Dann helfen Sie mir!«, rief Elli und erschrak im selben Moment über ihre eigene Lautstärke. »Bitte«, setzte sie deshalb deutlich leiser hinzu. »Ich werde mein Lebtag nicht mehr froh werden, wenn ich nicht alles unternehme, um Margot und ihrer Familie zu helfen.«

»Ich weiß«, murmelte der Pfarrer, »ich weiß.«

Dann schwieg er. Er räusperte sich, schien etwas sagen zu wollen, schwieg weiter. Elli wurde es heiß und kalt.

Wenn der Pfarrer ihr nicht helfen würde, wusste sie nicht, wohin sie sich noch wenden konnte. Die Mutter war tot, Schwester Gertrud im Gefängnis. Hans stand auf der falschen Seite, ebenso wie Käthe, der sie sich immer verbunden gefühlt hatte. Nein, Käthe war nicht mehr zu trauen.

Nach einer Zeit, die Elli vorkam wie Stunden, hob der Pfarrer die Hand. Elli konnte es gerade so erkennen, im Halbdunkel des Beichtstuhls und durch das Gitter hindurch.

»Gott segne dich, mein Kind!«, flüsterte er, die Stimme rau, und schlug ein Kreuzzeichen. »Wir werden nicht mehr miteinander sprechen, man darf uns nicht zusammen sehen. Aber es wird jemand auf dich zukommen.«

Elli entfuhr ein Seufzer der Erlösung. Sie bekreuzigte sich schnell und war schon halb aus dem Beichtstuhl heraus, als sie sich noch einmal hineinbeugte.

»Danke«, flüsterte sie. »Ich danke Ihnen von Herzen!«

»Danke mir nicht«, gab der Pfarrer zurück. »Wenn etwas schiefgeht, werde ich vorgeben, niemals etwas mit der Sache zu tun gehabt zu haben. Ich trage für viele Menschen Verantwortung, ich kann dir nicht beispringen. Deshalb wirst du von nun an ganz auf dich allein gestellt sein.«

Elli nickte, und noch bevor sie etwas erwidern konnte, wurde mit einem leisen Ratschen auf der anderen Seite des Gitters, durch das sie miteinander gesprochen hatten, ein Vorhang zugezogen. Totenstill war es plötzlich. Es schien beinahe, als habe dort gar niemand gesessen.

Es folgten bleierne Tage. Der alte Janssen würdigte Elli keines Blickes, dafür hörte sie eines Nachts Hans' Mutter im Hof krakeelen, und als sie morgens die Tür öffnete, war die Bank vor dem Backes über und über besudelt mit dem Inhalt eines Nachttopfs. Elli schluckte die Tränen und den Ekel herunter, schrubbte, bis alles wieder sauber war, und erwischte sich bei dem Gedanken, dass sie Frau Janssen nicht einmal böse sein konnte. Sie hatte Hans zurückgewiesen, ihretwegen hatte er den Hof verlassen, und auch wenn Elli felsenfest davon überzeugt war, richtig gehandelt zu haben, so vermisste sie ihn doch so sehr, dass es schmerzte. Keine Minute verging, in der sie nicht an ihn dachte, das Herz so schwer, als bestünde es aus purem Blei.

Hinzu kam die Ungewissheit, ob der Pfarrer Wort halten würde. Und die Sorge um Margot. Seit Wochen hatte sie von der Freundin nichts mehr gehört. In Elli wuchs eine Unruhe, die sie dazu brachte, bei jedem Geräusch aufzuschrecken, selbst wenn es ihr eigentlich vertraut war.

Am schlimmsten aber war das Gefühl der Verantwortung. Immer wieder klangen die Worte des Pfarrers in ihren Ohren nach. Du bist auf dich gestellt, hatte er gesagt. Wenn ihr Plan scheiterte, wenn sich herausstellen würde, dass sie zu schwach oder zu unfähig war, wäre sie nicht nur selbst verloren, sondern auch Margot und ihre Familie.

Tage- und nächtelang saß Elli still auf ihrem Stuhl, starrte auf den Platz, auf dem Alma immer gesessen hatte, und ging in Gedanken den Weg durch, den die Mutter ihr auf dem Sterbebett anvertraut hatte. Jedes Wort wiederholte sie lautlos für sich selbst, rief sich die Orte in Erinnerung, die sie kannte, ergänzte sie mit Almas Beschreibungen. Am liebsten wäre sie die Strecke abgelaufen, ein ums andere Mal. Doch das könnte Aufsehen erregen, Aufsehen aber galt es um jeden Preis zu vermeiden.

Nicht lange nach Almas Tod begannen die Leute, wieder an die Klöntür des Backes zu klopfen.

»Mein Kind fiebert«, erklärte eine Frau, »mein Ältester hat sich den Arm gebrochen«, eine andere, »du musst kommen!«

»Aber ich kann doch nichts!«, flüsterte Elli. »Es tut mir leid!«

»So ein Blödsinn«, schimpften die Leute. »Irgendwas wird

deine Mutter dir ja wohl beigebracht haben, nun zier dich nicht so!«

Elli wies sie alle ab. Aber wenn sie dann wieder allein war, begann sie, die Arzneien der Mutter durchzusehen, ihre Gerätschaften. Und sie erinnerte sich. Sie erinnerte sich an alles, was Alma ihr erklärt, was sie ihr gezeigt hatte. Es war beinahe, als spreche die Mutter zu ihr, auch jetzt noch, nach ihrem Tod. Und Elli wiederholte auch dieses Wissen in Gedanken, ein ums andere Mal.

Eine Woche war vergangen seit dem Gespräch mit dem Pfarrer, Weihnachten stand vor der Tür, und Elli hatte die Hoffnung, dass sich jemand bei ihr melden würde, wie er es angekündigt hatte, beinahe aufgegeben, als sie spürte, wie ihr jemand, während sie die Dorfstraße entlanghumpelte, von hinten an den Ellbogen fasste. Sie hatte so sehr auf diesen Augenblick hingefiebert, dass sie beinahe aufstöhnte vor Erleichterung. Blitzschnell blickte sie nach links und rechts, nicht, dass jemand sie beobachtete, als sie eine vertraute Stimme vernahm.

»Entschuldige bitte, dass ich dich einfach so abpasse«, raunte Käthe. »Aber der Kleine meiner Schwester hustet so schlimm, ich weiß mir keinen Rat mehr!«

Elli zuckte zusammen und suchte bereits nach einer Ausrede, weshalb sie auf keinen Fall mitkommen könne, als ihr Blick auf den der alten Freundin traf. Ganz rot waren Käthes Augen, als habe sie viel geweint.

»Bitte«, flüsterte sie, »kannst du ihn dir wenigstens einmal ansehen?«

Da nickte Elli, holte Almas Tasche aus dem Backes und machte sich gleich wieder auf den Weg.

Der Kleine war groß geworden in den letzten Monaten, ein hübscher Junge, wie Elli feststellte, der ganz unverkennbar nach seinem Vater kam, nicht nur wegen des Grübchens auf seiner linken Wange. Auch seine blonden Haare mit ihrem leicht rötlichen Stich verrieten seine Herkunft. Der Bauernsohn aus dem Nachbardorf, der nichts mit dem Bankert, wie er es nannte, zu tun haben wollte, sah genauso aus.

»Gibt es etwas Neues von deiner Schwester?«, fragte Elli, während sie das Kind vorsichtig entkleidete.

»In Aachen ist es ihr nicht gut ergangen«, murmelte Käthe. »Jetzt hat sie eine Anstellung in Köln. Die Dienstherrin dort scheint mir sehr streng, aber Erna schreibt, es gehe ihr nun besser.«

»Mm.« Elli betrachtete den Jungen, befühlte seine Brust. Immerhin, er hatte keine Verfärbungen auf der Haut, und auch der Herzschlag schien ihr rhythmisch, wenn auch etwas schnell. Doch jedes Mal, wenn der Kleine einatmete, war ein zischendes Geräusch zu hören, und als er nun versuchte, etwas zu sagen, klang seine Stimme so heiser, dass er nicht zu verstehen war.

»Er hustet vor allem nachts«, erklärte Käthe. »Dann klingt es, als belle ein Hund. Es ist schauderhaft!«

Elli nickte. Die Mutter hatte ihr vor langer Zeit einmal erklärt, was es mit einem solchen Husten auf sich hatte, der vor allem kleine Kinder heimsuchte. Das Wichtigste war, Elli erinnerte sich, als hätte Alma es ihr eben erst ins Ohr geflüstert, das Kind zu beruhigen.

»Er bekommt schlecht Luft, das macht ihm Angst«, erklärte sie Käthe. »Und er spürt, wenn du dich fürchtest, also darfst du es ihm nicht zeigen. Erhitze Wasser, gib es in eine Schüssel und lass ihn den Dampf einatmen, mindestens dreimal am Tag und auf jeden Fall vor dem Schlafengehen. Hast du Kamillenblüten im Haus?«

»Ja, ja, natürlich.«

»Dann bereite ihm daraus einen Tee. Ich habe hier eine Salbe mit Thymian und Rosmarin, die kannst du ihm auf die Brust reiben, aber erst einmal nur wenig, nicht, dass er empfindlich darauf reagiert.« Elli holte einen kleinen Tiegel aus Almas Hebammentasche hervor. Sie wusste noch genau, wie sie gemeinsam mit der Mutter diese Salbe angerührt hatte, und einen Moment lang spürte sie eine so große Trauer, dass ihr die Tränen in die Augen traten.

»Danke.« Käthe nahm ihr den Behälter aus der Hand und strich ihr über den Rücken, so sanft, so liebevoll, dass Elli einen Moment lang versucht war, sich an sie zu kuscheln und alles, was zwischen ihnen stand, zu vergessen. »Ich danke dir sehr, liebe Elli!«

»Schon gut.« Elli schluckte, raffte ihre Sachen zusammen. »Wenn es in der Nacht allzu schlimm wird«, erklärte sie hastig, während sie sich schon zur Tür wandte, »kannst du ihn auch in eine warme Decke packen und mit ihm nach draußen gehen, die frische, kühle Luft wird ihm guttun.«

Dann stand sie vor dem kleinen Haus. Atmete tief ein und aus. Doch die frische, kühle Luft tat ihr kein bisschen gut.

Himmel, was war aus ihr und Käthe geworden!

Immer noch mit den Tränen ringend, machte sie sich auf den Heimweg. Sie war kaum durch den Durchgang getreten, der in die wie immer ein wenig ungepflegte Buchenhecke um Käthes Elternhaus geschnitten war, als ein Lieferwagen neben ihr stoppte. Der Mann hinter dem Steuer hatte eine Schiebermütze tief ins Gesicht gezogen und sagte kein Wort. Doch Elli verstand auch so. Mit zitternden Knien kletterte sie zu ihm hinein und zwängte sich, als er ihr ein Zeichen machte, sich zu ducken, in den Fußraum des Beifahrersitzes.

30. Kapitel

Samstag, 23. Dezember 1939

Elli kannte den Weg, schließlich hatte sie ihn schon hinter sich gebracht, auch in diesem Wagen, mit diesem Fahrer, und doch bekam sie es schon bald mit der Angst zu tun. Der Mann schien ihr noch abweisender als sonst, noch dazu bretterte er durch die Eifel, als sei der Teufel persönlich hinter ihm her. Immer wieder wurde sie in den Kurven gegen die hölzerne Verschalung der Fußgrube geschleudert. Sie biss die Zähne zusammen und ließ sich nichts anmerken. Der Mann wechselte auch diesmal kein Wort mit ihr, doch kurz bevor sie Aachen erreichten, nestelte er einen Brief aus seiner Manteltasche hervor und warf ihn zu ihr in die Grube.

Lesen und vernichten, stand in einer sehr aufrechten Handschrift auf dem Umschlag, darin befand sich ein ebenso ordentlich beschrifteter Papierbogen.

Abfahrt Aachen morgen um Mitternacht, las Elli. *Zeigen Sie den Bewohnern des Hauses in der Försterstraße den Ort, wo der Wagen Sie für gewöhnlich aufnimmt. Die genannten Personen sind selbst verantwortlich dafür, diesen Ort zu erreichen, es wird nicht gewartet! Sie halten sich ab ein Uhr in der Nacht bereit, die Übergabe erfolgt voraussichtlich auf dem Ihnen bekannten*

Hohlweg. Falls das nicht möglich sein sollte, erhalten Sie weitere Nachricht. Teilen Sie den genannten Personen außerdem mit, dass für den Weitertransport auf der belgischen Seite ein Beförderungsentgelt von fünfhundert Reichsmark pro Person zu entrichten ist. Dieser Betrag ist in kleinen Scheinen mitzuführen. Er ist nicht verhandelbar! Erlaubt ist lediglich kleines Gepäck, das die betreffenden Personen in der Lage sind über längere Strecke zu tragen.

Sobald sie die Grenze passiert haben, achten sie auf das grüne Licht.

Und jetzt: Vernichten Sie diesen Brief!

Elli durchfuhr ein eiskalter Schreck. Fünfhundert Reichsmark pro Person! Wie sollten die Schiffmanns diese gewaltige Summe aufbringen?

»Bitte«, wandte sie sich nun doch an den Fahrer des Lieferwagens, »könnten Sie mir sagen …«

»Ruhe!«, fuhr er ihr über den Mund. »Sonst können Se gleich hier aussteigen, Frollein!«

Elli sagte kein Wort mehr, denn sie zweifelte nicht im Geringsten daran, dass er seine Drohung wahr machen würde.

Wenig später hielt er an der Stelle auf dem Lousberg, die sie schon kannte.

»In einer Stunde«, nuschelte er, bevor er Gas gab und verschwand.

Sie zerriss den Brief, den sie immer noch in der Hand hielt, in sehr kleine Stücke, lief ein paar Meter in den Wald, der hier bis an die Straße reichte, grub mit den Händen eine kleine Grube, schüttete die Papierfetzen hinein, gab Erde darauf und stampfte sie mit den Füßen fest. Dann machte sie sich auf den Weg in die Försterstraße.

Das Haus mit der Nummer 28 wirkte noch abweisender als sonst und völlig unbelebt. Elli ging schnellen Schrittes daran vorbei und versuchte auszumachen, ob sie Wachen entdecken konnte. Nein, nichts.

Vielleicht, dachte sie, haben wir Glück.

Ihre Zuversicht wuchs, als sich, kurz nachdem sie in das Versteck im Gebüsch geklettert war, eine kleine, schmale Gestalt zu ihr gesellte, semmelblond, in Knickerbockern. Doch als Friedrich in die Hocke ging und zu ihr aufschaute, erschrak sie zutiefst.

Sein zartes, kindliches Gesicht war übersät mit eiternden Pusteln. In seinen Mundwinkeln entdeckte sie gelblichen Grind, seine Augen lagen tief in ihren Höhlen.

»Hast du etwas zu essen für mich?«, war das Erste, was er fragte.

Elli hätte sich selbst ohrfeigen mögen. Auch wenn der Fahrer des Lieferwagens ein Stinkstiefel war, sie hätte darauf bestehen müssen, kurz zu Hause zumindest etwas Brot holen zu dürfen.

»Es tut mir so leid«, flüsterte sie. »Aber ich habe nichts. Sag, wie geht es dir und deinem Bruder?«

»Mir geht es gut«, murmelte Friedrich. »Mein Bruder ist weg.«

»Wie, weg?«

»Sie haben ihn mitgenommen.«

»Wer hat ihn mitgenommen?«

»Die Männer, die jetzt auf uns aufpassen. Eines Morgens kamen sie in unser Zimmer und nahmen ihn mit. Er war schon eine Weile krank, und mein Vater behauptet, sie hätten ihn in ein Krankenhaus gebracht, und er käme bald wieder. Aber ich weiß, dass er lügt. Ich bin den Männern hinterhergeschlichen und habe gesehen, wie sie ihn in einen Sack gestopft haben. Er war schon ganz steif.«

Elli war, als griffe eine eiskalte Hand nach ihrem Herzen, als bliebe es vor Schreck stehen.

»Es«, stammelte sie noch einmal, »es tut mir so leid! Was hatte dein Bruder denn?«

Im selben Augenblick, als ihr Blick sich erneut mit Friedrichs traf, bereute sie ihre Frage. Ungläubiges Erstaunen lag in seinen Augen.

»Was er hatte?«, fragte Friedrich. »Er ist natürlich verhungert. Er war noch klein, er hatte keine Reserven.«

Elli schwieg. Sie schlug die Augen nieder. Sie rang nach Luft.

»Deine Freundin ist auch nicht gut dran, genauso wenig ihre Kinder«, hörte sie ihn sagen. »Falls du willst, dass ich dich zu ihr bringe, vergiss es. Unten in der Küche sitzen zwei Bewacher, an denen kommt keiner vorbei.« Er schniefte, wischte sich etwas Feuchtes aus dem Gesicht. »Außer mir natürlich, ich habe meine Wege.«

Elli rang immer noch nach Luft.

»Aber ich muss sie sprechen!«, brachte sie heraus.

»Ich kann ihr eine Nachricht überbringen.«

»Nein, das geht nicht.«

»Wie du meinst. Ich muss dann auch mal wieder.«

Er wandte sich zum Gehen.

»Moment!« Elli packte ihn am Handgelenk, Himmel, wie dünn es war! »Sag mir eins: Deine Wege, wie du sie nennst, um aus dem Haus herauszukommen, könnte man die, nun, wie soll ich es sagen, könnten auch Margot, ihre Eltern und die Zwillinge auf diese Weise hinausgelangen?«

Er hockte sich blitzschnell wieder hin.

»Wann?«, fragte er.

Elli sah in seine Augen, riesengroß waren sie, und in diesem Moment wurde ihr klar, dass er Bescheid wusste. Der misslungene Fluchtversuch war garantiert niemandem im Judenhaus verborgen geblieben, und Friedrich war viel zu aufgeweckt, um nicht zu begreifen, was sie nun plante. Ob sie ihm vertrauen konnte? Sie musste, es gab keinen anderen Weg.

Laut sagte sie: »Morgen um Mitternacht.«

»Wohin sollen sie kommen?«

»Kennst du dich auf dem Lousberg aus?«

»Ich kenne jeden Winkel hier in der Nähe.«

Elli zögerte noch einmal kurz. Dann beschrieb sie ihm die Stelle.

»Ist gut«, sagte Friedrich. »Ich werde dafür sorgen, dass sie da sind.«

»Und die Bewacher?«

»Frag nicht. Für einen Fall wie diesen habe ich so meine Mittel.«

»Da ist noch etwas. Sie müssen«, begann Elli, setzte neu an, »nun, sie sollten, also, falls sie noch etwas haben, wäre es nicht schlecht, wenn sie Geld mitbringen. Oder Schmuckstücke. Oder andere Wertsachen, irgendetwas.«

Sie merkte, wie ihr der Schweiß ausbrach. Wie, um Himmels willen, sollten die Schiffmanns an die Bezahlung für die belgischen Schlepper kommen? Sie hatten doch garantiert all ihre Reserven längst aufgebraucht!

»Verstehe«, murmelte Friedrich. »Sonst noch was?«

»Kleines Gepäck«, flüsterte Elli. »Nicht mehr, als sie tragen können.«

»Mehr haben sie eh nicht«, gab er zurück und erhob sich.

»Ich danke dir, Friedrich«, setzte Elli an. »Ich wünsche dir alles Gute, ich ...«

Weiter kam sie nicht, denn Friedrich war schon weg, flink wie ein Hase wetzte er aus dem Gebüsch.

Elli blieb zurück, wischte die Tränen aus ihrem Gesicht. Wie tapfer dieser kleine Kerl doch war! Bitte, lieber Gott, betete sie still, lass Friedrich und seinen Vater dieses schreckliche Judenhaus überleben!

Aber tief in ihrem Herzen befürchtete sie das Schlimmste.

Die Rückfahrt verlief genauso schweigend wie die Hinfahrt. Der Fahrer ließ Elli ein Stück außerhalb des Dorfes aussteigen, sie dankte ihm mit einem Nicken und lief, einen weiten Bogen durch den Wald schlagend, nach Hause. Bitterkalt brach die Nacht herein, dunkel war es, und in einem unbedachten Moment stolperte sie über eine Baumwurzel und schlug lang hin. Ein Schmerz schoss ihr rechtes Bein hinauf, so schneidend, dass sie einen Schrei nur mühsam unterdrücken konnte.

Ganz bestimmt ist es nur eine harmlose Verstauchung, redete sie sich selber gut zu und humpelte weiter. Morgen werde ich es nicht mehr merken.

Auf dem Hof herrschte noch emsige Betriebsamkeit. Im großen Bauernhaus wurde offenbar gekocht, aus dem Küchenfenster duftete es nach Braten, und aus dem neuen Backhaus wehte der Duft frisch gebackenen Brotes herüber. Elli schluckte. Normalerweise informierte Lina, die Magd, sie, wenn der Ofen angefeuert wurde, damit auch sie ihr Brot dort backen konnte. Damit war es vorbei, seit sie die Verlobung mit Hans gelöst hatte. Sie war auf dem Hof nicht mehr willkommen.

Vielleicht, dachte sie und merkte, wie die Angst, die sie seit dem Moment, als der Lieferwagen neben ihr gehalten hatte, in Schach zu halten versuchte, über sie kam, vielleicht ist das auch bald nicht mehr wichtig.

Sie fütterte die Hühner, merkte, wie ihr rechtes Bein, ausgerechnet, immer mehr zu schmerzen begann, zog die Schuhe aus, die Hans einst für sie gemacht hatte, hob den schweren Wollrock ein wenig an und stellte mit Schrecken fest, dass das Bein deutlich angeschwollen war.

Das geht wieder weg, sagte sie sich selbst, ein kühlender Umschlag, und morgen ist es vergessen.

Sie bereitete sich ein einfaches Abendmahl zu, brachte kaum etwas herunter.

Das Bein begann zu pochen.

Elli machte auch in dieser Nacht kein Auge zu. Mehrere Male stand sie auf, erneuerte den Umschlag. Vor allem aber lief sie in Gedanken wieder und wieder die Strecke entlang, die Alma ihr beschrieben hatte. Das erste Stück war ihr vertraut, doch das zweite, das hinter dem Haus der Wöchnerin Liss begann, war ihr vollkommen unbekannt. Würde sie den Weg finden? Oder würde sie sich heillos verirren?

Sie dachte an die beiden Jungen, die in den Steinbruch gestürzt waren. An die deutschen Grenzpatrouillen, von denen man hörte, sie fackelten nicht lange, wenn sie auf Flüchtlinge trafen. Und sie dachte an die belgischen Judenfänger, denen sie selbst begegnet war. An die Schüsse, die Alma und sie gehört hatten.

Je weiter die Nacht voranschritt, desto größer wurde ihre Angst.

Am Morgen hingen die Wolken so tief über dem Tal, dass Elli meinte, den Schnee, den sie mit sich brachten, bereits riechen zu können. Kalt war es und nass, auf den Feldern stand der Nebel.

Heute war Heiligabend.

Der erste ohne die Mutter.

Elli, gerade erst aufgestanden, sank zurück auf den Alkoven. Hockte auf der Kante, zitterte. Die Trauer fiel über sie her wie ein wildes Tier, das sie in den Nacken biss, sie in die Knie zwang, in ihren Eingeweiden wütete, sie stöhnend vornüberklappen ließ.

Nein, flüsterte sie unentwegt, nein! Sie durfte diese Trauer nicht fühlen, sie durfte ihr nicht nachgeben. Heute, an diesem Tag, durfte es nur um Margot und ihre Familie gehen. Um nichts anderes.

Sie musste die Trauer wegschieben, tief in ihr Innerstes verbannen.

Und so erhob sie sich. Verrichtete auch an diesem Tag alle Arbeiten wie gewohnt. Bloß nicht auffallen, sagte sie sich, bloß keine Aufmerksamkeit erregen. Und alle Gefühle in Schach halten.

Am Abend gab sie den Hühnern so viel Futter, dass es mindestens für die nächsten drei Tage reichen würde. Sie suchte alles zusammen, was sie noch an Essbarem hatte, viel war es nicht, ein halbes Brot und ein Rest Gänseschmalz, und legte es in den Hott, dazu die beiden Decken aus dem Alkoven. Einen Moment lang wog sie eine kleine Flasche in den Händen, die ganz hinten auf der Kannenbank gestanden hatte, roch daran, gab einen Löffel Zucker in die Flüssigkeit, die sich darin befand, schüttelte sie. Dann steckte sie auch diese in den Korb, zusammen mit einer schon ganz verwaschenen alten Windel. Sie holte die Fäustlinge hervor, die sie vor genau einem Jahr Alma geschenkt hatte, und während sie darüberstrich, als könnte sie noch einmal die Hände der Mutter streicheln, übermannte die Trauer sie erneut. Sie war versucht, die Handschuhe beiseitezulegen, sie aufzubewahren, damit sie immer wieder darüberstreichen könnte, doch dann legte sie auch sie in den hohen Weidenkorb. Ihre Gefühle mussten an einem Tag wie diesem hintanstehen. Und in der kommenden Nacht würden sie jeden Fetzen Kleidung brauchen, der ihnen ein bisschen Wärme spenden konnte.

Wer weiß, dachte Elli, ob ich überhaupt nach Hause zurückkehre.

Sie war gerade dabei, den Hott zu verschließen, als es an die

Tür klopfte. Blitzschnell schob sie den großen Korb zurück in die Ecke und öffnete den oberen Teil der Klöntür einen Spaltbreit.

»Entschuldige, wenn ich störe«, sagte Käthe. »Aber ich wollte mich nur bedanken. Dem Kleinen geht es viel besser!«

Sie hatte sich in ihren dicken Umhang gewickelt, daran sah Elli den Wimpel von der NS-Frauenschaft blinken.

»Er hustet immer noch, aber nicht mehr so schlimm. Schau, ich habe dir Dominosteine mitgebracht.« Käthe reichte ihr eine Papiertüte durch den Türspalt. »Meine Schwester Erna hat sie geschickt, es ist eine ganz neuartige Praline, und ich dachte, ich bringe dir etwas davon. Ich weiß ja, dass es ein trauriges Weihnachten für dich ist, ohne deine Mutter, und da dachte ich, nun ja, vielleicht magst du sie probieren.«

»Das ist nicht nötig«, hörte Elli sich selbst sagen. Dass dieser verdammte Wimpel auch so blinken musste! »Ich komme gut klar ...«

»Bitte, nimm!« Käthe guckte so flehend, dass Elli ihr nun doch die Tüte aus der Hand nahm. »Danke«, sagte sie leise.

»Frohe Weihnachten, Elli«, flüsterte Käthe, zog sich den Umhang enger um die Schultern und ging.

Elli schloss den oberen Teil der Tür hinter ihr, betrachtete die Tüte. Sie war aus ganz feinem Papier, darauf prangte in Goldbuchstaben das Emblem einer Kölner Bäckerei. Dominosteine! Davon hatte sie noch nie gehört. Einen Moment lang überlegte sie, zumindest ein wenig davon zu probieren. Oder das Gebäck zu den anderen Lebensmitteln in den Hott zu legen, um Margot und ihrer Familie davon zu geben. Dann aber sah sie wieder den Wimpel an Käthes Hals, und stechend scharf stand ihr die Erinnerung vor Augen, wie die Gruppe junger Frauen, zu denen auch Käthe gehörte, an Karneval mit Steinen nach Margot geworfen hatte.

Am schlimmsten aber war der Gedanke, dass der erste Fluchtversuch womöglich gescheitert war, weil Käthe sie verraten hatte.

Hektisch sah Elli sich im Backes um. Konnte irgendetwas auch diesmal Käthes Argwohn erregt haben? Da fiel ihr Blick auf den Alkoven. Nackt und kahl stand er da, die Decken, die eigentlich hineingehörten, befanden sich schon im Hott.

Himmel, dachte Elli, hoffentlich hat Käthe das nicht gesehen! Und keinen Verdacht geschöpft! Einen Moment lang drohte die Angst sie zu übermannen. Ihr wurde so schlecht, dass sie sich setzen musste.

Atme!, befahl sie sich selbst. Atme!

Als es wieder ging, stand sie auf und legte die Tüte mit den Dominosteinen ungeöffnet in die Kannenbank. Nein, sie würde nichts davon essen, sie würde nicht einmal einen Blick hineinwerfen.

31. Kapitel

Sonntag, 24. Dezember 1939

Die Glocken läuteten schon zur Christmette, als Elli immer noch auf einem der beiden Stühle saß, den Blick zum Boden gerichtet, die Unterlippe zwischen die Zähne geklemmt. Die Geburtsurkunden der jüdischen Kinder lagen wieder gut verborgen in ihrem Versteck unter dem losen Stein. Womöglich, dachte Elli, zu gut verborgen.

Alma, die sie dort versteckt hatte, war tot. Und Schwester Gertrud, die vielleicht von dem Versteck wusste, aber nur vielleicht, saß im Gefängnis. Ob sie es jemals lebend verlassen würde, war ungewiss.

Wenn man mich heute Nacht schnappt und auch ins Gefängnis steckt, überlegte Elli, wenn ich gar zu Tode komme, weiß niemand mehr, wo die Urkunden sind.

Das konnte sie auf keinen Fall riskieren. Und so holte sie das Bündel ein weiteres Mal hervor, schnürte es fest zusammen, steckte es unter ihren Rockbund und machte sich auf den Weg.

Die kleine Kirche war feierlich erleuchtet, wohl zwei Dutzend Kerzen brannten im Altarraum. Die Dorfbewohner hatten sich nahezu vollzählig versammelt, sie begrüßten einander, steckten die Köpfe zusammen. Als sie Elli erblickten, wandten sie sich ab und tuschelten noch etwas lauter. Elli konnte sich gut vorstellen, worum es ging. Das Hinkemädchen hatte Hans Janssen abgewiesen, unvorstellbar war das. Immer wieder schauten die Leute auch nach vorne.

Und tatsächlich. In der ersten Reihe, zwischen seinen Eltern, entdeckte sie Hans' Hinterkopf. Das dunkle Haar, den Wirbel. Die Schultern nach vorn zusammengezogen, hockte er auf der Kniebank.

Elli war, als zerberste etwas in ihr. Sie spürte seinen Schmerz, seine Demütigung und das eigene Verlangen, zu ihm nach vorne zu rennen, ihm mit der Hand durch das verstrubbelte Haar zu fahren und ihn um Verzeihung zu bitten, ganz egal, was die Leute denken mochten. Doch an ihrem Bauch, gut gehalten vom Rockbund, spürte sie das Päckchen. Irgendwo gab es fünfzehn jüdische Kinder, denen Schwester Gertrud eine neue Identität verschafft hatte. Deren Nachweise über ihre wahre Herkunft Alma sorgfältig gehütet hatte. Nun war es an ihr, dieses Vermächtnis zu beschützen. Und schon in wenigen Stunden würde sie versuchen, Margot und ihre Familie über die Grenze zu führen.

Sie konnte nicht mehr zu ihm zurück.

Elli berührte ihren Rockbund, senkte den Blick und setzte sich in eine Kirchenbank ganz hinten, weit weg von Hans.

Pfarrer Freising, der seine Gemeinde beschwor, gerade in Kriegszeiten die Menschlichkeit zu wahren, wollte sich, als sie nach der Messe zu ihm kam, schnell abwenden.

»Nicht hier, Elli!«

»Ich habe keine Zeit mehr«, murmelte sie und steckte ihm das Bündel trotzdem zu. »Jemand muss diese Unterlagen sicher aufbewahren, also tun Sie's!«

Der Pfarrer erstarrte.

»Was ist das?«

»Sie werden schon sehen.«

»Dann ist es also so weit«, murmelte er und schlug, bevor er davonhastete, ein eiliges Kreuzzeichen. »Gott segne dich, mein Kind.«

Elli sah, wie Hans und seine Eltern mit schnellem Schritt die Kirche verließen. Sie sah den langen Blick, den Käthe ihr zuwarf, bevor sie an der Seite ihrer Brüder nach Hause ging. Und sie spürte eine Hand auf ihrer, kühl und dennoch liebevoll.

»Frohe Weihnachten«, sagte Frau Werner. »Es muss hart für dich sein. Aber es kommen auch wieder bessere Zeiten.«

Elli nickte und brachte es nicht über sich, ihr in die Augen zu schauen. Denn sie wusste, dass Thereses Mutter selbst nicht daran glaubte.

Die Frau, die dem Pfarrer auch den Haushalt führte, löschte die Kerzen, eine nach der anderen. Der Kirchenraum leerte sich. Die Glocke schlug. Mitternacht.

Bitte, betete Elli still, lass Margot und ihre Familie den Lieferwagen erreichen! Lass alles gut gehen!

Doch der Gedanke, dass beim letzten Fluchtversuch Rudolph erschossen worden war, ließ ihr Herz in wilder Panik schlagen.

Und so machte sie sich auf an den einzigen Ort, von dem sie sich jetzt noch Trost und Zuversicht erhoffte.

Almas Grab lag ganz am Ende des Friedhofs im Schatten einer alten Buche. Ein schlichtes Holzkreuz stand darauf mit ihrem Namen, ihrem Geburts- und Sterbedatum. Gerade einmal 46 Jahre war sie alt geworden. Elli kniete nieder, nahm ein wenig von der Erde, die das Grab bedeckte, in die Hand.

»Mutter«, flüsterte sie, »Mutter.«

Lange verharrte sie so. Fühlte die Trauer, die Angst. Spürte den Wind, der nun aufkam, in ihrem Gesicht, in ihrem Haar. Hörte die Äste der alten Buche leise knacken. Merkte, wie ihr Herz sich beruhigte.

Und dann begann sie zu sprechen.

»Heute Nacht«, sagte sie, »werde ich zum allerersten Mal in meinem Leben etwas tun, was du nicht gutheißt. Von dem du mit Fug und Recht sagen würdest, dass es zu gefährlich ist. Schlimmer noch, eigentlich ist es aussichtslos. Aber weißt du, was?« Sie hob das Gesicht, blinzelte die Tränen weg. »Es geht nicht anders. Es geht einfach nicht anders. Ich muss es versuchen.«

Elli erhob sich. Der Wind nahm zu. Die Äste der alten Buche ächzten, und einen Moment lang kam es ihr so vor, als wollten sie sie aufhalten.

Elli aber humpelte zurück zum Hof. Ihr rechtes Bein tat weh, sie mühte sich, nicht allzu fest aufzutreten. Im Backes sah sie sich lange um, prägte sich jedes Detail ein. Dann nahm sie den Hott und stellte ihn neben der Tür bereit. Gleich, in wenigen Minuten, würde sie losgehen.

Aber zuerst gab es noch etwas anderes zu tun.

Sie nahm die Öllampe und eine Packung Streichhölzer, löschte das Licht, ging noch einmal über den Hof und durch den hohen Durchgang in der Hecke. Auf der Straße war es stockdunkel. Die dichten Wolken hatten den Mond, die Sterne hinter sich verborgen. Nur aus einer einzigen Kate fiel noch Licht, es war die der Familie Werner. Alle anderen Dorfbewohner schienen längst schlafen gegangen zu sein.

Elli lief weiter. Am Wirtshaus vorbei, dessen Fenster düster und leer waren, am früheren Kloster, wo an diesem Heiligabend nur ein einziges Auto mit Aachener Kennzeichen parkte. An der Kirche, dunkel und geschlossen auch sie.

Erst vor dem Friedhof blieb sie stehen, vor dem Heldendenkmal mit den Namen der gefallenen Soldaten.

Sie ging in die Knie, stellte die Lampe zwischen all die anderen Lichter, die hier brannten. Die die Menschen aufgestellt hatten im Gedenken an ihre toten Söhne, Brüder, Väter. Elli holte die Streichhölzer hervor, entzündete eins und hielt es an den Docht. Er schien sich kurz zu ducken, doch im nächsten Moment brannte die Lampe hell und klar. Und auf dem großen Stein dahinter war der Name eines Mannes zu lesen, für den nie zuvor jemand ein Licht entzündet hatte. *Jakob Breuer*.

Elli stand wieder auf, bekreuzigte sich und lief, so schnell sie konnte, zurück. Sah sich nicht mehr lange um, als sie zu Hause ankam, sie schulterte den Hott und machte sich sogleich wieder auf den Weg.

Nie war der Hohlweg Elli so finster erschienen. Nicht der geringste Lichtschein fiel durch das dichte Geäst, das ihn überspannte. Vorsichtig setzte sie einen Fuß vor den anderen. Das rechte Bein, mit dem sie am Vortag über die Baumwurzel gefallen war, war so geschwollen, dass es aus den feinen Schuhen, die Hans für sie gemacht hatte, oben herausquoll. Aber das, entschied Elli, war nicht wichtig, darum könnte sie sich später kümmern.

Totenstill war es hier. Elli blieb stehen, lauschte. Wo sollte sie auf den Lieferwagen warten? Wenn nun jemand anders des Weges käme, würde man sie sofort entdecken. Also schlug sie sich ins Dickicht neben dem Weg, setzte den Hott ab, hockte sich daneben, den Rücken gegen den hohen Korb gelehnt, wartete.

Einzelne Geräusche drangen nun doch an ihr Ohr. Ein Knistern wie von einem abgestorbenen Zweig, an dem ein Tier entlangstreift. Der ferne Ruf eines Käuzchens. Ein Rascheln, das sie nicht zuordnen konnte. Und über allem, stetig zunehmend, der Wind.

Sie merkte, wie die Kälte in sie hineinkroch. Stand kurz auf, rieb sich die Arme, hockte sich wieder hin. Und wenn sie nun nicht kamen? Wie hatte es in dem ominösen Brief geheißen? Falls die Übergabe auf dem Hohlweg nicht stattfinden kann, erhalten Sie weitere Nachricht. Aber wie sollte das funktionieren?

Wieder einmal wurde Elli mit beißender Klarheit bewusst, dass sie es bei diesem ganzen Unterfangen mit Leuten zu tun hatte, über die sie nicht das Geringste wusste. Denen sie blind vertrauen musste, komme, was wolle.

Da, endlich. Von fern erklang Motorengeräusch. Ein Wagen näherte sich, sie konnte es ganz deutlich hören, wenn auch nicht sehen, denn er fuhr ohne Licht. Jetzt stoppte er, ganz in der Nähe. Elli hörte Türenschlagen.

Sofort war sie auf den Beinen. Ließ den Hott, wo er war, und rannte, so schnell es ging, den Geräuschen entgegen. Die Wolken gaben den Mond frei in dem Augenblick, in dem sie den Lieferwagen erblickte.

Er stand mitten auf dem Weg, der Mann mit der Schiebermütze war gerade dabei, die hintere Tür zu öffnen.

Elli rannte schneller. In welchem Zustand würden Margot, ihre Eltern und die Kinder sein? Seit der Geburt der Zwillinge hatten sie sich nicht mehr gesehen, und Margots letzter Brief ließ Schlimmes befürchten.

Jetzt war sie da. Elli ergriff die erste Hand, die sich ihr aus dem Innern des Wagens entgegenstreckte. Es war die von Margots Vater. Doch der Mann, der nun herauskletterte, langsam, als bereite ihm jede Bewegung Mühe, war nicht mehr der Mann, den sie einst gekannt hatte. Der einen schicken Wagen fuhr und den Freundinnen seiner Tochter Limonade servierte. Herr Schiffmann war um Jahre gealtert. Sehr dünn und tattrig wirkte er und sogar deutlich kleiner als früher, sein Kopf schien zwischen seinen Schultern eingesackt. Kurz gab er Elli die Hand, dann hievte er mit ihrer Hilfe Margots Mutter aus dem Wagen. Ihr fiel es ebenfalls offensichtlich schwer, sich aufrecht zu halten, doch als sie Elli erblickte, huschte ein kleines Lächeln über ihr Gesicht. Auch sie wandte sich gleich wieder um zum Wageninneren. Denn daraus wurde ihnen nun ein Kistchen gereicht, recht schwer war es, darin eine Art Decke, cremeweiß, mit aufgestickten Rosen. Elli entfuhr ein Laut des Erkennens. Das war das Schultertuch, das sie Margot zur Hochzeit geschenkt hatte! Darunter lagen, nur die Köpfchen waren zu sehen, eng aneinandergekuschelt und winzig klein, Margots Kinder. Florian und Viktor.

»Elli!« Endlich war es auch an Margot auszusteigen. Elli gelang es nicht, ihr ins Gesicht zu sehen, denn der Mond hatte sich schon wieder hinter Wolken verborgen, doch die Person, die sich nun in ihre Arme fallen ließ, war so zart, so zerbrechlich, dass Elli der Atem stockte. Margots Haar war ihr teilweise ausgefallen, an manchen Stellen schimmerte der kahle Schädel durch. Doch ihre Stimme war die alte.

»Wir sind raus aus dem schrecklichen Haus«, flüsterte sie an Ellis Hals, »endlich! Endlich haben wir es geschafft!«

»Aber ja doch«, gab Elli zurück, sie mühte sich, nicht zu weinen. Sie hielt die Freundin nur, brachte kein weiteres Wort über die Lippen. Himmel, wie sollten sie alle den weiten Weg bis nach Belgien schaffen? Die Familie schien ihr ausgelaugter, als sie es sich hätte vorstellen können.

»Verdammt!«, hörte sie da den Fahrer leise fluchen. Er stand weit vorgebeugt neben der Fahrertür und zerrte etwas heraus, was sich wohl hinter dem Sitz befunden hatte. Wieder gaben die Wolken für einen Moment den Mond frei, und Elli glaubte, ihren Augen nicht zu trauen. Noch ein Mitfahrer tauchte auf, der Fahrer hatte ihn am Kragen gepackt. Er war recht klein, semmelblond und trug Knickerbocker. Und er duckte sich, als er die erhobene Hand des Fahrers herabsausen sah, blitzschnell darunter weg.

»Elender Balg!«, zischte der Mann und hob den Arm ein zweites Mal. »Hab mich gleich gewundert, wohin der so schnell verschwunden war, nachdem er die Familie zu mir geführt hatte. Hat sich einfach versteckt, ah, wart, der soll mich kennenlernen!«

»Nicht!« Mit einem Schritt war Elli bei ihm, fiel ihm in den Arm und zog den Jungen von ihm weg.

»Himmel!«, flüsterte sie. »Was tust du hier?«

»Was wohl?«, gab Friedrich zurück. »Ich komme mit nach Belgien!«

32. Kapitel

Montag, 25. Dezember 1939

Verehrtes Fräulein, stand in dem Brief, den Friedrich ihr aushändigte, die Schrift so ordentlich, dass sie sie im Mondschein gut lesen konnte. *Wir sind uns nie begegnet, aber mein Sohn hat mir von Ihnen erzählt. Von der jungen Frau, die ihre Freundin nicht im Stich lässt. Die ein mitfühlendes Herz hat, wo andere sich verschließen. Ich flehe Sie an, nehmen Sie meinen Friedrich mit! Ich habe bereits ein Kind verloren, und ich höre von Orten, wo man unsereins hinbringt, woher niemand zurückkommt. Mir fehlt es an Kraft und an Mut, beides hat mein Sohn im Überfluss. Ich bin mir sicher, er wird Ihnen nicht zur Last fallen. In tiefer Dankbarkeit, Heinrich Hirsch*

Elli ließ den Brief sinken. Die Last der Verantwortung, die sie seit Langem auf sich fühlte, drohte sie zu überwältigen. Ein ihr völlig unbekannter Mann vertraute ihr seinen Sohn an! Bei einem Unterfangen, so riskant, dass sie alle tot sein könnten, noch bevor der Morgen graute. Sie betrachtete Friedrich, der vor ihr stand, das Kinn trotzig emporgereckt, doch in seinen Augen sah sie eine Furcht, wie sie sie noch nie an ihm wahrgenommen hatte.

»Friedrich«, begann sie, doch sie wurde sogleich unterbrochen.

»Meinetwegen können Sie hier Wurzeln schlagen«, herrschte der Fahrer des Lieferwagens sie an. »Ich bin weg.«

Und damit stieg er in sein Führerhaus, startete den Wagen und rollte davon, die Lichter weiterhin ausgeschaltet.

Da standen sie, mitten auf der Straße. Elli sah sich um. Margot war wirklich in einem erbarmungswürdigen Zustand, sie schwankte im Wind. Ihre Eltern waren nicht besser dran, Herr Schiffmann taumelte unter dem Gewicht der Kiste, in der seine Enkelsöhne lagen. Elli hatte sie sich noch nicht genauer anschauen können, doch allein die Tatsache, dass sie so klein waren, jagte ihr einen Schauer über den Rücken. Gesunde Kinder dieses Alters hätten nie und nimmer in ein solches Kistchen gepasst. Niemand war passend gekleidet, und sogar Friedrich, den Elli nur in kurzen Hosen kannte, schien ganz erbärmlich zu frieren in der Kälte der Nacht. Am liebsten hätte sie sich umgedreht und wäre davongelaufen, wohin auch immer, nur weg. Sie spürte, wie eine tiefe Hoffnungslosigkeit über sie kam. Wie hatte sie sich einbilden können, einem solchen Unternehmen gewachsen zu sein!

Da spürte sie, wie jemand an ihrem Umschlagtuch zog. Die Lippen blau vor Kälte, die Augen immer noch voller Angst, schaute Friedrich zu ihr auf.

»Wollen wir dann mal?«

Elli holte tief Luft, nahm seine Hand, drückte sie einen Moment lang zu fest.

»Ja«, brachte sie heraus. »Es wird Zeit.«

Sie lief zurück zu dem Platz, an dem sie den Hott stehen gelassen hatte, gab jedem ein Stück Brot mit ein wenig Schmalz. Dann verteilte sie die Decken. »Ich habe nur zwei, wir müssen uns abwechseln.« Margots Vater bekam Almas Handschuhe, er trug die Kiste mit den Kindern.

Und dann ging Elli los, vorneweg.

Das erste Stück des Weges bis zum Perlenbachtal kannte sie im Schlaf. Wie oft war sie als junges Mädchen mit Margot und Käthe hier entlanggelaufen! Oft war ihr der Weg zu lang erschienen, zu beschwerlich. Nicht so in dieser Nacht. Elli spürte die Schmerzen in ihrem rechten Bein, sie humpelte. Doch sie trug Hans' Schuhe, extra für sie gemacht. Und sie hörte das leise Keuchen der Menschen, die hinter ihr gingen. Die ihr vertrauten. Die in diesem Moment, in dem sie aufbrachen, Elli spürte es genau, all ihre Kräfte mobilisierten. Die all ihre Hoffnung in sie setzten.

Sie tauchten ein in den Wald, der Weg so voller Moos und Laub, dass ihre Schritte ganz leicht wurden, nahezu federnd. Links von sich hörten sie den Bach murmeln, ansonsten war es vollkommen still. Die Wolken ließen gerade genug Mondlicht hindurch, um die Umrisse der Bäume zu erkennen. Ein Nachtvogel flog lautlos über sie hinweg.

Nach einer Weile schob sich eine Hand von hinten in Ellis.

»Ich erkenne den Weg«, flüsterte Margot. »Weißt du noch damals, als wir aus der Schule entlassen wurden? Als wir gemeinsam mit Käthe im Perlenbach gebadet haben?«

Elli nickte, sie erinnerte sich genau. Eine Horde Hitlerjungen hatte sie überrascht, und für einen Moment war das Einvernehmen zwischen den Freundinnen gestört gewesen, damals schon.

»Eine für alle«, raunte Margot neben ihr, »alle für eine. Das war unser Wahlspruch.«

Elli nickte erneut. Bitter wie Galle schien ihr dieser Wahlspruch heute. Margot schien ihr Unbehagen zu bemerken.

»Nimm es nicht so schwer.« Sie drückte Ellis Hand. »Damals an Karneval, an der Bushaltestelle – ich glaube, Käthe wusste einfach nicht, wie sie sich richtig verhalten sollte. Sie hat es nicht böse gemeint.«

»Nicht böse gemeint?«, brach es aus Elli heraus. »Sie hat euren Fluchtplan verraten! Ihretwegen ist Rudolph tot und meine Mutter!«

»Bitte, was?«, rief Margot. »Deine Mutter ist tot?«

»Du wusstest es nicht.« Elli strauchelte. Spürte Margots Hände an ihrem Arm, so fest, als fürchtete auch sie zu stürzen. »Wie auch.«

»Oh, Elli!«, japste Margot. »Bitte, sag mir, was ist passiert?«

Und Elli sagte es ihr. In knappen, kurzen Sätzen. Während sie weiter nebeneinander hergingen, eng untergehakt. Sie sprach ganz leise, aus Angst, dass man sie entdecken könnte, sie weinte, sie rang nach Atem. Margot hörte zu. Es war beinahe, als höre auch der Wald zu, die Tiere, die sich in seinem Dickicht verbargen. Hinter ihnen liefen Friedrich und Margots Eltern, stumm, als könnten auch sie hören, was Elli der Freundin flüsternd anvertraute. Als sie zum Ende kam, blieb Margot stocksteif stehen. Und als die Freundin zu sprechen begann, war sie kaum zu verstehen, so sehr zitterte ihre Stimme.

»Du glaubst, Käthe hat den Fluchtplan verraten?«

»Ich vermute es, ja. Sie scheint mich beobachtet zu haben ...«

Weiter kam Elli nicht. Ein Stimmchen erklang, leise, aber so durchdringend, dass ihr sogleich ein Schreck in die Glieder fuhr. Eines der Kinder war erwacht.

»Ich fürchte, er hat Hunger«, murmelte Herr Schiffmann. Schweißperlen standen auf seiner Stirn, und die Hände in Almas Fäustlingen, die die Kiste mit den Säuglingen trugen, zitterten vor Anstrengung.

Margot begann zu schluchzen.

»Ich habe keine Milch, ich kann sie nicht ernähren. Sie weinen immerzu, dann verfallen sie in einen Dämmerschlaf. Ich ...«

Ein zweites Stimmchen gesellte sich zu dem ersten, ebenso

leise, ebenso durchdringend. Elli merkte, wie auch ihr der Schweiß ausbrach. Es war so still im Wald, die Kinder mussten kilometerweit zu hören sein.

So schnell sie konnte, setzte sie den Hott ab. Nahm das Fläschchen heraus, die alte Windel, riss sie sorgsam in zwei Teile. Schüttelte auf jedes der Stoffstücke ein paar Tropfen von der Flüssigkeit, die sich in dem Fläschchen befand, steckte eins dem einen Kind in den Mund, eins dem anderen. Himmel, wie winzig diese Gesichtchen waren! Wie durchscheinend die Haut, wie blau die zarten Lippen! Und die Augen, tief in ihren Höhlen, schienen nach innen gewandt, so als hätten die beiden kleinen Jungen mit der Welt, in die sie geboren wurden, bereits abgeschlossen.

Augenblicklich begannen sie an den Stoffstücken zu nuckeln, und nach kurzer Zeit wurden sie still.

»Was hast du ihnen gegeben?«, fragte Margot.

»Nichts, nichts, nur etwas zur Beruhigung.«

»Ich kann die Kiste mit den Kindern tragen!« Friedrich drängte sich nach vorn, griff danach.

»Nein, nein, das geht schon«, raunte Herr Schiffmann.

»Nur ein kleines Stück!« Friedrich hatte sie schon gepackt, lief voraus. Elli sah, wie er sich über die Säuglinge beugte, schnüffelte, sich wieder aufrichtete, weiterlief, leicht schwankend unter dem Gewicht der Kiste.

Er wird mich nicht verraten, dachte sie und schämte sich zutiefst. Überall auf den Höfen war es gang und gäbe, den Kindern mit Branntwein und Zucker getränkte Stofffetzen in die kleinen Münder zu stopfen, wenn die Eltern auf dem Feld zu arbeiten hatten und sich nicht kümmern konnten. Alma hatte das immer streng verteufelt, die Kinder würden dumm und krank davon, hatte sie gesagt. Aber was, fragte Elli sich, hätte sie sonst tun können? Sie durften nicht erwischt werden, auf gar keinen Fall.

Der Wald endete. Sie traten hinaus auf eine große, sanft abfallende Lichtung. Im Mondlicht sah Elli Wasser glitzern, wie silberne Bänder zogen sich die Flüxgräben des weit unten gurgelnden Perlenbachs den Hang hinauf. Von den Bauern aufgestaut, würde ihr Wasser im Frühjahr die Wiesen überfluten, den Schnee zum Schmelzen bringen und das Gras hier schneller und grüner wachsen lassen als irgendwo sonst.

In dieser Nacht jedoch war ein jeder dieser Gräben ein Hindernis, mussten sie doch alle überwunden werden, um auf die andere Seite des Perlenbachtals zu gelangen, wo sie wieder eintauchen konnten in die Schwärze des Waldes. Und wo die belgische Grenze nicht mehr weit war.

»Da ist etwas, was ich dir sagen muss«, hörte Elli Margot murmeln. »Es fällt mir nicht leicht, es hat mit Rudolph zu tun, aber du solltest wissen ...«

»Später, später!«, unterbrach Elli sie. »Komm, nimm meine Hand, damit du nicht fällst. Siehst du den kleinen Steg dort vorne? Dort können wir über den ersten Graben und dort hinten über den nächsten.«

Sie brauchten lange, um das Tal zu durchqueren. Viel zu lange, dachte Elli und merkte, wie sie schon wieder zu schwitzen begann. Herr und Frau Schiffmann schienen nun, da sie schon beinahe zwei Stunden unterwegs sein mochten, ihren anfänglichen Elan verloren zu haben. Nur mit Mühe hielten sie sich aufrecht, gewickelt in die Decken, mehrere Male wären sie beinahe gestürzt. Auch der kleine Friedrich, der immer noch die Kiste mit den Kindern balancierte, verlor mehr und mehr das Gleichgewicht.

»Warte mal.« Elli legte ihre Hand auf seine Schulter. »Ich glaube, wir machen das anders.«

Sie setzte den Hott ab, nahm ihm die Kiste aus den Armen,

legte die Kinder eins nach dem anderen in den Korb, bedeckte sie mit dem Schultertuch, das Margot als Braut so gut gestanden hatte. Jetzt hielt es ihre Söhne warm.

»Gute Idee«, meinte Friedrich, und ehe Elli ihn davon abhalten konnte, hatte er den Hott geschultert und lief ihnen allen voraus.

Endlich oben angekommen, empfing die andere Seite des Perlenbachtals sie mit grimmiger Kälte. Der Wind hatte zugenommen, hier wehte er mit solcher Macht, dass die Bäume sich unter ihm duckten. Elli musste an die belgischen Judenfänger denken, denen Alma und sie nicht weit von hier begegnet waren, und instinktiv zog sie ihr Schultertuch ein wenig höher, bis über ihr Haar.

»Bitte«, hörte sie Margot ein weiteres Mal neben sich, »ich muss dir wirklich etwas erzählen …«

»Nicht doch«, beruhigte sie die Freundin erneut. Sie merkte ja, dass Margot kaum noch Puste hatte. »Konzentriere dich auf den Weg und bleibe dicht hinter mir.«

Bald schon konnten die alten Schiffmanns nicht mehr Schritt halten. Sie fielen zurück, mussten rasten, rafften sich nur schwer wieder auf. Auch Friedrich schienen die Kräfte zu verlassen. Da nahm Elli ihm trotz seines stummen Protests den Hott ab und schulterte ihn selber. Sie ging in die Knie, kaum dass sie sich den hohen Korb umgehängt hatte. Die Zwillinge mochten klein und unterernährt sein, und doch war ihr Gewicht beträchtlich. Noch dazu hatten die Schmerzen in ihrem rechten Bein nicht nachgelassen, im Gegenteil. Und als sie merkte, wie ihr krankes Bein mehr und mehr unter ihr wegknickte, wie das Humpeln zunahm, wie auch die guten Schuhe, die Hans für sie angefertigt hatte, keine große Hilfe mehr waren, da biss sie die Zähne zusammen und fasste Margot, die bleich und keuchend neben ihr lief, noch ein bisschen fester unter.

Nie zuvor in ihrem ganzen Leben war Elli eine so weite Strecke zu Fuß gelaufen. Aber sie würde nicht schlappmachen, auf keinen Fall.

Das Haus der Wöchnerin Liss lag im Dunkel. Elli dachte an die vielen Kinder, an den kleinen Jupp. Wie es ihnen wohl ginge? Schnell verscheuchte sie diese Überlegungen. Jetzt hieß es, sich mit aller Macht zu konzentrieren. Denn ab hier war ihr der Weg vollkommen unbekannt.

Was genau hatte Alma ihr auf dem Totenbett zugeflüstert? Hinter dem Haus rechts, erinnerte Elli sich. Und ja, tatsächlich, ein Pfad führte dort tiefer in den Wald. Bald aber gabelte er sich.

»Wohin?«, zischte Friedrich, der vorausgelaufen war.

»Ich weiß es nicht«, musste Elli zugeben. »Siehst du irgendwo Schnüre gespannt?«

»Schnüre?«

»Ja, Schnüre.«

Sie hörte ihn davonlaufen, zurückkehren, in die die andere Richtung hetzen.

»Hier sind welche«, tönte es bald darauf von links. »Sie sind um die Bäume gewickelt.«

Elli atmete tief aus vor Erleichterung. Es war genau, wie Alma gesagt hatte. Jemand hatte Markierungen hinterlassen. Und ein so aufgeweckter Junge wie Friedrich war in der Lage, sie zu finden.

Von nun an lief Friedrich wie ein Hase im Zickzack voraus.

»Sei vorsichtig!«, zischte Elli ihm hinterher. »Hier gibt es alte Steinbrüche, sie sind leicht zu übersehen, ehe man sichs versieht, stürzt man hinein.«

»Deshalb gucke ich ja genau«, gab er zurück. »Damit ich euch warnen kann.«

Elli atmete noch einmal tief aus. Sie wusste, sie konnte sich auf Friedrich verlassen. Doch der Gedanke, dass im Judenhaus in der Försterstraße in Aachen nun ein Vater saß, der nicht wusste, ob er seinen Sohn je wiedersehen würde, ließ ein trockenes Schluchzen ihre Kehle hinaufsteigen.

»Ich muss dir jetzt wirklich etwas sagen«, hörte sie Margot neben sich fispeln.

»Gleich.« Elli blieb stehen. Sie waren auf eine Lichtung gelangt, fünf Eichen, im Sternenlicht gut zu erkennen, sich beugend unter dem immer heftiger werdenden Wind, bildeten einen Kreis. Alma hatte diesen Ort erwähnt, kurz bevor sie gestorben war. Aber was genau hatte sie sagen wollen? Elli wusste es nicht.

»Hier geht's weiter«, hörte sie Friedrich aus dem Wald herausrufen. »Ich habe noch eine Schnur gefunden, die um einen Baum gewickelt ist!«

Na also. Elli ging weiter. Setzte einen Fuß vor den anderen, zog Margot mit sich. Blickte sich immer wieder nach den alten Schiffmanns um, machte ihnen Zeichen, dichter aufzuschließen. Weit konnte es nicht mehr sein.

Der Wind nahm zu. Es begann zu stürmen. Elli hielt sich aufrecht. Sie würden es schaffen. Nur noch ein kurzes Stück, und sie wären in Belgien. In ihr begann sich ein Gefühl zu regen, so leicht, so frei, wie sie es seit Jahren nicht empfunden hatte. Vielleicht zuletzt, dachte sie, als wir alle drei, Margot, Käthe und ich, gemeinsam im Perlenbach gebadet haben.

Sie hörte sie nicht kommen. Sie sah nur das Licht. Blendend weiß blitzte es aus dem Dunkel, geisterte über Bäume und Sträucher, schreckte eine Handvoll großer Vögel auf, die kreischend davonstoben. Dann hielt es still. Zielte auf etwas Helles, Kleines.

Semmelblondes Haar, darunter ein kindliches Gesicht, die Augen schreckgeweitet.

»Stehen bleiben!«, tönte es durch den Wald. Dann fielen Schüsse.

33. Kapitel

Elli ließ sich zu Boden fallen, riss Margot mit sich. Man hatte auf sie geschossen! Oder auf Friedrich? Wo waren Margots Eltern? Ihr Herz raste. Im Hott hörte sie die Kinder leise weinen.

»Sind da noch mehr?«, brüllte eine Stimme. Wieder flackerte das Licht durch die Bäume, kam näher, verfehlte sie, geisterte zurück, erfasste sie. Elli hob eine Hand vor ihre Augen, wie hell das war! Neben sich fühlte sie Margot, wie sie von Kopf bis Fuß zitterte. Jetzt fand der Lichtkegel auch sie.

»Vortreten!«, brüllte eine andere Stimme.

Sie fassten sich an den Händen, erhoben sich. Stolperten in die Richtung, in der sie Friedrich vermuteten. Gott sei Dank, da war er! Und er schien unverletzt.

»Aufstellen!« Wieder die erste Stimme. »Wird's bald!«

Sie stellten sich nebeneinander, hielten nun auch Friedrich an den Händen. Das Weinen der Kinder wurde lauter. Die Stimmen kamen näher. Es waren zwei junge Männer, und sie trugen, jetzt konnte Elli es erkennen, die Uniform der deutschen Grenzer.

»Keine Bewegung!«, rief der erste, ein gedrungener Typ von vielleicht zwanzig Jahren, wie Elli schätzte, auf der Oberlippe ein ganz dünner Schnäuzer, in der Hand eine Stablampe. Er war sichtlich nervös, trat von einem Bein auf das andere. Der andere, kaum älter, hoch aufgeschossen, richtete ein Gewehr auf sie.

Auch er schien Elli nervös, auf seinen Wangen ahnte sie rote Flecken.

Sie sind vollkommen unerfahren, dachte sie. Vielleicht lassen sie mit sich reden.

»Bitte«, sagte sie leise und mühte sich, sich ihre Angst nicht anmerken zu lassen. »Wir sind nur Spaziergängerinnen. Unser jüngerer Bruder hier«, sie zeigte auf Friedrich, »leidet unter einem hartnäckigen Husten. Die kühle Nachtluft tut ihm gut, da sind wir ein wenig hinausgegangen …«

Das Weinen im Hott ging über in ein Kreischen, übertönt nur vom Brausen des Sturms. »Wir haben auch unsere kleinen Geschwister dabei«, rief sie, kniete nieder, setzte den Korb ab. »Sie haben sich erschrocken, ich will nur kurz …«

»Keine Bewegung!«, rief der Untersetzte erneut, und der Hochaufgeschossene fuchtelte mit seiner Waffe herum, Elli spürte es mehr, als dass sie es sehen konnte im Dunkel der Nacht. Schon traten sie näher, griffen nach dem Hott.

»Bitte!«, rief Elli noch einmal. »Es sind doch nur Säuglinge, ganz klein sind sie noch, sie tun niemandem etwas …«

Doch es war zu spät. Der Untersetzte hatte den Korb ergriffen und leerte ihn kopfüber aus. Heraus fielen, so zart und zerbrechlich wie Puppen, die Kinder. Einem jeden entfuhr ein letzter Schrei, bevor sie auf dem Waldboden aufschlugen und liegen blieben, ganz still. Das weiße Schultertuch, mit Rosen bestickt, wurde von einer heftigen Bö ergriffen und stob davon.

Elli sah Margot zusammensacken. Sah sie über den Boden kriechen, nach den Kindern greifen, sie an ihr Herz drücken, alle beide. Hörte sie ihre Namen flüstern, in einem fort.

»Florian! Viktor! Florian! Viktor!«

Die Grenzer machten einen Schritt zurück, als erschräken sie vor dem, was sie angerichtet hatten.

Der Sturm tobte.

»Bitte!«, versuchte Elli es ein drittes Mal, sie brüllte über den tosenden Wind hinweg. »Bitte lassen Sie uns nach Hause gehen!« Vor ihr auf dem Boden hockte Margot mit den Kindern, alle drei so still, dass die Panik, die Elli die Kehle zuschnürte, sich kaum noch verbergen ließ. »Wir machen keine große Sache draus!«, rief sie, ihre Stimme, sie hörte es selbst, glitt ab in einen so hohen Ton, als kratze jemand mit einer rostigen Gabel über einen frisch gespülten Teller. »Wir wollten doch nur ein wenig frische Luft schnappen! Ich bitte Sie ...«

Doch die Grenzer hörten ihr nicht mehr zu. Sie schienen etwas entdeckt zu haben, was sich hinter ihr befand. Was sich auf sie zubewegte. Blitzschnell hob der eine wieder seine Waffe.

Margots Vater trat aus dem Dickicht, in dem er sich verborgen hatte. Er zitterte von Kopf bis Fuß, doch seine Stimme war fest, sie übertönte sogar das Brausen des Windes.

»Meine verehrten Herren«, sagte er. »Bitte erlauben Sie mir, dass ich Ihnen etwas vorschlage. Ich habe hier ein wenig Geld bei mir, ich möchte es Ihnen gerne geben. Sie sind beide jung, ich nehme an, Sie haben viel vor im Leben. Vielleicht haben Sie eine Verlobte, vielleicht ein Geschäft im Sinn, das Sie gerne abschließen möchten. Sie können das Geld ruhig nehmen, es wird niemand jemals erfahren. Sie können auch mich nehmen, betrachten Sie mich als Ihren Gefangenen. Wenn die Sprache auf das kommt, was hier heute Nacht geschehen ist, dann haben Sie einen Flüchtling verhaftet. Niemand muss jemals erfahren, dass noch weitere Personen bei mir waren. Ich bitte Sie, lassen Sie die anderen gehen, nehmen Sie mich, und nehmen Sie das Geld.«

Er trat noch einen Schritt vor. In seiner Hand sah Elli ein dickes Bündel.

Das musste das Geld für die belgischen Schleuser sein, offensichtlich hatten die Schiffmanns doch noch Reserven besessen, oder sie hatten es sonst wie aufgetrieben. Allein die Dicke des Bündels verschlug Elli den Atem. Noch mehr aber erschrak sie, als sie zu den Grenzern hinübersah, als sie die Gier in deren Augen entdeckte. Das verhieß nichts Gutes.

Und dann ging alles ganz schnell. Der Hagere hob den Gewehrkolben, stieß ihn mit aller Macht Margots Vater in die Seite, und während Herr Schiffmann in die Knie ging, während Frau Schiffmann nun ebenfalls aus dem Gebüsch hervorkam und versuchte, ihren Mann zu stützen, griff der Hagere nach dem Geld.

»Hast du's?«, rief der Untersetzte, und der Hagere drückte ihm die Hälfte des Bündels in die Hand, mit einem großen Lachen, als sei es gar nicht echt.

»Und jetzt?«, fragte der Untersetzte.

»Jetzt erschießen wir sie«, gab sein Kompagnon zurück. »Ein paar jüdische Flüchtlinge, die sich der Festnahme widersetzen. Kommt alle Naselang vor.«

Elli merkte, wie jede Kraft aus ihr wich. Sie fiel auf die Knie, griff nach Margot. Eins der Kinder drohte der Freundin aus den Armen zu gleiten, Elli hielt es. Wie leicht es war, wie zart! Doch es atmete, und sein Herzchen schlug, wenn auch viel zu schnell.

»Du meinst nicht, wir können das Geld auch so behalten?«, hörte sie den Untersetzten sagen.

»Vielleicht«, antwortete der Hagere, er schien den Kopf zu wiegen. »Aber sicher ist sicher.«

Elli sah, wie er auf Margots Mutter zutrat, die schluchzend über ihren Mann gebeugt stand, wie er sie grob vor die Brust stieß.

»Habt ihr noch mehr Bargeld dabei? Schmuck?«

»Nein«, wimmerte Frau Schiffmann, »das war alles, was wir hatten, bitte ...«

»Und du?« Jetzt trat der Grenzer an Friedrich heran. »Was kramst du in deiner Hose?«

»Ich«, stotterte Friedrich, »ich …« Im nächsten Augenblick war ein leises Plätschern zu hören, und auf Friedrichs Knickerbockern, im Licht der auf ihn gerichteten Stablampe gut zu sehen, breitete sich ein feuchter Fleck aus.

»Pfui, Teufel!«, schimpfte der Untersetzte, leuchtete kurz auf Elli und Margot und wandte sich schnell wieder ab. »Die Kinder«, nuschelte er, »ich glaube, sie sind schon tot.«

»Lass uns das hier zu Ende bringen.« Der Hagere trat einen Schritt zurück, legte das Gewehr an. »Du gibst mir Licht, ich schieße.«

Elli merkte, wie ihre Augen sich schlossen. Wie sie den Wald nicht mehr sah, die Grenzer, das Gewehr. Wie sie Herrn und Frau Schiffmann nicht mehr sah und noch nicht einmal Friedrich. Der Sturm wurde zu einem Rauschen im Hintergrund. Alles, was sie wahrnahm, war der pulsierende Herzschlag des Kindes in ihren Armen. Und Margot, die ihren Kopf an Ellis Schulter legte.

»Sag, dass du keine von uns bist!«, flüsterte Margot. »Dann lassen sie dich vielleicht gehen.«

Elli schüttelte sanft den Kopf, streichelte das Kind, streichelte Margot. Streichelte die kahlen Stellen auf ihrem Kopf, wo ihr Haar, einst so dicht und glänzend, ausgefallen war.

»Jetzt mach schon!«, hörte sie den Untersetzten rufen.

»Sie war es nicht«, hörte sie Margot sagen.

»Wovon sprichst du?«

»Käthe, sie hat den Fluchtplan nicht verraten. Rudolph hat die Nerven verloren und sich verplappert. Ich hätte es dir gleich schreiben sollen, aber ich habe mich so für ihn geschämt. Oh, Elli, ich wusste ja nicht, dass es deine Mutter das Leben gekostet hat! Wenn ich nur besser auf meinen Ehemann aufgepasst hätte, er war schon so lange so durcheinander …«

»Pscht!« Elli hielt Margot, küsste sie auf beide Wangen. »Pscht!«

Und während sie hörte, wie der Hagere das Gewehr durchlud, während sie ahnte, wie der Untersetzte die Stablampe auf sie richtete, entfuhr ihr ein Seufzer der Erleichterung. Käthe hatte sie nicht verraten.

Sie betete, dachte an Alma, an ihren Vater, den sie nie kennengelernt hatte. Sie dachte an Hans. Beinahe war ihr, als hörte sie seine Stimme. Als würde er etwas rufen. Als wäre er ganz nah.

Elli küsste noch einmal Margot, küsste noch einmal das Köpfchen des Kindes, das sie in den Armen hielt. Sie würde es halten bis zum letzten Moment, so, wie sie auch die Freundin nicht mehr loslassen würde.

Da fiel direkt neben ihr etwas scheppernd zu Boden. Stiefel stampften auf, ein Mann schrie etwas, sehr laut, sehr wütend.

»Aufhören! Sofort aufhören!«

34. Kapitel

Elli blinzelte. Blinzelte noch einmal. Öffnete die Augen. Das Erste, was sie sah, war ein Fahrrad. Es lag nicht weit von ihr entfernt auf dem Waldboden neben einer Laterne. Daneben stand, in Uniform, von Kopf bis Fuß bebend, Hans.

»Was geht hier vor sich?«, brüllte er.

»Wir ... wir haben diese Gruppe von Flüchtlingen aufgestöbert«, setzte der Hochaufgeschossene zu einer Antwort an. »Wir wollten gerade ... gerade ...«

»Ist mir egal, was Sie gerade wollten«, unterbrach Hans ihn. »Ich übernehme. Und Sie setzen Ihren Patrouillengang fort!«

»Aber«, stotterte der Untersetzte, sein dünner Schnurrbart zuckte im Licht der Laterne, »aber ich kenn Sie doch!« Er trat vor, strich sich über die Brusttasche seiner Uniformjacke. Sie war gewölbt von dem Geldbündel, das darin steckte. »Sie sind der Sohn vom alten Janssen! Und dieses Mädchen ...«, die Hand, die gerade noch über das Geldbündel gestrichen hatte, wies nun auf Elli, »... wohnt bei Ihnen auf dem Hof!«

»Stimmt«, gab Hans zurück. »Das Hinkemädchen. Es ist mir schon lange ein Dorn im Auge. Mein Vater hat sie und ihre Mutter immer beschützt, aber jetzt, wo die Alte tot ist, wird es Zeit, dem ein Ende zu bereiten.«

Er schnellte zu Elli herum und richtete etwas auf sie. Es war eine Pistole.

Elli sah direkt in die Mündung. Und sie sah in Hans' Augen, weit aufgerissen, sie schienen ohne jedes Gefühl.

»Aufstehen!«, rief er.

Elli rappelte sich auf, drückte Margot das Kind, das sie getragen hatte, in die Arme, ihre Beine trugen sie nicht.

»Wird's bald!«, brüllte Hans. Er blickte sich nach den Grenzern um. »Was stehen Sie hier noch? Abmarsch!«

Der Hagere und der Untersetzte salutierten und schlugen sich ins Unterholz.

Hans deutete nun mit dem Lauf der Pistole auf Margot. »Du auch! Hoch mit dir! Alle!«

»Herr Janssen«, hörte Elli eine Stimme hinter sich, »ich bitte Sie!« Margots Vater rang die Hände. »Verschonen Sie die Frauen und die Kinder!«

»Ruhe!«, brüllte Hans.

Dann ertönte ein Schuss. Elli warf sich auf den Boden und vergrub ihr Gesicht in den Händen. Sie hörte Margot einen erstickten Schrei ausstoßen. Dann ertönte noch ein Schuss. Und noch einer. Und noch einer.

Jetzt gab es nichts mehr außer Dunkelheit.

Stille kehrte ein, unheimliche Stille.

Vier Schüsse. Gleich würde Hans auch sie erschießen.

Aber nichts geschah.

Elli öffnete ängstlich ihre Augen, hob den Kopf. Neben ihr kauerten Margot, deren Eltern, Friedrich. Niemand war verletzt. Die Zwillinge weinten leise.

Vor ihr stand Hans. Den Arm hoch erhoben, die Lider fest zugedrückt, schoss er ein fünftes Mal. Er schoss in die Luft.

Elli atmete tief aus. Sie zwang sich, sich aufzurichten, machte einen ersten, unsicheren Schritt. Wenige Meter nur waren es bis zu Hans, und doch kam ihr dieser kurze Weg beschwerlicher vor als die ganze Flucht. Sie zitterte, ihre Beine gehorchten ihr nicht, sie humpelte.

Sie sah den Blick, mit dem er sie bedachte, und wusste ihn nicht zu deuten. Sie sah, dass auch er zitterte. Dass sein Mund auf eine Weise zuckte, wie sie es noch nie an ihm gesehen hatte.

Noch zwei Schritte, noch einer. Elli spürte die Blicke der kleinen Gruppe in ihrem Rücken.

»Hans Janssen«, sagte sie, ihre Stimme immer noch so schrill, als kratze eine Gabel über einen Teller, »ich erwarte, dass du uns gehen lässt, auf der Stelle!«

»Aber Elli, liebste Elli!«, rief er. »Das tue ich auf gar keinen Fall! Ich bringe euch so schnell wie möglich über die Grenze!«

Dann trat er auf sie zu und nahm ihre Hand.

Sie waren alle wieder schnell auf den Beinen. Margots Vater gab vor, der Gewehrkolben habe ihn kaum verletzt, und Elli tat so, als glaube sie ihm, auch wenn die graue Farbe seines Gesichts sie Schlimmes vermuten ließ. Im Licht von Hans' Laterne untersuchte sie die Zwillinge, sie schienen weitgehend unversehrt, nur der etwas Kräftigere, Florian, hatte von dem Sturz einen schlimmen Bluterguss davongetragen.

»Das müssen Sie untersuchen lassen, sobald Sie in Sicherheit sind«, trug Elli Frau Schiffmann auf und fasste Margot fest um die Taille. Friedrich schob das Fahrrad, Hans schulterte den Hott, in den Elli erneut die Zwillinge gebettet hatte, warm eingewickelt in Margots Hochzeitsgeschenk. Der Sturm hatte das mit Rosen bestickte Tuch nur bis zum nächsten Baum getragen.

»Wie weit ist es noch?«, rief Elli, während sie und Margot neben Hans durch den Wald liefen.

»Nur noch wenige Hundert Meter. Weißt du, wie es auf der anderen Seite weitergeht?«

»Wir sollen auf ein grünes Licht achten, auch wenn ich mir beim besten Willen nicht vorstellen kann, wie das aussehen soll.«

Wenig später traten sie erneut aus dem Wald. Ein winziger Bach verlief zu ihren Füßen, ein Rinnsal nur. Dahinter eine Wiese, Stacheldraht.

»Komm!« Hans reichte Elli eine Hand, half ihr über den Bach, über den Zaun. Half den anderen ebenso. Nur das Fahrrad ließen sie zurück.

Der Sturm, der sie seit Stunden begleitete, gewann noch einmal an Stärke. Er fegte über das Feld, riss an Ellis Schultertuch, an den Decken, in die Margot und ihre Mutter gewickelt waren. Elli ahnte, dass Friedrich entsetzlich frieren musste in seiner nassen Hose, dass Herr Schiffmann große Schmerzen hatte. Sie selbst fühlte ihr rechtes Bein kaum noch, beinahe so, als sei es aus Holz. Und doch. An der Art, wie Hans sich umsah, erkannte sie, dass sie es geschafft hatten.

Sie waren in Belgien.

»Da!« Friedrich hob die Hand. Ganz von fern näherte sich etwas, ein grünes Licht.

Und so setzten sie sich noch einmal in Bewegung und gingen darauf zu.

»Na so was«, sagte die Frau, die ihnen auf einem Fahrrad entgegenkam, und bedachte Hans mit einem skeptischen Blick. Sie trug einen langen Arbeitskittel und war in ein Umschlagtuch gewickelt, ganz genau so, wie Elli es aus den Dörfern der Eifel kannte. In der Hand hielt sie eine Laterne, wie auch Hans sie immer mit sich führte, nur dass ihre aus grünem Glas bestand. »Dass die Grenzer bestechlich sind, war mir klar, aber dass sie die Flüchtlinge persönlich über die Grenze führen, erlebe ich zum ersten Mal. Soll mir auch egal sein. Sagt mir lieber, wer mitkommt und wer nicht, ich weiß nur von drei Erwachsenen und zwei Säuglingen.«

»Ich gehe zurück nach Deutschland«, beeilte Elli sich zu sagen. »Nur dieser Junge hier ...«, sie zeigte auf Friedrich und stellte sich zugleich so vor ihn, dass seine nasse Hose nicht zu sehen war, »... kommt zusätzlich mit.«

»Mir soll's egal sein. Hauptsache, die Bezahlung stimmt.« Die Frau stellte ihre Laterne ab und streckte die Hand aus.

Elli durchfuhr ein eiskalter Schreck. Das Geld der Schiffmanns hatten die Grenzer mit sich genommen! Wie sollten sie nun für die Weiterreise zahlen?

»Es tut uns leid«, hörte sie Margots Vater sagen. »Aber ...«

»Wie aber?«, äffte die Frau ihn nach. »Davon kann ich meine Kinder nicht ernähren! Entweder Sie zahlen, oder Sie gehen dahin zurück, woher Sie gekommen sind! Das ist ja noch schöner. Bringen einen zusätzlich mit, aber kein Geld. Und dafür quält unsereins sich am Weihnachtsmorgen aus dem Bett, bei Sturm und Kälte.«

Elli war, als verlasse sie das letzte Fitzelchen Kraft. Alles, alles war umsonst gewesen. Die Frau wandte sich schon zum Gehen, leise vor sich hin schimpfend.

Da sprang Friedrich hervor und vertrat ihr den Weg.

»Ich zahle!«, rief er.

»Tatsächlich?« Die Frau blieb stehen. »Und womit?«

»Damit.« Friedrich griff sich in die Knickerbocker, dahin, wo sie vollkommen durchnässt waren. Und holte etwas heraus, so klein, dass Elli es kaum sehen konnte, hätte es nicht so sehr gefunkelt.

»Ist das –« Die Frau griff danach. »Ist das –«

»Ein Diamantring«, erklärte Friedrich. »Er gehörte meiner Großmutter. Als ich mich auf den Weg machte, gab mein Vater ihn mir mit.«

»Alles klar.« Die Frau wollte ihm den Ring aus der Hand nehmen. »Kannst mitkommen. Bis Eupen ist deine Flucht schon mal sicher.«

»Moment.« Friedrich ließ das Schmuckstück wieder in seiner nassen Hose verschwinden. »Wir kommen alle mit.«

»Alle?«

»Genau.« Er stellte sich ganz gerade hin, sodass er ein bisschen größer wirkte, als er tatsächlich war, und machte eine Handbewegung, als sei er nicht acht oder neun Jahre alt, sondern ein erwachsener Mann. Und diese Handbewegung schloss die ganze kleine Gruppe ein: Margot, ihre Eltern, ihre Kinder.

Die Frau zögerte. Sie spreizte an der Hand, die nicht die Laterne hielt, alle Finger, einen nach dem anderen, ganz so, als rechne sie im Geheimen, ob der Wert des Ringes ausreichte. Wiederholte dies zweimal. Schließlich nickte sie.

»Abgemacht.«

»Abgemacht.« Friedrich reichte ihr den Ring, zog die nasse Hose ein bisschen gerade. Und bedachte Elli mit einem so schelmischen Blick, dass sie nicht anders konnte, als ihn geschwind an sich zu drücken.

»Du hast dich absichtlich eingenässt, damit die Grenzer dir den Ring nicht abnehmen!«, schmunzelte sie, ihr Herz plötzlich so leicht, als wolle es davonfliegen. »Du kleiner Schlawiner!«

»Jetzt aber dalli«, murrte die Frau.

Und so nahm Elli Abschied. Sie küsste die Zwillinge auf ihre zarten Köpfchen. Zog Friedrich noch einmal an ihr Herz. Drückte Herrn Schiffmann die Hand, der den Hott mit einem solchen Elan schulterte, als sei er noch ein junger Mann, gab auch Frau Schiffmann die Hand, die sie gar nicht mehr loslassen wollte. Schließlich umschlang sie Margot mit beiden Armen.

»Liebste Elli«, schluchzte Margot. »Ich danke dir, ich danke dir so sehr! Sobald wir in Sicherheit sind, gebe ich dir Nachricht.«

Elli nickte, umschlang Margot noch ein bisschen fester und brachte kein Wort heraus.

Und dann stand sie am Rand des Feldes, neben Hans, der wieder ihre Hand nahm, als sei dies das Selbstverständlichste der Welt, und sah der kleinen Gruppe hinterher, die der Frau mit dem Fahrrad folgte. Sah Margot, ihre Eltern, ihre Kinder am Horizont verschwinden, den kleinen Friedrich. Betete vor lauter Dankbarkeit blitzschnell drei *Vaterunser* hintereinander und ebenso viele *Gegrüßet seist du, Maria.*

Warf einen Blick auf ihr rechtes Bein, das sie nicht mehr spürte, auf ihren rechten Fuß, der in dem eigens für ihn angefertigten Stiefel seltsam verkrümmt nach außen stand.

Ich mag vielleicht hinken, dachte sie, aber ich tue, was ich für gut und richtig halte. Und nichts und niemand hält mich davon ab.

35. Kapitel

Elli und Hans kehrten noch einmal an den Ort zurück, an dem die kleine Gruppe den Grenzern in die Fänge gegangen war. Elli konnte kaum noch einen Fuß vor den anderen setzen, und so hob Hans sie auf sein Fahrrad und schob es vorsichtig quer durch den Wald. Dort angekommen, holte er einen kleinen Spaten aus seiner Uniformjacke hervor und begann ein Rechteck auszuheben, gut zwei Meter mal zwei Meter groß und einen halben Meter tief.

»Und du denkst, man wird dir diese Geschichte abnehmen?«, fragte Elli, die sofort verstand, was er damit bezweckte.

»Ich hoffe es«, sagte er. »Es wäre nicht das erste Mal, dass Flüchtlinge an Ort und Stelle erschossen und verscharrt werden. Und Hans Janssen, dem Sohn des mächtigsten Bauern weit und breit, der noch dazu aufgrund seiner Militärzeit einen so herausragenden Dienstgrad innehat, sollte man wohl Glauben schenken, meinst du nicht?«

Elli nickte.

»Und ich?«, fragte sie. »Werden die Grenzer sich nicht daran erinnern, dass ich dabei war?«

»Werden sie nicht. Dafür sorge ich.«

Elli nickte noch einmal. Dann trat sie zu ihm, drückte beide Augen zu, damit sie diese verdammte Nazi-Uniform nicht sehen musste, und nahm ihn fest in beide Arme.

»Wofür ist das?«, flüsterte er an ihrem Hals.

Aber Elli war nicht danach zu antworten. Sie wollte ihn einfach nur halten.

Der Rückweg ging so flott vorüber, dass Elli glaubte, sie träumte. Was zum einen daran lag, dass sie nun auf einem Fahrrad über wenn auch recht holprige Wege dahinglitt und nicht mehr querfeldein lief. Es lag aber auch daran, dass sie wieder vor Hans auf der Mittelstange saß, ganz genau so wie in jener Nacht, als er sie in Walheim am Bahnhof aufgelesen hatte, und sich dies so herrlich anfühlte, dass sie wünschte, es möge ewig dauern. Der Sturm allerdings, der ihr die ganze Nacht lang zugesetzt hatte, wehte nun von hinten und gab ihnen so viel Schwung, als könne er es gar nicht erwarten, sie nach Hause zu bringen. Elli spürte Hans' Arme an ihrer Seite, seinen Atem an ihrem Hals, und für einen Augenblick war ihr danach, ihre Wange an seine zu schmiegen.

Dann aber kam ihr wieder die Frage in den Sinn, die sie nun schon seit Stunden beschäftigte.

»Warum«, fragte sie, »warst du heute Nacht im Wald? Hattest du Dienst?«

»Hatte ich nicht«, gab Hans zurück. »Käthe hat mich geschickt.«

»Käthe?«, rief Elli und drehte sich so abrupt zu ihm herum, dass das Fahrrad ins Schlingern geriet.

»Ja«, antwortete Hans. »Sie hat irgendwas erzählt von einem Lieferwagen, in den du gestiegen bist, und da konnte sie wohl eins und eins zusammenzählen. Sie hat es mit der Angst bekommen, sie weiß ja durch ihre Brüder, wie gut die Grenze kontrolliert wird und wie scharf die Grenzer vorgehen. Also hat sie begonnen, dich zu beobachten, und als sie sich sicher war, dass die Flucht heute Nacht über die Bühne gehen sollte, da kam sie zu mir. Ganz außer sich vor Sorge war sie und hat mich bekniet, nach dir zu suchen.«

Elli merkte, wie ihr ganzer Körper zu kribbeln begann, von Kopf bis Fuß. Und wie sie zu weinen anfing. Wie die Tränen ihre Wangen herabliefen und gar nicht mehr nachließen. Und Hans, dessen Wange sie nun doch an ihrer spürte, küsste sie alle weg, eine nach der anderen.

Sie erreichten das Dorf. Es war schon beinahe Morgen, und doch lagen alle Häuser dunkel und still. Auf dem Hof kam ihnen allein der alte Hund entgegen und trollte sich sogleich wieder. Hans aber half Elli vom Rad, lehnte es gegen die Stallwand, nahm wieder ihre Hand und ging, als sei es das Selbstverständlichste von der Welt, geradewegs mit ihr ins Backes. Er schloss die Klöntür hinter ihnen, stellte seine Laterne auf den Tisch. Sah sie an.

Elli erwiderte seinen Blick. Ganz still standen sie einander gegenüber, lange.

Da legte sich der Sturm. Die Dachschindeln, die seit Almas Tod in einem fort gekreischt hatten, verstummten. Vor dem Fenster wurde es ein wenig heller. Es hatte zu schneien begonnen.

»Gleich«, sagte Hans, »sind alle Spuren dieser Nacht verwischt.«

Elli nickte. Sah ihn noch einmal an. Ging zur Klöntür, legte den Riegel von innen davor. Nahm den Verdunkelungsstoff und hängte ihn vor das Fenster.

»Hans Janssen«, sagte sie. »Mir wäre lieb, wir würden unsere Verlobung nicht als aufgelöst betrachten.«

»Nichts lieber als das«, antwortete er und umfasste sie auf eine Weise, die Ellis Herz drei lange Schläge aussetzen ließ.

Epilog

Samstag, 11. Mai 1940

»Elli?«, rief die Frau, die vor der Tür stand. »Bist du da?«

»Ich komme!« Elli wischte sich die Hände an der Schürze ab. Die Wurzeln des Schlangenknöterichs, die sie am frühen Morgen im Perlenbachtal ausgegraben hatte, waren gesäubert und mit einem Faden zusammengebunden, nun konnten sie neben der Feuerstelle trocknen. Sie gaben ein exzellentes Mittel ab bei Blähungen und Koliken, da konnte es nicht schaden, immer welche vorrätig zu haben.

Was die Besucherin wohl wollte? Elli war es gewohnt, dass die Menschen zu jeder Tages- und Nachtzeit an die Tür des Backes klopften, ganz genau so, wie es schon zu Lebzeiten der Mutter gewesen war. Immer wieder waren es auch Fremde, die von weit her kamen. Doch die Stimme dieser Frau klang nicht fremd, sondern vertraut, wie ein Echo aus einer vergangenen Zeit.

Neugierig öffnete sie den oberen Teil der Klöntür.

»Ja, bitte?«

Die Frau schien ihr nun doch vollkommen unbekannt. Recht klein und dünn war sie mit dunklem, kurz geschnittenem Haar, von einem Fuß auf den anderen tretend.

»Erkennst du mich denn nicht?«

Elli überlegte. Schaute ihr forschend ins Gesicht. Ja, da war etwas, was ihr bekannt vorkam. Konnte es sein, dass …?

»Schwester Gertrud!«, rief sie mit einem Mal. »Sind Sie das wirklich?«

»Eben nicht«, gab die Frau zurück. »Nicht mehr. Ich habe dem Kloster den Rücken gekehrt. Ich komme, um mich zu verabschieden.«

»Dann hat man Sie …«

»Aus dem Gefängnis entlassen, ja. Darf ich einen Moment hereinkommen?«

»Selbstverständlich!«

Elli griff sich an den Kopf, dass sie sie nicht gleich hereingebeten hatte, und machte geschwind auch den unteren Teil der Klöntür auf. Ob diese Zerstreutheit in den kommenden Monaten noch zunehmen würde?

»Wie geht es Ihnen?«, fragte sie laut. »Darf ich Ihnen einen Kamillenblütentee einschenken? Ich habe ihn eben frisch aufgebrüht.«

»Nein, nein danke. Ich wollte nur einmal sehen, wie es dir geht.«

Die Besucherin setzte sich auf die Kante des Stuhls, auf dem früher immer Alma gesessen hatte, sah sich forschend um. Und in diesem Moment wurde Elli bewusst, dass sie sie eigentlich nicht mochte. Dass diese Frau sie immer kleingemacht hatte, kleiner und kränklicher, als sie eh schon war.

»Ich sehe, du kommst gut zurecht«, sagte Schwester Gertrud.

»Ja.«

»Und ich höre aus gewissen Kreisen, du hast Gewaltiges geleistet.«

»Danke. Wenn Sie meinen.«

»Jetzt, wo wir auch in Belgien einmarschiert sind, wäre es nicht mehr gegangen.«

»Nein.«

»Ich höre auch, dass du einen gewissen Ruf hast.«

»Ach ja?«

»Die junge Frau, die den Brand heilen kann, sagt man.«

»Das geht Sie nichts an.«

»Vielleicht doch. Ich war eine gute Freundin deiner Mutter. Sie hat versucht, dich vor diesem Erbe zu bewahren. Nun übst du diese Tätigkeit doch aus.«

»Ich übe keine Tätigkeit aus«, gab Elli zurück und legte, als sie bemerkte, wie der Ärger in ihr hochstieg, beruhigend eine Hand auf ihren Bauch, ein paar Zentimeter unterhalb des Herzens. »Ich habe diese Gabe geerbt, ohne dass ich darum gebeten hätte, ohne dass mein Vater die Gelegenheit gehabt hätte, mich darin einzuweisen. Nur einem Zufall ist es zu verdanken, dass ich sie überhaupt bemerkt habe. Und ja, nun heile ich den Brand, wann immer jemand zu mir kommt und mich darum bittet. So, wie ich auch Salben rühre und Tees mische, wie ich Kindern auf die Welt helfe und Sterbenden beistehe, wenn sie sie verlassen. Das meiste hat mich meine Mutter gelehrt, besser, als ich es zu ihren Lebzeiten verstanden habe. Und darin lasse ich mir nicht reinreden, nicht einmal von Ihnen, auch wenn meine Mutter, deren Andenken ich ehre, viel von Ihnen gehalten hat.«

»Alle Achtung.« Schwester Gertrud atmete hörbar aus, taxierte sie. »Ich sehe, du bist erwachsen geworden. Und nicht nur das.«

»Und auch das geht Sie nichts an«, antwortete Elli, während sie mit der Hand über die Stelle unterhalb ihres Herzens strich.

»Und auch da magst du recht haben.« Die Besucherin stand

auf, schmunzelte. »Es hat mich gefreut, dich wiederzusehen. Alles Gute, Elli, pass auf dich auf!«

»Sie auch, Schwester Gertrud!«

»Das ist vorbei.« Die Frau, die Elli nur als Novizin gekannt hatte, drehte sich in der Tür noch einmal um. »Ich gehe nach Köln und werde Lehrerin. Ich trage jetzt wieder meinen Mädchennamen, Fräulein Stüssgen.«

»Auf Wiedersehen, Fräulein Stüssgen«, rief Elli ihr hinterher. »Auch Ihnen alles Gute!«

Sie schloss die Tür, rückte den Stuhl, auf dem die Besucherin gesessen hatte, wieder gerade.

Und dann entdeckte sie den Brief.

Er lag mitten auf dem alten Holztisch. Ihr Name stand darauf, in einer ein wenig exzentrisch geschwungenen Schrift.

Elli sog scharf die Luft ein, atmete lang aus, sog wieder scharf die Luft ein.

Sie erkannte die Schrift sofort.

Mit einem einzigen Schritt war sie an der Kannenbank, griff nach dem Gemüsemesser, dem alten, mit der dünnen, vielfach geschliffenen Spitze. Setzte es an, schlitzte den Brief der Länge nach auf.

Ließ sich auf den Stuhl fallen, strich den Papierbogen, der ihr entgegenfiel, als habe er allzu lange darauf gewartet, aus dem Umschlag befreit zu werden, glatt und begann zu lesen.

Liebste Elli, schrieb Margot, *nun wird es aber einmal Zeit, dass ich Dir berichte, wie es uns ergangen ist. Es hat uns nach Amerika verschlagen, in die großartige Stadt New York. Paps hat hier eine Anstellung als Schneider gefunden, Mutter arbeitet in einem Restaurant. Ich falte Streichholzschachteln, das ist eine hervorragende Arbeit, weil ich sie von zu Hause erledigen und gleichzeitig bei den Zwillingen sein kann. Ach, Elli, sie entwickeln sich prächtig! Sobald ich genügend Geld gespart habe, um sie fotografieren zu lassen, schicke ich Dir einen Abzug. Sie sind beide echte Wonneproppen.*

Recht herzlich grüßen soll ich Dich von Friedrich. Paps ist es gelungen, ihn an einer sehr hoch angesehenen Schule unterzubringen, er schläft die Woche über dort und ist nur am Wochenende bei uns. Die Lehrer lieben ihn und sagen ihm eine glänzende Zukunft voraus. Aber er vermisst seinen Vater und seinen kleinen Bruder, über seine Mutter spricht er gar nicht. Wir werden weiterhin versuchen, ihm die Familie so gut wie möglich zu ersetzen.

Liebste Elli, kein Tag vergeht, an dem ich nicht an Dich denke. An unsere Freundschaft, an das, was Du für uns getan hast. An Deine liebe Mutter. Sei Dir versichert, dass ich Dir mein Leben lang dankbar sein werde und dass ich Dich niemals vergesse. Und wenn Gott will, sehen wir uns wieder, eines Tages.

In Liebe, Deine Margot

Elli las den Brief ein zweites Mal, ein drittes Mal. Dann faltete sie ihn vorsichtig zusammen und strich darüber, ein ums andere Mal.

Sie hatten alle die Flucht überlebt, es ging ihnen gut.

Noch einmal nahm sie das Küchenmesser, kniete sich auf den Boden und schob es in den schmalen Spalt zwischen den Steinplatten. Mittlerweile hatte sie so viel Übung darin, dass das geheime Versteck sogleich offen vor ihr lag. Sie legte den Brief ordentlich hinein, auf das andere Papier, das dort sicher verwahrt war. Sie hatte es in den letzten Wochen wohl Dutzende Male hervorgeholt. Es war eine Tüte aus ganz feinem Material, darauf prangte in Goldbuchstaben das Emblem einer Bäckerei. Die Dominosteine, die sich darin befunden hatten, hatte Elli längst aufgegessen. Doch den Zettel, den sie darunter gefunden hatte, lange nachdem die nächtliche Flucht gelungen war, würde sie ihr Leben lang hüten wie einen Schatz.

Nehmt euch in Acht an der Stelle, wo die fünf Eichen im Kreis stehen, hatte Käthe draufgeschrieben. *Direkt dahinter lauern die Grenzposten, das weiß ich von meinen Brüdern.* Und dann hatte sie noch hinzugefügt: *Eine für alle, alle für eine.*

Elli schob den Stein zurück, erhob sich. Wie lange sie sich wohl noch so gut bücken konnte mit dem sich wölbenden Bauch? Wieder berührte sie die Stelle unter ihrem Herzen. Bislang hatte sie Hans nichts gesagt. Man hatte ihn eingezogen, gleich nach der Hochzeit, und mit der Post wollte sie eine solche Nachricht nicht verschicken. Aber bald würde er auf Heimaturlaub kommen. Und was würde er für Augen machen, wenn er sie sah!

ENDE

Nachwort und Dank

Dieses Buch ist ein Roman, alle Personen und Geschehnisse sind frei erfunden. Auch das Dorf, in dem Elli und Alma leben, gibt es in Wirklichkeit nicht. Und doch beruht vieles auf wahren Begebenheiten.

Sogenannte Judenhäuser wie das in der Försterstraße hat es tatsächlich gegeben, in Aachen ab April 1941, in der Eifel schon früher. Viele Menschen wurden direkt von dort in die Vernichtungslager deportiert. Was es bedeutete, in einem solchen Haus interniert zu sein, beschreibt der Zeitzeuge Helmut Clahsen in seinen tief bewegenden Kindheitserinnerungen *Mama, was ist ein Judenbalg?* Während ich den kleinen Friedrich erfand, habe ich oft an den jungen Helmut Clahsen gedacht, der mit unfassbarem Heldenmut dem Schicksal trotzte.

Auch Fragebögen wie die, die Elli im Büro der Gemeindeschwester findet, hat es gegeben. Dieter Lenzen führt sie in seiner bemerkenswerten Arbeit über Zwangssterilisationen und Euthanasieverbrechen im Kreis Monschau auf. Akribisch beschreibt er darin die Schicksale der Verfolgten, Schicksale wie das meiner Figur Therese.

Das deutsch-belgische Grenzgebiet ist bis in die jüngste Zeit Ort vielfältigen Schmuggels, zuletzt während der Pandemie. In den Nachkriegsjahren blühte hier der Kaffeeschmuggel – das klingt romantisch, forderte aber viele Opfer. Und in den Jahren 1933 bis 1944 waren es die Juden, die hier versuchten, der Verfolgung zu entgehen. Hans-Dieter Arntz hat für sein Buch *Flucht der Juden über die Grüne Grenze* zahlreiche Zeitzeugen gefunden und interviewt, ebenso für seinen beeindruckenden Band *Judaica. Juden in der Voreifel*. Wie die Nationalsozialisten die Nordeifel eroberten, das beschreibt Franz-Josef Brandenburg in seinem gleichnamigen Aufsatz für das Jahrbuch Monschauer Land 2022.

Walter Hanf wiederum ist es gelungen, mit den Eifelern über die zu sprechen, die im Ort ein jeder kennt, über die Außenstehende aber selten etwas erfahren: die Gesundbeter und Laienmediziner. Sein Buch *Dörfliche Heiler* war mir eine wertvolle Hilfe.

Und Klaus Dichters Erinnerungen *Tausend Jahre überlebt!* ließen mich nachempfinden, was es damals bedeutete, an Kinderlähmung erkrankt zu sein.

Ich war elf, als meine Eltern ein damals schon recht altes kleines Haus in der Eifel kauften. Fortan verbrachten wir fast jedes Wochenende dort und einen Teil der großen Ferien. Bis heute kehre ich immer wieder dorthin zurück, es ist mein Herzensort.

In diesem Teil der Eifel zu recherchieren, von früh bis spät durch die Wälder zu streifen, in Gedanken Elli, Margot und Käthe an meiner Seite, war das pure Vergnügen. Wie lange hatte ich mich danach gesehnt, einen Roman zu schreiben, der in der Eifel spielt! Nun wurde dieser Traum endlich wahr.

Im Januar, bei klirrender Kälte und Eisregen, schloss Bernd Läufer das Stadtarchiv Monschau für mich auf und erklärte mir, wie die sogenannte Westbefestigung Gestalt angenommen hatte. Gleich danach schickte er mich nach nebenan, wo Bernhard Stein vom Geschichtsverein des Monschauer Landes nicht nur sein Wissen mit mir teilte, sondern mir auch wertvolle Lektüre-Empfehlungen gab. So lassen die *Jahrbücher des Monschauer Landes* das Herz eines jeden, der sich für die Geschichte der Eifel interessiert, höher schlagen, und der sagenhaften Arbeit von Kurt Mertens, der 21 (!) Jahrgänge des *Montjoie'r Volksblatts* auswertete, verdanke ich wertvolles Detailwissen. Toni Offermann beantwortete meine Fragen zu jüdischem Leben in der Voreifel, Professor Wolfgang Schumacher wusste einfach alles über das Perlenbachtal und die Flüxgräben.

An einem ebenfalls eiskalten Sonntag lief ich mit Günter Völl durchs Mützenicher Dorfmuseum Uraalt Scholl, wo bis unters Dach unzählige Schätzchen von anno dazumal erzählen, vom Bügeleisen bis zur Ziehsäge. Im Freilichtmuseum Kommern wiederum sagte man mir, was es mit dem Hoal auf sich hat und wie die Frauen in den Vorkriegsjahren kochten, einmachten und Vorräte anlegten.

So ging es weiter. Ich habe recherchiert, gelesen, geschrieben, meist bis tief in die Nacht. Ab und an trat ich dann vor die Tür, legte den Kopf in den Nacken, staunte. Denn in diesem Teil der Eifel kann man, genau wie damals, als ich noch ein Kind war, die Milchstraße sehen, mit bloßem Auge.

Es wurde Sommer, ich saß nun tagsüber auf der Terrasse, schrieb und schrieb. Hanni und Herbert Bünten, die Eltern meiner Freundin Verena, luden mich zu Kaffee und Torte ein und erzählten Schmuggelgeschichten aus dem deutsch-belgischen Grenzgebiet. Und jedes Mal, wenn ich ein Detail nicht wusste – wie genau trug man eine Kittelschürze? Verwahrte man Tee in Papiertüten oder in Blechbüchsen? –, konnte ich einfach rüberlaufen zu Anni Berners, vertraute Nachbarin seit Kindertagen. Und Anni wusste auf so ziemlich alles eine Antwort.

Nun ist bald November, das *Sturmmädchen* ist fertig. Ich bedanke mich von Herzen bei Anni und allen, die diesen aufregenden Weg mit mir gegangen sind.

Ich danke meinen Eltern, dass sie vor so vielen Jahren unseren Herzensort gefunden und bewahrt haben. Dies ist das erste Buch, das ich ohne euch schreibe. Ihr ruft nicht mehr an und wollt wissen, wie es vorangeht, ich kann euch nichts mehr fragen. Und doch seid ihr da. Du, Mama, mit deiner Fantasie und deiner Erzähllust, und du, Papa, mit deiner Konzentration und deiner Akribie. In jeder Seite steckt alles drin.

Und ich danke Ihnen, liebe Leserinnen und liebe Leser, für all die wundervollen Leseeindrücke, die mich auf den verschiedensten Wegen erreichen. Sie beflügeln mich.

Herzlich, Ihre

Lioba Werrelmann alias Lilly Bernstein